Weken van angst

Mariane Pearl
en Sarah Crichton

Weken van angst

Vertaald door Nini Wielink

ARENA

Eerste druk 2004
Vijfde druk 2007

Oorspronkelijke titel: *A Mighty Heart*
© Oorspronkelijke uitgave: 2003 by Mariane Pearl
© Nederlandse uitgave: Arena Amsterdam, 2004
© Vertaling uit het Engels: Nini Wielink
Auteursfoto: Robert Maxwell
Omslagontwerp: DPS, Amsterdam
Typografie en zetwerk: CeevanWee, Amsterdam
ISBN 978-90-6974-948-8
NUR 302

Voorwoord

Ik schrijf dit boek voor jou, Danny, omdat jij de moed had om in eenzaamheid te sterven, met je handen geboeid maar je hart onverslagen.

Ik schrijf dit boek om jou recht te doen en om de waarheid te vertellen.

Ik schrijf dit boek om te laten zien dat je gelijk had. Het is de taak
van ons allen om een wereld vol haat te veranderen.

Ik schrijf dit boek omdat de terroristen door jou om het leven te
brengen ook mij en onze zoon Adam probeerden te doden. Ze waren
eropuit iedereen te doden die zich met jou identificeerde.

Ik schrijf dit boek om hen uit te dagen, en in de wetenschap dat
jouw moed en enthousiasme anderen kunnen inspireren.

Ik schrijf dit boek om eer te bewijzen aan alle mensen die onze familie in die moeilijke tijden hebben geholpen en gesteund door een
emotionele brug te bouwen waarop we ons staande konden houden.

Ik schrijf dit boek voor jou, Adam, zodat je weet dat je vader geen
held was maar een gewone man. Een gewone held met een groot hart.

Ik schrijf dit boek voor jou, opdat je een vrij mens kunt zijn.

1

23 januari 2002. Vier uur 's nachts.

De dag breekt bijna aan in Karachi. In Danny's warme omstrengeling genesteld voel ik me veilig. Ik vind het grappig dat dit de 'lepeltjeshouding' wordt genoemd. We liggen als lepels in een la tegen elkaar aan, in elkaar passend. Ik houd van deze heerlijke momenten van vergetelheid en van de rust die ze me geven. Waar we ook zijn – Kroatië, Beiroet of Bombay – dit is mijn schuilplaats. Dit is de manier waarop wij de uitdaging aangaan, de chaos van de wereld het hoofd bieden.

Terwijl ik wakker word, probeer ik de juiste woorden te vinden om deze stad te beschrijven. Het is, denk ik, de doem van elke journalist om een verhaal te moeten schrijven op het moment dat je het nog beleeft. Ik weet niet of ik Karachi ooit zal leren kennen. Ik heb deze stad van het begin af aan gewantrouwd, hoewel we hier ten dele zijn om erachter te komen of hij terecht zo'n slechte naam heeft. Karachi was ooit een betrekkelijk onverstoorbare en zelfs saaie stad, maar werd in de jaren tachtig van de vorige eeuw een middelpunt van drugs- en wapenhandel. Nu is de stad een ingewikkelde puzzel, decadent en smerig tegelijk, en verandert hij langzamerhand in een oord van blinde haat en gewelddadige strijdlust.

De Pakistani zijn even verscheurd. Degenen die in hun eigen land zijn geboren, haten de moslimimmigranten die uit India kwamen nadat de twee landen in 1947 werden gescheiden. De soennitische moslims hebben een hekel aan de sjiitische moslims. Sinds 1998 zijn er in Karachi meer dan zeventig dokters vermoord; de meesten waren sjiieten die door soennitische zeloten werden afgemaakt. En de pro-Taliban-fundamentalisten, die zich hier diep hebben geworteld, hebben een afkeer van de rest van de wereld.

Er zijn zoveel mensen in deze stad, maar niemand schijnt te weten hoe je ze allemaal kunt tellen. Zijn het er tien miljoen? Twaalf? Veertien? Het grootste deel van Pakistan wordt door land omgeven en ligt tussen India en Afghanistan ingeklemd, terwijl het land voor een deel grenst aan het zuidoosten van Iran en een verre uithoek van China. Maar Karachi, aan de bruine kust van de Arabische Zee, is de grootste havenstad van het land en als zodanig een magneet voor migranten, die van het Pakistaanse platteland komen en vanuit nog armere streken over de grens – Afghaanse dorpen, Bangladesh en de landelijke buitenposten van India. Overdag zie je de arme mensen in de gloeiend hete zon op stoffige kruispunten groente en kranten verkopen. 's Nachts verdwijnen ze in de wirwar van straatjes die de stad iets onheilspellends geven. Voor ons mag deze derdewereldstad er weinig aanlokkelijk uitzien, maar Karachi trekt de allerarmsten aan zoals een lantaarn vuurvliegjes aantrekt.

Een enkele keer lig ik wakker terwijl Danny nog slaapt, vooral sinds ik zwanger ben. Een zwakke lichtstraal schijnt onze kamer binnen en terwijl ik weer wegdommel, vergeet ik de geheimen van Karachi en kruip weer tegen mijn man aan in ons lekkere warme bed. Samen kunnen we deze nacht nog wat langer laten duren.

Zeven uur 's ochtends. Danny duwt met zijn voet de slaapkamerdeur open. Hij brengt koffie met droge – om niet te zeggen oudbakken – crackers die de aanvallen van misselijkheid moeten voorkomen waar ik 's ochtends nog steeds last van heb. Soms ren ik zodra ik wakker word naar de badkamer om te braken. Van het geluid alleen al kan Danny wit wegtrekken. Hij lijkt het zo ellendig te vinden om mij te zien lijden dat ik probeer geen geluid te maken. Danny beweert dat ik humeurig word van mijn zwangerschap. Een paar dagen geleden stuitte ik op een weinig discrete e-mail die hij aan zijn jeugdvriend Danny Gill in Californië had gestuurd:

8

Hoi!... Mariane begint een heel bolle buik te krijgen. Het ziet er gigantisch uit. Ze is uitgerekend in mei, ground zero is Parijs. Ze is vaak misselijk, af en toe humeurig, eerder hongerig dan anders, ongeduldig, maar alleen tegenover Pakistani, en geil als er geen andere symptomen in de weg staan...

Volgens mij is Danny's humeur ook onvoorspelbaar geworden. Ik weet niet of het komt doordat hij binnenkort vader wordt of doordat de wereld op hol is geslagen in de vier maanden sinds het World Trade Center werd neergehaald, waarbij ook een groot aantal zekerheden teloorging. Danny is hoofd van de afdeling Zuid-Azië van *The Wall Street Journal.* Militante islamitische terroristen kunnen overal op de aardbol toeslaan, maar het hart (als je het zo kunt noemen) van het netwerk is hier, in dit gebied, en werken in deze omgeving is angstaanjagend.

Danny en ik hebben als verslaggever altijd naast elkaar gewerkt. Ik vergezel hem bij de meeste van zijn interviews en hij komt meestal met mij mee. Toch maak ik mezelf niets wijs. Hij is de meer ervaren journalist en werkt voor een van de machtigste nieuwsorganisaties ter wereld, terwijl ik hoofdzakelijk werk voor de Franse publieke omroep, die nauwelijks genoeg geld heeft om mijn metrokaartjes te betalen als ik in Parijs ben. Maar door onze verschillen in achtergrond en cultuur vullen we elkaar goed aan. We weten intuïtief wanneer we moeten zwijgen en de ander laten praten.

Ik maak Danny aan het lachen om hem zijn zorgen te laten vergeten. Ik zorg ervoor dat het stil is wanneer hij zich moet concentreren. En we voeren samen eindeloze filosofische discussies – over waarheid en moed, over hoe je vooroordelen kunt bestrijden, over hoe je van andere culturen leert en ze kunt respecteren. Maar wanneer je probeert licht te laten schijnen over het wezen van terroristische activiteiten, begeef je je nog steeds in het rijk der duisternis.

Het begint al heet te worden. Om me op te monteren herinnert Danny me eraan dat het vandaag de laatste dag is van zijn opdracht in Pakistan. Morgen nemen we onze intrek in een vijfsterrenhotel in Dubai en liggen we op de stranden van de Arabische Golf. Het is een omweg naar ons huis in Bombay, maar op dit moment liggen Pakistan en India met elkaar overhoop en er is geen directe verbinding meer tussen de buurlanden. In hun strijd om het gebied rond de Himalaya in Kasjmir is de historische animositeit tussen de twee landen zo ver gestegen dat er ieder moment een aanval van een van beide landen op het andere kan worden verwacht. Zowel Pakistan als India gebruikte Kasjmir als excuus voor recente militaire troepenconcentraties; beide landen bezitten massavernietigingswapens; beide doen alsof ze die wapens gaan gebruiken. Ik denk aan de politieagenten van Karachi die door de straten patrouilleren in hun armzalige uniform, met als enige wapen een gummistok.

De spanning is voelbaar. We horen het aan de stemmen van onze Pakistaanse vrienden. Op 24 december 2001 – een van de weinige keren dat Kerstmis, Chanoeka en Eid-al-Fitr, het einde van de ramadan, op één dag vielen – kreeg Danny een briefje van een bezorgde vriend in Peshawar, een betrekkelijk onrustige stad aan de Pakistaans-Afghaanse grens:

> Ik wens je een gelukkig Eid en een gelukkig kerstfeest. Vertel ons ook hoe het met je vrouw gaat. Het leger van India staat klaar om met ons te vechten, maar ze weten niet dat de moslims hun leven zullen opofferen voor de islam. In geval van oorlog zal India in een heleboel stukjes verdeeld worden en pakt de moslim zijn [spullen] af.
> Ik bid o GOD verlos mijn land van zijn vijanden.
> Het klimaat om zaken te doen is in Pakistan en speciaal in Peshawar niet zo goed... Nou, ten slotte hoop ik dat God er lang mag zijn voor ons en heel jullie familie.
> De beste wensen,
> Wasim

Wasim is directeur van een noedelfabriek. Danny ontmoette hem twee jaar geleden op het vliegveld van Teheran. Wasim is een heel conservatieve moslim die westerlingen over het algemeen wantrouwt, maar vorig jaar december hebben we hem opgezocht en hij behandelde ons als zijn speciale gasten, stopte ons vol met plaatselijke lekkernijen, geroosterd vlees en pasteitjes, en nodigde ons uit om tijdens de ramadan de markt te bezoeken. In een winkel slenterde hij wat rond en pakte op goed geluk een paar schoenen met hoge hakken, schoenen die geen enkele fatsoenlijke moslimechtgenote ooit zou dragen, en wilde ze per se voor mij kopen. Een andere keer hadden we de eer 's avonds voor het eten te worden uitgenodigd bij hem thuis, een flat van twee verdiepingen in een overbevolkte wijk. Toen we waren gearriveerd, verdween Danny in een groepje mannen, terwijl er zeven vrouwen binnen kwamen vallen om zich over mij te ontfermen. Ze namen in kleermakerszit op kleedjes plaats, deden hun sluiers af en bestudeerden me met intense, schaamteloze nieuwsgierigheid, terwijl ze me drie borden vleesballetjes en rijst te eten gaven.

Danny schreef Wasim terug:

> Ik wens je een gelukkige kerst, Chanoeka en Eid. Mariane en ik nemen mijn collega en onze plaatselijke tapijthandelaars uit Kasjmir mee uit eten voor een kerstdiner. Dus zijn we met drie moslims, twee joden en een boeddhist, en dat klinkt als het begin van een vliegtuigmop, maar het is misschien een goede manier om vrede op aarde te wensen – of op zijn minst in Kasjmir. Danny.

We logeren bij Danny's goede vriendin en collega van *The Wall Street Journal*, Asra Q. Nomani, een heel oncomformistische vrouw. Asra is van geboorte een Indische moslima, ze groeide op in West Virginia, en is nu in Karachi om onderzoek te doen voor een boek dat ze aan het schrijven is over tantra. Tantra wordt in het algemeen geassocieerd met de seksuele praktijken die in de *Kama Sutra* worden onderwezen; Asra houdt vol dat ze zich richt op de geestelijke aspecten. Ze is klein en vrouwelijk maar atletisch, en ziet er opvallend uit. Ze heeft een uitdrukkelijk soort schoonheid. Haar schouderlange zwarte haar glanst van de olie die Indiërs gebruiken voor hun dagelijkse hoofdhuidmassages, en haar gezicht wordt gedomineerd door geprononceerde, brede jukbeenderen en ogen die zo groot en donker zijn dat als haar gezicht onbewogen is, ze eruit kan zien als een oud standbeeld van Saraswati, de godin die alle kennis van de Vedas bezit, van wijsheid tot devotie. Maar ze is voor deze wereld ook ongehoord avant-gardistisch. Ongetrouwde vrouwen wonen in Karachi normaal gesproken niet alleen, maar dat heeft Asra er niet van weerhouden om een enorm huis te huren in een wijk die, vreemd genoeg, Verdedigingsfase 5 heet. Bovendien is ze kort geleden verliefd geworden op een van de zonen van Pakistans elite, negen jaar jonger dan zij. Hij is een aantrekkelijke jongeman die ik onmiddellijk enigszins oppervlakkig vind.

Om ons te verwelkomen heeft Asra bloemen geplant bij de ingang van het huis, dat in een omheinde buurt staat, een van de duurste van Karachi. Hier worden de huizen bewaakt door een handjevol broodmagere mannen, die om de beurt postvatten in een wachthuisje dat als voornaamste doel heeft hun te beschermen tegen de meedogenloze hitte. De buren hebben een goede positie in het leger en de regering of misschien in de georganiseerde misdaad. De geduchte gangster Dawood Ibrahim, met de reputatie van een bloeddorstige bruut, zou hier in de buurt onroerend goed bezitten. Danny heeft gespeeld met het idee voor de krant een profielschets van hem te maken.

Binnen heeft Asra de slaapkamer ingericht alsof we op huwelijksreis zijn. Er staan bloemen en naar pijnboom geurende kaarsen, een fles massageolie en een fles badschuim. Links van ons bed kijkt een raampje met draadafrastering uit op een kamer opzij van de binnenplaats, waar een uitgevouwen veldbed een ereplaats inneemt naast een waslijn met kinderkleren. Dit is het eigendom van de huisbedienden Shabir en Nasrin, die je zelf eigendom van het huis zou kunnen noemen, want Asra huurde hen erbij toen ze de woning betrok. Ik heb hun kamer bekeken. Ze bezitten niets. Ze slapen op de vloer, en hun dochtertje Kashva, een poppetje met kort haar, slaapt tussen haar ouders in. Nasrin is zwanger. Ik durf niet te zeggen 'net als ik', zozeer zal het lot van onze twee kinderen verschillen.

Danny trekt het gordijn dicht en dat is een perfecte metafoor voor hoe mensen overal geneigd zijn met armoede om te gaan. Onze romantische kamer ziet er al uit alsof er een wervelwind doorheen is getrokken. Dat is Danny's manier om ergens zijn intrek te nemen, zijn handelsmerk. Hij opent zijn koffers en verspreidt alles wat erin zit. Sokken. De Franse stripboeken die hij gebruikt om mijn moedertaal te leren (en waar hij zich uitstekend mee amuseert). Scheerspullen. Zijn Flatiron-mandoline, met de hand gemaakt in Bozeman, Montana, en beter te vervoeren dan zijn viool. Boven is Asra's werkkamer al in beslag genomen door zijn professionele attributen – een laptop, een Palm Pilot met het speciale toetsenbord dat hij gebruikt als hij op reis is, allerlei apparaten met kabels, een digitale camera, stapels kwitanties en Super-Conquérant-notitieboekjes, die hij in het groot inkoopt bij kantoorboekwinkels in Parijs.

Danny komt in zijn onderbroek uit de badkamer te voorschijn met zijn mobiele telefoon in zijn hand. Hij is zo'n zeldzame man die door zijn ogen, kastanjegroene ogen, altijd wordt verraden; hij kan niets verborgen houden, vooral niet als hij in een speelse bui is. Ik glimlach omdat ik hem mooi vind en omdat mijn liefde voor hem onvoorwaardelijk is. Zonder de telefoon los te laten glijdt hij onder het laken. Hij kruipt voorzichtig over me heen en bereikt mijn ronde buik, waar hij een vertrouwelijk gesprek begint met ons kind in een taal die alleen zij tweeën kennen. Wat ik eruit kan opmaken zijn een heleboel beloftes voor als de baby eruitkomt. Ik weef mijn vingers door zijn dikke bruine haar.

Danny gaat naar de meest onverwachte kappers. Rare zin is dit. Hoe schilderachtiger de kapperszaak, hoe gelukkiger is Danny. Meestal spreken de kappers geen Engels, maar zo ben je altijd verzekerd van een verrassend resultaat. Zo treedt Danny de wereld tegemoet: met vertrouwen. Toen we in oktober 2000 naar Bombay verhuisden, was het eerste wat hij deed naar de kapper in ons straatje gaan. Misschien was het de eerste keer in zijn leven dat die man het haar van een blanke jongen knipte, maar hij had een fantastische oude kappersstoel met een smerige witleren zitting en rode armleuningen. Ik zat op de bank vlak achter Danny en volgde het gebeuren in de spiegel. Het was helemaal stil op het gezoem van de vliegen en het geknip van de schaar na. Plotseling realiseerde ik me dat vrouwen hier eigenlijk niet mochten komen. Nou ja, dan komt het maar door de cultuurkloof, dacht ik, ik blijf gewoon. De kapper begon Danny's hoofd zo stevig te masseren dat het heen en weer bewoog. Danny leek door verlegenheid overmand en deed zijn uiterste best om me niet in de spiegel aan te kijken. Ik lachte van de zenuwen zo hard dat ik tranen in mijn ogen kreeg. Maar het werden echte tranen toen ik opeens besefte dat we hier werkelijk zouden gaan wonen, in deze zelfde straat, waar het wemelde van de ratten en waar vrouwen niet welkom waren en waar iedereen grimmig en stug en koud leek. Waar ik een vreemdeling zou zijn. Een buitenstaander.

Danny praat nog steeds met 'Embryo', zoals we hem noemen – ik geloof dat hij Embryo vertelt dat hij een jongen is. We kwamen erachter op de dag voordat we naar Karachi gingen, in een gedistingeerde kliniek in Islamabad, de hoofdstad van Pakistan, waar ze niet alleen prenatale echo's maken maar beweren het geslacht van de baby te kunnen beïnvloeden.

'JONGEN! HET IS EEN JONGEN! HIEP HOI!! ROCK-'N-ROLL! Verdomme, man! FANTASTISCH, kerel, Te GEK!!!' e-mailde Danny naar Danny Gill. 'Begrijp me niet verkeerd, een meisje zou ook geweldig zijn. Maar HET IS EEN JONGEN! HOI! HOI! JONGENS KAMPIOEN!!!'

Ik vind het eigenlijk een enigszins vreemd gevoel om het mannelijke geslacht in me te dragen. Als ik dat Danny vertel, beginnen zijn ogen te schitteren, zoals altijd wanneer hij op het punt staat een grapje te maken. 'Weet je, schat,' zegt hij, 'zo is het allemaal ook begonnen...'

Vanochtend is Danny ernstiger. 'Het is ongelooflijk hoeveel je kunt houden van iemand die je nog niet eens hebt gezien,' zegt hij verbaasd. Hij beweert dat hij de hele *Encyclopaedia Britannica* wil bestuderen om de vragen te kunnen beantwoorden die kinderen voortdurend stellen, zoals: 'Hoe komt het dat de hemel niet naar beneden valt?'

Danny staat op en kleedt zich verder aan. Zijn bril geeft hem een serieuze aanblik en als hij aan het werk is, kleedt hij zich altijd met enige elegantie. Hij heeft misschien een kleine voorliefde voor mooie dassen, maar hij ziet er in ieder geval niet uit als een *baroudeur*, zo'n stoere journalist met zo'n uitsloverig safari-jasje.

Ik ben verkouden. Het is al vijfendertig graden, maar ik ben verkouden en heb hoofdpijn, en vanavond hebben we hier een dineetje en ik voel me niet tot veel in staat. Het zal al mijn energie kosten om me voor te bereiden op het interview dat ik voor de Franse radio moet opnemen met het hoofd van een organisatie die probeert vrouwen te beschermen tegen huiselijk geweld. Net als in India, waar het angstaanjagende probleem meer aandacht heeft gekregen, komt huiselijk geweld hier vaak voor, met schokkende aantallen vrouwen die door hun man zijn geslagen, of nog erger: met zuur overgoten en zelfs levend verbrand.

Danny's programma vandaag is bijzonder hectisch, met een hele reeks ontmoetingen, als vliegtuigen die boven een druk vliegveld rondcirkelen. Zo gaat het altijd op de laatste dag van een opdracht; er moeten nog zoveel interviews afgenomen worden en nog zoveel aanwijzingen worden nagetrokken. Hij heeft onder andere afspraken met een expert op het gebied van computermisdaad, met iemand van het Amerikaanse consulaat en met een vertegenwoordiger van de Pakistaanse Federal Investigation Agency (FIA). Hij heeft ontmoetingen met de directeur van het Bureau voor de Burgerluchtvaart om te praten over grensbewaking, aangezien Pakistan probeert te voorkomen dat terroristen van Karachi hun schuilplaats maken. Maar het urgentst is zijn onderzoek naar banden tussen Richard C. Reid, de meelijwekkend lelijke 'shoe bomber', en een radicale moslimgeestelijke in Karachi.

Sinds Reid werd gedwarsboomd in zijn poging op 22 december een vlucht van Miami naar Parijs op te blazen, zijn er verscheidene feiten naar buiten gekomen, met name dit: Reid handelde in opdracht van iemand binnen het Al Qaeda-netwerk in Pakistan, en hoogstwaarschijnlijk in deze stad. Oorspronkelijk zou Reid op 21 december vliegen, maar hij werd op het vliegveld van Parijs zo uitgebreid ondervraagd dat zijn vliegtuig zonder hem vertrok. Toen e-mailde hij naar iemand in Pakistan en vroeg: 'Ik heb mijn vliegtuig gemist, wat moet ik doen?'

Het anonieme antwoord was: 'Probeer zo snel mogelijk een ander vliegtuig te nemen.'

Wie was die man in Pakistan? *The Boston Globe* vermeldde dat Reid in Karachi de woning had bezocht van sjeik Mubarak Ali Shah Gilani, een schijnbaar gerespecteerd geestelijk leider. Maar was Gilani voor Reid meer dan een geestelijk raadsman? Was hij degene die Reid het vliegtuig van Miami naar Parijs liet nemen? Na wekenlange pogingen Gilani via tussenpersonen op te sporen, schijnt Danny uiteindelijk een interview met hem te hebben geregeld. Ze zullen elkaar aan het eind van deze middag ontmoeten.

Danny zal 's ochtends op zijn ronde van afspraken vergezeld worden door een nieuwe 'tussenpersoon', een man die Saeed heet. Tussenpersonen zijn van vitaal belang voor een verslaggever. In gebieden waar alles, van regeringstoespraken tot lichaamstaal, gedecodeerd moet worden, doen ze dienst als multi-inzetbare vertaler. En ook als navigator. Saeed begint niet goed. Hij heeft zojuist gebeld om te vertellen dat hij is verdwaald. Daar maakt Asra zich zorgen om. 'Wat is dat voor een tussenpersoon, die niet eens de weg weet in Karachi?' Saeed is verslaggever bij *Jang*, de grootste Urdutalige krant. De krant beweert ongeveer twee miljoen lezers te hebben, volgens Danny ongeveer evenveel als *The Wall Street Journal*. Maar daar houdt de vergelijking op. Saeed arriveert uiteindelijk ongeveer een uur te laat. Wat het meest aan hem opvalt, behalve zijn geruite overhemd en bandplooibroek in westerse stijl, is hoe zenuwachtig hij is.

Zodra Danny is vertrokken, wordt het stil in ons grote huis. Aan de overkant van de straat zitten opzienbarend groene papegaaien urenlang te kletsen, een welkome afwisseling na de zwarte kraaien die je in Zuid-Azië onontkoombaar gezelschap houden. In de grootste kamer zit Nasrin gehurkt op de grond en veegt het stof op een hoopje met een handgemaakte bezem van met touw bijeengebonden twijgen. Haar dochter Kashva volgt haar als een kleine schaduw. Het meisje is bang voor mij ondanks mijn pogingen vriendelijk tegen haar te zijn, maar ze is gefascineerd door Danny, die bij kinderen altijd meer in de smaak valt dan ik.

Ik heb vreselijke hoofdpijn. Ik denk met verlangen terug aan de tijd dat aspirine nog was toegestaan. Ik ga naar onze kamer om een beetje te rusten en te dagdromen over Danny, die ergens in de stad als verslaggever aan het werk is. Ik vind het leuk om te zien hoe het overhemd dat hij 's ochtends zo zorgvuldig strijkt, steevast al vroeg in de middag verkreukt uit zijn broek hangt. Danny komt in het kantoor van mensen binnenvallen met altijd veel te veel in zijn handen, jonglerend met Palm Pilot en blocnotes en pennen en documenten die uit enveloppen vallen. Hij weet mensen zo vanzelfsprekend voor zich te winnen. Ik denk dat het een subtiele combinatie is van zijn jongensachtigheid en goede manieren. Of komt het doordat hij nooit liegt?

In zijn beginperiode bij de *Journal* raakte Danny bekend om zijn heerlijke, spitsvondige rubriek op de voorpagina. Hij schreef over het grootste tapijt van de wereld, dat in Iran was geweven ('Dit is een kleine stad op zoek naar een heel grote vloer'). In Astrachan schreef hij over handelaren die hun voorraad kaviaar vergroten door steuren hormonen in te spuiten zodat ze meer eitjes produceren, die er vervolgens uitgeschept kunnen worden tijdens een soort keizersnede voor vissen ('Zo ontstond hechtingloze steurenchirurgie'). Danny kan uit gewone dingen onverwachte verhalen maken.

Maar ik heb echt bewondering voor de manier waarop hij de laatste jaren zijn reportages heeft verdiept en verder uitgewerkt. Het gebied dat hij nu verkent, is onduidelijker. Hij baant zich zigzaggend een weg door een wereld vol bekrompen, tegenstrijdige denkbeelden. Hij gluurt in steegjes, brengt punten met elkaar in verband, legt uit hoe het vlindereffect werkt – hoe de kleinste beweging op een plek ergens anders enorme gevolgen kan hebben. Ik zie hoe Danny groeit en zijn verantwoordelijkheid neemt als schrijver en als man. Hij is steeds meer oprecht bezorgd over een wereld die hij gretig omarmt. Hij maakt dat ik geloof in de macht van de journalistiek.

Een jaar geleden in Bombay rolde ik, beïnvloed door de spirituele kracht van India, mijn bureaustoel naast Danny's werktafel en vroeg hem wat hij als de meest essentiële waarde beschouwde – met andere woorden, wat zag hij als zijn persoonlijke religie? Ik bedoelde niet een religie die traditioneel was overgeërfd, maar de waarden die hij boven al het andere stelde. Danny, die op dat moment zat te werken aan een artikel over farmaceutische producten, zei dat hij het begreep en beloofde dat hij erover na zou denken. Een paar minuten later rolde hij zijn stoel naast de mijne. 'Ethiek,' verklaarde hij met een triomfantelijke blik. 'Ethiek en waarheid.'

Binnen een paar dagen werd die overtuiging op de proef gesteld toen we in de staat Gujarat in Noord-India arriveerden. Dat gebied was getroffen door een hevige aardbeving en er waren veel slachtoffers. Geen van ons tweeën had ooit verslag uitgebracht van een natuurramp, en toen we dichter bij het epicentrum kwamen, werden we haast door afgrijzen overmand. De aardkorst scheen onder het geweld te zijn verbrokkeld; je kon duidelijk zien dat honderden slachtoffers onder het puin bedolven lagen. We keken sprakeloos toe hoe een lijk werd opgegraven. Overal hing de stank van de dood.

Ik maakte deel uit van een groep verslaggevers die werkten aan een Franse publicatie. Toen ik mijn dossier inleverde, vond een van de stafmedewerkers mijn beschrijvingen 'niet kleurrijk genoeg' en begon een reeks sprankelende details te verzinnen. Terug in Bombay gingen Danny en ik met hem eten. De man was een ervaren verslaggever, maar hij sprak vol minachting over de journalistiek. Hij had het over illusies en leugens, over nieuws als spektakel. Hij scheen geen enkel verantwoordelijkheidsgevoel te hebben, geen enkel respect voor de waarheid. Hij leek wel halfdood.

Na de maaltijd glipte Danny weg naar zijn werktafel, waar hij lange tijd terneergeslagen met zijn hoofd in zijn handen zat. Hij had al een artikel geschreven over de economische gevolgen van de aardbeving, maar hij kon de stank van ontbindende lichamen niet van zich afzetten, en evenmin het gevoel dat hij niet in staat was adequaat en waarheidsgetrouw te beschrijven waar hij getuige van was geweest. Dus schreef hij een tweede artikel:

Hoe is het werkelijk in het door de aardbeving getroffen gebied in India? Er hangt een smerige lucht. Het stinkt er. Je kunt je niet voorstellen hoe het ruikt als enige honderden lichamen vijf dagen liggen te rotten terwijl opsporingsteams staan in te hakken op lagen verbrokkelde gebouwen in deze stad... Er worden aantallen doden genoemd – 25 000, 100 000 – maar niemand weet het precies. En niet alleen dat aantal doden verklaart waarom de media van de hele wereld hier zijn. Aan aids zullen dit jaar meer Indiërs sterven, maar daar wordt hier minder publiciteit aan gegeven. In de Indiase staat Orissa wordt melding gemaakt van de hongerdood ten gevolge van de droogte. In Afghanistan vriezen vluchtelingen dood in kampen. Maar een aardbeving betekent een plotselinge dood, een veel fascinerender verhaal...

Terwijl ik op ons bed lig in Asra's onwaarschijnlijke huis en wacht tot mijn hoofdpijn wegtrekt, blader ik wat door een notitieboekje waarin ik drie weken geleden ben begonnen te schrijven, toen we hier voor het laatst waren. We vierden oudejaarsavond met Asra en haar jonge minnaar, die ons meenam naar talloze weinig interessante feestjes waar iedereen in het zwart was gekleed, net als in New York of Bombay. In de auto onderweg van het ene feestje naar het andere maakte ik aantekeningen (de onregelmatigheid van mijn handschrift laat zien dat De Minnaar steeds vrolijker werd):

> Karachi, 31 december 2001, 22:45. Drie journalisten die op het punt staan de nieuwjaarsdag in Karachi door te brengen. Alle drie verliefd. Gelukkig... Gespannen bij de gedachte wat er in 2002 zal gaan gebeuren? Geen enkel woord duidt op zorgen. Als Bin Ladens naam wordt genoemd, is het alleen in grapjes.
> Ik ben vanochtend uit Parijs aangekomen. Ik ben over de halve aardbol gereisd om met mijn toekomstige baby bij mijn liefhebbende echtgenoot te zijn. Ik heb wat kaas meegebracht van mijn lekkere winkeltje in Montmartre en in een klein flesje wat Schotse whisky voor Danny.
> Die man rijdt als een idioot...

Danny is voor vier uur 's middags terug en komt nog even langs. Zoals gewoonlijk stort ik me in zijn armen en verberg mijn gezicht in zijn hals. Zo blijf ik staan, ik wil dronken worden van zijn geur, ik wil zijn zweet voelen. Ik vind het niet prettig als we niet bij elkaar zijn. Soms staat hij, nadat ik weg ben geweest, me bij de voordeur op te wachten. Hij neemt me in zijn armen en vertelt me hoezeer hij me heeft gemist. Hij drukt me met zijn ene hand tegen zich aan en met de andere streelt hij mijn gezicht, terwijl hij me 'Mijn lief, mijn leven' noemt.

Af en toe vind ik het fijn om hem een paar dagen niet te zien, net genoeg om te genieten van dat – pijnlijke maar heerlijke – gevoel dat je hebt wanneer degene van wie je houdt er niet is. Gewoon vanwege het genot hem weer te zien als hij me van het vliegveld komt ophalen. Gewoon om de e-mails te lezen die hij me stuurt van een tussenstop, puur vanwege het genot hem te horen zeggen: 'Ik kom eraan'. Pas als ik weer bij hem ben, voel ik me volledig.

Volgens traditionele begrippen ben ik geen goede echtgenote. Ik kan niet naaien of strijken. Ik kan maar één gerecht maken en ik denk er nooit aan wc-papier te kopen. Het fijne is dat Danny het niet schijnt te merken (behalve wat het wc-papier betreft). Onze kameraadschap, op grond van moeilijke momenten, nieuwe uitdagingen en echte vreugden, wordt elke dag sterker. Danny is graag trots op me. Vorig jaar oktober heb ik op een filmfestival in Montreal een prijs gekregen voor een geruchtmakende documentaire die ik had gemaakt voor de Franse en Duitse publieke omroep over genetische screening in Israël. Onder Israëls Terugkeerwet heeft bijna elke jood het recht om naar het oude vaderland terug te keren. Maar hoe kom je erachter of iemand echt joods is? Om te bepalen wie in aanmerking komt, hebben de Israëlische autoriteiten DNA-testen gebruikt om de genetische code van de aanvrager na te gaan. In mijn film werden de politieke en sociologische implicaties van dit proces bekeken, en die zijn verwarrend en verontrustend. Zodra hij het nieuws hoorde, stuurde Danny, die in Koeweit was, me een e-mail: 'Mijn Schatje is een prijswinnaar! Getekend, Trotse Echtgenoot.'

Het wordt voor ons allemaal tijd om op te stappen. Ik ben laat voor mijn interview met de deskundige op het gebied van huiselijk geweld; Asra moet boodschappen doen voor het etentje; Danny moet naar het hoofdkantoor van Cybernet, een internetprovider, om te kijken welke informatie hij kan krijgen over Richard C. Reids e-mailverkeer. Daarna heeft hij twee andere ontmoetingen, en ten slotte zijn afspraak met de ongrijpbare sjeik Gilani. We haasten ons door het huis terwijl we onze apparatuur in tassen stoppen – bandrecorders, mobiele telefoons, speciale blocnotes, Palms. Hoe is het mogelijk dat je in zo'n groot huis elkaar nog voor de voeten kunt lopen?

Asra belt naar het Sheraton Hotel om voor ons allebei een auto te bestellen. In Karachi neem je geen risico's. Het gebruikelijke protocol schrijft voor dat je een betrouwbare auto met chauffeur huurt, die je brengt waar je heen moet en bij elke stopplaats wacht. Hoewel hij over de hele wereld heeft gereisd en vanuit enkele gevaarlijke uithoeken verslag heeft gedaan, is Danny iemand die liever het zekere voor het onzekere neemt. Hij is van nature een behoedzaam mens. Toen we naar Bombay verhuisden, maakte hij onze autohandelaar helemaal dol door per se gordels te willen laten installeren op de achterbank van onze grijze Hyundai Santro. Op de áchterbank? Ze vonden het grappig, maar voor hem was het noodzaak.

Het Sheraton kan geen auto sturen. Dat is nog nooit eerder gebeurd. Asra probeert een ander plaatselijk bedrijf dat auto's met chauffeur verhuurt, maar ook daar zullen we lang moeten wachten – minstens twintig minuten – en dan zal Danny zijn eerste afspraak mislopen, waardoor zijn tweede afspraak spaak loopt en de derde in gevaar komt. In wanhoop sturen we Shabir, de huisbediende, erop uit om op de hoek van de straat, voorbij het wachthuisje, twee taxi's aan te houden. Alsof ze daardoor sneller zullen komen staat Danny ongeduldig op zijn tenen op en neer te wippen. Hij kijkt herhaaldelijk op het dure zilveren horloge dat ik hem voor zijn laatste verjaardag, zijn achtendertigste, heb gegeven. Ten slotte verschijnt Shabir weer op zijn fiets, twee taxi's in zijn kielzog. Ik geef Danny een teken dat hij de eerste moet nemen, omdat hij meer haast heeft. Nadat hij zijn tas in de auto heeft gegooid, legt hij zijn vrije hand in mijn nek, trekt me naar zich toe en kust me op mijn wang. Dan duikt hij op de achterbank van de taxi.

Binnen een paar seconden is Danny weg.

2

Ik kook hoogstens twee keer per jaar, en altijd hetzelfde, het enige gerecht dat ik van mijn Cubaanse moeder, Marita, wilde leren. Haar picadillo is een perfect uitgebalanceerde chili, vertroostend en verrassend, met hier en daar wat zoute kappertjes en zoete rozijnen in een mengsel van rundergehakt met tomaten en uien. In dit islamitische land kan ik het varkensvlees dat ik er meestal aan toevoeg niet krijgen, maar vanavond zal al het andere er zijn – rode bonen als er geen *black-eyed peas* zijn, pisangs, avocado's en witte rijst. Dit is het juiste gerecht, denk ik, om een vleugje Latijnse levendigheid te brengen in de drukkende atmosfeer van Karachi, en om ons naderende vertrek te vieren. Maandenlang hebben we onze aandacht gericht op terrorisme, oorlog en etnische en religieuze vijandschap. We waren erin ondergedompeld, en we moeten er nodig tussenuit voor wat frisse lucht.

Vanavond zullen we bij Asra thuis aan Zamzama Street een paar van haar nieuwe vrienden ontvangen, van wie ze de meeste heeft ontmoet via De Minnaar. Het zijn jonge, knappe, welgestelde Pakistani – financieel analisten bij multinationale ondernemingen, makelaars, mensen die een rol spelen in de wereld van de hightech. Asra is vooral blij dat een van haar gasten een lord is, 'een echte'. Het is een jongeman die geboren is onder een oud gesternte, de telg van een van de families die dit gebied hebben bestuurd sinds de Britse kolonialisten het meer dan tweehonderd jaar geleden opdeelden. Weliswaar heeft de moderne wereld wat bijgeschaafd aan het oude feodale systeem, dat sinds het betrekkelijk recente ontstaan van Pakistan wel een ontwikkeling heeft doorgemaakt. Maar ik vind het barbaars dat lords nog steeds een haast goddelijk gezag uitoefenen over pachters en deelpachters, waarmee ze de toegang tot onderwijs, een fatsoenlijk rechtssysteem en, natuurlijk, landbezit beperken. De familie van onze gast, zo hebben we gehoord, bezit in deze provincie ruim dertigduizend hectare, terwijl landhervorming het bezit zogenaamd beperkt tot zestig hectare.

De jongeman is verloofd maar mag met zijn verloofde alleen gechaperonneerde bezoekjes afleggen tussen zeven en negen uur 's avonds, dus hij komt alleen. Bij de anderen heb ik ook zo mijn bedenkingen, maar Asra is alleen en ze probeert in Karachi een eigen leven op te bouwen. Twee dagen geleden voelde ze zich zo akelig dat ze op het punt leek in te storten en het land te verlaten. Wat haar deed besluiten te blijven, was de bezorger die haar de *chicken biryani* bracht die ze had besteld. Hij had gezworen dat hij Asra's bestelling binnen een half uur zou bezorgen, en ze had hem niet geloofd. 'Ja het zal wel, *insha'allah*,' zei ze, moedeloos haar schouders ophalend, zo God het wil. Maar hij was nog twee minuten binnen de tijd gebleven.

'Je bent verbazingwekkend!' zei Asra tegen hem. 'Je hebt ervoor gezorgd dat ik in Pakistan blijf.' De arme bezorger had geen idee waar ze het over had, maar zij bekeek het zo: 'Ik zag het als een teken van God. Hij gaf me de hoop dat deze maatschappij werkelijk functioneel kan zijn.' En dus besloot ze te blijven.

Asra, heb ik geleerd, laat zich leiden door haar eigen logica.

Misschien komt dat door haar gebroken identiteit. Ze is in India geboren als kind van islamitische ouders, en groeide op in Morgantown in West Virginia, waardoor ze de psychische littekens draagt van mensen die hun wortels uit het ene land hebben getrokken en dan ontdekken dat het niet gemakkelijk is ze over te planten naar het andere land. In Morgantown (uitgeroepen tot 'het mooiste stadje ten oosten van de Mississippi') hielp ze haar vader de enige moskee in de stad te openen. Niet gemakkelijk. In 1992 stemde ze ermee in naar Pakistan terug te keren en te trouwen met een moslim. Met de beste wil van de wereld ook niet gemakkelijk te noemen.

De vader van de man met wie ze trouwde vertelde Asra tijdens haar wittebroodsweken dat ze even moest gaan zitten, en vervolgens gaf hij in grote trekken weer hoe haar nieuwe identiteit eruit zou zien:

'In de eerste plaats ben je moslim. In de tweede plaats ben je Pakistaanse. En in de derde plaats spreek je Urdu.' Asra voelde zich als een kat aan een lijntje. Ze probeerde een goede bruid te zijn. Ze legde haar visites af, zei weinig en probeerde er met goudkleurige Stuart Weitzman-pumps aantrekkelijk uit te zien.

Het huwelijk hield nog geen drie maanden stand.

Asra woonde weer in West Virginia, toen, zoals ze zegt, 'de streek waar ik was geboren plotseling het middelpunt van de wereld werd' en ze voelde zich gedwongen terug te gaan en verslag uit te brengen. Maar ze was bij *The Wall Street Journal* met verlof, dus ging ze aan de slag met opdrachten voor twee kranten – het online magazine Salon.com en de *Dominion Post* in Morgantown.

De artikelen voor de krant in haar woonplaats zijn geschreven als brieven aan de klasgenoten van Samir en Safiyyah, haar geliefde nichtje en neefje, en Merve en Blink spelen de hoofdrol. Merve is een kleine eenhoorn, en Blink is... Tja, dat is moeilijk te zeggen. Misschien een ezel. Deze pluizige dieren hebben met Asra door heel Zuid-Azië gereisd, tot aan de Himalaya en Allahabad. Ze zijn zelfs korte tijd in Afghanistan geweest.

Zodra journalisten eind oktober en in november de grens tussen Pakistan en Afghanistan mochten oversteken, besloot Asra dat ook zij vanaf het front verslag moest uitbrengen, wat onder andere betekende dat ze de aan Kabul gebonden avonturen van Merve en Blink voor de *Dominion Post* in een dossier moest bijhouden. Asra's berichten worden altijd geïllustreerd met een foto van Merve en Blink op locatie, dus een kilometer over de grens met Afghanistan pauzeerde Asra om de beesten uit haar tas te halen voor de foto. Toen ze opkeek, richtten dreigende Afghanen kalasjnikovs op haar hoofd. Even later begonnen haar gidsen zich nors, ruw en minachtend te gedragen. Wat ze in hun ogen zag, joeg haar angst aan. Ze was een vrouw die alleen reisde in een land waar al langer dan vijf jaar geen vrouw haar gezicht had onthuld. Ze keerde terug en huilde de hele weg naar Pakistan tranen van frustratie.

Astra is soms misschien onverantwoordelijk bezig, maar ik moet zeggen dat ik haar fantasie heerlijk vind. Wie anders zou zijn leven riskeren om speelgoeddieren naar Afghanistan te brengen?

Danny is nog niet terug van zijn afspraak van vanmiddag, maar ik ben klaar met het interview met de deskundige op het gebied van huiselijk geweld. Wanneer ik ervandaan kom, zit de zwaargebouwde taxichauffeur die me hier gebracht heeft buiten op me te wachten. Toen Asra me eerder op de dag in de taxi zette, zei ze op gebiedende toon: 'Kheyal karoe' – let goed op haar – en hij is kennelijk vast van plan dat te doen. Pakistani behoren grotendeels tot een van vier etnische groeperingen: de Punjabi's, de Baluchi's, de Sindhi's of de Pathanen. Mijn chauffeur is een Pathaan met een baard, afhangende schouders en een brede glimlach. Met regelmatige tussenpozen kijkt hij aandachtig naar me in de achteruitkijkspiegel en vraagt: 'Teek hay?'

Ja, het gaat goed. Ik heb nog steeds hoofdpijn, maar ik red me wel.

Asra en ik moeten boodschappen doen voor het etentje van vanavond, dus rijden de vriendelijke chauffeur en ik langs Asra's huis om haar op te halen en gaan dan naar Agha's, een kruidenierszaak waar veel buitenlanders en de elite van Karachi komen. Boodschappen doen is hier veel gemakkelijker dan in Bombay; we vinden alle ingrediënten die we nodig hebben. Terwijl we onze mand vullen, praten we over de kwaadaardige anti-Amerikaanse stemming die er heerst. Die begint op onze zenuwen te werken. Het is iets stelselmatigs en berust nauwelijks op feiten of onderzoek. Mensen stralen het uit, en niet alleen islamitische conservatieven. Het is een gemakkelijk soort woede, een geliefd gespreksonderwerp in het kringetje van De Minnaar, als ze in het weekend relaxed rond een kampvuur zitten op het Franse Strand langs de Arabische Zee. Vanavond tijdens ons etentje zullen ze, in hun Armani-pakken, met hun AmEx-kaart van de zaak in hun portefeuille, geen gelegenheid overslaan om hun mening te ventileren, zonder rekening te houden met onze gevoelens. Het maakt dat Asra en ik ons onwaarschijnlijk chauvinistisch gaan gedragen, al zijn we ons ervan bewust dat Amerikanen er ook een handje van hebben cultuur tot een karikatuur te reduceren.

Terwijl we boodschappen doen, belt Danny. Hij is klaar met zijn bespreking bij Cybernet. 'Ik denk dat ik het e-mailadres van de "shoe bomber" heb gevonden,' vertelt hij opgewonden, op weg naar zijn afspraak van zeven uur. Hij zal een beetje laat zijn met eten, maar verwacht omstreeks negen uur thuis te zijn. Hij houdt veel van me. Hij noemt me 'schatje'.

Het gesprek wordt afgebroken. In de schemering krijgt iedereen in Karachi haast. De straathandelaren houden ermee op, er komen meer verkeersopstoppingen, gelovigen verlaten de moskeeën, en de stad, die overweldigend mannelijk is, wordt nog drukker. Ik kan me voorstellen hoe Danny ergens in deze mensenmassa erop gebrand is nog één stem op te nemen voordat zijn dag voorbij is. Ik moet glimlachen om zijn jongensachtige intensiteit.

Al eerder had hij een ontmoeting met Randall Bennett, de regionale veiligheidsagent op het Amerikaanse consulaat in Karachi. Het consulaat is een gebouwencomplex naast het Marriott Hotel, verstopt achter betonnen barrières. Daar vroeg Danny Bennetts advies over een ontmoeting met sjeik Gilani.

'Is het veilig?' vroeg Danny.

'Ik heb gezegd dat hij er alleen heen moest gaan als het plaatsvond op een drukke openbare plek waar veel mensen komen,' zal Randall zich later herinneren. 'Hij zei dat ze van plan waren elkaar te ontmoeten in het Village Restaurant en dat hij dat veilig genoeg vond. Daar was ik het mee eens.'

Vervolgens had Danny een ontmoeting met Jameel Yusuf, een zeer succesvolle zakenman uit Karachi en hoofd van een ongebruikelijke organisatie, het Citizen-Police Liaison Committee (CPLC). Yusuf richtte de groep op in 1989, toen hij woedend was vanwege de golf van ontvoeringen voor losgeld die een bedreiging vormde voor de zakengemeenschap. De politie van Karachi was niet in staat het gevaar te bestrijden, en daarom mobiliseerde Yusuf collega-zakenlui en vormden ze een gedistingeerde groep misdaadbestrijders. De CPLC heeft inmiddels tweehonderdvijfenzeventig gevallen van kidnapping aangepakt en het aantal kidnappings is met vijfenzeventig procent gedaald.

Als er iemand in Karachi is die weet wat risico's zijn, is het Yusuf wel. 'Is het vertrouwd om Gilani te ontmoeten?' vroeg Danny hem.

'Zolang je maar in een openbare ruimte bent,' antwoordde Yusuf.

Daarna belde Danny Asif, de man die hij in Islamabad als tussenpersoon gebruikte. Asif had Danny in contact bracht met de persoon die beloofde hem bij de geestelijke te brengen. Om half zeven 's avonds vroeg Danny aan Asif: 'Hoe gevaarlijk is het om bij Gilani op bezoek te gaan?'

'Het hangt ervan af waar je hem ontmoet,' zei Asif. 'Gaat Mariane mee?'

Danny gaf zijn taxichauffeur de opdracht hem af te zetten voor het Village Restaurant van Hotel Metropole. In de jaren zestig en zeventig, voordat de voormalige minister-president Zulfiqar Ali Bhutto probeerde de fundamentalisten zoet te houden door met harde hand op te treden tegen alcohol en clubs, was het Metropole dé plek om te drinken en te dansen. Tegenwoordig is het een somber hotel voor lowbudget-reizigers. Hier zal Danny de man ontmoeten die hem naar de ongrijpbare sjeik Mubarak Ali Shah Gilani zal brengen.

Nadat ik wekenlang door het stof van Pakistan heb gelopen, wil ik er vanavond mooi en vrouwelijk uitzien. Ik haal uit mijn bagage de enige jurk waar ik nog in pas en die zedig genoeg is voor Karachi. Hij is zwart en er gaat een wit gehaakt hemd overheen; ik lijk een beetje op een pinguïn. Asra schiet een zwarte nylon lange broek aan met witte Nike-logo's bij de enkels. Ze bezit tien van die broeken. Ze zijn ideaal voor ontmoetingen met de Pakistaanse elite – wijd, maar niet te wijd, en chic genoeg om je er feestelijk in te voelen, vooral met haar elegante hoge hakken.

We zetten Springsteens *Live*-album op, Asra steekt kaarsen aan en ik ga aan de slag met de berg ingrediënten die op het aanrecht in de keuken op me ligt te wachten. Omstreeks acht uur bel ik Danny om me te melden. Zo gaan we altijd te werk. Als een van ons alleen naar een afspraak gaat, belt de ander zo om de anderhalf uur op om zich te melden en er zeker van te zijn dat alles in orde is. Zijn telefoon staat uit. Danny kan een heleboel redenen hebben om zijn mobiele telefoon uit te zetten, maar meestal doet hij dat niet. 'Het nummer dat u belt is op dit moment niet bereikbaar. Probeert u het later nog eens,' zegt de opgewekte, robotachtige vrouwenstem, die vervolgens het bericht herhaalt in het Urdu. Op den duur zal ik die stem gaan haten.

De gasten beginnen te arriveren. Ze komen zwaaiend met brandende sigaretten binnen, de mannen gladgeschoren en in prachtige pakken, de vrouwen elegant in zwarte kleding, met keurige pumps en bescheiden make-up. Ik begroet hen, maar ik ben er met mijn gedachten niet bij. Ze verzamelen zich in de woonkamer, hun snelle Urdu en Engels afgewisseld door gelach. De meesten zijn jeugdvrienden van elkaar en voelen zich in elkaars gezelschap volkomen op hun gemak. Terwijl de gasten zich installeren met flessen Murree Brewerybier die we hebben gekocht bij een illegale drankverkoper, is Asra in de eetkamer in de weer. Ik ben in de keuken veel te lang bezig met de picadillo. Ik heb Danny om het kwartier gebeld en krijg steeds hetzelfde irritante bericht.

Asra geeft de jonge lord een rondleiding door het huis. Op de tweede verdieping wijst ze naar de gezellige zitkamer waar ze werkt. De kamer heeft de bizarre vorm van een mislukt parallellogram. Haar werktafel is een van de kleinste cilinderbureautjes die ik ooit heb gezien, zo klein dat Danny's Think Pad er log bij lijkt.

'Dus dit is de CIA-cel?' vraagt de lord met bulderende lach.

Asra geeft geen antwoord, maar wanneer ze me er later over vertelt, merk ik dat ze zijn geestige opmerking net zomin waardeert als ik. Waarom altijd die verdenking dat reporters spionnen zijn? De lord mag het dan wel als een grap hebben bedoeld, maar in een land dat zo gespannen en paranoïde is als Pakistan, is zo'n opmerking helemaal niet leuk.

Het is nu tien uur. Een ongeduldige Minnaar verschijnt bij het fornuis. 'Hé, iedereen moet morgen weer naar zijn werk,' zegt hij. Ik besef dat hoe sneller we onze gasten aan tafel zetten, hoe sneller ze de deur weer uit zijn. Een paar minuten later hoor ik nauwelijks de beleefde complimentjes van de eters die rond de tafel zitten. Ik doe alsof ik eet en me gelukkig voel – de gasten verwachten weinig van me. Instinctief leg ik mijn handen op mijn buik en denk aan ons drietjes – Danny, ons kind en ik. Terwijl ik niet meer luister naar het rumoerige gebabbel, bid ik in stilte *Nam Myoho Renge Kyo*, de boeddhistische mantra die ik al meer dan achttien jaar opzeg. Tot mijn grote opluchting eten de gasten snel, en tegen elf uur zijn ze op De Minnaar na allemaal weg.

We letten niet op de rommel en gaan naar Asra's werkkamer om de balans op te maken. De Minnaar strekt zich uit op een van de bankachtige bedden en trekt Asra naast zich. Terwijl hij haar in zijn armen houdt, steekt hij een joint op. Lijzig zegt hij op gekwelde toon: 'Misschien hebben ze hem meegenomen naar een *madrassa* waar geen telefoons zijn. Of misschien is hij niet in de stad. Als je Karachi uitgaat, ben je buiten bereik. Kan gebeuren.'

Hij irriteert me werkelijk. Wat hij niet begrijpt, is dat dit nog nooit is gebeurd, niet in Kosovo of in Saoedi-Arabië, niet in Iran. Waar Danny ook was, hij wist altijd een telefoon te vinden en me te bellen.

Asra en ik laten de jongeman rustig roken en kruipen achter Danny's computer, op zoek naar aanwijzingen. We lezen zijn agenda en e-mails door. 'Chaudrey Bashir Ahmad Shabbir,' lees ik hardop. Asra schrijft de naam en het telefoonnummer op.

Bashir. Natuurlijk. Hij is de man die Danny bij Gilani zou introduceren.

We vinden verscheidene e-mails van Bashir in Danny's archief, onder het e-mailadres nobadmashi@yahoo.com. 'Dat is vreemd,' zegt Asra.

'Hoezo?'

'*Nobadmashi* betekent in het Urdu "die geen wandaden begaat".'

De hele briefwisseling is vreemd. We bestuderen de berichten aandachtig, maar begrijpen niet wat ze precies betekenen. Bashir en Danny hebben kennelijk al een tijdje contact met elkaar. Op 16 januari, toen Danny en ik in Peshawar waren, schreef Bashir:

Hartelijk dank voor uw artikelen – ik heb ze met plezier gelezen en ik heb de uitdraaien doorgestuurd naar Shah Saab [Gilani]. Hij is nu voor een paar dagen naar Karachi en ik weet zeker dat we hem, wanneer hij terugkomt, kunnen spreken. Het spijt me dat ik u niet eerder heb geantwoord, ik had het druk omdat ik voor mijn vrouw moest zorgen, die ziek was. Wilt u bidden voor haar gezondheid?
Ik hoop u spoedig te zien,
Adaab,
Chaudrey Bashir Ahmad Shabbir

Drie dagen later kreeg Danny nog een e-mail, een ongewoon informele:

Beste heer Pearl,
Het spijt me dat ik niet eerder contact met u heb gehad... Ik ben op de een of andere manier uw telefoonnummer kwijtgeraakt [...] Ik geloof dat ik u laatst het nummer van mijn oudste broer heb gegeven, maar toen ik thuiskwam bleek hij het verkocht te hebben! We hebben een huislijn aangevraagd en zodra we de 'juiste personen' betalen, krijgen we die. Zo gaat het in Pakistan! Mijn vrouw is terug uit het Alhamdolillah-ziekenhuis en die hele belevenis is werkelijk een openbaring geweest. De arme mensen hier die ziek worden en naar het ziekenhuis moeten, hebben het echt ellendig en moeilijk. Ik realiseerde me hierdoor nog maar weer eens dat onze familie veel heeft om dankbaar voor te zijn. De sjeik zegt dat dankbaarheid de essentie van het geloof is.
Ik sprak gisteren met de secretaris van de sjeik en hij vertelde me dat de sjeik-Saab uw artikelen heeft gelezen en dat u welkom bent. Het zal echter nog een aantal dagen duren voordat hij uit Karachi terug is. Als Karachi op uw programma staat, kunt u hem daar ontmoeten [...]

Toen Danny dat hoorde, veranderde hij onze plannen en zorgde dat Karachi op ons 'programma' kwam te staan, ook al waren we van plan geweest het land spoedig te verlaten. Bashir reageerde snel op dat nieuws:

Het is jammer dat u Pakistan al zo gauw verlaat – ik hoop dat u het hier prettig hebt gehad. Ik zal een afspraak met de sjeik voor u regelen in Karachi op dinsdag of woensdag, afhankelijk van zijn rooster... Hij zal mij het nummer geven van een van zijn *mureeds* [volgelingen] die u kunt bellen wanneer u daar bent. De *mureed* zal u bij hem brengen. Doet u de sjeik van mij de beleefde groeten en vraag hem om me in zijn gebeden te blijven gedenken.

O. Dus nu weten we dat Bashir niet de tussenpersoon was die Danny vanmiddag zou ontmoeten. Dat was een *mureed*. Maar wie dan? En wie is eigenlijk deze sjeik?

We zoeken op Google naar 'Gilani'. Voor iemand die is omschreven als de 'geheimzinnige' leider van een 'obscure moslimsekte', staat er een heleboel online. Danny en ik hadden het natuurlijk over Gilani gehad, maar tot op zekere hoogte, en ik wist niet dat een rapport uit 1998 van het Amerikaanse ministerie van Buitenlandse Zaken zijn organisatie, Jamaat al-Fuqra, omschreef als 'een terroristische groepering die zich bezighoudt met het voeren van de jihad, of heilige oorlog, tegen de Verenigde Staten'. Of dat de FBI meent dat de leden verantwoordelijk zijn voor ten minste zeventien bomaanslagen en twaalf moorden in de Verenigde Staten. Gilani stichtte de groepering in Brooklyn, New York, ruim twintig jaar geleden, en sindsdien hebben cellen van radicale moslims, voornamelijk Afro-Amerikanen, zich verspreid over de vs, van het platteland van Virginia tot aan de Rocky Mountains in Colorado en de heuvels van de Sierra's in Californië. Hij heeft meer dan honderd Amerikaanse volgelingen naar Pakistan gebracht voor een godsdienstige en militaire training, en nog meer aanhangers bevinden zich in het Caribisch gebied en Europa.

Wist Danny dit allemaal? Wist hij dat 'specialisten op het gebied van terrorisme vermoeden dat Fuqra wordt gesteund – of op zijn minst oogluikend toegelaten – door invloedrijke Pakistaanse regeringsfunctionarissen'? Of dat Gilani ervan wordt verdacht banden te hebben met de terroristen die in 1993 een aanslag pleegden op het World Trade Center?

'Dat het op internet staat, wil nog niet zeggen dat het waar is,' zegt Asra, die voelt dat ik schrik.

Toch ben ik bang. Aan Gilani's handen kleeft direct of indirect het bloed van verscheidene slachtoffers. En onze meest plausibele veronderstelling is dat Danny met geweld door deze man of zijn ondergeschikten wordt vastgehouden in een *madrassa*.

Daar klinkt vanaf de bank de stem van De Minnaar weer. 'Ze hebben hem waarschijnlijk daar laten overnachten. Die mensen zijn heel gastvrij.'

Ik heb zin om hem op zijn nummer te zetten.

Asra probeert me te kalmeren. 'O ja, ik wed dat ze hem 's ochtends een Pakistaanse omelet met groene pepers en uien voorzetten, hem wat roti geven en hem dan naar huis sturen. En dan is hij bij zijn thuiskomst woest omdat hij niet mocht bellen.'

'Ik moet morgen vroeg naar mijn werk,' jammert De Minnaar met dubbele tong vanuit zijn liggende houding.

'Ga maar naar bed,' zegt Asra vriendelijk. 'We wekken je wel op tijd.'

Danny heeft het artikel van 6 januari uit de *Boston Globe* gedownload, waarin stond dat hij op zoek was naar Gilani. In dit artikel stelde verslaggever Farah Stockman vast dat er een connectie bestond tussen Reid en de geestelijke. Wat Stockman vermeldt, geeft me niet veel vertrouwen.

'Jarenlang,' schreef Stockman, 'heeft Gilani jonge mannen aangezet tot de jihad tegen het Indiase bewind in Kasjmir, tegen de Russen in Tsjetsjenië, de Serviërs in Bosnië en tegen de Israëliërs. Hij richtte trainingskampen op in Abbotabad in Pakistan, ongeveer drie uur rijden vanaf de hoofdstad, en in andere delen van het land.' Een van de plaatsen waar de volgelingen van Gilani studeren en trainen is Lahore 'in de oostelijke uithoek van Pakistan, die het domein is geweest van een aantal geestelijk leiders, strijders uit Kasjmir en *madrassas*, scholen die Taliban-leiders voortbrengen.

"[Reid] is daar geweest," zei [een] functionaris, die sprak over Gilani's ommuurde complex in Lahore... Een lid van Gilani's uitgebreide familie zei ook dat Reid het kamp had bezocht.'

In het artikel citeerde Stockman Khalid Khawaja, een goede vriend van Gilani, die elke betrekking tussen de twee ontkende. 'Hij is geen volgeling en hij is bij niemand van de mensen binnen ons systeem bekend,' zei Khawaja over Reid.

De ontkenning is pro forma, maar het noemen van de 'goede vriend' jaagt ons de stuipen op het lijf. Khawaja is een fascinerende maar dubieuze figuur, zo iemand die iedereen schijnt te kennen, althans in militante islamitische kringen. Khawaja is een voormalig Pakistaans geheim agent en luchtmachtofficier, en doet niets liever dan met journalisten spreken, vooral met Amerikaanse. Hij vindt het heerlijk om hun gezicht te zien als hij ze vertelt dat hij een vriend is van Osama bin Laden. Danny en ik hebben Khawaja verscheidene malen geïnterviewd, Asra ook, en we vonden hem, zoals Danny ronduit zei: 'een aardige kerel, maar wel een beetje gestoord'.

Danny en ik hadden kort na de aanslagen van 11 september een ontmoeting met hem in Islamabad, en daarna begin januari, in een kantoor dat hij gebruikt in een betrekkelijk leeg huis in een omheinde wijk die blijkbaar bestemd is voor het leger. Asra zocht hem in september op in zijn echte huis, toen ze logeerde bij een tante van vaderskant. 'Misschien wil je onze buurman interviewen,' had haar tante hulpvaardig gezegd. 'Het is een godvruchtige man, een vriend van Bin Laden en de Taliban. Hij heeft gevochten met het Afghaanse verzet.' En zo ging Asra in gezelschap van haar tante en oom op bezoek bij Khalid Khawaja, en met z'n drieën zaten ze beleefd te luisteren terwijl hij raasde en tierde over de rechtvaardigheid van de jihad tegen Amerika.

Asra zag hem elke morgen na de gebedsdienst, met zijn handen gevouwen achter zijn rug, de straat uit gaan voor een dagelijkse wandeling door het plaatselijke parkje. Op een dag kwam ze naast hem lopen en terwijl ze voortstapten, beschreef hij hoe hij samen met de invloedrijke Pakistaans-Amerikaanse zakenman Mansur Ejaz en de voormalige CIA-baas James Woolsey had geprobeerd een overeenkomst uit te werken die een oorlog tussen de Verenigde Staten en de Taliban moest voorkomen. De poging mislukte.

Tegenover Danny en mij hing Khawaja een soortgelijk verhaal op, en hoewel we nooit alle feiten konden staven, waren we geneigd een deel te geloven. Maar veel van wat Khawaja ons vertelde, was bedenkelijk en volkomen uit de duim gezogen: 'Weten jullie wie er achter de aanslag op het World Trade Center en het Pentagon zat?' vroeg Khawaja ons in september. 'De joden hebben het gedaan, de Mossad, dat kan niet anders.'

Dat was niet de eerste keer dat we 'de theorie van de joden' te horen kregen. We kregen die de dag tevoren al voorgeschoteld door Hamid Gul. Hij was van 1987 tot 1989 directeur van Inter-Services Intelligence (ISI), de Pakistaanse inlichtingendienst, en wordt beschouwd als de grondlegger van de Afghaanse jihad, de man die het brein was achter de door het Amerikaanse Centrale Inlichtingen Bureau gefinancierde oorlog die door de moedjahediens tegen het Sovjet-bezettingsleger werd gevoerd. Tien jaar geleden was Gul in dit gebied de machtigste man; sommigen noemden hem de 'godfather van de Taliban'. Maar de macht had hem, als een ontrouwe minnares, in de steek gelaten en was niet weergekeerd. Er waren nieuwe verbonden gevormd en Hamil Gul maakte er geen deel van uit.

Ik voelde de verbittering achter zijn zelfverzekerde kritiek. Gul gaf blijk van dezelfde fanatieke exaltatie als we bij Khawaja aantroffen en bij vele anderen die we in de dagen na 11 september ontmoetten. Het was een hunkering naar wraak die al te lang onbevredigd was gebleven. Het was een allesoverheersende, intense begeerte.

Na een monoloog van een uur waarin Gul had volgehouden dat Osama bin Laden niets met de aanslagen te maken kon hebben, had hij zich samenzweerderig naar ons toe gebogen. 'Weten jullie,' zei hij, 'dat de vierduizend joden die normaal in het World Trade Center werken op die dag allemaal afwezig waren?'

Tot het einde der dagen zal ik met plezier terugdenken aan de zelfbeheersing waarmee Danny reageerde. 'Werkelijk?' zei hij zonder enig merkbaar spoor van ironie.

De 'theorie' was dat de daders in het geheim al het joodse personeel in de Twin Towers op de hoogte hadden gesteld, zodat ze niet op hun werk zouden verschijnen en dus gespaard werden voor het verschrikkelijke lot. De aantijgingen waren blijkbaar kort na 11 september geuit via Al-Manar, het tv-kanaal van Hezbollah, de Libanese islamitische partij. Zodra het kwaadaardige gerucht op internet kwam, vond het overal in de fundamentalistische wereld een welwillend gehoor.

In een artikel dat Danny tien dagen na de aanslagen inzond, schreef hij: 'Een theorie dat joden of Israëliërs de aanslagen van 11 september op de Verenigde Staten beraamden, vindt steeds meer geloofwaardigheid onder intellectuele moslims en dat is een verontrustend teken dat de globalisering er niet in geslaagd is om kloven in de perceptie te overbruggen.'

In Pakistan, vertelde Danny, waren piloten, wetenschappers en experts voor een onderzoek bijeengekomen en ze waren allemaal tot de conclusie gekomen dat de aanslagen niet hadden kunnen lukken zonder de hulp van de Amerikaanse geheime dienst of de Israëliërs. 'Pakistaanse luchtmachtofficiers zijn zonder meer van mening dat "de Mossad de enige is die dat kon doen". In gerespecteerde kranten in Saoedi-Arabië, Pakistan en de Verenigde Arabische Emiraten staan berichten waarin wordt gesuggereerd dat gezaghebbende bronnen een paar Israëliërs ervan verdenken bij de aanslag betrokken te zijn... Een Pakistaanse commentator vertelde aan B B C-*Friday* dat Amerika's oorlogszuchtige houding "een voedingsbodem" is voor samenzweringstheorieën die zich op internet verspreiden.'

Er is hier sprake van dezelfde oude vijandschap die maakt dat je je afvraagt of de mensheid ooit lering zal trekken uit haar eigen geschiedenis. Toch weigeren Danny en ik ons er in ons werk als journalisten door te laten verslaan. We zien onszelf als koorddansers, voorzichtig en vasthoudend in ons streven bruggen te slaan. Danny doet in zijn werk zijn best om zich te onthouden van dogma's en loyaliteiten. Het is niet gemakkelijk om onpartijdig te blijven, maar het scherpt Danny's visie en onafhankelijkheid. Hij vertegenwoordigt geen land of nationaliteit, maar alleen het zoeken naar de waarheid. Hij is hier om de mensen een spiegel voor te houden en ze te dwingen naar zichzelf te kijken. Bestaat er een betere manier om het mensdom te respecteren?

The Wall Street Journal publiceerde Danny's artikel over de joodse samenzwering niet. Danny e-mailde naar zijn baas: 'Het verhaal is vandaag niet verschenen en staat niet gepland voor publicatie. Zeg alsjeblieft dat dat komt doordat het op de een of andere manier over het hoofd is gezien of omdat er geen ruimte meer was, en niet omdat de mensen bang zijn onze lezers te vertellen wat mensen hier werkelijk denken!'

Hij drukte zich krachtiger uit in een bericht aan een vriend: 'Ik ben woest dat we altijd klaarstaan om eindeloos af te geven op de oosterse manier van denken, behalve als onze joodse lezers erdoor gekrenkt zouden kunnen worden... Misschien ben ik gewoon paranoïde,' besloot hij, 'of bezig met mijn eigen joodse-samenzweringstheorie.'

Wie weet wat voor theorie Khalid Khawaja zat te bedenken toen hij ons tijdens onze bespreking de les las en plotseling met een vraag kwam. 'Wat bent u?' vroeg hij Danny. 'Een christen?'

Zonder een moment te aarzelen antwoordde Danny: 'Ik ben joods.'

Het antwoord deed Khawaja schrikken. 'Is dat zo?'

We waren op de vraag voorbereid, die moest op zekere dag wel komen. Waar je ook op reis bent, en vooral in minder ontwikkelde landen, mensen proberen je altijd keurig en snel in een categorie onder te brengen. Aan wiens kant sta je? Of, meer ter zake: Ben je mijn vijand? Ben ik jouw vijand? Voor ons was dit altijd een irrelevante vraag met maar een antwoord: we zijn hier gekomen als journalisten.

Danny's beide ouders zijn joods. Zijn moeder, Ruth, is geboren in Bagdad als afstammelinge van Iraakse joden die daar leefden óf vanaf de verwoesting van Solomons tempel (586 v. Chr.) óf vanaf een iets latere periode – de tweede ballingschap (70 n. Chr.). Zijn vader, Judea, is geboren in Israël, maar zijn familie was nog maar betrekkelijk kort tevoren naar het Midden-Oosten teruggekeerd. Judea's grootvader, een chassidische jood, verhuisde in 1924 naar Israël, nadat hij al zijn bezittingen in Polen had verkocht. Hij richtte samen met vijfentwintig families een streng koosjer zuivelbedrijf op in een nieuw dorp, Benei Beraq genaamd. Judea's moeder vluchtte uit Polen en kwam in Israël aan op de vooravond van Chanoeka in 1935. (Haar ouders, broer en zus bleven achter en werden naar Auschwitz gestuurd. Alleen haar zus overleefde het.) Ruth en Judea ontmoetten elkaar aan het Technion-Israël Technologisch Instituut in Haifa, en verhuisden na hun huwelijk naar de Verenigde Staten, waar Danny in 1963 werd geboren.

Het is een rijk verleden en Danny is er trots op. Hij is niet religieus, maar hij heeft eens tegen me gezegd dat als hij ooit de behoefte zou voelen zich tot God te richten, hij zich eerst tot de godsdienst van zijn voorouders zou wenden. Toch verzet hij zich ertegen om gedefinieerd te worden door zijn afkomst – of door wat dan ook. Ja, hij ziet zichzelf als een jood en hij ziet zichzelf als een Amerikaan. Maar Danny is ook journalist en musicus. Zoals ik hem zie, is Danny een vrij mens.

Omstreeks middernacht rijdt een auto de straat in. Asra en ik rennen naar de witgevlekte veranda, vurig hopend dat we die harde deurbel zullen horen. Maar dat gebeurt niet.

Als Danny om twee uur 's nachts nog niet terug is, zullen we de autoriteiten bellen.

Maar welke? Corruptie is bij de Pakistaanse politie een normaal verschijnsel; dat is een verhaal waar Danny en ik maandenlang onderzoek naar hebben gedaan. In feite is het mogelijk dat de politie bellen precies dat is wat we nu niet moeten doen. Kunnen we de Pakistaanse geheime dienst bellen? isi, Inter-Services Intelligence – de rol van die instantie is zo duister en beangstigend. We hebben gehoord dat het weleens 'een koninkrijk binnen een staat' wordt genoemd; we weten dat er in dit land weinig gebeurt zonder dat de isi ervan af weet. Maar wat te doen als ze erbij betrokken zijn? Moeten we eerst het Amerikaanse consulaat bellen?

We besluiten vertrouwen te stellen in ons eigen soort mensen. Asra belt een verslaggever van *Jang*, die ze in Peshawar heeft ontmoet. Hij heeft nieuws, maar niet over Danny. Ghulam Hasnain, een correspondent voor *Time* en cnn wordt vermist. Is er een verband? Dat is moeilijk te zeggen. 'Kun je ons zijn telefoonnummer thuis geven? Kunnen we zijn vrouw spreken? Indrukken uitwisselen?' vraagt Asra.

'Het is nu te laat om te bellen,' zegt de reporter van *Jang*. 'Ze mag niet gestoord worden.'

Het is na middernacht en hij is op weg naar de Pers Club van Karachi om daar de nacht door te brengen. Wanneer hij daar is, zal hij navraag doen bij zijn collega's, maar hij betwijfelt of hij veel te weten zal komen. We vermoeden dat hij gelijk heeft, vooral als de geruchten die we hebben gehoord waar zijn: dat de meeste nachtbrakers van de Pers Club daar zijn om naar pornovideo's te kijken die vanaf het vliegveld in Dubai binnen zijn gesmokkeld. (In Dubai kun je alles kopen.) De journalist vraagt of we ons bij hem willen melden, en Asra houdt hem aan zijn woord. Ze belt hem de hele nacht door, waardoor hij telkens weer gewekt wordt. Hij heeft nooit nieuws.

We bellen naar het Amerikaanse consulaat. Een slaperige stem antwoordt: 'Korporaal Bailey, wat kan ik voor u doen?'

Bang om bang te klinken leggen we overdreven kalm uit hoe de situatie is. Maar het maakt niet uit op welke toon en met welke woorden we ons verhaal doen, we kunnen korporaal Bailey niet duidelijk maken dat we het serieus menen en dat dit een noodsituatie is. Hij verwacht ongetwijfeld dat Danny met het aanbreken van de dag weer zal verschijnen, dronken en gedesoriënteerd omdat hij te ver van huis te veel lol heeft gehad. Zulke telefoontjes zijn niet ongewoon bij een consulaat, zelfs niet in een islamitisch land. 'Bel om zes uur in de ochtend nog eens terug,' zegt corporaal Bailey vermoeid. 'Vraag maar naar Randall Bennett, de plaatselijke veiligheidsagent.'

Bennett. Dat is een van de mannen met wie Danny vandaag een ontmoeting had. Hij zal tenminste weten wie Danny is.

Samen achter het bureautje zittend zeggen Asra en ik geen woord te veel. Ik voel dat ze met me meeleeft. Onze hersenen werken razendsnel, maar onze handelingen zijn beheerst en onze stemmen trillen niet. Ik bel steeds maar weer Danny's nummer; er wordt nooit opgenomen. We waarschuwen *The Wall Street Journal.* Ik zie hoe Asra naar mijn bolle buik kijkt terwijl ze de situatie behoedzaam, bijna op geruststellende toon, aan John Bussey, Danny's baas, uitlegt.

Bussey stelt ons de vraag die we hem hadden willen stellen: 'Wat denk je dat we moeten doen?'

We hebben hier dringend behoefte aan medestanders. Voorlopig lijkt het alsof die er niet zijn.

'De regering van Musharraf probeert netjes te zijn,' zegt Asra. 'Het leger kun je wel vertrouwen. Denk ik.' Toen Asra een paar dagen geleden een zwerfkatje redde uit de greep van het zoontje van de buren, sprak ze uitgebreid met de moeder van de jongen. Tijdens dat gesprek vertelde de vrouw dat ze familie is van de korpschef van Karachi, president-generaal Pervez Musharrafs eerste militaire vertegenwoordiger in de provincie. 'Ze zal wel wakker worden bij het ochtendgebed,' zegt Asra. 'We kunnen naar haar huis gaan en vragen of ze ons wil introduceren.'

Bussey zal Danny's collega, buitenlandcorrespondent Steve LeVine, vanuit zijn post in Kazachstan naar ons toe sturen. Steve heeft in dit land gewoond en kent het goed. We kijken uit naar zijn komst.

Ik blijf in gedachten tegen Danny praten. 'We helpen je hier uit, hoor,' beloof ik, maar ik moet toegeven dat we weinig aanwijzingen hebben waar we iets mee kunnen, en wat mijn intuïtie me vertelt, is niet geruststellend. Ik weiger me door mijn emoties te laten meeslepen, ik weiger de angst die op me drukt toe te laten. Ik heb een zenuwtrek bij mijn ogen gekregen en ik heb het erg koud, wat op een vreemde manier prettig is omdat het een acceptabel ongemak lijkt, vergeleken met de angst dat Danny iets is overkomen. Ik moet denken aan de grap van die man die met zijn hoofd tegen een betonnen muur bonkt om zijn aandacht af te leiden van zijn vreselijke kiespijn.

Het is buiten aardedonker. Het duurt nog een paar uur voordat de muezzin tot het gebed oproept, wat het einde van de nacht markeert. Ik zou alles wat ik heb wel willen geven om op dit moment bij Danny te zijn, waar hij ook is. Ik weet dat hij niet vrijelijk kan gaan waar hij wil. Waarom heb ik niet beter opgelet wat voor soort afspraak hij had? Waarom ben ik niet alerter geweest? Waarom ben ik niet met hem meegegaan? Zo ziek voelde ik me niet. Waarom...

Stop, zeg ik tegen mezelf. Stop met dit soort gedachten. Spijt leidt alleen maar tot verspilling van energie – wat gebeurd is, is gebeurd.

Als het zo doorgaat, zal ik Danny's ouders moeten inlichten. Het zijn tobbers, en het zal pijnlijk zijn, maar ze moeten het weten. Toen we een paar maanden geleden even in Parijs waren, vond Judea op internet een bericht dat tweehonderd Arabieren mensen van joodse afkomst hadden aangevallen op de Champs-Élysées. Danny kon dit op geen enkele manier bevestigen. Desondanks was het voor Judea verontrustend genoeg om ons aan te manen Parijs te verlaten. In zijn e-mail aan Danny voegde hij er nadrukkelijk aan toe: 'Dat zegt je nuchtere vader, en niet je paniekerige mama.'

In de familie Pearl is Ruth meestal degene die alarm slaat. Als Asra en ik Danny's e-mails nakijken op zoek naar aanwijzingen voor zijn verdwijnen, vinden we een gedachtewisseling tussen moeder en zoon van de vorige ochtend. Danny schreef: 'We zitten in Asra's mooie huis in Karachi en het is alsof we op vakantie zijn – hoewel ik op het ogenblik nog steeds bezig ben met het bekende terrorismeverhaal...' Ruth had pas een operatie ondergaan, en hij vroeg: 'Gaat het weer helemaal goed met je?'

'Ja,' antwoordde ze, 'ik ben weer als nieuw.' Vervolgens schreef ze: 'Ik lees dat stress, vooral in de zesentwintigste week van de zwangerschap, wanneer de hersenen worden gevormd, autisme bij het kind kan veroorzaken, zorg goed voor je vrouw en laat haar rustig aan doen (en vertel haar dit niet)... Liefs, mama.'

Voordat ik het nummer van hun huis in Los Angeles bel, zonder ik me af in Asra's kamer en probeer mijn razend kloppende hart tot bedaren te brengen. Ik druk de nagels van mijn ene hand in de rug van mijn andere hand. Lichamelijke pijn zal helpen me te beheersen. Waar heb ik dat ooit geleerd? Ruth en Judea komen zoals gewoonlijk samen aan de lijn, zij in de keuken en hij in zijn werkkamer op de eerste verdieping. Ze stellen me precieze vragen, die ik zo goed mogelijk probeer te beantwoorden. 'We wachten af tot we wat van je horen,' zeggen ze.

Ik weet dat ze doodsbang zijn, maar ze houden hun gevoelens onder controle. Het zijn dappere mensen. Voordat ze ophangt, stelt Ruth me echter de vraag die, dat weet ik zeker, als eerste bij haar opkwam: 'Weet iemand dat we joods zijn? Weet iemand ervan?'

Ik vertel haar: 'Maak je geen zorgen. Niemand weet het.'

Maar dat is niet de waarheid, bedenk ik terwijl ik ophang. Iemand weet het: Khalid Khawaja. De voormalige isi-agent, vriend van Gilani, vriend van Osama bin Laden, zoals hij althans beweert.

Het is twee minuten voor zes 's ochtends. We hebben besloten Khawaja te bellen, niet omdat hij te vertrouwen is, maar omdat we er niet achter kunnen komen wie wel te vertrouwen is en we dan maar beter zo dicht mogelijk in de buurt van Gilani kunnen komen. 'As-salam alaykum,' zegt Asra. 'Vrede zij met u.'

'Wa'alaykum as-salam,' antwoordt Khawaja.

Asra verspilt geen tijd. 'U kent mijn vriend Danny Pearl. Hij zou gisteravond om zeven uur een ontmoeting hebben met sjeik Gilani en hij is niet teruggekeerd. We hebben uw hulp nodig om hem te vinden.'

'Aha,' zegt Khawaja. Dit is duidelijk doorgestoken kaart. 'Zeker weer een samenzwering van de cia' – want Gilani zou nooit toestemmen in een gesprek met een journalist, laat staan met een buitenlander.

Asra doet haar best tegenover Khawaja haar geduld niet te verliezen omdat we hem nodig hebben. Ze verzoekt hem dringend de politiek te negeren en omwille van mij te helpen. 'Zijn vrouw zit hier. Ze is de hele nacht wakker geweest, ze maakt zich zoveel zorgen en ze verwacht een baby.'

Khawaja kan de verleiding om een preek te houden niet weerstaan. 'Denk eens aan de toestand van de Afghaanse vrouwen wier mannen gedood worden door Amerika's oorlog tegen de Taliban,' zegt hij. 'Denk eens aan de onschuldige kinderen en vrouwen die worden gedood door Amerikaanse bommen. Denk eens aan de Pakistani die ook vermist worden en daar hoor je niets over. Denk eens aan...'

Plotseling weerklinkt de stem van de muezzin die oproept tot het morgengebed, en dat bespaart ons de rest van Khawaja's litanie. Een woedende Asra smijt de telefoon neer en uit een hele reeks verwensingen; ik voeg er van mijn kant nog een paar aan toe. Ze bedekt haar hoofd met een *dupatta* en we gaan naar buiten, waar het nog donker is want het ochtendgebed begint voor zonsopgang. In het vage schijnsel van de lantaarn lopen we naar het huis van de buren en bellen zenuwachtig aan.

Geen reactie. We bellen keer op keer, lopen dan snel terug naar onze gemeenschappelijke grensmuur en werken onszelf omhoog om naar binnen te kunnen gluren, om te kijken of we iets zien bewegen. We voelen ons onbehaaglijk en vaag schuldig, als kinderen die proberen appels te stelen van de boom van de buurman.

Asra gaat terug naar de voordeur en begint weer aan te bellen, en uiteindelijk verschijnt er een vrouw op de veranda met een *dupatta* over haar hoofd, alsof ze op het punt stond te gaan bidden of net klaar is. In het donker is ze een silhouet; we kunnen haar gezicht nauwelijks zien terwijl ze daar onbeweeglijk staat en luistert naar Asra's verzoek om hulp.

Ten slotte begint ze te praten. 'Ik moet eerst naar mijn werk,' zegt ze. Ze werkt op een plaatselijke school. 'Ik zal proberen hem te bereiken wanneer ik terug ben.'

Wanneer we dit horen, weten we dat we van deze vrouw geen enkele hulp kunnen verwachten.

Ik loop weg terwijl ze nog doorpraat. In de werkkamer wek ik De

Minnaar. Hij verlaat het huis zonder zijn haar te kammen, zonder zelfs maar te vragen of ons onderzoek enig resultaat heeft opgeleverd.

Het is laat genoeg om Randall Bennett op het Amerikaanse consulaat te bellen. Bennett bevestigt dat hij Danny gisteren heeft ontmoet. Hij laat niet merken dat hij gealarmeerd is, maar adviseert ons om onmiddellijk overheidsinstanties te bellen, die hij beschouwt als 'vertrouwde broeders'.

'Bel Tariq Jamil, de plaatsvervangende inspecteur-generaal. Hij leidt politieacties in het veld. En neem dan contact op met Jamil Yusuf van het Citizen-Police Liaison Committee. We zijn heel goede vrienden.'

Het kost Tariq Jamil nog geen minuut om te begrijpen wat er aan de hand is. 'Geef me uw adres. Ik kom meteen naar u toe.'

Wanneer we ophangen, kijken Asra en ik elkaar aan alsof we echt goed nieuws hebben gehoord. Wat kunnen we anders? Het is twaalf uur geleden dat ik Danny heb gesproken.

3

Mijn vader was een geniale man, een wiskundige die zeven talen sprak. Maar hij was ook een ongelukkig mens en hij pleegde zelfmoord toen ik negen was. Mijn moeder daarentegen was een echte levensgenieter. Ze hield van mensen en muziek en ze hield vooral van dansen. Wanneer mijn moeder danste, deed niets er meer toe behalve de opwinding van dat moment. Je zag dat ze het ritme in zich opnam en zich nauwelijks merkbaar, rustig en sensueel begon te bewegen. Een onwillekeurige glimlach verscheen om haar lippen alsof ze niet kon nalaten haar plezier met anderen te delen, en ze straalde sereniteit en tevredenheid uit. Die dansen van voldoening zetten mijn kinderjaren luister bij.

De laatste jaren was mijn moeder in Parijs een bekende figuur geworden vanwege de clandestiene Cubaanse feesten die ze 's zondags gaf, feesten die zo populair waren dat vier- tot vijfhonderd mensen in de rij stonden om binnen te komen. Mensen van rechts en van links, oude mannen in pakken met hoeden en glimmende schoenen, vrouwen met witte handschoenen en rokken met stroken. Sommige mensen brachten kinderen mee, andere honden. Iedereen danste.

Dat was mijn moeders roeping, de eenzaamheid verdrijven die in het weekend in Parijs kon heersen, en iedereen bij elkaar brengen onder het teken van de Cubaanse muziek waar ze zo van hield. Marita baseerde haar feesten op *guateques*, de traditionele boerenfeesten in Cuba. Elke zondag betrok ze een ruimte – een garage bijvoorbeeld – en veranderde die in een soort filmset. Ze maakte een waslijn vast aan het plafond en hing daar kledingstukken aan – t-shirts, ondergoed, wat dan ook – als herinnering aan de woongemeenschappen in Havana die *solares* worden genoemd. Ze installeerde bars die *mojitos* schonken, en tafels beladen met gegrild varkensvlees en maniok en *arroz con pollo*. Muzikanten van elk kaliber klommen op het podium en begonnen te zingen:

> *Sanduguera tú te vas por encima del nivel*
> Feestmeisje, je gaat echt te ver
> *No te muevas más así*
> Hou op je zo te bewegen

Van vroeg in de middag tot middernacht bewoog mijn moeder zich triomfantelijk van de een naar de ander, een leuke vrouw die een bescheiden maar bewonderenswaardig doel had bereikt.

Ik was in de herfst van 1998 met mijn moeder aan het dansen toen ik Danny voor het eerst zag. Hij had mij al gezien. Het was in een eenkamerappartement tegenover het Élysée. Een gemeenschappelijke vriendin gaf een verjaardagsfeestje, en Danny stond daar alleen, met een glas whisky in zijn hand, te midden van een vrolijke menigte. Hij droeg een klassiek donkerblauw pak en een rond brilletje, en keek toe hoe wij, mijn moeder en ik, opgingen in onze dans. Hij was gefascineerd door onze kameraadschappelijke houding. Hij kwam op mij over als een elegant buitenaards wezen dat met verrukte maar toch enigszins onthutste blik naar de aardbewoners keek. Zijn lichaam boog een beetje naar voren, alsof hij ons iets wilde geven of misschien iets wilde pakken van wat wij hadden.

'Jullie zijn allebei journalisten. Jullie moeten met elkaar kennismaken,' zei iemand ter introductie. Danny gaf me zijn visitekaartje. Ik was onder de indruk – door het gebaar en door wat ik las: DANIEL PEARL, MIDDEN-OOSTENCORRESPONDENT, THE WALL STREET JOURNAL Daarbij vergeleken leek de informatie op mijn visitekaartje armzalig, maar ik gaf hem er toch een. Er stond alleen mijn naam op: MARIANE VAN NEYENHOFF, en een telefoonnummer.

Hij vertelde me dat Londen zijn thuisbasis was, maar hij was voortdurend op reis, met een uitgesproken voorkeur voor Iran. Ik vertelde hem over het radioprogramma dat ik had gemaakt en nu

44

presenteerde voor radio France International, *Migrations*, gebouwd rond het concept dat internationale migranten zowel de grote avonturiers als de echte burgers van de eenentwintigste eeuw zijn. Hé, weer iets toevalligs! Hij bleek te werken aan een verhaal over immigranten in Saoedi-Arabië.

Tegen een muur geleund spraken we over hoe mensen die hun geboorteland verlaten ook hun referentiekader verliezen. Hoe buitenlanders altijd en eeuwig als indringers worden gezien. Hoe nodig het is om, nu de wereld een *global village* wordt, nieuwe wortels te krijgen.

Danny's ogen gingen heen en weer tussen mijn moeder, die nog aan het dansen was, en mij, terwijl ik mijn theorieën op hem losliet. 'Je zou naar Iran moeten komen en vandaar uit verslag uitbrengen,' zei hij, terwijl hij zijn verlegen maar aantrekkelijke glimlach lachte.

'Vergeet dat maar,' zei ik. 'Het radiostation heeft geen geld om me daarheen te sturen.'

'Misschien kan ik je helpen uitzoeken hoe je er kunt komen.'

Pas toen hij op het punt stond te vertrekken, merkte ik dat Danny iemand bij zich had. Zijn vriendin was wat uiterlijk betreft exact mijn tegenpool: lang, blond en met blauwe ogen. Een Duitse lingerie-ontwerpster, hoorde ik later. Met een bezitterige blik nam ze Danny mee en liet een geur van parfum achter.

Twee weken later stuurde Danny me twee van zijn artikelen waarin de situatie van immigranten in Saoedi-Arabië nauwkeurig werd beschreven. In een kort briefje nodigde hij me nogmaals uit naar Iran te komen. Ik stelde me voor hoe hij in datzelfde pak met stropdas, met diezelfde charmante, nieuwsgierige blik, door exotische landen trok. Hij was voor mij een leuk mysterie, en ik koesterde het verlangen hem weer te zien, ondanks de vrouw die hij die avond bij zich had gehad.

Enige tijd later gaf Danny nogmaals acte de présence. Bij een tussenstop ontsnapte hij van het vliegveld Charles de Gaulle om mij een boek te brengen waarvan hij vond dat ik het moest lezen, *Shah of Shahs*, van de Poolse journalist Ryszard Kapuściński, over de laatste sjah van Iran en de gebeurtenissen die leidden tot de islamitische revolutie in 1979.

'Weet je,' zei hij, 'ik probeer een huis te krijgen in Teheran,' en ik dacht: sjonge, die vent is gek, jammer, want ik vind hem aardig.

Toen was hij weg en ik nestelde me met het boek in een stoel en werd helemaal meegesleept. Ik dacht: misschien is hij gek, maar ik heb nog nooit zo'n origineel, levendig en vlot geschreven stuk journalistiek gelezen. Doordat Danny het boek zo goed vond – en veronderstelde dat ik het ook goed zou vinden – dacht ik: god, we hebben werkelijk iets gemeen. Wat, was me nog niet duidelijk. Maar het was niet mis.

Toen ik na een reis naar Cuba in Parijs terugkeerde, stuurde ik hem op mijn beurt een brief, een uitgebreide brief, op een handjevol vodjes papier gekrabbeld. Ik vertelde hem over het bezoek van de paus aan het eiland, dat opmerkelijk was omdat tot zijn bezoek katholieken in Cuba in de gevangenis terecht konden komen. Ik schreef over het gevecht om Amerikaanse bankbiljetten in een land waar de bouwvallige muren van het steeds verder uitgewoonde Havana nog altijd bedekt zijn met anti-imperialistische leuzen. Ik vertelde hem hoe mensen op straat mij aanzagen voor een prostituee omdat ik er Cubaans uitzag maar met buitenlandse vrienden werd gezien. Ik vertelde hem over de extreem hoge vleesprijzen. Ik had het over de zeldzame gave van de Cubanen om ondanks alles van het heden te genieten.

Ik vertelde hem dat ik hem graag weer wilde zien.

Maandenlang hoorde ik niets. En toen belde hij, met iets dringends in zijn stem. Mijn brief bleek verzeild te zijn geraakt in een berg rekeningen waar hij geen aandacht aan had geschonken omdat hij op reis was. Pas toen hij in Londen terugkwam, zag hij op de envelop wie de afzender was en bevrijdde de brief uit de stapel.

'Wanneer kan ik je spreken?' vroeg hij.

Hij had plannen en ik had plannen. Maar algauw belde hij vanuit Spanje met een concreet voorstel. Hij zou de nachttrein van Madrid naar Parijs nemen en op tijd arriveren om ontbijt voor me te maken. Ik was geamuseerd, want ik kon raden wat hij dacht: mocht ik blijken niet de juiste te zijn, dan had hij nog tijd genoeg om later die middag een trein naar Londen te nemen.

De volgende morgen om acht uur zwaaide mijn deur open, en

daar stond Danny, die er gebruind en fantastisch uitzag in een T-shirt van Freddy's Pizza. In zijn ene hand hield hij een uitpuilende koffer; in zijn andere hand een uitpuilende boodschappentas. Hij droeg een mandoline in een hoes onder zijn arm. Hij begroette me met een enorme glimlach en rende toen meteen naar de keuken, waar hij een half dozijn eieren uit de tas haalde, en een pot zongedroogde tomaten, uien, een paar rode pepers en Spaanse bloedsinaasappels. Toen hij besefte dat er nog aromatische kruiden in zijn koffer zaten, sleepte hij die tot midden in de woonkamer (die ter ere van hem onberispelijk was schoongemaakt), en terwijl hij het ding doorzocht, begon hij alles – letterlijk alles – over mijn kamerbrede tapijt te verspreiden. Notitieboekjes, niet bij elkaar passende sokken, verkreukelde hemden. Hij vond de kruiden en vloog terug naar de keuken.

Boven het fornuis hangend leek Danny een dirigent die een symfonie dirigeert. Zijn haar stond rechtovereind van de inspanning en de hitte. Nog steeds glimlachend overhandigde hij me een bord waarop zijn dampende meesterwerk lag. 'Alsjeblieft,' zei hij met een zwierig gebaar van grenzeloze trots. Mijn keuken was een chaos. Tot dan toe sprakeloos, barstte ik in lachen uit.

Die avond nam Danny niet de trein naar Londen. Toen het tijd werd om te gaan slapen, maakten we voor hem een bed op de vloer van mijn woonkamer. We waren te verlegen om zelfs maar toe te geven hoe verlegen we waren. Danny verdween in de badkamer en kwam weer te voorschijn met een heel serieuze blik en in een groene pyjama met rode strepen. Ik barstte opnieuw in lachen uit. Hij hielp me de matras op te maken door twee hoeken van het laken vast te pakken. Hij wachtte even om goed te kunnen richten en wierp zichzelf toen met kruiselings gestrekte armen neer, waarbij hij, als in een cartoon, probeerde twee hoeken van de matras tegelijk te pakken. Plotseling begreep ik wat me zo in hem aantrok: Danny gaf zich helemaal, bij alles wat hij deed.

In hoeveel verschillende bedden hebben we geslapen in die vier jaar sinds we elkaar ontmoetten? Ik weet het niet precies meer. In het huwelijkscontract dat we samen schreven en op onze bruiloft in 1999 oplazen, verklaarden we: 'We beloven samen nieuwe dingen, plekken

47

en mensen te gaan ontdekken en ons leven samen te beschouwen als was het literatuur.' We hebben in korte tijd veel ontdekt, samen.

In Danny's computer houdt hij een lijst bij, getiteld 'Plekken Waar We Zijn Geweest'.

Parijs
Londen
Wales
Port-Vendres
Barcelona
Los Angeles
North Adams, MA
Rhode Island
Washington, D.C.
New York
Seattle
Vancouver
Istanbul
Zuid-Turkije
Libanon
Kroatië
San Francisco
Griekenland
Nederland
Israël
Cuba
Baskenland
Dominicaanse Republiek
Hongkong
Singapore
India
Qatar
Pakistan

Vier maanden geleden kwamen we voor het eerst naar Karachi: 12 september 2001. We kwamen vanuit New Delhi, waar het op het vliegveld bijna angstaanjagend stil was. Ik keek hoe Danny worstelde om zijn emoties te bedwingen door steun te zoeken in vertrouwde handelingen. Hij liep door de gangpaden van de taxfree shop, en bekeek hele reeksen exemplaren van Ganesh, de bekende hindoeïstische olifantgod. Je kon een Ganesh kopen van keramiek, van hout, plastic, donzig polyester, elk materiaal dat je maar kon bedenken. Ik vertelde Danny dat Ganesh favoriet is bij taxichauffeurs omdat hij verondersteld wordt alle obstakels uit de weg te ruimen. Danny probeerde geïnteresseerd te lijken, maar hij zag er verdwaasd uit. Iedereen was die dag verdwaasd.

Hij balanceerde met dozen chocolaatjes in zijn armen. Op elk vliegveld sloeg Danny snoep in met de bedoeling het uit te delen aan de kinderen van nieuwe kennissen. Maar hij vergat het altijd, en ten slotte zou het snoep, oud geworden of gesmolten, in de hotelkamer achterblijven.

Er was maar één andere klant in de taxfree shop, een Duitse journalist, ook op weg naar Pakistan. Hij kocht whisky, die hij het land wilde binnensmokkelen. Met een vreemde grijns vertelde hij ons: 'Ik heb zo mijn bronnen. De oorlog begint aanstaande dinsdag, en *pffffft*: dan is Afghanistan van de kaart gewist!'

We staarden hem sprakeloos aan.

Twee dagen eerder waren we in een Mushahar-dorp geweest in Bihar. Bihar is de landstreek waar Shakyamuni Boeddha werd verlicht en waar Gandhi de naam Mahatma (nobele ziel) kreeg; ik was daar om voor een Frans tijdschrift een profielschets te geven van een discipel van Gandhi. Tegenwoordig onderscheidt Bihar zich omdat het de armste en meest anarchistische deelstaat van India is. Als zulke dingen al kwantificeerbaar zijn, zijn de Mushahar-dorpen misschien wel het zwaarst misdeeld. De naam betekent 'ratteneter', en de Mushaharmensen maken inderdaad een gerecht van de knaagdieren. Na eeuwen inteelt en gebrek aan ijzer in hun dieet, zien de dorpelingen er monsterachtig uit, met enorme kropgezwellen aan hun hals. We hadden het gevoel dat we terug waren in de Middeleeuwen.

In de naschok van 11 september hadden we moeite om weer over te schakelen naar de eenentwintigste eeuw, waar de 'geciviliseerde' wereld in een chaos verkeerde. We hadden op CNN de aanslagen gezien, bijna op het moment dat ze plaatsvonden. En we hadden verstijfd voor de televisie gestaan terwijl John Bussey – 'Dat is mijn baas! Mijn baas!' had Danny geroepen – ontroerend en fotografisch verslag deed van datgene waarvan hij getuige was van achter de ramen van *The Wall Street Journal.*

De burelen van de *Journal* lagen recht tegenover het World Trade Center. Bussey schreef een indrukwekkend verslag van die ochtend, dat de volgende dag gepubliceerd werd op de voorpagina van de *Journal.* Hij gaf een levendige beschrijving van wat hij kon zien vanaf de negende verdieping, hoe het klonk toen het eerste vliegtuig de toren raakte en wat er kort daarna te zien was. 'Grote rookwolken stegen omhoog. Felle vlammen legden de verdiepingen boven de plek van de inslag in de as. Er kwamen brokstukken naar beneden – enorme stukken metaal, toen ze de grond raakten, was dat straten verder nog te horen. Vellen papier uit de kantoren lagen overal verspreid. Auto's op een naburige parkeerplaats – twee hele blokken vanaf de explosie – stonden in brand.' Hij beschreef, openhartig en gruwelijk, hoe de mensen 'door wanhoop gedreven' naar beneden sprongen.

Hij bleef op het bureau terwijl hij een verslag van het tafereel gaf voor de televisiepartner van de *Journal*, CNBC, en hij bleef er bijna te lang. De zuidelijke toren stortte in en de burelen van de *Journal* 'vulden zich met as, betonstof, rook, het puin van de zuidelijke toren'. Het lukte hem met moeite het gebouw uit te komen. Maar dat was nog niets vergeleken met wat er daarna gebeurde: '[Terwijl] ik over straat liep om poolshoogte te nemen... begon de tweede toren in te zakken. Ik hoorde een aanhoudend metaalachtig geraas, alsof de Chicago El boven je hoofd langs dendert. En toen schreeuwde de brandweerman vlak bij me: "Hij komt naar beneden! Rennen!" Waarheen?'

John had heel gemakkelijk een van de duizenden doden van die dag kunnen zijn.

Ook al zaten we aan de andere kant van de wereld, toch wisten we ervan en waren we geschokt, en hier in de hal van Pakistan International Airlines probeerden we uit alle macht een internetverbinding te krijgen om contact te leggen met onze vrienden en collega's. Toen dat uiteindelijk gelukt was, lagen er meer dan duizend e-mails op Danny te wachten.

Danny had een persoonlijke veiligheidsagent geregeld die ons op het vliegveld van Karachi zou ophalen. Zelfs onder 'normale omstandigheden' heeft het vliegveld van Karachi de reputatie een van de gewelddadigste ter wereld te zijn, waar struikrovers regelmatig zakenreizigers tegenhouden en overvallen. En dit waren geen normale tijden.

Je kon onze bewaker niet over het hoofd zien. In zijn ene hand had hij een stuk papier waarop stond 'Mister Peul', en in zijn andere hand een AK-47. Hij droeg militaire kleding en gevechtslaarzen, en zijn ogen waren verrassend turkoois. Hij leidde ons naar een 4x4, die meer op een tank leek dan op een jeep. Erbinnen zat onbeweeglijk nog een man, die ook gewapend was. Terwijl we de stad in reden, schoten die turkooizen ogen snel heen en weer in een verder onbewogen gezicht. Het was alsof we werden bewaakt door een grote nerveuze kat.

Er hing een mist van vijandigheid over de stad. We waren hier om de belangrijke vragen te stellen: wie was verantwoordelijk voor de aanslagen? Wie financierde ze? Wie beschermde de terroristen? In die dagen hadden de Verenigde Staten wat steun van Pakistan, maar als de Duitse journalist gelijk had en Amerika op het punt stond Afghanistan te bombarderen, zou Pakistan het dan steunen? Zou Musharraf het slachtoffer worden van een staatsgreep, zoals het gerucht ging?

Waar we ook waren, we kregen burgers van Karachi tegenover ons die zich gegriefd voelden door wat zij zagen als een sterk negatief westers vooroordeel tegen de islam. Danny stuurde op 17 september een e-mail naar een vriend: 'Hallo vanuit Karachi, dat een fantastische stad zou zijn als we niet bang waren het hotel uit te gaan.'

We wilden deze wereld begrijpen, maar je wist niet waar of hoe je moest beginnen. Je kon moeilijk op straat op vreemde mensen afstappen en vragen op hen afvuren. We wendden ons tot een plaatselijke tussenpersoon voor hulp. Saeed was ons aanbevolen door een man die we kenden, maar we mochten hem niet erg en we hadden ook niet veel aan hem. Toch kreeg hij het voor elkaar een ontmoeting voor ons te arrangeren met een groep mensen die hoofdzakelijk fungeerde als de vrouwenafdeling van de militante islamitische Jaish-e-Mohammed-organisatie. We kwamen er nooit achter wat precies hun specifieke functie was, maar dat ze woedend waren, was duidelijk.

We ontmoetten hen in een driekamerappartement in een grotere middenklassewijk van Karachi. Eén slaapkamer was helemaal kaal; in de andere stonden eenvoudige stoelen langs de muren. Op alle stoelen op een na zaten vrouwen die van top tot teen in zwarte burkha's waren gehuld, zodat je niet hun gezicht maar wel hun woede zag. Er was ook een man, de burgemeester van de stad Karachi, gekleed in een witte *salwar kameez*. Twee stoelen waren in het midden van de kamer neergezet. Die waren voor ons. Wij droegen gekleurde kleren.

Gedurende wat voelde als minuten, maar waarschijnlijk slechts seconden waren, was het doodstil. Ten slotte begon Danny te praten. 'Waar zullen we beginnen?' vroeg hij zacht. 'We zouden heel graag willen horen wat jullie in deze dagen denken.'

De vrouwen reageerden agressief. De geluiden die ze maakten, klonken rauw. Een vrouw, die bijzonder verbolgen was over CNN's berichtgeving over de aanslagen van 11 september, viel de westerse pers aan omdat die de verantwoordelijkheid toeschreef aan een netwerk van militante islamitische groeperingen. Groeperingen zoals die van haar.

'Wat voor bewijs hebben ze?' vroeg ze. 'Ze hebben geen bewijs.'

Terwijl ze ons vragen stelden, bestudeerden ze ons ook. Danny was blank maar enigszins donker getint. Ik zag er ongeveer zo uit als zij. Niemand vroeg me naar mijn afkomst of godsdienst, maar ik was me voor de zoveelste keer bewust van het feit dat we een gemengd stel waren. Niemand kan een gemengd stel vastpinnen. Ze kunnen niet denken dat ze iets van je weten, noch van jou individueel, noch van jullie samen. En dat betekent niet alleen dat je niet langer beperkt bent door conventionele grenzen, maar ook dat grenzen voor jou geen betekenis hebben. Je bent vrij om iets nieuws te creëren. 'Mijn mulattin,' noemt Danny me.

In de middenklassebuurt in Parijs waar ik ben opgegroeid, namen mensen vaak aan dat mijn broer Satchi en ik Algerijns waren. Dat was niet zo, maar het weerhield racistische pestkoppen er niet van mijn arme broer achterna te zitten. Op een nacht was hij ergens gaan dansen en kwam wankelend thuis, zijn gezicht overdekt met bloed omdat ze hem met een koevoet op zijn hoofd hadden geslagen. Maar meestal kregen wij tweeën – half Cubaans en half Nederlands, met meer etnische trekjes dan ooit kon worden achterhaald – het etiket 'exotisch' opgeplakt.

Mijn vader was de buitenechtelijke zoon van een joodse diamanthandelaar uit Nederland, een onaangename homoseksueel die een keer met een vrouw de liefde had bedreven – en het voor elkaar kreeg haar zwanger te maken. Hij bevestigde dit bijzondere verhaal op zijn sterfbed tegenover mijn moeder. Hij toonde weinig belangstelling voor zijn zoon of diens moeder. Toen de nazi's Nederland dreigden binnen te vallen, liepen mijn grootmoeder en mijn vader om te ontsnappen helemaal naar Zuid-Frankrijk, en daar is mijn vader opgegroeid. De rest van zijn familie kwam om in de holocaust. Mijn vader werd een namaak-revolutionair, die van de ene populaire plek op de aardbol naar de andere reisde en in de jaren zestig in Havana aankwam, net op tijd voor de Cubaanse revolutie. Daar ontmoette hij mijn moeder, Marita. Ze kwam uit een arme familie, was gekleurd en had een Chinese grootvader. Ze had duidelijk Spaans en Afrikaans bloed en wie weet wat nog meer. Ik heb altijd het gevoel gehad dat de geschiedenis erg haar best heeft gedaan om mij het plezier te gunnen van alles een beetje te zijn.

Al vroeg in onze verhouding besloot Danny dat koffiedrinken het Franse deel van mij vertegenwoordigde, en hij beschouwde het als zijn plicht om mij die kostbare zwarte nectar te verschaffen. Slechts een keer liet hij het afweten. We waren in Dubrovnik in Kroatië, en we moesten om zes uur 's ochtends het vliegtuig naar Zagreb, de hoofdstad, halen. In het naburige Kosovo woedde oorlog en het hotel was leeg. De man achter de balie weigerde de keuken te openen; hij was nors en gespierd, niet iemand met wie je graag ruzie zou willen maken. Danny zag er zo mistroostig uit dat ik dapper naar het vliegveld vertrok zonder de dosis waar mijn lichaam naar snakte. Maar deze bittere ervaring leerde ons een lesje: daarna gingen we nergens meer heen zonder een reissetje om koffie te maken, dat Danny zelf had samengesteld – ketel; *French press*; koffie, in enorme hoeveelheden ingeslagen in Parijs of Dubai, eigenhandig gemalen en bewaard in busjes; suiker en zoetjes.

Dus ik wist dat er iets belangrijks gaande was die ochtend in juni

2000 toen Danny onze slaapkamer binnen kwam stormen zonder me mijn ochtendkoffie te brengen.

'Hé, schat! Wil je wel in Bombay wonen?'

'Natuurlijk,' zei ik, al was ik er niet zo zeker van.

Terwijl Danny achter de computer zat en bevestigde dat hij zich kandidaat stelde om het nieuwe hoofd van de afdeling Zuid-Azië van *The Wall Street Journal* te worden, keek ik nog eens goed door het raam van onze woonkamer naar de Eiffeltoren. Die was sinds de viering van het nieuwe millennium versierd met kleine blauwe lichtjes, maar je kon ze op die heldere lenteochtend niet zien. De baan, zoals Danny had uitgelegd, hield in dat hij de berichtgeving zou verzorgen vanuit heel Zuid-Azië – Sri Lanka, Pakistan, Bhutan, Nepal, Bangladesh en India met zijn miljard inwoners. Ik kende Danny twee jaar en ik had oneindig veel vertrouwen in hem. En het was me duidelijk dat zijn carrière, nu hij vijf jaar vanuit het Midden-Oosten had gerapporteerd, tot stilstand was gekomen. Hij was toe aan een nieuwe, grotere uitdaging. Tegelijkertijd was ik vreselijk bang voor India. Een mengelmoes van beelden trok door mijn hoofd: heilige koeien en vreedzame olifanten, en kilometers sloppenwijken vol hongerige kinderen die met reikende handen stonden te bedelen.

Onze aankomst in Bombay in oktober maakte dat mijn bezorgdheid opeens een mooie kinderdroom leek. Danny en ik wisselden geen woord terwijl ons vliegtuig over een landschap vloog waar bittere armoede heerste. Beneden ons lagen bergen afval, en kilometerslang zag je de verroeste golfplaten daken van hutten. Het klinkt misschien cru, maar het beeld dat ik maar niet kwijtraakte terwijl ik naar beneden staarde, was dat van een pokdalige huid, of erger nog, een melaats gezicht.

Ons vliegtuig landde op het internationale vliegveld Chatrapati Shivaji, genoemd naar een zeventiende-eeuwse krijgshaftige koning wiens leven een symbool was van vooruitgang en veiligheid. Danny had voor ons geboekt in een vijfsterrenhotel in het Bandradistrict in het noorden van Bombay, waar de jetset van Bollywood woont. (Ik heb altijd een zwak gehad voor Indiase films. Ik vind ze heel grappig, met hun weglatingen en hun scenario's die het niet zo nauw nemen met de werkelijkheid.) Er was ons verteld dat onze kamer 'op de vijftiende verdieping' lag, maar het was een gebouw van zeven verdiepingen. Onze piccolo leek verbijsterd door onze verbijstering. Het aantal verdiepingen was voor een hotel een prestigekwestie, legde hij uit.

Onze ramen keken uit op de treurigste kust die ik ooit had gezien. De zee, met een vieze bruine kleur, stonk als een riool. Vettige papiertjes dreven langs het strand. De enige vleugjes kleur in dit vale landschap waren de sari's van vrouwen die met gebogen rug liepen. Een jongetje sloeg een aap met een stok en dwong hem koprollen te maken op de maat van een krasserige opname van Michael Jacksons 'Beat It'. Ik betwijfel of het liedje met opzet was gekozen.

Danny kwam bij het raam naast me staan. Hij rook naar het insectenwerende middel waar we onszelf mee hadden overgoten. Om elkaar moed in te spreken hadden we het over de mensen die vóór ons de sprong hadden gewaagd. Over een BBC-correspondent die een paar jaar geleden in onze situatie had verkeerd en zich had gerealiseerd dat hij verslag moest uitbrengen over een land waar hij niet eens over straat durfde te lopen. Over de vele stellen die niet in staat waren geweest verhuizingen als deze te overleven.

'Het zal ons lukken als we ons gevoel voor humor weten te bewaren,' zei Danny. Dat was ook een van de geloften in ons huwelijkscontract. We verwezen vaak naar dat contract. Danny had een exemplaar in zijn Palm Pilot opgeslagen; ik had er een in mijn computer:

Op de negende dag van de twaalfde maand van het jaar vijfduizendzevenhonderdnegenenvijftig sinds de schepping van de aarde, wat overeenkomt met de eenentwintigste dag van de achtste maand van het jaar negentienhonderdnegenennegentig, zoals de tijd gewoonlijk wordt berekend in het land Frankrijk.
In aanwezigheid van dierbare familie en vrienden gaan Mariane van Neyenhoff en Daniel Pearl de volgende overeenkomst aan:

We beloven samen oud te worden, en we zullen elkaar jong houden, ons gevoel voor humor bewaren en liefde en geheimen met elkaar delen.

We beloven samen nieuwe dingen, plekken en mensen te ontdekken en ons leven samen te beschouwen als was het literatuur.

We beloven ons geluk met onze vrienden en familie te delen.

We beloven ons niet te laten veranderen door geld, gebrek aan geld of het verstrijken van de tijd.

We beloven ieder het geluk van de ander minstens zoveel te koesteren als ons eigen geluk, elkaars creativiteit te steunen en altijd vertrouwen te blijven stellen in de kracht van de liefde van de ander.

Zelfs met zo'n plechtige gelofte bleef Bombay moeilijk. We sloofden ons uit om een appartement te vinden en vanuit Frankrijk lieten we onze belangrijkste spullen verschepen, inclusief Danny's extra grote blauwe leren Barcalounger. Veel van zijn beste denkwerk was verricht in deze reusachtige stoel die hem over de hele wereld was gevolgd. Hij zat erover in dat de overweldigende hoeveelheid leer van de stoel zijn koeien vererende hindoestaanse gastheren weleens zou kunnen ontstemmen, dus had hij zelfs e-mails naar vrienden gestuurd om bij hen informatie te winnen. Ze verzekerden hem dat de stoel geen probleem was, mits hij de oorspronkelijke eigenaar van de huid niet zelf had gedood.

India bleek een grote producent en verbruiker van leer te zijn, ontdekte Danny vervolgens en hij schreef een artikel met de titel 'Op hoeveel manieren kun je een koe villen? In hindoeïstisch India op heel veel manieren.' Het kost 'enige inspanning om zaken en godsdienst met elkaar in overeenstemming te brengen wanneer het om koeienhuid gaat', schreef hij. 'De hindoegodsdienst verbiedt het eten van rundvlees en het slachten van koeien, maar staat toe dat je de huid neemt van een "gevallen" koe of een koe die op natuurlijke wijze is gestorven. Moslims, die wel koeien mogen slachten, werken in slachthuizen en slagerijen. Maar in het geval van de "gevallen" koeien doet een hindoe uit een lage kaste het werk, omdat het tegen het islamitische geloof is om een dier te villen dat op natuurlijke wijze is gestorven'.

Ja, er viel hier veel te leren en we deden erg ons best om alles te ontdekken. Maar de tijd ontbrak om ons in Bombay echt thuis te gaan voelen. Een maand voor Danny's eerste verjaardag als hoofd van de afdeling Zuid-Azië was het alsof de wereld zijn zwaartepunt verloor. Eerst New York, toen Afghanistan, India en Pakistan... *Le monde ne tourne plus rond*, dacht ik, de wereld draait niet meer om zijn as. En Zuid-Azië was de lastigste regio geworden.

4

'Het is zeven uur,' zegt Asra, alsof ik dat niet weet.

Asra heeft de meeste fascinerende starende blik die ik ooit gezien heb. Ze kijkt permanent verbaasd, en door het gebrek aan slaap lijken haar ogen groter en zwarter dan ooit. Ze zijn haast onrustbarend. Ik zie haar nooit met haar ogen knipperen, hoewel ze dat toch weleens zal doen.

Ze heeft gedoucht en is gekleed alsof ze op expeditie gaat – leger-broek, een strak zwart Nike-shirt en Caterpillar-bouwvakkerslaarzen. Ik heb de jurk, die ik had gekozen om Danny een plezier te doen, ver-wisseld voor ook een soort gevechtspak, compleet met laarzen. Om flink tekeer te gaan.

Ik geloof geen moment dat Danny een auto-ongeluk heeft gehad of beroofd is, en ergens aan de kant van de weg achtergelaten. Ik weet dat hij gevangen is genomen door islamitische militanten. Ik weet het. Ik weet diep vanbinnen dat hij is ontvoerd door mensen die hun eigen god hebben gekidnapt, door mensen, bedoel ik, die het begrip jihad, heilige oorlog, hebben verdraaid tot iets wat verwrongen en verkeerd is. Veel moslims hebben tegenover Danny en mij de jihad beschreven als de dapperste serie handelingen die een mens kan ver-richten. Een jihad-strijder vecht met zichzelf om zijn eigen beperkin-gen te overwinnen en daarmee een bijdrage te leveren aan de maat-schappij in haar geheel. Deze langzame, moeizame strijd, de ware jihad, is wat boeddhisten de 'menselijke revolutie' noemen.

Het respijt van de dageraad is voorbij en de hitte heeft Karachi weer in haar greep. Ze dringt alle kamers binnen en doet het stof dansen in de stralen van het zonlicht. We luisteren hoe in Zamzama Street aan alle kanten autodeuren dichtslaan als de buren naar hun werk gaan.

Asra en ik blijven samen achter Danny's laptop zitten en proberen zijn laatste stappen voor zijn verdwijning te reconstrueren. We vinden de naam van de volgeling die hem zou ontmoeten in het Village Restaurant en bij sjeik Gilani zou brengen: Imtiaz Siddique. We bellen naar het nummer dat Siddique aan Danny had gegeven. De telefoon staat uit.

Asra is begonnen de gebeurtenissen in chronologische volgorde op te schrijven. En samen maken we een grote kaart, zodat we de namen netjes op een rij hebben staan en ons een beeld kunnen vormen van de zee van informatie waarin we zwemmen. In het midden van een groot vel wit papier schrijven we DANNY. Naast zijn naam schrijven we SJEIK MUBARAK ALI SHAH GILANI. We voegen er de naam van Bashir en die van Siddique aan toe. Daarna gaan we verder en schrijven er Khalid Khawaja bij en Mansur Ejaz, de Pakistaans-Amerikaanse zakenman met goede relaties, die Danny voorstelde contact op te nemen met Khawaja.

'Bel Danny's vaste tussenpersoon,' zegt Asra.

Ah, de mollige Asif in Islamabad. Hij heeft er waarschijnlijk geen flauw idee van wat ons overkomt. Zijn vrouw neemt de telefoon op en wordt zenuwachtig als ik vraag of ik haar man kan spreken. Hij is nog in de badkamer, zegt ze.

'Ik moet hem dringend spreken.'

Ik vraag Asif of hij direct mijn vragen wil beantwoorden zonder verder commentaar. Wat hij hoort, maakt hem wakker zoals geen enkele koude douche dat kan.

Ja, zegt hij, hij arrangeerde de afspraak. Danny wilde per se Gilani spreken en de enige manier waarop Asif dat voor elkaar kon krijgen was door gebruik te maken van iemand die 'connecties had met dat soort mensen'.

'Welk soort mensen?'

Mensen van de jihad-beweging. In dit geval een vrij jonge man met een zwak gestel die als woordvoerder dient voor Harkat-ul-Mujahideen, een militante groep die onlangs door president Musharraf is verboden. Wat is de naam van deze woordvoerder? Arif. Asif, de tussenpersoon, en Arif, de woordvoerder van de terroristen: het duizelt me. Ik besluit de een 'Asif-de-tussenpersoon' te noemen en de ander de 'jihad-woordvoerder'. Dat helpt. 'Hoe ziet hij eruit?'

'Nogal werelds, met een lange baard.'

Asra vraagt of hij zijn wijde broek, zijn *salwar*, hoog draagt – een op het eerste gehoor vreemde maar relevante vraag, aangezien het onder fundamentalisten mode is geworden je broek hoog op te hijsen. De profeet Mohammed, zegt men, raadde deze gewoonte aan, opdat zijn discipelen hun kleren niet zouden bevuilen met de modder van de wegen. Moslimfundamentalisten hebben, in hun altijddurende streven hun orthodoxie te bewijzen, dit gebruik overgenomen. De jihad-woordvoerder droeg zijn *salwar* inderdaad hoog.

'Was hij schoon?' vraagt Asra.

Ik krimp ineen, maar het is weer een leerzame vraag, want Pakistani klagen doorgaans over de persoonlijke hygiëne van Afghanen. Voordat ze op deze weg door kan gaan, kom ik ertussendoor met een vraag die al een tijdje aan me knaagt: 'Heeft deze jihad-woordvoerder banden met Al Qaeda?'

Doodse stilte. Ik hoor Asif zwaar ademen, maar hij zegt niets.

'Wist Danny dat?'

Weer stilte. Weer geadem.

'Waarom hebt u niets gezegd? Het is uw taak om ons te beschermen. Waarom hebt u ons misleid?'

Een tussenpersoon hoort te weten hoe je navigeert tussen de moeilijk te definiëren grenzen van wat veilig genoeg is en wat niet. Je moet je tussenpersoon kunnen vertrouwen en op hem kunnen bouwen. Ik voel dat ik razend word. Ik ben bijna sprakeloos van woede. 'Maak je klaar, Asif. De politie komt eraan.' Dan hang ik op.

Asra en ik nemen zo weinig ruimte in, hier aan het kleine cilinderbureau, dat het huis om ons heen enorm lijkt. Terwijl zij op Danny's computer naar meer informatie zoekt, blader ik door stapels notitieboekjes. Op elk boekje heeft hij zijn visitekaartje vastgeniet en systematisch genoteerd waar we op dat moment waren. Van Jaipur tot Doha zijn van al onze zwerftochten zorgvuldig aantekeningen gemaakt, maar in de steno die Danny als student in Stanford zelf heeft bedacht.

Ik kan die niet ontcijferen. Te zijner tijd zal ik erachter komen dat niemand dat kan. De FBI zal een paar van 's werelds beste decodeerders inhuren om te kijken of zij de bijzondere Pearl-steno kunnen ontcijferen, maar niemand kan de code kraken.

In de back-up van zijn Palm Pilot vinden we teksten van tientallen liedjes – 'The Harder They Come', 'What a Wonderful World', Bob Dylans 'Love Minus Zero' (... 'My love she speaks like silence/ Without ideals or violence...') En talloze willekeurige, grappige lijstjes. '"Dingen die leuk zijn aan Duitsers": nieuwsgierig, lekker bier, hebben een heleboel vluchtelingen opgenomen, punctueel, hebben Beethoven voortgebracht, niet zo slecht als Oostenrijkers, enthousiaste vrouwen, spijt van de oorlog.' Als echte optimist heeft hij een lijst met de titel 'Coole dingen in Bombay'. Die is kort. Er zijn lijsten van boeken die hij heeft gelezen en van Franse uitdrukkingen die hij heeft geleerd. Die lijst wordt steeds langer.

> *forcenées* – fanaten
> *suppôt* – handlanger
> *la risée* – mikpunt van spot
> *boucher un coin* – perplex doen staan
> *la branlette* – masturbatie
> *se goinfrer* – zich volvreten
> *prendre des gants* – tactvol benaderen
> *frémir* – rillen

Toen ik voor het eerst Danny's neiging om lijstjes te maken ontdekte, vond ik het een beetje verontrustend, vooral toen ik erachter kwam dat hij er een over mij samenstelde. Ik voelde me in mijn trots gekrenkt. Moest hij eraan herinnerd worden wat voor iemand ik was? Maar hij legde uit dat al die punten prima materiaal waren voor een liedje dat hij van plan was voor of over me te schrijven. Bovendien, zei hij, als hij er steeds iets aan toevoegde, zou het tegen de tijd dat we oud waren een epische ode worden aan de vrouw van wie hij hield.

Dat klonk niet onredelijk. Nu pauzeerde ik tijdens mijn zoektocht om te kijken hoeveel lemma's er tot dusver op de lijst waren gekomen. Zestien.

Draait 's ochtends Led Zep
Zegt dat ze geen commerciële trouwrotzooi wil
Danst met of zonder muziek
Denkt niet dat je bepaalde dingen moet opgeven als je ouder
    wordt
Is de volgende dag verlegen
Is niet bang om te huilen
Houdt van typische dingen – vuur, zeilen – zonder zelf typisch
    te zijn
Laat me zo dom doen als ik zelf wil zonder van slag te raken
Neemt papa niet al te serieus
Rijdt met navigatiesysteem
Ik kan overal met haar over praten
Krijgt graag speelgoeddieren
Klimt op me terwijl ik aan het werk ben
Draagt zelfde shirt twee dagen achter elkaar als ze daar zin in
    heeft
Loopt met kleine pasjes
Heeft ongelooflijk heldere kijk op zichzelf en ons

'Het is negen uur,' zegt Asra.

Er is bijna drie uur verstreken sinds we de politie hebben gebeld; ze zullen nu wel spoedig komen. We staan op en bergen de bierflesjes van gisteravond in een keukenkastje, en we verstoppen Danny's computer en die van onszelf, zodat we controle houden over de belangrijkste informatie. We weten dat Pakistaanse mannen de samenwerking met professionele vrouwen niet altijd op prijs stellen. Het is van het grootste belang dat we erbij betrokken blijven en vrij om te doen wat ons goed lijkt om Danny te vinden. We zijn op onze hoede.

Asra trekt haar laarzen uit en doet weer schoenen met hakken aan. Ik niet. Ik blijf in gevechtstenue.

Tariq Jamil zit op het randje van de bank in de woonkamer, omringd door een stuk of vijf van zijn mannen, van wie er niet een ons zal aankijken. Ze gaan ook niet zitten. Eerbiedig houden ze hun hoofd gebogen tot Jamil hen in het Urdu aanspreekt, en knikken dan. '*Ji sir.*' Asra probeert te doen alsof ze het niet verstaat, maar haar ogen verraden haar. 'Sssst,' hoort ze Jamil tegen een van zijn luitenanten zeggen. 'Ze kan ons horen.'

Jamil is waarnemend hoofd van de politie in Karachi. Hij is klein, en gekleed in het olijfgroene uniform van de Pakistaanse politie. Zijn snor is zorgvuldig bijgehouden en zijn ogen zijn klein en rond als zwarte knikkers. In langzame, weloverwogen bewoordingen en met zoetgevooisde stem vraagt hij ons hem te vertellen wat we weten. Terwijl we vertellen over gisteren en onze ontdekkingen van afgelopen nacht, bekijkt hij ons aandachtig. Hoe verder we komen, hoe meer hij in gedachten lijkt verzonken. 'En u bent zwanger,' zegt hij ten slotte terwijl hij zijn blik op mijn buik richt.

'Sjonge, hoe raad je het,' mompel ik tegen mezelf.

Buiten staat de hele straat inmiddels vol met aftandse politiejeeps en weinig indrukwekkende militaire voertuigen. Steeds opnieuw klinkt de deurbel en komt er weer een vreemde man het huis binnen stappen. Hoeveel passen er in een huis? Jamils mannen begroeten hun landgenoten door te salueren. De nieuwkomers, de meesten gekleed in burgerkleding in westerse stijl, dwalen van de ene kamer naar de andere alsof de verklaring voor Danny's verdwijnen op de een of andere manier de anderen is ontgaan. In de keuken nemen ze notitie van de overblijfselen van het etentje van gisteravond; in de woonkamer openen ze stiekem laden, en bladeren door papieren die bij de telefoon op een stapeltje liggen.

Waarom zijn ze niet bezig Karachi uit te kammen op zoek naar Danny? Ik zie het hele tafereel met ongeloof aan. Het doet me denken aan de tv-series waar ik als tiener op zondagmiddag verveeld naar keek: politie komt, verzamelt bewijsmateriaal. Vrouw van slachtoffer verschijnt, haar armen over haar borst gekruist, haar stem verstikt van verdriet en haar gezicht nat van de tranen.

In een wanhopige poging Jamil zover te krijgen dat hij zijn mannen buiten aan het werk zet, grijpt Asra de telefoon en belt John Bussey, om te laten zien dat Belangrijke Mensen in Amerika ook op actie zitten te wachten. Door de telefoon krijgt ze het voor elkaar Jamils acroniemen te verhaspelen, waarmee ze de chef tot een glimlach weet te verleiden. Ik denk dat de man doorgaans niet vaak lacht.

Asra overhandigt Jamil de telefoon. Ik hoor hoe hij Bussey verzekert dat 'de politie alle mogelijke moeite zal doen om Danny te vinden'. Doordat hij deze gemeenplaats gebruikt, verdwijnt het kleine beetje vertrouwen dat ik nog in hem had.

Een kortharige dreumes zeilt tussen al deze mannen door, haar zwarte ogen zo groot alsof ze nooit had gedacht zoveel volwassenen tegelijk te zullen zien. Het is Kashva, het dochtertje van de bedienden. Gekleed in een lange rok, blootsvoets en smerig, dwaalt ze met open mond rond. Ik realiseer me dat ze er zo angstig en vreemd uitziet door de manier waarop haar ogen zijn opgemaakt. Pakistaanse moeders omlijnen de ogen van hun kinderen met gitzwarte kohl om ze te beschermen tegen kwade invloeden. Daardoor zien de kinderen eruit als boze geesten. Zodra iemand tegen haar praat, vliegt Kashva terug naar haar moeder, die het vloerkleed aan het vegen is. Op een heel inefficiënte manier – gehurkt – gaat de moeder overal langs, terwijl ze met haar primitieve bezem wat heen en weer zwiept. In dit tempo zal ze er de hele dag over doen om het huis aan te vegen.

Hoewel niemand zijn stem verheft, kunnen een paar van de mannen hun opwinding niet verbergen. Dit is een bijzonder geval, en ze zijn in de wolken dat ze erbij betrokken zijn. Asra doet haar best om het komen en gaan bij te houden. Gedegen journaliste die ze is, rent ze achter de mannen aan en vraagt naar achternamen en functies en schrijft die op in een notitieboekje. Sommige mannen zijn duidelijk overdonderd. Ze zijn niet gewend ondervraagd te worden, vooral niet door een mooie, Urdusprekende, in India geboren, Amerikaanse vrouw die een huis huurt dat zo te zien een absurde veertigduizend roepie per maand kost, voor haar alleen, in het krankzinnige, bandeloze Karachi. SSP, DIG, DSP, CID – het enige wat ze te horen krijgt, zijn acroniemen. Haar notitieboekje ziet eruit alsof ze het alfabet door elkaar gehusseld heeft en lukraak wat letters heeft rondgestrooid. Het enige acroniem dat ik echt ken, is ISI – en hoewel je redelijkerwijs kunt aannemen dat die hier aanwezig is, willen hun leden hun ware identiteit niet graag bekendmaken.

Een kleine man in uniform met baret komt binnen, elk van zijn stappen wordt voorafgegaan door het onheilspellende getik van zijn wandelstok. Hij wordt aan me voorgesteld als Kamal Shah, de inspecteur-generaal, of IG. Rustig en hoffelijk luistert hij naar Tariq Jamils gefluisterde, respectvolle verslag. Een politieman stapt naar voren en fluistert terloops nog wat woorden in het oor van de IG. Ze doen allemaal alsof ze elkaar deelgenoot maken van persoonlijke geheimen. Ik begin dat geheimzinnige gedoe irritant te vinden, maar dwing mezelf om kalm te blijven. Ik kijk hoe de hiërarchie van het gezag in elkaar zit. Jamil legt duidelijk verantwoording af aan de IG, en de IG aan de gouverneur van de provincie Sindh, die hij nu aan de telefoon heeft. Hun gesprek wordt gevoerd in het Urdu, maar de IG doorspekt zijn zinnen met Engels – 'Dit is belangrijk, meneer, dit is belangrijk...'

Mannen stappen naar voren om me te interviewen. Waarom wilde Danny een gesprek met Gilani? Hoe is hij in de problemen gekomen? Als minister van Binnenlandse Zaken zal Moinuddin Haider me een paar dagen later op beschuldigende toon meedelen: 'Pakistan heeft gedurende de hele oorlog in Afghanistan drieduizend journalisten verwelkomd, en tot nu toe is er niet een vermist.' De suggestie is duidelijk: Danny heeft het op de een of andere manier zelf aangehaald. Hij zal wel roekeloos zijn of hij is te ver gegaan.

'Dat doet hij eigenlijk nooit,' vertel ik ze, 'en als u wilt, kan ik dat bewijzen.' Om te beginnen, als Danny een soort cowboy was, zouden we in Afghanistan zijn. Zodra duidelijk werd dat Amerika wraak zou nemen voor 11 september, begonnen journalisten met hun ellebogen te werken om Afghanistan binnen te komen. Wij niet. Wij verwachtten ons kind en we waren het erover eens dat het te gevaarlijk was daarheen te gaan. Bovendien had Danny, toen hij in 1999 naar Bosnië werd gestuurd, uit-en-te-na ervaren wat oorlogsverslaggeving was. Daar was hij getuige van de nasleep van bloedbaden en zag hij hoe mensen leefden in een wereld vol sluipschutters en mijnenvelden. Hij verlangde niet naar de adrenalinescheut die je kunt krijgen van verslaggeving in gevaarlijke gebieden.

Toch wilde *The Wall Street Journal* niet buiten de boot vallen. We waren bezig met een reportage vanuit Islamabad, toen nieuwsredacteur Bill Spindle Danny een e-mail stuurde waarin hij vroeg: 'Tussen twee haakjes, hoe lastig zou het voor jou zijn om een visum aan te vragen voor Afghanistan? Voor het geval dat... Bussey is er erg op gebrand dat iemand naar Afghanistan gaat – een beetje te, als je het mij vraagt [...]'

Danny antwoordde snel en resoluut:

Wat ik had begrepen – uit het laatste verhaal van Reuters – was dat buitenlandse journalisten die verslag hadden gedaan van de arrestatie van hulpverleners, nu Afghanistan hebben verlaten [...] Je kunt in Delhi gemakkelijk een visum krijgen voor Noord-Afghanistan, maar je moet door drie landen heen om er te komen en dan zit je in de enclave die werd bestuurd door Massoud, die nu dood is [...]

Ik ga liever niet naar Afghanistan, en dat is deels op grond van het feit dat ik meer dan een jaar geleden Bussey een gedetailleerde memo heb gestuurd over de veiligheid van reporters – dingen zoals procedures om je regelmatig te melden, en of redacteuren weten wat ze moeten doen als een reporter vermist wordt, of we de training voor oorlogsomstandigheden nodig hebben die sommige journalisten krijgen, of we allemaal een EHBO-doos bij ons moeten hebben enzovoort – en hij niet heeft gereageerd. Ik ben niet getraind om als oorlogsverslaggever te werken en denk dat het niet verantwoord is dat een krant mensen stuurt zonder de juiste training voor dat soort situaties.

Natuurlijk ben ik niet de juiste persoon om Bussey de les te lezen, aangezien hij iets heeft doorstaan wat riskanter is dan alles wat ik ooit zal meemaken [de aanslag op de Twin Towers] – insha'allah. – DP

Oorlog had geen aantrekkingskracht op Danny of mij. Wat ons interesseerde, was de uitdaging die vrede biedt. Mensen zien vrede vaak als niets anders dan de afwezigheid van oorlog, maar in feite is vrede het resultaat van moedige acties die worden ondernomen om een dialoog tussen verschillende culturen aan te gaan. Danny en ik zagen ons beroep allebei als een manier om bij te dragen tot die dialoog, om stemmen van alle kanten de mogelijkheid te bieden gehoord te worden, en daarvan te getuigen.

Onze journalistieke ethiek was sterk, maar onze kwetsbaarheid was groot. Toen hij nog verslag deed vanuit de Balkan, had Danny naar New York gebeld om met zijn redacteuren te praten over de inhoud van een artikel dat hij aan het schrijven was. 'Ha! Danny, waar zit je trouwens?' vroeg zijn redacteur. Een essentiële vraag, die argeloos werd gesteld. Maar Danny werd woedend omdat hij besefte dat hij naar een oorlogsgebied was gestuurd zonder dat het hoogste gezag de moeite nam zich te herinneren waar hij zat.

'[Dank je] voor al die uitstekende berichtgeving over Kosovo die je in de krant hebt gekregen [...]' e-mailde een van de topredacteuren hem in de zomer van 1999. 'Je hebt het kundig gedaan en ervoor gezorgd dat we steeds een goed overzicht hadden van de stand van zaken [...] Bedankt dus. We zullen aan je denken bij de volgende oorlog.'

Daar was Danny niet echt op uit.

Zodra hij weer in Parijs terug was, schreef hij een uitgebreid document met de titel 'Memo over Bescherming van Journalisten', het document dat hij noemde toen plaatsvervangend buitenlandredacteur Spindle hem vroeg of hij naar Afghanistan wilde. De memo blijkt opmerkelijk vooruitziend en leerzaam te zijn.

MEMO OVER BESCHERMING VAN JOURNALISTEN

Ten eerste een algemeen punt: velen van ons hebben altijd horen zeggen dat de *Journal* 'geen mensen naar gevaarlijke gebieden stuurt'. Daar zit enige waarheid in. Een wsj-correspondent zal niet zo gauw met een militair convooi vanuit Freetown meerijden als een correspondent van aptv of Reuters. Wij voelen niet de druk die tv- of telegrafische correspondenten hebben om als eerste in een oorlogsgebied te zijn, en dat is goed. Maar het kan de krant ook een onterecht gevoel van veiligheid geven. Het is een feit dat we mensen naar Kosovo hebben gestuurd terwijl daar nog steeds werd geschoten – en zonder het soort voorbereiding dat de krant zou hebben getroffen als we meer aan zulke dingen gewend waren. We zijn ook naar Tsjetsjenië gegaan [...] Buitenlanders worden in toenemende mate het doelwit in gebieden als het Midden-Oosten en Zuid-Oost-Azië.

Als er iets als een kidnapping of een arrestatie plaatsvindt, weten we dan hoe we moeten reageren?

Danny was ambitieus genoeg om te weten dat nieuws heet van de naald gebracht moet worden. Maar voor hem ging het erom de risico's van het vak te beheersen in plaats van ze hem te laten beheersen.

CONTROLE – De laatste paar jaren zijn er op verschillende plekken reporters vastgehouden. Gelukkig duurde het nooit langer dan een dag. Maar het gevaar bestaat dat een reporter dagenlang vermist wordt zonder dat iemand het beseft. Verscheidene malen heb ik mijn hoofdredacteur of de nieuwsredacteur verteld dat ik me dagelijks zal melden en dat zij moeten bellen als ze niets van me horen, maar toen ik me een paar dagen niet had gemeld, kreeg ik geen telefoontje [...] Op z'n allerminst zou het tot de taakomschrijving van een redacteur moeten behoren om contact te houden met een reporter die zich in een riskante situatie begeeft. Ze zouden een systeem moeten hebben [...] om hen eraan te herinneren de verblijfplaats van een reporter na te trekken, en een lijst van nummers die gebeld moeten worden als men niet zeker weet of de reporter ongedeerd is [...] [Het] eerste contact (na de echtgenote) zou de tolk/tussenpersoon moeten zijn, vervolgens andere journalisten in het land, daarna de regeringsambtenaar die verantwoordelijk is voor bezoekende journalisten en dan de Amerikaanse ambassade of belangengroep. Die nummers zouden beschikbaar moeten zijn voor iedereen die het spoor van de reporter volgt of midden in de nacht gewekt kan worden door iemand die zich zorgen maakt over de reporter.

Er zijn nog aanvullende nummers die gebeld zouden moeten worden als een reporter vermist wordt; ten eerste: het Internationale Comité van het Rode Kruis, op 011-41-22-734-6001

68

(24 uur bereikbaar), 730-2088 (perssecretariaat) of 734-8280 (fax). Het ICRK kan gevangenissen checken om te kijken of de reporter is gearresteerd, en kan zorgen dat er berichten vice versa worden doorgegeven. Ten tweede: de Commissie ter Bescherming van Journalisten op 212-465-1004 – zij weten hoe je zo nodig overheidsdwang kunt uitoefenen om iemand vrij te krijgen [...]

ADVIES – Hoe meer tijd een reporter in het veld doorbrengt, hoe groter risico hij of zij loopt. Dus een manier om het risico te beperken is door reporters af te raden reportages te maken die New York niet wil hebben of hoe dan ook niet kan gebruiken. Maar op plaatsen als Kosovo beslis je om 8 uur 's ochtends waar je heen gaat en wat je gaat doen, en het advies uit New York komt dan misschien te laat om nog van nut te zijn. Het is duidelijk te veel gevraagd om voor de voorpagina bliksemsnelle afwegingen te maken of om de buitenlandredacteur om 2 uur 's nachts te laten beslissen. Maar als er een manier zou zijn om versneld antwoord te krijgen in die situaties waarin iemand in gevaarlijk gebied is, zou dat heel nuttig zijn...

GELD – Er zijn nog steeds een heleboel landen waar je niets hebt aan een AmEx- of een Citibank-card. Amerikaanse dollars op zak hebben is noodzakelijk in Iran, en Duitse marken zijn noodzakelijk in een groot deel van het voormalige Joegoslavië. Maar we hebben geen goed systeem om snel geld over te maken naar journalisten voor ze op pad gaan. Behalve dat het de *Journal* geld kost (50 dollar per keer dat ik een cheque van 1000 dollar verzilver om hier franken te krijgen, plus het wisselkoersverlies als ik de franken inwissel voor dollars) en tijd (op geld wachten voordat je op pad kunt), kan dit veiligheidsproblemen opleveren. Als je op een vervelende plek zonder geld komt te zitten, blijf je in afwachting van je geld misschien langer rondhangen dan nodig is. In Montenegro waren journalisten nota bene een hele dag onderweg naar Dubrovnik om geldautomaten te bereiken, en stelden zich zo zonder goede reden bloot aan vijandige situaties onderweg. Als je krap bij kas komt te zitten, kun je ook proberen te bezuinigen door je vaste chauffeur te vervangen, op pad te gaan zonder tussenpersoon of een minder bekend hotel te kiezen – allemaal potentiële veiligheidsrisico's. Suggesties: Zorg voor een vaste rekening op een paar strategische locaties, waar een reporter snel 5000 of 6000 dollar kan krijgen voor een reis. Bedenk een systeem [...] waardoor een redacteur telegrafisch geld kan overmaken naar een reporter, zonder dagenlange administratie of zonder bij de Citibank contant geld op tafel te hoeven leggen. Western Union is een andere optie, maar dat is prijzig, en dan zou je een berg contant geld in New York moeten hebben, die iemand dan naar een Western Union brengt [...].

TRAINING – Er zijn minstens twee trainingscursussen opgezet voor journalisten die oorlogsreportages maken. Een aantal mensen wordt afgeschrikt door de militaire ondertoon – moeten reporters werkelijk een training krijgen van voormalige commando's? Maar Craig Copetas, die een paar jaar geleden een cursus volgde, zegt dat de cursus verscheidene malen van pas is gekomen en vindt dat zoiets verplicht zou moeten zijn. Anderen, die de cursussen niet hebben gevolgd, zijn het met hem eens. De cursussen omvatten dingen als basale eerste hulp (bv. hoe leg je een tourniquet aan), wapentuig (bv. hoe herken je of het geweer dat op je gezicht is gericht 'vergrendeld en geladen' is), mensenkennis (bv. hoe onderhandel je met vijandige mensen op controleposten), autorijden (bv. hoe rijd je weg vanuit een lastige situatie) en diverse dingen zoals: wat moet je dragen om geen doelwit te worden, hoe ga je met extreme weersomstandigheden om, hoe blijf je veilig tijdens demonstraties en hoe vermijd je mijnen. Een cursus die goede beoordelingen heeft gekregen bij journalisten, wordt in Engeland gegeven door een bedrijf dat Centurion Risk Assessment Services heet (*The New York Times* en de BBC hebben er mensen heen gestuurd). Copeta's cursus ging uit van Andy Kain Enterprises (CNN- en BBC-reporters hebben die gevolgd), en wordt in Engeland en elders gegeven. De drie Reuters-correspondenten die in Sierra Leone in een hinderlaag waren gelopen, hadden blijkbaar een Centurion-training gehad; twee overleefden het, een overleed. De kosten schijnen ongeveer 500 dollar per dag te zijn voor een cursus, die drie tot vijf dagen kan duren. Ik voeg een verhaal van *The New Yorker* bij over de Centurion-cursus.

UITRUSTING – Van kogelvrije vesten worden mensen zenuwachtig, maar als we ze gaan dragen, moeten we dat serieus opvatten, en niet op het laatste moment aankomen met zoiets als 'ik geloof dat er vijf jaar geleden een kogelvrij vest in het kantoor in Parijs lag'. Tegens: ze zijn ongemakkelijk, zwaar (ruim 2,7 kilo) en warm. Voors: de juiste soort biedt bescherming zowel tegen granaat- en patroonscherven als tegen revolvers, en je hoeft ze niet de hele tijd te dragen. Voorbeeld: je zou er een in de auto kunnen bewaren als je in de buurt van een gevechtszone vertoeft, en het aantrekken als de patronen rond beginnen te vliegen. Verscheidene collega's zeggen dat er tijden zijn geweest dat ze er graag een bij de hand hadden gehad. Het probleem is dat je er een in de juiste maat moet hebben en moet weten hoe je het gebruikt.

Vanaf dit punt werd Danny's memo nog gedetailleerder. De memo werd niet aangenomen.

Op de bank zittend naast de politiechef, heb ik er moeite mee hem niet punt voor punt voor mezelf te herhalen.

Terwijl Tariq Jamil in het Urdu in de telefoon fluistert, word ik door een andere officieel uitziende man van midden dertig, beleefd glimlachend en gekleed in een kostuum, met een discreet gebaar gesommeerd te komen. Hij vertelt me dat hij van de een of andere, met een afkorting aangeduide, politieafdeling is – net als Asra kan ik ze niet precies meer bijhouden – en hij vraagt om een foto van Danny 'ten behoeve van het onderzoek'. We hebben toevallig kort geleden pasfoto's laten maken en ik doorzoek Danny's computertas. Wanneer ik de foto te voorschijn haal, kruist Danny's lieve, enigszins ironische blik de mijne, en plotseling begint er binnen in me iets te schreeuwen. Ik ervaar een moment van pure paniek. Ik voel een verschrikkelijke drang om de straat op te stormen en luidkeels zijn naam te roepen en te eisen dat ik hem nu terugkrijg.

Ik ben Danny, ik ben onze zoon, ik kom in opstand.

De woede die door me heen stroomt, reikt veel verder dan de helse nacht die ik net heb doorgemaakt. In een flits voel ik een enorme band, niet alleen met de slachtoffers van 11 september maar ook met de kinderen die worden gehersenspoeld om als instrumenten van de dood te fungeren in naam van een verzonnen islam. De vreselijke absurditeit van dit alles verplettert me.

Twee mannen staan aan de andere kant van de kamer naar me te kijken. De ene, midden veertig, is opvallend elegant. Hij rookt als een acteur in een film uit de jaren veertig – niet gretig of met een air, maar met een volmaakte zelfbeheersing. Zijn kleren passen perfect om zijn slanke lichaam, en zijn haar en snor zijn wit gespikkeld. De man heeft iets adellijks. Zijn metgezel is jonger, maar even elegant en knap. Hij heeft een notitieboekje in zijn hand maar gebruikt het niet. Allebei schijnen ze geduldig te wachten tot alle opschudding over is voordat ze aan het werk gaan. Ik voel dat ze de situatie hier in zich opnemen. Hoe is het mogelijk dat we ze niet eerder hebben opgemerkt?

Ik loop naar ze toe en de oudste heer pakt mijn hand.

'Ik ben de ssp, van de cid.'

'Juist.'

'En dit is Dost van de Militaire Inlichtingendienst,' voegt hij eraan toe terwijl hij naar zijn metgezel knikt en ondertussen oogcontact met mij blijft houden.

'Ja.'

Ze hebben iets plechtstatigs wat ik, geloof ik, wel prettig vind. Ik herinner me Asra's positieve mening over het leger en vraag of ze daar deel van uitmaken.

'Vroeger wel,' zegt de oudste glimlachend. 'Vroeger was ik kapitein in het leger, maar nu ben ik hoofd van de cid.'

Ik wacht en hoop vurig dat hij zal uitleggen wat in godsnaam 'cid' betekent, maar dat doet hij niet. De jonge man komt me te hulp: 'De afdeling die verantwoordelijk is voor antiterrorisme.'

Et voilà. Ondanks onze slapeloze nacht ben ik mijn hele leven nog nooit zo wakker geweest. Kind, denk ik, dit is het. Dit is wat we nodig hebben. Het hoofd van de afdeling antiterrorisme die de zoektocht naar Danny leidt – goed nieuws als je het mij vraagt, hoewel dat puur een kwestie van intuïtie is.

Er is altijd een onzichtbare band tussen mij en Danny geweest. Wanneer hij bang is, ben ik bang; waar hij pijn heeft, heb ik pijn. Ik word aangespoord door de moed die hij toont, waar hij ook is. 'Kapitein,' zeg ik kortaf, 'luister, we komen in tijdnood. We moeten mijn man snel vinden. U bent een deskundige – maar ik ben uw beste bondgenoot.'

Ik leg uit waarom Asra en ik centraal moeten blijven in het onderzoek. Ik loop het werk dat we al hebben gedaan met hem door. Ik neem hem mee naar onze kaart. Ik vraag hem of hij dicht in de buurt wil blijven. Hij kijkt me recht en diep in de ogen, nadenkend, terwijl hij een olympische kalmte uitstraalt. Ik kan niet zeggen of het een verbazingwekkende zelfbeheersing is of gewoon professionele afstandelijkheid. 'We zullen samenwerken,' zegt hij ten slotte en voegt eraan toe: 'U hebt vannacht niet geslapen.'

Asra komt ons tegen in de gang en ik stel haar snel voor. Vanaf het moment dat ze kwamen, hebben Kapitein en Dost gezien hoe efficiënt zij toezicht heeft gehouden op de gang van zaken hier in huis. Zonder dat we ons ervan bewust zijn, hebben ze al respect voor haar gekregen.

Kapitein wijst naar Asra's hoge hakken. 'Die moet u uittrekken,' zegt hij vastberaden. Zulke schoenen zijn misschien acceptabel voor de Pakistaanse elite, maar voor anderen zijn ze provocerend. En onpraktisch. Asra doet ze uit.

Wanneer ik later met een vriend praat, verwijs ik naar 'Kapitein' met deze spontaan gegeven bijnaam. Mijn vriend is onthutst. 'Je hebt die man drie rangen gedegradeerd,' protesteert hij. Maar ik weet niets van militaire rangorden en ben er eerlijk gezegd ook niet in geïnteresseerd. Voor mij is Kapitein de man die me de weg zal wijzen in een systeem dat ik terecht wantrouw. Hij is de gezagvoerder op ons schip.

Het zal wel bijna lunchtijd zijn, want het huis stroomt leeg. Kapitein en Dost zitten aan de eettafel, waar ook Danny's laptop staat, die we eerst hadden verstopt. Asra en ik hebben besloten onze vondsten van vannacht met hen te delen, evenals een beetje *chicken biryani*. Kapitein zal later tegen me zeggen: 'Ik denk: er is daar in huis iets ergs gebeurd, er is iets mis, maar deze twee dames proberen zich normaal te gedragen. En ze proberen optimistisch te blijven.' We hebben zijn hart gestolen. 'En jullie laten me de kaart zien die jullie hebben gemaakt en op dat moment weet ik dat jullie me zullen helpen. Deze dames weten het nog niet, maar ze zullen me helpen, dat weet ik van het begin af aan.'

Kapitein wordt aan één stuk door gebeld, voornamelijk door superieuren die de spanning voelen stijgen. Ik blijf om het kwartier naar Danny's mobiele telefoon bellen, en ben steeds weer geschokt door die mechanische stem. Ik bel ook regelmatig naar Siddique, de man die Danny zou ontmoeten. Ik krijg dezelfde akelige stem aan de lijn. We kunnen alleen met onze mobieltjes bellen, omdat we hebben besloten dat niemand in huis de vaste telefoon meer mag gebruiken, voor het geval dat Danny belt. Een uit een blocnote gescheurd vel papier is met plakband aan de hoorn bevestigd: NIET AANKOMEN. DANNY'S TELEFOON. Het enige stuk apparatuur dat Dost heeft meegebracht, is een antwoordapparaat dat een telefoontje van de kidnapper moet registreren. Het probleem is dat de telefoon is aangesloten op het apparaat, dat weer is aangesloten op het stopcontact in de woonkamer, en ergens daartussenin zit er iets los, wat betekent dat we zo om de twintig minuten aan alle kabels moeten schudden om ons ervan te vergewissen dat de telefoon het nog doet.

Asra begint met Dost te babbelen alsof ze samen aan een feestmaal zitten. Zowel Dost als Kapitein is in de Verenigde Staten geweest. Bovendien waren ze op 11 september beiden in New York voor een internationale conferentie over antiterrorisme.

'O, dat is waanzinnig!' zegt Asra. 'Wat is precies uw functie?' vraagt ze hem. Zijn achtergrond is de inlichtingendienst, antwoordt hij. Wat in dit geval gunstig is, veronderstel ik.

'Vertelt u ons eens wat u weet over Gilani,' zeg ik tegen Dost.

'We weten niets over hem,' antwoordt hij. Hoe is het mogelijk dat ze die man niet kennen? Mijn prachtige vertrouwen begint te wankelen.

De Gilani's, legt hij uit, waren de huisbewaarders van een historisch soefi-heiligdom in een domein in Lahore. Gilani is 'een zeer gerespecteerde figuur in Lahore. Dat is het enige wat we weten'.

De moed zinkt me in de schoenen. Ik denk: deze stommelingen weten niks. Pas dan komt het bij me op dat de Amerikaanse autoriteiten ons nog niet verwaardigd hebben met een bezoek. Uitgeput grijp ik de telefoon en bel Randall Bennett op het Amerikaanse consulaat.

'Hoe is het?' vraagt hij afwezig.

'Fantastisch, werkelijk fantastisch! Mijn man is gekidnapt en niemand weet ook maar ene moer van de kerels bij wie hij is, en u zit ergens op een kantoor in plaats van ons te helpen, dus, ja, het gaat fantastisch!'

Minzaam vraagt Bennett of ik tot bedaren wil komen; hij beweert dat hij de situatie onder controle heeft. Wanneer ik hem vertel dat ik op het punt sta om stampij te maken in Washington, zegt hij dat hij, in tegenstelling tot wat ik misschien denk, niet op een kantoor zit, maar werkt aan Danny's vrijlating, en dat hij binnen twee uur bij ons is.

Dost en Kapitein hebben zonder een woord te zeggen naar mijn boze woorden geluisterd.

'We hebben hem hier nodig,' zegt Kapitein ronduit en dan begint hij me te ondervragen, deze keer over gezondheidskwesties. Hoe lang ben ik al zwanger? Wanneer heb ik voor het laatst geslapen? Wat heb ik gegeten? Hij geeft me het dwingende advies op de bank te gaan liggen. 'Ik ben zelf getrouwd,' vertelt hij, 'en ik ben vader. Ik weet alles van zwangerschappen. Ik weet van stemmingen en hormonen. Ik weet alles. En ik zal u dit vertellen: We vinden uw Danny. Maar u moet goed voor uzelf en de baby zorgen.'

Terwijl ik hem gehoorzaam, realiseer ik me dat niemand zo tegen me heeft gesproken sinds mijn vader stierf, zevenentwintig jaar geleden. Zijn stem, vergeten na zoveel jaren, komt in mijn herinnering terug. Een stem die hees was geworden door de sigaretten die hij eindeloos rookte, een stem die mijn broer en ik zonder discussie gehoorzaamden, niet alleen omdat die zo autoritair was maar ook omdat die iets beminnelijks had. Normaal gesproken vind ik het niet prettig om gecommandeerd te worden, maar dit is anders. Het is oké, denk ik, ik kan Kapitein vertrouwen.

Ik ben bang dat ik in slaap val, alsof slapen de dingen werkelijker zal maken, en de werkelijkheid is al een nachtmerrie. Dost doet zijn best om me te helpen. 'Als u in slaap valt,' zegt hij, 'is het misschien maar een droom en is Danny hier wanneer u wakker wordt.'

Er wordt aangebeld. Ik merk dat we een team zijn geworden wanneer we alle vier gezamenlijk de eetkamer uitkomen, terwijl we de glazen deuren achter ons voorzichtig sluiten om indiscrete blikken op kaarten en dergelijke te voorkomen. Shabir, de bediende, kondigt Najeeb aan, een verslaggever van *Jang*. Het is de man die Asra eerder heeft gebeld en die ons vertelde over de vermiste correspondent van het blad *Time*.

Asra wendt zich tot Kapitein en Dost omdat ze niet weet of we wel met Najeeb moeten praten. Dost geeft zijn eerste instructie in wat voor ons een intensieve training in politietactiek zal worden, in die vreselijke warboel van agenten van de geheime dienst, echte smerissen, terroristen en mensen met goede bedoelingen: 'Ga uw gang, maar vertel hem niets. Stel vragen en luister gewoon naar wat hij te zeggen heeft. Prent het goed in uw geheugen.'

Najeeb, lang en mager, blijft bij de deur staan. 'Ik ben de misdaadreporter van *Jang*,' zegt hij. Hij ziet eruit als een Pathaan en draagt een witte *salwar kameez*. Ik wantrouw de hele Pakistaanse pers, die geen traditie van objectiviteit of neutraliteit schijnt te hebben. Bovendien wantrouw ik Najeeb intuïtief. Hij kan moeilijk verbergen dat Danny's ontvoering een sensationeel nieuwtje voor hem is. Hij is van plan met dit verhaal van zich te doen spreken. Hij vertelt me dat hij net van het Village Restaurant komt, waar hij van 'mensen in het veld die ik ken' had gehoord dat Danny daar in gezelschap van twee bebaarde mannen was weggegaan.

'Ik zal u meer vertellen als u een paar vragen van mij beantwoordt,' zegt hij.

Heel even heb ik een hallucinatie. Ik zie Najeeb veranderen in een gier, met die kleine oogjes van hem waaruit alle menselijkheid is verdwenen. Ik ga naar binnen zonder verder antwoord te geven.

Ik vertel Kapitein wat Najeeb heeft voorgesteld. Misschien weet hij meer, maar ik kan geen zaken met hem doen; ik wil dat hij door de politie wordt ondervraagd. Maar Kapitein heeft helemaal geen haast om met hem te spreken. 'Het is beter,' zegt hij 'om journalisten erbuiten te laten.'

'Laten we beginnen met wat we weten,' zegt hij. 'We hebben drie telefoonnummers. We hebben het mobiele nummer van Imtiaz Siddique, die Danny naar Gilani zou brengen. We hebben het mobiele nummer van Bashir, die Danny bij Siddique heeft geïntroduceerd. En we hebben Danny's mobiele nummer. Van hieruit gaan we beginnen.'

'Maar,' protesteer ik, 'daar kunnen we zo weinig mee.'

Kapitein steekt nog een sigaret op en knikt.

5

Asif-de-tussenpersoon komt de volgende morgen om vijf uur uit Islamabad aan. Van zijn gebruikelijke slaperige blik is niets meer over. Zijn ogen staan zo wijdopen en zijn zo bloeddoorlopen dat hij me doet denken aan Alex in *A Clockwork Orange*. Wanneer ik de deur opendoe en zijn verschrikte gelaatsuitdrukking zie, deins ik eerst terug. Zijn slapen kloppen zo duidelijk zichtbaar dat ik me tegenover hem gegeneerd voel. Hij komt binnen zonder er met zijn gedachten bij te zijn; de hand die hij uitsteekt, glimt van het zweet. 'Ik heb het niet verkeerd bedoeld,' zegt hij. De paniek waaraan hij ten prooi is verzacht mijn woede bijna. 'Ik heb Danny alleen maar gegeven wat hij wilde. Dat is alles.'

Asra staat op van de bank in de woonkamer, waar ze, vlak bij de telefoon, heeft liggen rusten. Ze drukt krachtig op haar vermoeide ogen, pakt haar blocnote en gaat ons voor naar het terras, waar we kunnen praten zonder door onze politiebewakers te worden afgeluisterd.

We vertellen Asif dat we vinden dat het tijd wordt om zijn vriend te bellen, de man die Danny introduceerde bij de jihad-woordvoerder. 'Wat is zijn naam? Wat is zijn nummer?'

Asif schudt zijn hoofd. 'Dat kan ik u niet vertellen. Ik heb hem beloofd dat zijn naam nooit genoemd zou worden.'

'Hoeveel betaalt Danny u?' vraagt Asra.

Met gebogen hoofd bekent Asif dat Danny hem zo'n honderd dollar per dag betaalt. Een dergelijk salaris is bijna onfatsoenlijk voor dit land – wie verdient er in Pakistan honderd dollar per dag? – en hij weet dat het onvergeeflijk zou zijn om zich niets van ons aan te trekken.

Het is voor mij veel te vroeg in de morgen om diplomatiek te zijn. Asra en ik zitten allebei in onze flodderige T-shirts en traningsbroeken; ons haar piekt alle kanten op en onze gezichten dragen de treurige sporen van een tekort aan slaap. We zien er niet goed uit en we zien er niet vriendelijk uit. 'Geef me zijn naam en adres!' schreeuw ik.

Asif capituleert.

De man heet Zafar en is ook journalist voor *Jang*. Hij is een oude vriend van Asif. 'Ik heb hem dringend verzocht om me te helpen,' zegt Asif. 'Ik heb hem gezegd dat ik, als ik goed werk deed voor Danny, correspondent kon worden voor *The Wall Street Journal* in Pakistan. Ik heb tegen hem gezegd: "Help me alsjeblieft". Wij helpen elkaar als journalisten. Ik heb Zafar gevraagd, maar ik heb Danny niet over hem verteld.'

In haar aantekeningen begint Asra een stamboom te tekenen: Asif -> Zafar <-> de jihad-woordvoerder -> Bashir -> Imtiaz Siddique -> Gilani.

Met andere woorden, Asif-de-tussenpersoon wendde zich tot Zafar voor hulp. Zafar liet de jihad-woordvoerder aantreden. Die Danny bij Bashir introduceerde. En die introduceerde vervolgens Danny bij sjeik Gilani's volgeling, Imtiaz Siddique. Die Danny bij Gilani moest brengen. Die misschien een belangrijke rol heeft gespeeld in Richard C. Reids poging om de transatlantische vlucht 63 van American Airlines op te blazen met een bom in zijn schoen.

'Hoe goed kent Zafar de woordvoerder? En welke groepering vertegenwoordigt de woordvoerder?' vragen we.

Zafar en de woordvoerder werden blijkbaar een jaar geleden aan elkaar voorgesteld op een bijeenkomst van de Harkat-ul-Mujahideen, vertelt Asif ons, 'maar hij is slechts een woordvoerder'. Dat zou mij moeten geruststellen. Maar dat doet het niet. Harkat is een van de meest militante moslimgroeperingen die in Pakistan opereren.

Asra en ik moeten nodig met Zafar praten. Met grote tegenzin toetst Asif zijn nummer in. Hij spreekt op een vreemd eerbiedige toon. 'Ik ben bij Danny's vrouw en een vriendin van hen. Ze weten wie je bent,' zegt hij. 'Ze zullen ervoor zorgen dat je wordt beschermd en dat je wordt ondervraagd door de Amerikaanse politie en niet door de Pakistaanse. Ze staan op het punt je te bellen via een andere lijn.'

'Gelul,' zeg ik wanneer Asif ophangt. 'Hij zal ook door de Pakistaanse politie worden ondervraagd.'

Asif zegt niets meer. Asra en ik sluiten een microfoon aan op de telefoon, om ons gesprek op te nemen. Zafar lijkt aan de telefoon veel angstiger dan Asif, en hij beantwoordt bereidwillig alle vragen die we op hem afvuren.

Hij legt uit wat zijn relatie met islamitische extremistische groeperingen is.

Om dit te begrijpen, moet je eerst iets weten over de lange, noodlottige strijd om Kasjmir. In 1947, toen India en Pakistan onafhankelijk werden van Engeland, was de toekomst van de Himalayastaat Kasjmir onduidelijk gebleven. De meerderheid van de mensen in die streek was moslim, maar het gebied werd geregeerd door een hindoeïstische maharadja, en volgens de overeenkomst met de Britten zou de maharadja beslissen of Kasjmir deel zou gaan uitmaken van het overwegend islamitische Pakistan of van het voornamelijk hindoeïstische India. Voordat hij een uiteindelijke beslissing had genomen, ondernam Pakistan stappen om het gebied op te eisen, en de maharadja besloot ingevolge dat Kasjmir zich bij India zou aansluiten. Het daaruit voortvloeiende geschil duurt al meer dan een halve eeuw.

Er zijn drie oorlogen om Kasjmir gevoerd; er zijn misschien wel zestigduizend mensen gesneuveld in pogingen het gebied op te eisen. De Verenigde Naties regelden een wapenstilstand tijdens de eerste oorlog in 1948, en het gebied werd zodanig verdeeld dat ongeveer een derde onder Pakistaans bestuur kwam en de rest aan India ten deel viel. Zowel de Britten als de Verenigde Naties wilden dat er een volksstemming zou worden gehouden, zodat alle mensen in Kasjmir zeggenschap kregen over de status en de toekomst van het gebied, maar dat is nooit gebeurd en dus is het getouwtrek al die tijd doorgegaan. Nu is het verlangen om heel Kasjmir onder islamitische heerschappij te krijgen voor de Pakistani een nationale obsessie geworden. Een miljoen mannen zijn gemobiliseerd langs de grens van Kasjmir, die bekendstaat als de 'controle-linie', en de hele wereld bereidt zich voor op weer een oorlog, waarin, verschrikkelijk genoeg, nucleaire wapens gebruikt zouden kunnen worden. Beide landen hebben die; beide schijnen bereid ze te gebruiken. De twee landen zijn zo onverzoenlijk dat ze zelfs stellingen handhaven op de Siachen-gletsjer in de verre noordoosthoek van Kasjmir. De gletsjer is zo afgelegen dat die nooit aan een van beide landen is toegewezen, vandaar dat beide landen hem opeisen. De Siachen kan zich op veel bijzonderheden beroemen. Op een hoogte van ruim drieënzestighonderd meter is het het hoogst gelegen slagveld ter wereld; het is een grotere gletsjer dan op beide polen ooit is gevonden; en het is er regelmatig vijfenvijftig graden onder nul (veel soldaten wonen in iglo's). Beide partijen schijnen tot een miljoen dollar per dag te besteden om over dat waanzinnige stuk terrein heen op elkaar te kunnen schieten, hoewel er veel meer mensen sterven door de gruwelijke omstandigheden dan door wapengeweld.

Wat ertoe heeft geleid dat de ergernis de laatste jaren is gestegen, is de opkomst van zowel islamitisch als hindoeïstisch fundamentalisme, en in het bijzonder de verhevigde pogingen van islamitische fundamentalisten om aanspraak te maken op het gebied. In 1989, toen de Russen zich terugtrokken uit Afghanistan en de Taliban de macht greep, richtten jihad-groeperingen hun aandacht op Kasjmir.

Nu is het voor een journalist als Zafar een interessante opdracht om verslag uit te brengen over groeperingen in Kasjmir. Autobommen, mijnenvelden, zelfmoordterroristen... 'Die mensen doken op en de activiteiten werden intensiever. Ik werk voor *Jang*. Ik rapporteer over defensie. Diplomatieke organisaties, Kasjmir en Afghanistan. Ik kom deze jihad-strijders vaak tegen. Ik treed met ze in contact om er achter te komen wat er gaande is.'

Zijn bronnen zijn mensen als de jihad-woordvoerder. 'Wat is die woordvoerder voor een persoon?' vragen we. 'Wie is hij? Waar woont hij?'

'Hij is gewoon een activist,' zegt Zafar. 'Hij lijkt een betrouwbare persoon,' misschien twintig jaar oud, intellectueel (wat in een land met bijna zestig procent analfabeten wel iets zegt). Van het dagelijks leven van de woordvoerder weet Zafar niet veel. Hij heeft de indruk dat de woordvoerder de meeste nachten doorbrengt in het hoofdkantoor van de organisatie in de stad Rawalpindi. Rawalpindi is het voormalige militaire hoofdkwartier van de Britse kolonie en zowel de zusterstad als het tegendeel van Islamabad, dat maar een paar kilometer zuidelijker ligt. Terwijl Islamabad formeel is, is Rawalpindi overvol, vervallen en chaotisch.

De woordvoerder is een jongeman met goede relaties. 'Hij schijnt ook om te gaan met Jaish-e-Mohammed. Toen hun kamp in Afghanistan werd gebombardeerd, nodigde de woordvoerder mij, samen met andere reporters, uit voor een plechtigheid ter ere van de doden.'

Daarom nam Zafar aan dat als iemand in staat was contact te leggen met sjeik Gilani, het de jonge woordvoerder zou zijn.

'Weet u,' zegt hij, 'tot voor kort kon het geen kwaad bij deze organisaties op bezoek te gaan.'

Dit is een belangrijk punt. Het is nog maar een paar weken geleden sinds president Pervez Musharraf alle jihad-groeperingen verbood. Danny schreef erover in 'Pakistan heeft tweeledig doel met campagne tegen islamitische militanten', dat verscheen op 2 januari. Hij schreef: 'Pakistan probeert door de leiders van militante islamitische groeperingen te pakken twee vliegen in één klap te slaan: een oorlog met India voorkomen en Pakistans eigen terrorismeproblemen aanpakken.'

Sinds de aanslagen van 11 september hadden de Verenigde Staten Musharraf onder druk gezet om terroristische activiteiten vanuit Pakistan onder controle te houden, maar op zijn hoede voor politieke repercussies had hij nagelaten actie te ondernemen. Toen volgde er op 13 december 2001 een terroristische aanslag op het Indiase parlement. Vijf militanten vielen het parlement in New Delhi binnen en slaagden erin negen mensen dood te schieten voor ze zelf door de politie om het leven werden gebracht.

Wij waren op dat moment in Islamabad. Danny regelde dat er vanuit India verslag werd gedaan, en vervolgens gingen we naar buiten om te horen wat de reacties waren van de Pakistani in de straat. Wat we ontdekten was op zijn zachtst gezegd verontrustend. De meeste mensen met wie we spraken, geloofden oprecht dat India de aanslag had geënsceneerd zodat de wereld zich tegen Pakistan zou keren. Iedereen was bezig met samenzweringstheorieën. Het was alsof geestelijke verwarring de norm was geworden. Als Pakistaanse burgers in zo'n hoogst onwaarschijnlijke plot geloofden, hoezeer konden ze dan niet gemanipuleerd worden? Hoe onwetend en paranoïde waren deze mensen?

India dreigde met militaire vergelding, tenzij Pakistan met harde hand optrad tegen de groeperingen die hoogstwaarschijnlijk achter de aanslag zaten: Harkat-ul-Mujahideen (HUM), Jaish-e-Mohammed (JEM) en Lashkar-e-Taiba (LET). Musharraf stemde erin toe de drie groeperingen te verbieden, maar strafcampagnes tegen extremisten worden gemakkelijker afgekondigd dan ten uitvoer gebracht. In Pakistan schuilen veel organisaties die terroristische activiteiten uitoefenen. Zo'n vijftig zijn er bij de autoriteiten bekend, en vele staan met elkaar in verband. En extremistische groeperingen hebben de neiging voortdurend aan verandering onderhevig te zijn, of ze nu van overheidswege worden opgeheven of niet. Groepen gaan ondergronds werken, nemen nieuwe namen aan en worden anders ingedeeld. JEM is een zijtak van Harkat-ul-Mujahideen; Lashkar-e-Taiba heeft zijn wortels in de fundamentalistische Wahhabi-sekte in Saoedi-Arabië, die banden heeft met Lashkar-e-Jhangvi, een verboden groep soennitische moslims die verantwoordelijk was voor de moord op onnoemelijk veel sjiieten. Als Pakistan van zijn terroristen af wil komen, zal het een web moeten ontwarren dat is gevormd door twintig jaar van intriges en bloeddorstige verbintenissen.

Na de aanslag op het Indiase parlement en de daaruit voortvloeiende strafcampagne reisden Danny en Asif-de-tussenpersoon naar Bahawalpur, een katoenbouwdistrict in Pakistans provincie Punjab, waar Jaish-e-Mohammed zijn hoofdkwartier heeft. Een paar dagen eerder had de Pakistaanse politie veel leden van JEM's staf aangehouden, maar JEM wist dat de autoriteiten eraan kwamen en ze hadden, voordat de politie arriveerde, hun dossiers en computers naar een geheime locatie overgebracht. Bovendien lieten de agenten genoeg JEM-leden achter om de zaak draaiende te houden.

Danny en Asif vonden zonder problemen het JEM-kantoor in een huis zonder aanduiding ergens aan een onverharde weg in Bahawalpur. Buiten stonden HiLux-trucks met dubbele cabine geparkeerd, die door de JEM-leden werden gebruikt. Sommige, vertelde Danny me later, hadden nummerborden van de Pakistaanse regering. Op de muur van het rekruteringskantoor was de naam van de groep overgeschilderd, maar overal hingen nog posters die aanzetten tot de heilige oorlog: als je niet nu van de gelegenheid gebruikmaakt, zal dat het einde betekenen van de moslimstaat. Danny stapte het kantoor binnen waarop FINANCIËN stond, en daar interviewde hij een lid van het centrale bestuur. De man ging achter een bureau zitten, legde zijn drie ingeschakelde mobiele telefoons op een rijtje en begon te orakelen over de zaak van de 'vrijheidsstrijders' van Kasjmir (wat, zoals Danny opmerkte, dezelfde benaming is als die waarmee de Indiërs hun mensen aanduiden). Het was zoals gebruikelijk weer een en al jihad wat de klok sloeg.

Als onderdeel van de strafcampagne zouden de fondsen van de verboden groeperingen bevroren zijn. Maar toen Danny het lokale filiaal van de bank bezocht, ontdekte hij dat JEM nooit werkelijk een bankrekening had gehad. In plaats daarvan bewaarde de organisatie haar donaties op – duizenden – 'privé'-rekeningen. Aangezien formeel geen enkele rekening op naam van Jaish-e-Mohammed stond, bleef het geld gewoon binnenstromen.

Jaish-e-Mohammed betekent 'Leger van de Profeet'. De organisatie is jong: ze werd begin 2000 gesticht toen Maulana Massood Azhar, ooit een leider van Harkat-ul-Mujahideen, uit een Indiase gevangenis ontsnapte. Hoe extremistisch is de JEM? En hoe vermogend kan zo'n jonge groep zijn? Toen Azhar de groepering oprichtte, vloog hij naar Afghanistan, waar hij Osama bin Laden ontmoette, die, zo wordt gezegd, de groep van substantiële fondsgelden voorzag. Azhar zit weer in arrest, maar zoals Danny onlangs schreef, de groepering 'heeft waarschijnlijk weinig last van de arrestatie van de 33-jarige [Azhar] die, tegen alle verwachtingen in, in de gevangenis beroemd werd [...] Op dit ogenblik beweert de groep duizenden strijders naar Kasjmir te hebben gestuurd en hun tweewekelijkse tijdschrift zou een oplage hebben van vijftigduizend stuks, in Pakistan en in het buitenland'.

Op 12 januari 2002, een maand na de strafmaatregelen tegen de drie voornaamste jihad-groeperingen, kondigde president generaal Musharraf aan dat ook alle andere Pakistaanse terroristische organisaties verboden waren. Danny en ik waren in Peshawar en we gingen naar de Khyber Bazaar om naar de aankondiging te luisteren. Danny slaagde erin het enige restaurant in die buurt met een televisietoestel te vinden. Glimlachend en beleefd bestelde hij gebraden kip en zoete *chai* en vroeg om een klein plekje op de volle bank zodat we tv konden kijken. We waren de enige buitenlanders en ik was de enige vrouw. Ik haalde mijn radioapparatuur te voorschijn en maakte een bandopname van Danny's gesprek met een man op de bank, die de vragende Amerikaan met zijn antwoorden graag ter wille wilde zijn, maar er niet achter kwam wat eigenlijk de 'juiste' antwoorden waren. Evenzo wist de menigte die ons zag werken dat wij vrij waren in onze bewegingen en gedachten, iets wat hun welhaast exotisch voorkwam. Op de televisie nam generaal Musharraf het hele scherm in beslag, waardoor hij er tegelijkertijd waardig en nietig uitzag. Hij sprak over een mooie toekomst voor Pakistan. We krijgen een democratie, vertelde hij zijn volk. Maar het wordt wel onze eigen democratie.

Terwijl ik naar de DANNY-kaart aan de muur van de eetkamer in het huis aan Zamzama Street sta te staren, zie ik dat bijna elke naam die we hebben opgeschreven in de zesendertig uur sinds Danny verdween, een naam is die hij heeft genoemd in een of ander artikel van de afgelopen vier maanden. Ik vind het angstaanjagend, ook al weet ik niet precies wat ik ervan moet denken.

We hebben een half uur met Zafar zitten praten en hij vertelt ons iets wat ons nog meer verontrust. Hij sprak gisteren met de jihad-woordvoerder en deze zei dat hij zijn adresboek kwijt was en ons daarom het nummer van Bashir niet kon geven. Tegelijkertijd belooft Zafar dat hij ons zal helpen Bashir te vinden – dat wil zeggen, op voorwaarde dat we discreet zijn over zijn participatie.

We liegen en beloven dat we ons mond zullen houden, maar in werkelijkheid hebben we geen reden of wens om zijn identiteit voor Kapitein verborgen te houden.

Er wordt gebeld; de politie is er weer. Ik steek de band waarop ik ons gesprek met Zafar heb opgenomen in mijn zak. Asra zegt tegen Asif-de-tussenpersoon: 'Je ondervraging gaat zo beginnen.' Dan voegt ze er iets vriendelijker aan toe: 'Ik weet dat je bang bent. Maar jij bent niet in gevaar, Asif. Danny wel. En dus moeten we Danny beschermen.'

Steve LeVine en Danny huurden Asif in september oorspronkelijk in om hen te helpen met een verhaal over Bashiruddin Mehmood, een vooraanstaande Pakistaanse kernwetenschapper die angstaanjagend sterke banden onderhoudt met de Taliban. Asif had gewerkt voor Jiji Press, de Japanse nieuwsdienst. Zijn contract met *The Wall Street Journal* betekende voor hem duidelijk een promotie. Zich bewust van zijn imago en tamelijk knap, zij het nogal stevig, had Asif de neiging wat oversekst te zijn, maar afgezien daarvan leek hij oké. En wat belangrijker was, hij bleek over de contacten te beschikken die Danny en Steve nodig hadden. Wanneer alle grote internationale media met elkaar wedijveren, komt het er werkelijk op aan welke namen er in het adresboek van je tussenpersoon staan.

Danny zag Asif in de lobby van het Marriott in Islamabad voor dagelijkse instructies. Het Marriott was de plaats van handeling toen in september de oorlog in Afghanistan op het punt stond uit te breken. Zwaarbewapende soldaten stonden op wacht op nabijgelegen straathoeken, beschut door stapels zandzakken, terwijl het vijfsterrenhotel vanbinnen was veranderd in een tempel van wereldwijde informatie. Schijnbaar de hele aardbol was vertegenwoordigd in deze media-toren-van-Babel, en van de 290 kamers waren er 270 bezet door een internationaal bataljon van journalisten.

De liften verwerkten een ononderbroken golf van reporters, cameramensen en technici, die klaarstonden om zich te storten op informatie, op iedere informatie die je zou kunnen tegenkomen in de nasleep van de terroristische aanslagen. Alle grote namen waren er – 'Kijk, daar heb je John Burns van *The New York Times*.' De vermoeide oorlogscorrespondenten keken alsof ze het allemaal al eens hadden gezien, terwijl de zenuwachtige jonge freelancers stonden te popelen. Oudgedienden wisselden verhalen uit van nog niet zo lang vervlogen tijden in de Balkan, terwijl een stroom van mensen, met mobieltjes tegen hun oor gedrukt, door de marmeren lobby heen en weer liep. Er waren reporters van de Kroatische radio en van Aztec TV, van dagbladen waar je nooit van had gehoord en natuurlijk van de BBC en CNN. Deze laatste twee hadden het grootste deel van de bovenste verdieping van het hotel afgehuurd en heersten zodoende over ons allemaal.

Er was maar één probleem: er viel niets te zien of te rapporteren.

In september, oktober en november vond de actie elders plaats, in het ontoegankelijke Afghanistan. In hun land van herkomst zetten redacteuren hun journalisten onder druk om te gaan speculeren. *The Wall Street Journal* had zich in het verleden in Pakistan weinig weten te presenteren en leed aan een gebrek aan naam, maar dat was niet wat de bazen wilden horen. Op 14 november tikte John Bussey Danny en zijn collega's op de vingers: 'Jongens, ik ben er erg op gebrand om Pakistan/Musharraf op de voorpagina te krijgen... Is dat op een of andere manier mogelijk?... Elke belangrijke krant en tv-zender heeft een interview met die man gehad. Wordt er nog aan gewerkt?'

Ja, er werd nog heel hard aan gewerkt.

Westerse cameramannen, wanhopig wachtend op een onderwerp en onder druk gezet door hun organisaties, filmden de islamitische militanten die zich regelmatig voor het hotel in groepen opstelden. Sommige Pakistaanse woordvoerders, die soms nauwelijks in staat waren een gesprek te voeren, gaven wel tien interviews per dag. Ik schreef over de journalisten en de broeikas die het hotel was. Eigenlijk worden de meeste journalisten niet graag geïnterviewd. Een wereldberoemde ster van de Marriott-groep sprak me op luide toon bestraffend toe toen ik als verslaggever met mijn notitieboekje in de hand in haar buurt kwam. 'Weet je wel wie ik ben?' snauwde ze. Ik moet er wel bij zeggen dat ze 's ochtends geen koffie had gehad. Danny, die aan onze tafel was blijven zitten, stak vrolijk twee duimen naar me op – 'Geweldige tekst, schat, geweldig' – terwijl ik me zo elegant mogelijk terugtrok.

Islamabad werd een poel van verveling. Ik begon banden aan te knopen met een oude man die paraplu's verkocht. Hij zat op een grasveldje op het kruispunt van twee wegen. Om zich heen had hij een geheel van waslijnen gebouwd waaraan hij zijn paraplu's hing. Het regende niet gedurende de vier maanden dat wij in Islamabad waren, maar het mannetje hield stand.

We verlieten het hotel en namen onze intrek in een pension dat Chez Soi heette en waar ook bijna uitsluitend journalisten huisden, hoewel deze groep liever wat goedkoper woonde. Chez Soi zag er in ieder opzicht uit als een middenstandshuis in Bordeaux, vol smaakvolle reproducties van smaakvolle Parijse tafereeltjes. Wat het verschil uitmaakte, waren de Thrane & Thrane Inmarsat-telefoons op elk terras, waarvan de grijs met witte antennes zuidwaarts wezen, naar de satelliet boven de Indische Oceaan. Chez Soi beschikte over internetverbindingen die beter waren dan die van het Marriott, en het personeel was gewend zich aan te passen aan de behoeften en verlangens van journalisten, hoe bizar die soms ook waren. Hier deden de gasten beleefd tegen elkaar. Maar we waren ook rivalen en dat vergaten we geen moment. Gesprekken aan het ontbijt werden op fluistertoon gevoerd.

Danny's werk hield nooit op. Het bracht ons in Koeweit; in Qatar, voor de Conferentie van de Islamitische Landen, waar Danny een van de meest gerespecteerde geestelijk leiders in het land interviewde, Yussef Qaradawi; en het bracht ons in Peshawar, aan de Afghaanse grens, in de landstreek Pashtoun. Het werk was fascinerend, maar er waren talloze frustraties. Aanvankelijk was Danny tevreden met het werk van zijn nieuwe tussenpersoon, maar algauw bleek dat Asif niet de beste was en in zeker opzicht een fiasco.

Het zag ernaar uit dat het in Kasjmir ieder moment tot een bloedig treffen kon komen, maar de Pakistaanse autoriteiten weigerden Danny de toegang, tenzij hij zich wilde aansluiten bij een georganiseerde reis voor journalisten (wat hij weigerde). Er waren geruchten dat Pakistaanse kernwapengeleerden, zoals Bashiruddin, samenwerkten met de Taliban en Al Qaeda, en overal gingen verslaggevers achter dat verhaal aan, maar *The New York Times* had het als eerste te pakken. De e-mail die Danny en zijn collega Steve LeVine van de buitenlandredactie van *The Wall Street Journal* kregen, was kortaf. 'Lees het verhaal in de *NY Times* vandaag.' Geen ondertekening, geen commentaar. Dat hoefde er niet bij.

Op zulke avonden was Danny terneergeslagen. Steve LeVine ook. Steve is hoofd van de afdeling Centraal-Azië van de *Journal* vanuit Kazachstan, en hij is een verstandige, serieus uitziende man, gezegend met een talent voor observatie en een rustig maar sterk gevoel voor humor. Hij en Danny konden goed samenwerken; ze handelden allebei vanuit een soort directheid en wantrouwen ten opzichte van automatische opinies. Steve's verloofde was hier samen met hem – de lieftallige Nurilda uit Kazachstan, net als ik zwanger. Omdat we in een soortgelijke situatie verkeerden, hoopte ik aan één kant dat ik in Nurilda een maatje in Islamabad zou vinden, maar ze was jonger en vertoonde een ontwapenend gebrek aan belangstelling voor de conflicten om ons heen.

De officiële ondervraging van Asif-de-tussenpersoon is begonnen. 'Oké,' zegt Kapitein met zijn vorstelijke kalmte. 'Hier wil ik graag nog even op terugkomen. Wanneer was Danny's eerste contact met deze mensen?'

Zoals Asif uitlegt, huurden Danny en Asif begin deze maand bij het Islamabad Marriott een auto met chauffeur en, zoals ze met hem hadden geregeld, hadden ze ergens tussen Islamabad en Rawalpindi een ontmoeting met de jihad-woordvoerder. De woordvoerder stond aan de kant van de weg op hen te wachten. Hij was alleen. Hij stapte bij hen in de auto en leidde Danny en Asif naar wat volgens zijn zeggen het huis van sjeik Gilani was. Hij was er een paar maanden geleden nog geweest, vertelde hij hun, maar toen ze bij het huis stilhielden, was het leeg. Buren zeiden dat Gilani was verhuisd.

De jihad-woordvoerder verzekerde een teleurgestelde Danny en Asif dat hij Gilani zou opsporen. De tweede ontmoeting vond plaats op 11 januari. Deze keer beloofde de woordvoerder hun aan Bashir voor te stellen, een man die hen bij Gilani zou brengen. Ze zouden aan hem voorgesteld worden in het Akbar International Hotel in Rawalpindi, aan Liaqat Road.

Nogmaals pikten Danny en Asif de woordvoerder op aan de kant van de weg. Deze keer bracht hij een man mee die hij voorstelde als een schoolvriend uit Karachi, met wie hij van plan was later op de avond door te rijden naar Murree Hills, een plaatselijk ontspanningsoord.

Het Akbar was een tien-dollar-per-nacht-hotel met vijfenzeventig kamers. Toen Danny en Asif bij het hotel aankwamen, namen ze, zoals hun was geïnstrueerd, de lift naar de vierde verdieping, maar de kamer waar ze Bashir zouden ontmoeten was op slot. Dus lieten Asif-de-tussenpersoon en de jihad-woordvoerder Danny en de vriend op de vierde verdieping achter en gingen naar beneden naar het restaurant om Bashir te zoeken. En daar zat hij, met twee vrienden. Het was zeven uur 's avonds en hij had net besteld.

'Uw gast is hier,' zei de woordvoerder.

De man sprak twee uur lang, terwijl Danny zijn mysterieuze steno in zijn Super-Conquérant-boekjes neerkrabbelde. Hij kan perfect aantekeningen maken zonder ooit een blik omlaag te werpen of oog-contact te verliezen. Bashir, die blijkbaar uit Punjab kwam, sprak 'vloeiend Engels', vertelde Asif ons. 'Bashir zei dat hij in de confectie-handel zat in Pindi. Hij leek evenwichtig. Hij leek ontwikkeld. Hij vermeldde in het gesprek niets over zijn privé-leven; er werd niet over een echtgenote gesproken.'

Danny vroeg Bashir naar Gilani – zijn karakter, ideologie, preken en activiteiten. Bashir vroeg Danny niets. 'Hij vertoonde geen teke-nen van nieuwsgierigheid naar Danny,' zei Asif.

Tegen de Pakistaanse traditie in bood Bashir zijn gasten niets te eten of te drinken aan, tot Asif erop aandrong bij de roomservice sandwiches en koffie te bestellen. Het eten werd met zichtbare tegen-zin geserveerd. Toen het interview ten einde liep, stond het groepje op. Danny haalde een visitekaartje uit zijn portefeuille en gaf het aan Bashir. In Zuid-Azië wisselen mensen kaartjes uit zodra ze elkaar hebben leren kennen. Bashir beantwoordde die geste niet.

Bij het afscheidnemen vroeg Danny Bashir of hij dacht een af-spraak met Gilani te kunnen regelen. Bashir antwoordde dat hij het zou proberen, maar Danny zou eerst moeten bewijzen dat hij 'noch anti-moslim noch anti-Pakistan' was door een selectie van zijn arti-kelen te sturen. Weer een hindernis. Als de artikelen ermee door kon-den, zou de ontmoeting na onze terugkeer uit Peshawar in de hoofd-stad plaatsvinden.

Toen Danny die nacht thuiskwam, sliep ik al. Hij sloop, nog aan-gekleed, naar het bed om me te laten weten dat hij terug was en me had gemist.

'Hoe was je ontmoeting?' mompelde ik.

'Interessant,' zei hij. 'Het is altijd interessant om te zien hoe de geest van andere mensen werkt.'

We gingen de volgende dag op weg naar Peshawar voor een docu-mentaire die ik voor de Franse radio maakte over een gerenommeerd *lycée français* in Kabul, dat door de Taliban was gesloten en naar Pakistan was verhuisd, en dat met de val van de Taliban op het punt stond naar Afghanistan terug te keren. Voordat we vertrokken, kwam Danny zijn belofte aan Bashir na door hem een serie recente artikelen te sturen. Vele, zo niet de meeste, reporters zouden hun artikelen nauwkeurig doorkijken en de exemplaren eruit halen die de ontvanger tegen de haren in zouden kunnen strijken. Danny niet. Trouw aan zichzelf en aan zijn werk, hield Danny niet een van de onderwerpen waarover hij had geschreven achter, hoe gevoelig die ook konden liggen. Hij e-mailde Bashir zijn verhalen over Kasjmir en de strafcampagne tegen de islamitische extremisten. En hij stuurde ook reportages over minder controversiële onderwerpen – stamcelonderzoek in India en de run op een aids-vaccin in het subcontinent, waar de autoriteiten nog maar net beginnen in te zien hoeveel schade er door het dodelijke virus is aangericht. 'Hallo, hartelijk dank dat u de ontmoeting met Pir-Sahab [een van de eretitels van Gilani] wilt arrangeren,' schreef Danny in een kort briefje. 'Hier zijn een paar van mijn artikelen van het afgelopen jaar. Vriendelijke groet.'

Zo begon de ongebruikelijke uitwisseling van e-mails tussen Danny en Bashir, die Asra en ik eerder zo aandachtig hadden bestudeerd. Bashir's eerste e-mail kwam twee dagen nadat Danny hem zijn stukken had gestuurd, drie dagen na hun ontmoeting. Het was een vleiend antwoord:

> Beste heer Pearl,
> Hartelijk dank voor uw artikelen – ik heb ze met plezier gelezen en ik heb de uitdraaien doorgestuurd naar Shah Saab. Hij is nu voor een paar dagen naar Karachi en ik weet zeker dat we hem, wanneer hij terugkomt, kunnen spreken. Het spijt me dat ik u niet eerder heb geantwoord, ik had het druk omdat ik voor mijn vrouw moest zorgen, die ziek was. Wilt u bidden voor haar gezondheid?
> Ik hoop u spoedig te zien,
> *Adaab,*
> Chaudrey Bashir Ahmad Shabbir

Adaab? Toen Asra en ik Danny's e-mails aan Kapitein en Asif lieten zien, leken beiden geschokt vanwege het gebruik van dat woord. Het was een formele groet, zeiden ze, meestal gebruikt door geleerde moslims, maar niet door de gewone Pakistaanse bevolking. Het zou veelbetekenend kunnen zijn. Maar het woord wordt soms ook door moslims gebruikt om niet-moslims te groeten. Misschien zat er verder niets achter.

De e-mail werd op 16 januari om acht minuten na middernacht verstuurd. Nadat Danny zich een uur lang had ingespannen om vanuit onze kamer in Peshawar een internetverbinding tot stand te brengen, had hij het opgegeven en was bij de receptie zijn e-mails gaan lezen, waarmee hij de nieuwsgierigheid van het hotelpersoneel wekte. Hij stuurde snel een antwoord op het bericht van Bashir: 'Ik wens uw vrouw een spoedig herstel toe en hoop u binnenkort te zien in Islamabad – ik ben vrijdag terug. Vriendelijke groet, Daniel Pearl.'

We keerden 18 januari terug. De dag daarna ontving Danny weer een e-mail van Bashir, die goed nieuws had: de sjeik had de artikelen gelezen en was bereid Danny te ontmoeten. Er was echter een probleem: hij was niet meer in Islamabad.

Beste heer Pearl,
Het spijt me dat ik niet eerder contact met u heb gehad... Ik ben op de een of andere manier uw telefoonnummer kwijtgeraakt. Wilt u het mij mailen? Of u kunt het mobiele nummer van mijn broer bellen. Ik geloof dat ik u laatst het nummer van mijn oudste broer heb gegeven, maar toen ik thuiskwam, bleek hij het verkocht te hebben! We hebben een huislijn aangevraagd en zodra we de 'juiste personen' betalen, krijgen we die. Zo gaat het in Pakistan! Mijn vrouw is terug uit het Alhamdolillah-ziekenhuis en die hele belevenis is werkelijk een openbaring geweest. De arme mensen hier die ziek worden en naar het ziekenhuis moeten, hebben het echt ellendig en moeilijk. Ik realiseerde me hierdoor nog maar weer eens dat onze familie veel heeft om dankbaar voor te zijn. De sjeik zegt dat dankbaarheid de essentie van het geloof is.

Ik sprak gisteren met de secretaris van de sjeik en hij vertelde me dat de *sjeik-Saab* uw artikelen heeft gelezen en dat u welkom bent. Het zal echter nog een aantal dagen duren voordat hij uit Karachi terug is. Als Karachi op uw programma staat, kunt u hem daar ontmoeten. Of als u hem een paar vragen wilt voorleggen, kunt u ze naar mij mailen en geef ik de uitdraai door aan zijn secretaris. Of als u wilt wachten tot hij hier is teruggekeerd, is dat ook goed.

De beste wensen en ik hoop spoedig van u te horen.

Adaab, Bashir

Vreemd, denk ik, nu ik die e-mails weer doorlees. Ze zijn zoveel persoonlijker en hartelijker dan de manier waarop Bashir volgens de beschrijving van Asif in het Akbar International Hotel reageerde.

De dag daarna maakten Danny en Bashir plannen zodat Danny de sjeik in Karachi kon ontmoeten. Door naar Karachi te gaan konden we twee punten tegelijk scoren, vertelde Danny me met een grijns. Hij kon eindelijk Gilani te pakken krijgen, en misschien, heel misschien kon ik 'Asra helpen inzicht te krijgen in haar liefdesleven'.

Bashir schreef Danny dat Gilani 'mij het nummer zal geven van een van zijn *mureeds*, die u kunt bellen wanneer u daar aankomt. De *mureed* zal u bij hem brengen. Doet u de sjeik van mij de beleefde groeten en vraag hem om me in zijn gebeden te blijven gedenken. Zeg hem dat we hem heel erg missen en gauw weer hopen te zien.' Daarna vermeldde hij de naam en het nummer van Imtiaz Siddique. Danny's reis stond vast.

Kapitein bestudeert de e-mails aandachtig. 'Ik moet hier een kopie van hebben,' zegt hij.

'Waarom vraagt u niet of iemand ze voor u uit wil printen?' snauwt Asra.

Kapitein schenkt haar een bedroefde glimlach, maar geeft geen antwoord. Een enkele blik uit het raam op de gehavende jeep aan de stoeprand en op de ondervoede chauffeur die erbij hoort, en we begrijpen wat de kapitein probeert te zeggen. Hij heeft geen printer tot zijn beschikking.

Ik heb de daverende kracht van de f-16's gevoeld die hoog door de lucht vlogen om de bebaarde mannen te bombarderen die in groepjes bijeen zitten in de grotten van Afghanistan. Maar ik had geen idee – en weinig mensen hebben het – hoe de frontlinie van deze oorlog tegen het terrorisme er werkelijk uitziet. Hier op de grond in Karachi, het onbetwistbare onderduikoord van het Al Qaeda-netwerk, hebben de mensen die uit naam van de hele wereld de boeven bevechten – degenen die overvallen leiden en doodsbedreigingen uiten – nog niet eens de meest eenvoudige printer, laat staan computers, toegang tot databases en mobiele telefoons. Ze hebben niet eens fatsoenlijke auto's.

'Wat hebt u nodig?' vraag ik Kapitein.

'Uw vertrouwen,' zegt hij. 'En technologie.'

Asra heeft meteen door wat er gedaan moet worden: we moeten hier in huis dringend een bonafide antiterroristisch hoofdkantoor vestigen. Ze begint een lijst van benodigdheden op te stellen die ze *The Wall Street Journal* zal vragen ons te verschaffen. We hebben mobiele telefoons nodig; minstens twee voor ons en nog een paar voor de mannen die Kapitein naar Lahore heeft gestuurd om Gilani op te sporen, naar Rawalpindi om de jihad-woordvoerder en Bashir te vinden, en dwars door heel Karachi. We hebben een paar laserprinters nodig, bij voorkeur exemplaren die ook als fax kunnen worden gebruikt. We hebben dossiermappen nodig om documenten te kunnen opstellen, pennen, plakband en papier voor de zich steeds verder uitbreidende kaart. We hebben een nieuw antwoordapparaat nodig, een die niet met elastiekjes aan elkaar hangt. We hebben echt telefoonlijnen nodig – voor toegang tot het internet, voor de fax en internationale gesprekken. En we hebben een technicus nodig om alles aan de praat te krijgen.

Steve LeVine komt opdagen met dozen vol benodigdheden: hemelsblauwe opbergmappen, notitieboekjes, een perforator, een nietmachine, zelfklevende notitieblaadjes, zelfs een potloodhouder. Een nieuwe man in dienst van Kapitein, een bescheiden jongeman met de naam Imran, gaat erop uit en koopt een enorme laserprinter/fax. 'Dit is niet het ding dat ik wilde!' moppert Asra terwijl ze de doos inspecteert. Imran probeert de juistheid van zijn aankoop aan te tonen, maar Asra reageert koel – dat wil zeggen, tot hij snel het apparaat aansluit op Danny's en Asra's computers en het informatie begint uit te braken die we heel erg nodig hebben. Vanaf dat moment is ze dol op Imran.

Meer telefoonlijnen krijgen is niet gemakkelijk. In Pakistan kan het maanden, zelfs jaren, duren om een nieuwe telefoonlijn te krijgen. Het kost een paar dagen om erachter te komen hoe je aan nieuwe lijnen kunt komen, maar als de autoriteiten eenmaal bezig zijn, gaan ze zonder genade te werk. Ze gaan na hoe het met de telefoonrekeningen van onze buren is gesteld, en bij iedereen die ook maar een klein beetje te laat is met betalen, komt de politie langs, sluit de telefoon af en hupsakee, overhandigt die aan ons. Bij voorkeur overdag, wanneer er niemand thuis is.

'Mijn god,' kreunt Steve wanneer duidelijk wordt waar de telefoonlijnen vandaan komen, 'we hebben straks nog extra politiebescherming nodig om onze buren op afstand te houden!'

Ik vraag me af hoe Kapitein zijn waardigheid weet te behouden te midden van zulke absurde hindernissen. 'Wat hebt u verder nog nodig?' vraag ik hem.

'Ik heb hun vertrouwen nodig,' zegt Kapitein, en daarmee bedoelt hij de FBI. Het is alsof beide groepen – de Pakistani en de Amerikanen – in twee volkomen verschillende werelden leven. Het wantrouwen is diep geworteld. Maar geen van beide zal slagen zonder de ander, en op dit moment komt het er voor ons op aan dat ze in de praktijk bereidwillig samenwerken.

We doen een beroep op de FBI. De communicatielijnen moeten open zijn, vertellen we hun, en er moet een systeem worden bedacht om informatie aan elkaar door te geven.

We sturen Imran erop uit om een speakerphone te kopen, en die middag komt de kern van ons team bijeen rond onze koffietafel. Er zijn drie Pakistani – Kapitein en Dost, en Zahoor die voor Randall werkt – en vier Amerikanen – Randall, twee computerdeskundigen van de FBI en Maureen Platt. Maureen is een vrouwelijke functionaris, groot en bits. Ze is duidelijk iemand die meer gewend is bevelen te geven dan ze te krijgen.

Wanneer ze binnen komt stappen, neemt ze meteen notitie van de drie Franse attachés die van het Franse consulaat zijn gekomen om hun diensten aan te bieden. 'Wat doen die hier?' snauwt ze. 'Wat hebt u hun verteld?' Dit is niet echt de manier van samenwerken die we in gedachten hadden, en van Maureen vergen om eerlijk te delen met de Pakistani is beslist te veel gevraagd. Met tegenzin vragen we de Fransen om weg te gaan.

'Is er iets wat we voor jullie kunnen doen?' vragen ze ons.

Ja, zeggen we. 'We zouden graag wat Frans eten willen hebben.' Later op de dag leveren ze een schitterende serie taarten af die hun vrouwen voor ons gemaakt hebben – quiche lorraine zonder varkensvlees, uientaart, tarte tatin, perentaart en ook nog meringues.

Wanneer de telefoon gaat, is het het hoofdkwartier van de FBI in Brunswick, in New Jersey. Nu dringt Maureen erop aan dat Asra en ik de kamer worden uitgezet. Het lijkt ons dwaas, maar we maken ons er niet druk om. We hebben ervoor gezorgd dat Kapitein krijgt wat hij nodig heeft – de onmisbare steun van de FBI. We hebben geen moeite met een kleine vernedering.

Een man overhandigt bloemen die aan mij zijn gestuurd. De sfeer in huis is zo gespannen dat Dost en Kapitein mij vastpakken als ik naar het boeket grijp. Ze bestuderen het kaartje dat aan de verpakking is geniet en geven het dan aan mij door. 'De beste wensen,' staat erop, 'Syed Anwar Mahmood, Secretaris van Informatie en Mediaontwikkeling.' Danny en ik hebben hem een paar dagen geleden geïnterviewd op het hoofdkantoor van de PTV voor een artikel over de Pakistaanse media en hun verslaggeving van het conflict met India.

De aanblik van de bloemen brengt een misselijkmakende smaak in mijn mond en genadeloos herinner ik me een gebeurtenis die ik zorgvuldig had weggestopt. Mijn geliefde moeder, die twee jaar geleden kanker had. Rond haar bed hadden bezoekers armenvol bloemen achtergelaten. 'Kun je ze weghalen?' vroeg mijn moeder me. 'Al die bloemen. Het lijkt wel een... kerkhof.'

Ik leg het boeket van de secretaris in de keuken neer. Ik wil op dit moment niet aan mijn moeder herinnerd worden. Ik denk plotseling weer aan de journalist van *Time*, Ghulam Hasnain. Hoe is het met hem afgelopen?

Asra en ik lopen naar Kapitein die op de stoep voor het huis staat. Dit zijn mijn eerste stappen buitenshuis sinds Danny is verdwenen. Ik wankel op mijn benen. Het zonlicht doet pijn aan mijn ogen. Asra stelt tactvol de vraag: 'Zijn de mensen die betrokken zijn bij de verdwijning van de journalist van *Time* ook betrokken bij Danny's verdwijning?'

Kapitein antwoordt fluisterend: 'Onder ons gezegd, nee.'

'Wie heeft Hasnain ontvoerd? De Pakistaanse inlichtingendienst? De ISI?' vraag ik op even rustige toon.

Kapitein gaat hier niet op in, maar hij vertelt ons dat Hasnain is vrijgelaten en dat de reporter blijft weigeren bekend te maken – tegenover wie dan ook – wat hij tijdens zijn zesendertig uur durende 'verdwijning' heeft meegemaakt. Twee dingen zijn nu echter wel duidelijk: Danny was niet bij hem, en wat Hasnain ook heeft ondergaan, het heeft hem voorgoed getraumatiseerd.

Dost en Kapitein zijn naar huis gegaan voor het avondeten. Asra is nu eens op haar eigen computer bezig en dan weer op die van Danny, en tussen die twee computers staat een bord met kip en rijst. Alleen al bij de aanblik van eten krimpt mijn maag ineen. Asra werpt een schuinse blik op mijn buik en ik ga naast haar zitten en probeer wat te eten. Ik eet met mijn vingers zoals ze in Pakistan doen. Terwijl ik de kip, die veel te gekruid is, naar binnen werk, bid ik dat Danny te eten krijgt: laten ze je alsjeblieft fatsoenlijk behandelen.

Tussen zijn persoonlijke bezittingen vond ik een foto die Danny een dag voordat we in Karachi aankwamen uit de krant had geknipt. Het is een foto van Danny's favoriete dier – een giraf die haar jong liefkoost. Maar het ziet eruit alsof ze zijn rechteroog opeet. Daardoor lijkt het jong te knipogen en is de foto sympathiek en grappig. Ik hang hem op met plakband en stel me voor dat mijn man naar me knipoogt en zegt dat ik me geen zorgen moet maken.

Boven, in het kantoor, ligt Asra op de bank met De Minnaar. Ik hoor hun stemmen scheller en luider worden. Ten slotte komt Asra weer naar beneden, en ze ziet er ontdaan uit. Ze weet niet dat ik wakker ben en gaat aan de eettafel zitten en verbergt haar gezicht in haar handen. De voordeur slaat met een klap dicht. Grote tranen sijpelen

door haar slanke vingers en spatten op de houten tafel. Hij is weggegaan, vertelt ze me. Hij wil haar niet meer zien. Hij zei dat hij moest
kiezen tussen haar en zijn familie, en hij heeft voor zijn familie gekozen. Zij heeft te veel problemen, heeft hij gezegd.

'Wat?' zeg ik.

'Dat zei hij.'

Mannen van de inlichtingendienst hadden hem op zijn werk opgezocht. 'We weten alles van uw relatie met dat Indiase meisje,' zeiden
ze. Ze hadden opnamen van hun weekenduitjes naar het strand. Ze
waren in december begonnen Asra te volgen, toen ze op een feestje
van rijke jongeren was geweest in het dure deel van de stad. Ze hadden er geen besef van, of het kon hun niet schelen, dat ze daar was als
verslaggeefster omdat ze werkte aan een artikel over seks, drugs en
rock-'n-roll in de havenstad.

'Blijf bij dat meisje,' zeiden ze tegen De Minnaar, 'en breng ons
verslag uit.'

Hoewel ze hem nooit expliciet bedreigden, was de onderliggende
bedoeling onmiskenbaar. Hij had een illegale verhouding en dat konden ze elk moment tegen hem gebruiken.

Dit is echt gevaarlijk. 'Illegale' seks – zina – kan in Pakistan bestraft worden met honderd zweepslagen. Of erger. In delen van Pakistan – en dat gebeurt echt nog steeds – worden vrouwen die volgens
de sharia, de islamitische wetgeving, voor zulk gedrag zijn veroordeeld, gestenigd tot de dood erop volgt.

Werkelijk schokkend is dat de agenten die Asra's minnaar opzoch-
ten veel meer geïnteresseerd leken in een onderzoek naar Asra dan in
het zoeken naar Danny. Het is een feit dat ze hier een vanzelfsprekend
verdachte figuur is. 'Ik ben immers geboren in India,' zegt ze tegen
me.

'President Musharraf ook,' help ik haar herinneren. Musharraf is
geboren in Delhi; zijn familie emigreerde vier jaar later naar Pakistan,
gedurende de Afscheiding. Maar ik ben niet naïef. Ik weet dat de ISI
voortdurend denkt aan Indiase samenzweringen om Pakistan te de-
stabiliseren en de relatie die het land met Amerika heeft in gevaar te
brengen. Het zou me niet verbazen als Danny's ontvoering ook basis
werd voor nieuwe samenzweringsspeculaties. Maar het gaat te ver om

Asra ervan te verdenken dat ze op de een of andere manier daarbij betrokken is.

Hoe kan haar minnaar haar onder zulke omstandigheden in de steek laten? Waarom is hij althans niet een beetje aardig tegen haar of laat hij merken dat hij bezorgd is? Hij bewijst hiermee dat hij een nog grotere lafaard is dan ik dacht, en ik had al geen hoge verwachtingen.

Ik neem Asra in mijn armen, en zo blijven we een poosje zitten, in het verlaten huis, zonder een woord te zeggen.

Kapitein komt, zoals hij gezegd had, tegen elf uur 's avonds weer opdagen. De trouwe Dost achter hem aan.

'Gilani is een halvegare idioot,' verkondigt Kapitein terwijl Dost gaat zitten en met twee wijsvingers zijn rapport begint te typen: 'JOURNALIST DANIEL PEARL VERMIST.'

Een paar van Kapiteins mannen zijn bij Gilani's huis in Lahore geweest. Gilani heeft drie vrouwen. Van alle mensen die door een huwelijk aan de geestelijke verwant zijn, hebben ze er maar één kunnen vinden, een schoonzus, maar zij was heel mededeelzaam. Ze beschrijft Gilani als 'een idioot, arrogant tegenover iedereen en speciaal tegenover zijn eigen familieleden, inclusief zijn eigen vader, die ongeveer tien dagen geleden is overleden. Hij vindt het heerlijk om zich in nevelen te hullen, maar hij is dom'. Ze denkt dat Gilani niet in staat is een kidnapping te organiseren.

Asra vertelt wat de resultaten zijn van haar laatste zoektocht via Google. 'Oké, jongens,' zegt ze, 'dit is wat ik heb gevonden. Gilani gelooft in onzichtbare krachten hier op aarde, die mensen schade toebrengen en beroertes, epileptische aanvallen en psychosen veroorzaken. Hij gelooft dat deze krachten de baas zijn over de mensen en een veel grotere bedreiging vormen dan terroristen.'

Dost is de eerste die in lachen uitbarst, waarna de rest van ons zenuwachtig volgt. 'Toch moeten we hem vinden,' zegt Kapitein terwijl hij een foto van Gilani uit zijn diplomatenkoffertje haalt. Gilani heeft een kaaskop en ziet er sloom uit. Asra pakt de foto van Kapitein aan en plakt hem op onze kaart. Dost knikt goedkeurend. Asra verontschuldigt zich omdat ze een paar namen verkeerd heeft gespeld, maar Dost vertelt haar dat dat niet erg is omdat 'alle terroristen onder pseudoniem werken'. Sommigen hebben meer dan een dozijn verschillende identiteiten.

'Die Asif,' zegt Dost. 'Wat doen we met die tussenpersoon?'

'Hij is slordig geweest. Heeft zich onverstandig gedragen. Maar ik weet niet zeker of er wel iets mis is met die vent. Hij heeft een vrouw en een dochtertje van wie hij veel houdt,' zeg ik.

Dost gebaart met zijn kin in de richting van de woonkamer. 'Hij is hier weer, weet u dat?'

Ik volg Dosts blik en zie Asif-de-tussenpersoon op de bank zitten, angstvallig maar rustig, en ingeklemd tussen twee andere mannen. Wie zijn deze kerels? Wat doen ze hier?

Ik doe de deur naar de eetkamer dicht. Ik wil niet dat ze zien hoe wij onderzoek doen. De ene man blijkt Saeed te zijn, de reporter met het slechte richtingsgevoel die Danny als tussenpersoon gebruikte in Karachi op de ochtend van 23 januari, de dag waarop hij verdween. De andere man is de zwager van Asif-de-tussenpersoon. Hij is dik, heeft een hangsnor en draagt een slecht zittend bruin jack. Dost kent de zwager, die bij *Takbeer* werkt, een jihad-krant. 'Die krant is erg anti-Amerikaans,' zegt Dost.

Dat is brutaal, denk ik, om deze mannen hier binnen te brengen. Ik val uit tegen Asif en hij schrikt van mijn woede. Ik eis dat die twee vertrekken.

Asif is hier omdat Kapitein hem heeft opgedragen naar Rawalpindi terug te keren en te helpen de jihad-woordvoerder op te sporen. Hij zal worden vergezeld door een politiefunctionaris, een man over wie Asif zegt gehoord te hebben. 'Die man is een beul. Hij gaat me martelen.' Asif ziet er meelijwekkend uit. Ik loop naar de andere kamer, waar de gevreesde politiefunctionaris wacht. Hij heeft een snor, een dikke pens en een sombere blik. Zijn handen zijn achter zijn rug gevouwen. 'Hallo, wie bent u?' vraag ik, terwijl ik mijn hand uitsteek.

'Mijn naam is Butt. B-U-T-T.' Asra kan een ongepaste lach bijna niet onderdrukken. En ik evenmin. Dost staat vlak bij me. Ik neem hem terzijde en vraag hem een oogje te houden op de methodes van die man.

Dost zegt dat ik me geen zorgen hoef te maken. Vanwege de publiciteitswaarde van dit geval is Butt er door zijn superieuren op gewezen dat hij zich moet gedragen. Maar om dat nog eens te benadrukken, wijst Dost met een vinger rechtstreeks naar Butt. 'Geen martelingen, geen steekpenningen!' waarschuwt hij streng.

Met zijn handen nog steeds ineengeslagen achter zijn rug knikt Butt en staart naar zijn voeten.

6

Kapitein en ik staan, zoals zo vaak, voor de kaart. 'Wat doen we nu?' vraag ik hem.

'Wacht tot u gebeld wordt. Ze gaan u bellen. Ze zullen bellen vanuit een telefooncel of een brief afgeven of contact opnemen met het consulaat of met de pers.'

'Waarom bellen ze nu niet?'

Kapitein denkt even na. 'Dat weet ik niet precies. Maar ze zullen bellen.'

'Wat kan ik nu doen?'

'Blijf hen bellen.'

Er zijn drie nummers die ik zo vaak heb gebeld dat mijn vingers de toetsen automatisch kunnen indrukken: Danny's mobiele nummer, het nummer dat van Imtiaz Siddique zou zijn en Bashirs nummer. Als je bedenkt dat ik Danny's nummer de afgelopen zestig uur zo'n vier keer per uur heb gebeld, moet ik het ongeveer tweehonderd keer hebben ingetoetst als je de momenten dat ik sliep ervan aftrekt.

Toch is er niets werktuiglijks aan die handeling. Elke keer verwacht ik dat het geruis zal worden onderbroken door Danny's stem, onduidelijk, alsof hij fluisterend spreekt vanuit een schuilplaats, terwijl er een ander gesprek doorheen klinkt, of dat hij me belt vanuit een uithoek in een ander land.

Hoop geeft een merkwaardige kracht.

'Als ze losgeld willen, hoeveel zullen ze dan vragen?' vraag ik Kapitein.

Omdat de laatste tijd in Karachi een hoger percentage kidnappers is gepakt, is het gangbare losgeld voor een zakenman van honderd-duizend naar twintigduizend dollar gedaald. Maar wat dit ook mag zijn, het is geen doodgewone ontvoering. Iemand suggereert dat ze misschien wel vijf miljoen dollar zullen vragen, hetzelfde bedrag dat de Verenigde Staten voor Osama bin Laden boden na de bomaanslagen op de ambassade in 1998.

Hoeveel geld het ook is, ik zal het op een of andere manier te pakken krijgen en als ze me zeggen dat ik in mijn eentje moet komen, doe ik dat. De politie zal dat niet willen; iedereen – Kapitein, *The Wall Street Journal*, Asra, de FBI – zal proberen me tegen te houden. Dus zal ik het huis uit moeten glippen.

Ik blijf in de buurt van de telefoon zodat ik degene zal zijn die opneemt als er over losgeld wordt gebeld.

In New York houdt John Bussey, Danny's baas, er soortgelijke gedachtes op na. Hij heeft een 'K&R'-specialist – kidnapping and *ransom** – aan de telefoon gehad. De K&R-man is een onderaannemer van de verzekeringsmaatschappij van de *Journal*, want ook zij bereiden zich voor op een losgeldsituatie, en Bussey wil dat er snel geld kan worden overgemaakt naar Pakistan als dat nodig is. Maar de specialist is gevestigd in Hongkong en Bussey begint te beseffen dat de man niet veel ervaring in Zuid-Azië heeft. 'Toen ik vrijdag de telefoon neerlegde, realiseerde ik me dat we op hem geen beroep zouden doen,' zal Bussey me later vertellen.

In plaats daarvan belt Bussey ons. Hij wil naar Karachi komen, maar hij maakt zich zorgen dat dit misschien de alchemie zal verstoren die is ontstaan tussen Asra en mij en de Pakistaanse autoriteiten. Toch denk ik dat we hem hier wel kunnen gebruiken. 'Kom maar,' zeg ik tegen hem. 'Dan ben jij ons publieke aanzicht. Ga praten met Musharraf en de minister van Binnenlandse Zaken, leg voor ons de diplomatieke bezoekjes in Islamabad af.'

Ik blijf bij Danny's telefoon rondhangen.

Kapitein zegt: 'Weet je, misschien willen ze geen geld als losprijs.

* Noot: losgeld

Misschien eisen ze dat er gevangenen worden vrijgelaten – Danny tegen Al Qaeda-gevangenen die in Amerikaanse gevangenissen of in Guantánamo Bay zitten.'

Een collega op het Londense kantoor van de *Journal* stuurt een intrigerende e-mail door van Andrea Gerlin van *The Philadelphia Inquirer*. Ze heeft er een artikel bijgedaan uit *The Independent* van 24 januari, een Britse krant, waarin een beschrijving wordt gegeven van een duistere figuur die ervan wordt verdacht de aanslagen van 11 september te hebben gefinancierd. De man heet Omar Saeed Sheikh en is een rijke Brit, een voormalige student van de London School of Economics, die een islamitisch strijder is geworden. Blijkbaar maakte Omar vanuit zijn basis in Rawalpindi kort voor de aanslagen op het World Trade Center honderdduizend dollar over naar Mohammed Atta, een van de leiders van de aanslagen. Maar daarom heeft Andrea het artikel niet doorgestuurd. Wat haar verontrust is dat Omar een bijzondere specialiteit heeft: hij kidnapt westerlingen. Het artikel bevat dagboekfragmenten over vier studenten die hij in een van zijn vallen had gelokt.

Omar Saeed Sheikh is een naam die we in de komende weken steeds weer zullen horen. Maar voorlopig zien we geen link tussen hem en Danny's verdwijning. Sjeik Mubarak Ali Shah Gilani daarentegen lijkt steeds verdachter. Zijn vriend Khawaja belt ons af en toe op en gaat dan tekeer. Hij gedraagt zich steeds vreemder. Tijdens zijn meest recente telefoontje beweerde hij dat Gilani's vader was overleden ten gevolge van vragen van de journalist van de *Boston Globe* die onderzoek deed naar verbanden tussen Gilani en Richard Reid. De oude man overleed zogenaamd aan een shock nadat hij een briefje had gelezen waarin de journalist hem vroeg naar zijn zoons connecties met terroristen.

Khawaja heeft een uiterst onaangename stem en hij schreeuwt. Maar Asra en ik zijn toonbeelden van zelfbeheersing en passen de eerste regel voor het verzamelen van geheime informatie toe zoals Dost die ons heeft geleerd: zeg weinig en laat hem praten.

'Waar is Gilani?' vragen we.

'Ik praat niet met hem,' zegt Khawaja, en raast nog even door.

Na een paar van deze gesprekken besluit Kapitein het heft in handen te nemen. Hij neemt de telefoon mee naar de woonkamer en met een hand om de hoorn fluistert hij zacht en indringend. We weten niet precies wat hij tegen Khawaja zegt, maar het klinkt niet als goed nieuws. Kapitein laat met zijn zachte stem merken hoe lastig hij het iemand kan maken.

Khawaja belt nooit meer terug en van Gilani horen we ook niets meer. De politie heeft moskeeën, vliegvelden en al zijn bekende verblijfplaatsen (en dat zijn er vele) doorzocht. Ze hoorden dat hij in Muzaffarabad was, een stad in Punjab, aan de grens met het door Pakistan bestuurde deel van Kasjmir. Het klonk aannemelijk – Muzaffarabad ligt op de route die jihad-strijders nemen als ze op weg zijn naar Kasjmir (waar Gilani nog een woning heeft). Maar tegen de tijd dat de politie bij het huis aankwam, was het leeggehaald en de geestelijke was ervandoor, samen met zijn drie vrouwen (twee Amerikaanse en een Pakistaanse).

Kapitein wordt voortdurend op zijn mobieltje gebeld. Gilani's vader is gelokaliseerd... Zijn zoon is in hechtenis genomen... Gevonden in Rawalpindi... Gilani bevindt zich ergens in de lucht tussen Lahore en Islamabad...

Er is hoop.

En daar is Kapitein. Waar ik ook ben, hij komt recht op me af, kijkt me doordringend aan, vraagt zich af of er twijfels zijn en hoopt op vertrouwen. Ik probeer iets terug te doen. Ik beantwoord zijn blik en doe mijn best er vastberaden uit te zien. 'U bent degene die mij kracht geeft,' zegt hij tegen me. Zo helpen we elkaar, verbonden in onze opstandigheid.

Hoop mag dan ons machtigste wapen zijn, angst is de grootste bedreiging van de kant van de terroristen. Angst verlamt je en dat kan ik me niet veroorloven.

Mijn vader las steeds opnieuw het sciencefictionverhaal *Dune* van Frank Herbert, alsof het de bijbel was. Herbert schreef: 'Ik mag niet bang zijn. Angst is fnuikend voor de geest. Angst is de kleine dood die tot de totale vernietiging leidt. Ik zal mijn angst onder ogen zien, ik zal toestaan dat de angst over en door me heen trekt. Wanneer hij weg is, zal ik zijn pad met mijn innerlijke oog volgen. Waar eens de angst was, zal niets meer zijn. Alleen ik blijf over.'

Ik weet dat Danny, waar ze hem ook gevangen houden, precies hetzelfde doet als ik: weigeren toe te laten dat de angst hem overwint, de angst aan zich voorbij laten gaan.

Embryootje heeft zich tot nu toe goed gehouden, hij was rustig en heeft geen extra druk op me uitgeoefend. Van tijd tot tijd glip ik mijn slaapkamer binnen om *What to Expect When You're Expecting* erop na te slaan. Niet dat ze een hoofdstuk hebben over wat je moet doen wanneer je man is gekidnapt, maar ze zijn voorstander van volop rust, het vermijden van stress en het eten van een heleboel groene groenten. Ik laat het op alle drie de gebieden afweten, maar blijf op krachten door een vast dieet van *chicken biryani* en gekruide *chai*. En ik praat met de baby. Ik zeg tegen hem: 'Je wordt een strijder, baby, en het komt goed met ons.' Ik vertel hem dat ik vertrouwen in hem heb. Het was nooit eerder bij me opgekomen dat je vertrouwen kon hebben in een foetus.

Randall Bennett heeft eindelijk besloten ons op te zoeken. 'Ik heb het druk gehad, weet je,' zegt hij enigszins strijdlustig. Toen ik hem op de dag van de conferentie van de Pakistaanse FBI voor het eerst zag, verwachtte ik iemand die het midden hield tussen een diplomaat en een soldaat. Dat klopte helemaal niet. Om te beginnen draagt Randall een oorbel, een klein gouden knopje in zijn linkeroor. Zijn blonde haar hangt tot op zijn schouders en is glad achterover gekamd en hij is helemaal in het zwart gekleed – zwarte spijkerbroek en zwart overhemd, tot bovenaan toe dichtgeknoopt alsof hij op weg is naar een club. Hij is misschien in de vijftig, maar verkeert in een uitstekende conditie. Zoals ik later hoor, is hij een voormalig taekwondo-instructeur, traint hij regelmatig met een boksbal in zijn achtertuin en doet hij aan gewichtheffen in de sportschool van de marine. Bovendien is hij een bedreven messenwerper, een vaardigheid die hij bijhoudt door anderen les te geven. Zijn vrouw, Carolina, die Randall ontmoette en met wie hij trouwde toen hij in Colombia was gestationeerd, schijnt er inmiddels ook aardig goed in te zijn.

We gaan Randall voor de trap op naar de rustige kamer aan de veranda, waar we kunnen praten zonder afgeluisterd te worden. Hij trekt een lage houten Indiase stoel bij en laat er zijn grote lichaam op zakken. Hij spreidt zijn benen wijd, plaatst zijn ellebogen op zijn knieën en klopt op de dikke map die hij in zijn grote handen houdt. 'Vertel me wat jullie weten,' zegt hij. Het is duidelijk dat hij ambivalente gevoelens over ons heeft, dus gaan Asra en ik de impliciete uitdaging aan en leveren een gezagsafdwingend, gedetailleerd verslag. Randalls ogen, lichtblauw en met lange wimpers, gaan heen en weer tussen Asra en mij en observeren ons nauwlettend. Hij begint aantekeningen te maken. We merken dat we zijn vertrouwen winnen en bovendien zijn respect. We zien dat hij ontdekt dat hij ons mag. Wij mogen hem ook.

Later zal hij ons vertellen dat hij vond dat we 'scherpzinnige, zeer capabele speurders met een ondernemende en zelfs avontuurlijke geest' waren. Hij zegt dan: 'Jullie deden me aan mezelf denken,' een van de meest onverwachte complimenten die Asra en ik waarschijnlijk ooit zullen krijgen.

De map die Randall heeft meegebracht, draagt het opschrift GE-VOELIG MAAR NIET GEHEIM. Hij slaat de map open en neemt met ons zijn ontdekkingen van de afgelopen anderhalve dag door. De meeste hebben te maken met Gilani en zijn jihad-groep, Jamaat al-Fuqra, en er is ook een interview dat hij heeft gehad met de Pakistaanse journalist Kamran Khan. Khan leidt een interessant dubbelleven als sterreporter voor de in het Engels verschijnende Pakistaanse krant *The News* en als speciale correspondent in Pakistan voor *The Washington Post*.

Als het oude adagium, dat een journalist zo goed is als zijn bronnen, klopt, dan is Khan een van de beste. Om zijn betrekkingen met de ISI, inclusief de mensen die in ideologisch opzicht blijven sympathiseren met de jihad-kliek, in stand te houden, schijnt Khan soms net zoveel te schrijven om bij hen in de smaak te vallen als dat hij over hen schrijft. De meeste mensen zien het door de vingers omdat ze de informatie die hij hun biedt nodig hebben. Maar volgens mij heeft hij een faustiaans akkoord gesloten om diep te kunnen graven in de wereld van de Pakistaanse politiek en geheime dienst. Wanneer anderen zich op Khan verlaten, sluiten ze een soortgelijk akkoord.

Maar goed, als Khan weet waar Danny is, willen we dat horen. Hij zegt dat hij het niet weet en dat is waarschijnlijk waar, maar hij suggereert dat 'die kerels met die baarden' (dat wil zeggen: jihad-strijders) Danny als ruilobject vasthouden, zoals Kapitein al vermoedde. De reden dat we nog niets van hen gehoord hebben is dat ze proberen een veilige plek te bereiken, maar doordat deze kidnapping zo in het oog loopt, zijn manoeuvres in en om Karachi steeds lastiger geworden. Overal stuiten ze op controleposten en wegblokkades, en vliegen is onmogelijk. Dus hebben de ontvoerders tijd nodig. Drie dagen, schat Khan, voor ze zich veilig genoeg voelen om contact op te nemen.

Een zin van Khan staat in mijn hersenen gebrand: 'Ze beschouwen hem waarschijnlijk als een waardevolle gijzelaar, dat wil zeggen als een gijzelaar die ze graag in leven houden.'

Ik heb nooit geloofd dat Danny niet meer in leven zou zijn.

Randall begint zijn spullen weer te pakken. 'Oké, meisjes,' zegt hij, 'jullie hebben goed werk verricht. Ik neem jullie mee naar McDonald's!'

'Meisjes' – heeft hij het tegen ons? Ik wend me tot Asra voor een beetje zusterlijke verontwaardiging, maar voordat ik naar haar kijk, weet ik al dat het een verloren zaak is. Onbewust heeft Randall de kern van Asra's sympathie voor Amerika geraakt. Het vooruitzicht van een Big Mac is voor haar genoeg om hem elke potentiële inbreuk op onze waardigheid te vergeven. Asra's verhouding ten opzichte van deze 'burgers' gaat mijn begrip teboven. Telkens als er iets verkeerd gaat, zet ze koers naar de Gouden Bogen. De enige keer dat ik ooit bij McDonald's ben geweest, was in India, waar het bij de wet verboden is rundvlees te eten. Danny bestelde een McAloo-tikkaburger, gemaakt van aardappels en bloemkool.

De gedachte het huis te moeten verlaten is ondraaglijk. Stel dat Danny terugkomt. Stel dat ik hier dan niet ben om hem te verwelkomen. Wat zou ik tegen hem moeten zeggen: 'Sorry, schat, maar ik was bij Mickey D's?'

Randall wil niets horen van mijn protest. Hij dringt op zo'n vriendelijke manier aan ('Je hebt wat frisse lucht nodig', 'Doe het voor je zoon') dat ik het hart niet heb om te weigeren. We stappen in zijn 4x4, die net zo zwart is als zijn kleren, maar de chauffeur weigert weg te rijden tot ik mijn veiligheidsgordel om heb. Wat een onzin – we hebben wel wat anders aan ons hoofd dan gedoe met veiligheidsgordels, wil ik zeggen, maar de man houdt voet bij stuk en Randall stelt de gordel zo af dat hij over mijn bolle buik past.

Wat vreemd om weer door de drukke straten van Karachi te rijden. Het voelt alsof ik onstoffelijk ben, alsof ik zweef in de tijd. Met verbazing zie ik de mensen hun gebruikelijke bewegingen maken. Ik heb maar een gedachte: ga terug, spreek met Kapitein en ga verder met zoeken.

De McDonald's in Karachi is net zo uniform als alle andere op de wereld, maar ook de rest van het winkelcentrum is glanzend schoon. De uitstallingen in de etalages blinken ons tegemoet. Ze zien eruit alsof iemand heeft geprobeerd in een laboratorium de westerse levensstijl te creëren.

Asra kiest de Number One Special Meal, het complete McDonald's-pakket – Big Mac, frites en Coca-Cola staan op haar dienblad. Algauw worden we omgeven door de lucht van gefrituurde olie, en dankzij Asra's onmatigheid kan ik zonder onbeleefd te zijn genoegen nemen met een kleine salade. Randall eet weinig, maar schotelt ons verhalen voor uit de frontlinies van het leven in Karachi. Hij hult ze in geheimzinnigheid en zinspeelt op belangrijke, niet met name genoemde mensen, gemene terroristen en aan het licht gekomen samenzweringen. Randall is wel honderd keer aan de dood ontsnapt. Terwijl al zijn voorgangers haast hadden om Pakistan te verlaten, is hij er meer dan vijf jaar gebleven. Ik heb nog nooit een man met zo'n hoge testosteronspiegel ontmoet; hij klinkt als een huursoldaat die heeft besloten aan de goede kant van de wet te blijven. Dit zijn een paar van de prijzen die hij de laatste twee jaar heeft ontvangen:

- 2000 – prijs voor de Diplomatic Security Special Agent of the Year, wereldwijd
- 2000 – prijs voor de Diplomatic Security Special Employee of the Year, wereldwijd
- 2000 – U.S. Marine Corps Company B, RSO of the Year Award
- 2000 – U.S. Secret Service Commendation Award
- 2001 – Drug Enforcement Agency Outstanding Contribution Award

- 2001 – FBI Director's Letter of Recognition (Director Louis Freeh)
- 2001 – U.S. Marine Corps Commendation Award

Deze kerel is echt cool, en hij probeert de internationale orde te handhaven.

Randalls Pakistaanse handlanger, Zahoor, is meegekomen. Zahoor is een lange man, ongewoon lang voor een Pakistaan, en hij is ook de knapste van alle mannen om ons heen, hoewel er geen gebrek aan raffinement en charme is in ons groepje agenten. Hij heeft fijne gelaatstrekken, een mooie koperkleurige huid en een onberispelijke houding. Randall stelt hem aan ons voor als een elitepolitieman die hij persoonlijk heeft opgeleid. Wanneer Zahoor weggaat om wat boodschappen te doen terwijl wij zitten te eten, spreekt Randall zowel met vriendschap als met beroepsmatige affiniteit over hem. Ik moet weer denken aan Randalls verwijzing naar Tariq Jamil als zijn broeder, en aan het respect dat hij Kapitein betoonde. Het stelt me gerust dat al deze mannen hem als een echte vriend schijnen te beschouwen.

Nadat Zahoor is teruggekeerd, verlaten we het winkelcentrum en proppen ons in een lift met glazen wanden, samen met een groep jonge buitenlanders, waarschijnlijk studenten.

'Waar kom je vandaan?' vraagt Randall aan een meisje.

'Australië,' antwoordt de jonge vrouw, 'en u?'

'Ik?' vraagt Randall zonder de geringste aarzeling. 'Uit Pakistan!'

Om de lippen van de discrete Zahoor vormt zich even een glimlach.

Later die avond komt Randall nog even bij ons langs. Hij draagt nu iets wat eruitziet als een pij van een oosters-orthodoxe priester, met een gesloten boord en tot onder de knie reikend. Het duurt even voor ik besef dat hij een onvervalste zwarte *salwar kameez* draagt zonder de *salwar* broek. Hij heeft zijn eigen zwarte broek aan en dat ziet er een beetje mal uit. Het is niet wat je verwacht van de regionale veiligheidsagent, ook al is hij op weg naar een vrijdagavondfeestje in een derdewereldland.

Geduldig en standvastig snuffelt Asra rond op Danny's computer en zoekt op internet naar meer aanwijzingen en informatie. Ze is de bijenkoningin in deze korf die ze heeft opgezet als ons hoofdkwartier. Ze maakt keurige mapjes, voorziet ze van naam en datum en onderstreept opvallende informatie. Zoals hij het een van zijn kinderen zou leren, laat Kapitein haar zien hoe ze een tweegaatsperforator moet gebruiken om de gaatjes steeds recht boven elkaar te krijgen. In de komende twee weken zal ze meer dan zestig ringbanden vullen en zullen we extra boekenkasten moeten installeren om die allemaal op te kunnen bergen.

Er is iets heel voor de hand liggends wat we niet hebben kunnen doen: de e-mails bekijken die Danny in zijn inbox van de *Journal* binnenkrijgt. Het kantoor in New York heeft geweigerd ons het vereiste wachtwoord te geven om het beveiligde berichtensysteem binnen te komen. Maar zij hebben toegang tot Danny's mailbox en waarachtig, er is een nieuwe e-mail van Bashir. Ze sturen hem onmiddellijk naar ons door. Deze e-mail is gisteren, vrijdag 25 januari, verzonden.

Van: sima shabbir
Verzonden: vrijdag 25 januari 2002, 4:56 a.m.
Aan: Pearl, Danny
Onderwerp:

Beste heer Pearl, Hoe was de ontmoeting met de sjeik?
Schrijf me waarover jullie hebben gesproken. Ik ben op dit
moment voor zaken in Lahore maar zodra ik terug ben zal ik
bij de sjeik langsgaan en hem vragen wat zijn indruk van u
was. Houd contact. *Adaab*, Bashir

'Die klootzak,' zegt Asra. 'Hij weet dat Danny vermist wordt. Ik heb hem de nacht dat Danny verdween geschreven en het hem verteld.'

'Hij wil weer opduiken omdat Gilani's naam steeds wordt genoemd en hij probeert zich onschuldig voor te doen,' zegt Dost. 'Hij dekt zich in.' Kapitein zegt dat ik moet doen alsof ik niets vermoed en Bashir een beleefd antwoord sturen. Bashir, die ik van ganser harte haat.

Van: 'mariane pearl'
Verzonden: zaterdag 26 januari 2002, 22:24:23 – 0800 (PST)
Aan: nobadmashi@yahoo.com
Onderwerp: DANNY PEARL!

Beste heer Shabbir,
Ik ben Mariane, de vrouw van Danny Pearl. Ik heb de e-mail
gezien die u zojuist aan Danny hebt gestuurd maar ik moet u
vertellen dat ik me veel zorgen om hem maak aangezien hij afgelopen woensdag de 23ste is verdwenen. Ik waardeer uw inte-
resse voor hem en daarom wilde ik u vragen mij te helpen.
Neemt u alstublieft contact met me op zodra u deze e-mail
leest. Mijn telefoonnummer thuis: 021 586 20 76 en mijn mobiele nummer is 0300 856 80 13. Ik wacht uw antwoord af. Veel
dank.
Mariane Pearl

Kapitein neemt langzaam een trekje van een sigaret. Hij wendt zich
tot Zahoor. 'Kunnen we er op de een of andere manier achter komen
vanwaar dit is verzonden?'

Zahoor denkt even na. 'Ja,' zegt hij, 'maar dan moeten we de oorspronkelijke koptekst hebben.' Alleen met de oorspronkelijke koptekst, legt hij uit, kun je het telefoonnummer achterhalen waarop de
computer was aangesloten.

Het is verbazingwekkend, denk ik. Je kunt van bijna alles de oorsprong achterhalen – van een internationaal telefoongesprek, een
e-mail... Ik neem Kapitein terzijde. 'Ik moet u iets vertellen: Danny is
joods.'

Ik leg uit dat ik het aan niemand anders in Karachi heb verteld en
dat *The Wall Street Journal* ter bescherming van Danny en de familie
Pearl het heel belangrijk vindt dat Judea en Ruth Pearl buiten de publiciteit blijven en dat de Amerikaanse media ervan worden overtuigd Danny's achtergrond niet te noemen.

Deze angst om bekend te maken dat hij joods is, is niet nieuw, en
zoals zijn jongere zus Michelle later in een e-mail schrijft, 'het is geen
irrationele paranoia, maar gezonde paranoia, het is gezond verstand'.

Wanneer Danny naar landen als bijvoorbeeld Iran reisde, sprak hij aan de telefoon altijd alleen met zijn moeder omdat zijn vader een te duidelijk joods accent heeft. Toen Judea een paar dagen na de aanslagen op het World Trade Center een e-mail stuurde over zijn visie op het zionisme, stuurde Michelle onmiddellijk een e-mail terug waarin ze hem afkeurend toesprak omdat hij Danny in Pakistan in gevaar bracht. 'Er zijn voorzorgsmaatregelen die mensen nemen omdat we weten hoe diepgeworteld de haat is. En dat is het enige wat we kunnen doen in LA, duizenden kilometers van Pakistan,' schreef ze.

Kapitein weet ook hoe diepgeworteld de haat is. Hoewel hij, terwijl hij verwerkt wat ik hem zojuist heb verteld, weinig laat blijken, zie ik dat hij de mogelijke consequenties ervan niet onderschat. 'Oké,' zegt hij terwijl hij knikt. 'Vertel het aan niemand.'

Zaterdagnacht is net als de voorafgaande nachten droomloos en rusteloos. De volgende morgen wordt anders dan welke ochtend dan ook.

Het begint ermee dat Dost met de ochtendeditie van *Jang* in zijn hand binnenkomt. Dost, gewoonlijk zo kalm, is zichtbaar geschokt. Danny's foto staat op de voorpagina, omgeven door een rand van Urdu-kalligrafie. De foto is pijnlijk vertrouwd. Het is de foto die ik aan de jongeman heb meegegeven toen de politie voor de eerste keer door het huis zwermde. Hoe is die verdomme op de voorpagina van *Jang* terechtgekomen?

Ik vraag Dost: 'Wie was die vent die me om een foto vroeg?'

'Van de militaire inlichtingendienst,' zegt hij. Hij bestudeert de tekst, blijkbaar niet wetend wat hij moet zeggen of doen. 'Wil je weten wat er staat?'

'Natuurlijk.'

'Er staat dat Danny ervan wordt verdacht een Mossad-agent te zijn en "relaties" te hebben met RAW.' De Research and Analysis Wing is India's geheime dienst.

Ik voel me alsof ik een schop in mijn buik heb gehad. In dit deel van de wereld is het al erg genoeg om iemand openlijk joods te noemen. Zeggen dat hij lid is van de Israëlische geheime dienst – van de gehate Mossad – komt erop neer dat je zijn doodvonnis tekent. Niet alleen wordt de woede gevoed door de spanning tussen Arabië en Israël, maar wijd en zijd wordt geloofd dat de Mossad India in Kasjmir heeft gesteund tegen Pakistan.

En ik heb de foto overhandigd die bij dit pak leugens wordt gebruikt. Ik barst in onbedaarlijke woede uit. Ik ben al die smeerlappen, smerissen, geheim agenten en zogenaamde journalisten spuugzat. Maar wie is de schuldige? De ISI? Wie bij de ISI? Natuurlijk, bij geheim agenten draait alles om liegen. Soms liegen ze om je te beschermen, soms om je schade toe te brengen. Hoe dan ook, het is liegen, en het is wat geheim agenten doen om te kunnen doen wat ze doen. En dit geldt in ieder land, onder ieder bewind, of de instantie nu de Pakistaanse ISI is, de Indiase RAW, de Russische FSB of de Amerikaanse CIA. Ik zou alleen willen dat iedereen ophield met liegen en me de waarheid vertelde. Ik ren naar de telefoon en toets het enige nummer in dat me te binnen schiet. Ik bel luitenant-generaal (buiten dienst) Moinuddin Haider, de minister van Binnenlandse Zaken. Het ministerie van Binnenlandse Zaken gaat over de politie, de gevangenissen en de 'voorschriften betreffende binnenkomst en vertrek van vreemdelingen'. Het gaat ook over de Federal Investigation Agency, die onderzoek doet naar omkoperij, corruptie en immigratie. Ik weet niet zeker of het ministerie van Binnenlandse Zaken de juiste instantie is om nu te bellen, maar ik kan op zijn minst om uitleg vragen of stampij maken. Ik moet iets doen. Ik sta op het punt om in te storten.

Minister Haider komt aan de telefoon en ik val tegen hem uit. Hij blijft zwijgen, afgezien van nu en dan een verzachtend gemompel: 'Het heeft onze aandacht'.

Uiteindelijk verzink ik in mijn eigen machteloosheid.

Hij maakt een afspraak met me voor later op de dag. Wanneer ik de telefoon ophang, trekt Kapitein aan mijn arm en neemt me terzijde. Hij lijkt opgelucht te zijn dat het gesprek met Haider, hoe erg het ook was, niet nog vreselijker uitpakte.

'Laat mij het afhandelen,' zegt hij. 'Ik weet dat je gelijk hebt. Maar je moet het mij laten afhandelen.' Wanneer hij geërgerd is, spannen zijn kaken zich. Die zijn nu heel gespannen. Hij laat me beloven dat ik hierover verder niemand zal bellen en slaat dan als hij het huis verlaat de deur met een klap dicht.

Ik klamp me vast aan de verontwaardiging van Kapitein alsof het een reddingsvlot is.

Wanneer ik me omdraai naar Dost, merk ik dat die naar de juiste woorden zoekt. Ik weet dat hij zich wil verontschuldigen voor zijn land, en hij wil dat ik weet dat niet alle Pakistanen 'zo' zijn. Hij zou met me willen praten over verraders en lafaards en de mensen die in dit land invloed hebben, en waarom ze zoveel macht hebben. Ik weet dat hij wil vragen of ik hem wil vertrouwen, en ik vertrouw hem ook. Maar niets van dit alles zegt hij hardop; en ik evenmin. We staan alleen maar naast elkaar naar de krant te staren.

Waar is Danny? Waar is mijn jongen?

Vorig jaar vond Danny's moeder zijn dagboek uit de vijfde klas van de lagere school en typte alle eerste zinnen uit. Ik lees ze als een inleiding tot het hart van mijn man. Danny is niet veel veranderd sinds hij tien was. Dat had ik al aangevoeld, en het dagboek bevestigde het. Toen hij en ik tijdens een terugvlucht vanuit Los Angeles de zinnen lazen, zag ik hoe Danny moest lachen om zichzelf als kind en ik hoopte dat het mij ook was gelukt iets van mezelf als kind te bewaren.

31 oktober 1973 – Ik denk dat voor kinderen liefde betekent dat je hoopt dat degene van wie je houdt ook van jou houdt...
2 november – Ik geloof dat Lisa Macey me aardig vindt. Het klinkt misschien mal maar het is leuk om aan te denken. Ik voel me blij om die reden...
13 april – Ik wil een interessant leven hebben en ik geloof dat dat me zal lukken. Ik zou graag boeken willen recenseren maar dat klinkt niet als iets waar de wereld veel mee opschiet (ik denk dat de enige baan waarvoor dat wel geldt politicus is, wat ik voor geen goud zou willen zijn).
10 mei – Lisa Macey is mooi maar ze heeft een vreemd karakter. Doreen Brand is mooi en heeft een goed karakter.

En dan is er nog dit, waarvan ik wilde dat ik er niet juist nu aan terug moest denken:

3 november – De hele tijd tijdens mijn carpool was ik bang dat ik gekidnapt zou worden. Ik ga, hoop ik, een groot stuk over Nixon schrijven. We verloren met 2-0 van de Apaches maar zij stonden ook bovenaan.

Zijn alle kinderen bang om gekidnapt te worden? Was ik daar bang voor?

Ik ga zachtjes terug naar mijn kamer om te bidden. Ik reciteer: '*Nam Myoho Renge Kyo*.' Ik druk Danny op het hart niet bang te zijn. Ik ben bij hem, de baby is bij hem en het zal goed aflopen.

De telefoon gaat. Het is de plaatsvervangende buitenlandredacteur van *The Wall Street Journal*, Bill Spindle, die belt om te zeggen dat Jonathan Friedland mij een e-mail stuurt. Misschien is die van Danny's ontvoerders. Friedland is chef van het bureau van de *Journal* in Los Angeles. Danny en ik hebben vorig jaar met hem geluncht; hij had het over zijn problemen om weer te wennen aan het leven in Amerika na jaren buitenlandcorrespondent te zijn geweest. Het leven was saai, zei hij. 'Ha,' plaagden we hem, 'je mist de rotzooi.'

De e-mail had verscheidene tussenstops gemaakt voor hij naar ons was doorgestuurd. Hij was oorspronkelijk om één uur 's ochtends verstuurd door iemand die zichzelf 'kidnapperguy@hotmail.com' noemde, naar eenendertig verschillende mensen bij *Jang, The Washington Post, The New York Times* en andere internationale bladen. Wat interessant was: het bericht was niet verstuurd naar *The Wall Street Journal*. Van degenen die de mail als eerste ontvingen, was het de chef van het bureau Zuidoost-Azië van *The Washington Post*, Rajiv Chandrasekaran, die hem naar Anne Marie Squeo stuurde met een begeleidende e-mail: 'Heb je dit gezien? Is hij dat op die foto? Dit is echt gestoord. Ik hoop bij god dat dit nep is en dat hij gauw wordt vrijgelaten.' Anne Marie stuurde het bericht vervolgens naar verscheidene stafleden van de *Journal*: 'Jongens, ik weet niet zeker of dit nep is en ik heb Danny maar twee keer ontmoet, maar dit ziet eruit als wat ik me van hem herinner.'

Met Asra en Kapitein en Dost om me heen geschaard open ik de bijlage. Ik zie eerst de foto's, vier stuks. Danny zit voor een blauw gordijn en draagt iets wat hij nooit zou dragen – een vreemd joggingpak, glimmend felroze met lichtblauw. Zijn polsen zijn geketend en hij heeft geen bril. Op het eerste plaatje houdt een man in een witte *salwar kameez* de achterkant van Danny's hoofd vast en duwt het naar voren terwijl hij met zijn andere hand een revolver op een centimeter afstand op het hoofd van mijn man richt.

Er springen tranen in mijn ogen, maar ik heb me hierop voorbereid. Ik voel me als een bokser die weet dat hij ieder moment een klap kan krijgen, elke spier gespannen om niet ten onder te gaan wanneer de klap werkelijk aankomt; klaar om terug te slaan, niet denken maar doen. Ik dwing mezelf om het volgende plaatje te bekijken, waarop Danny een exemplaar van de Engelstalige krant *Dawn* van 26 januari vasthoudt.

'Ze zetten de foto met de revolver met opzet vooraan,' zegt Dost. 'Dat doen ze om te shockeren en je aandacht te krijgen.'

Ik voel dat iedereen verschrikt naar me kijkt. Ah, denk ik, ze verwachten dat ik hier ter plekke ga bevallen. In plaats daarvan begin ik te glimlachen omdat Danny op een van de volgende foto's ook glimlacht. Dat is onmiskenbaar, al houdt hij zijn hoofd gebogen. En dan zie ik het – op een foto vormen zijn vingers de V van 'victorie' en op een andere steekt hij zijn middelvinger op naar zijn kapers. Je voelt zijn stille triomf, het soort triomf dat je voelt wanneer iemand probeert je het zwijgen op te leggen maar je boodschap toch overkomt. Ik had gelijk: Danny heeft tegen zijn angst gevochten. Hij vertelt me dat hij niet verslagen is en dat ik dat ook niet moet zijn.

Ik bestudeer de begeleidende tekst. Die is bizar.

Subject: Amerikaanse CIA-functionaris bij ons in hechtenis
De Nationale beweging voor het herstel van de Pakistaanse
soevereiniteit heeft CIA-functionaris Daniel Pearl gevangengenomen die doet alsof hij een journalist van *The Wall Street Journal* is.

Ik draai me om naar Kapitein die over mijn schouder naar het scherm staart. 'Wat is dit voor groepering? Wie zijn deze mensen?' vraag ik.

Kapitein schudt zijn hoofd. 'Het is een groepering die speciaal hiervoor in het leven is geroepen.'

Ik kijk weer naar het scherm.

Helaas wordt hij op dit ogenblik vastgehouden onder heel onmenselijke omstandigheden die in feite veel weg hebben van de manier waarop Pakistani en onderdanen van andere soevereine staten door het Amerikaanse Leger op Cuba worden vastgehouden. Als de Amerikanen onze landgenoten onder betere omstandigheden vasthouden, zullen wij de omstandigheden verbeteren van meneer Pearl en alle andere Amerikanen die we gevangenhouden.

Als Amerika wil dat meneer Pearl wordt vrijgelaten, moeten alle Pakistani die door de FBI onwettig alleen onder verdenking binnen Amerika in hechtenis worden gehouden, toegang krijgen tot advocaten en hun familieleden mogen zien.

De Pakistaanse gevangenen op Cuba moeten naar Pakistan worden teruggestuurd en zullen door een Pakistaanse rechtbank worden berecht. Pakistan was immers een volwaardig lid van de internationale coalitie tegen terreur en het heeft het recht om zijn eigen burgers te berechten. En Stuur Afghanistans Vertegenwoordiger Mulla Zaeef terug naar Pakistan en als er sprake is van een beschuldiging moet de Pakistaanse regering die afhandelen.

Mullah Abdul Salam Zaeef is de voormalige Taliban-vertegenwoordiger voor Pakistan en een van de hoogst geplaatste Taliban-functionarissen in Amerikaanse gevangenschap.

Er is nog een attachment. Dat is in het Urdu, en degenen die Urdu spreken, buigen zich voorover om het te vertalen. Er staat ongeveer hetzelfde als in de Engelse versie, behalve dat er een extra eis wordt gesteld: het vrijgeven van een zending F-16-gevechtsvliegtuigen die Pakistan in de jaren tachtig van Amerika heeft gekocht, wat niet doorging toen het Congres in 1990 een einde maakte aan de verkoop van militaire middelen aan Pakistan. 'Deze vliegtuigen moeten aan

Pakistan worden geleverd of het geld moet worden terugbetaald met vijftien procent rente.'

'Dat zijn onmogelijke eisen, die slaan nergens op,' zeg ik. 'Die mensen willen niet met ons onderhandelen. Ze proberen alleen druk uit te oefenen op Washington en Islamabad.'

'Ja,' zegt Kapitein.

Met onze nieuwe printer maken we voor iedereen een kopie en delen die rond. 'Ik geloof niet dat het Danny is,' zegt Kapitein nog terwijl hij zijn exemplaar bestudeert.

'Ik ook niet,' zegt Asra.

Ik luister nauwelijks naar ze.

Randall is ijlings naar ons huis gekomen met Zahoor en een paar Amerikanen die we nog niet eerder hebben ontmoet. Twee FBI-agenten gaan zitten en beginnen meteen aandachtig op de computer naar aanwijzingen te zoeken. Ze bestuderen de e-mailadressen en zoeken naar het IP-adres (International Protocol), het unieke identificatienummer van de computer waarmee de e-mail is verstuurd. Elke computer op internet heeft er een. Een van de agenten, Kevin, draagt een heuptasje. Hij is niet de meest indrukwekkende persoon, maar dan bedenk ik dat hij misschien wel een computergenie is, zoals Bill Gates.

Randall bekijkt onze uitdraaien. 'Met die foto is geknoeid,' zegt hij vastberaden. 'Dat is Danny niet. Kijk maar naar de hoek van die schouder – die klopt niet ten opzichte van het hoofd. En de benen zijn te groot. Kijk maar naar de schouders op deze foto. Vergelijk dat maar eens met die andere hier.'

Elk klein detail – het type camera dat ze hebben gebruikt, de vorm van het wapen waarmee Danny wordt bedreigd, de manier waarop woorden worden gebruikt – wordt geanalyseerd en iedereen heeft zijn eigen theorie. Ik laat ieder zijn of haar zegje doen want ik wil graag dat er iets bij is wat me overtuigt. Maar al die tijd weet ik dat dit mijn man is.

Tijdens het gebabbel hoor ik Randall vragen: 'Herken je de trouwring?'

'Ja,' zeg ik. 'Die zit los om zijn vinger. Die heeft altijd losgezeten.'

Het wordt stil in de kamer.

Maureen komt ter zake. 'Nou, laten we de foto's naar het gerechtelijk laboratorium in Honolulu sturen en kijken wat zij zeggen.' De afdeling Honolulu is het hoofdkantoor van de FBI dat in dit deel van de wereld verantwoordelijk is voor onderzoek.

'Ja,' zegt Randall, 'en naar Washington en...'

Maar dat is onzinnig. Dit is Danny. We hebben geen tijd om op 'deskundigen' in andere tijdzones te wachten die de authenticiteit moeten bewijzen van wat wij duidelijk kunnen zien.

Kapitein probeert me af te leiden. 'Kijk, Danny praat met je. Hij glimlacht. Met een revolver tegen zijn hoofd glimlacht Danny.'

Ja, dat zie ik.

'Hij schijnt niet al te veel last te hebben van stress of doodsangst.'

Ook dat zie ik.

De uitdraaien van de e-mails liggen over de tafel verspreid, zodat iedereen ze kan analyseren. Het heeft iets obsceens. Mensen schuiven de foto's over het tafelbad alsof ze nog meer zullen onthullen als ze anders worden neergelegd. Ze wrijven over hun kin, mompelen bij zichzelf en prevelen de gebruikelijke clichés. Het FBI-team raakt steeds meer opgewonden; ik hoor hoe ze de namen noemen van verschillende hoofdkantoren en gerechtelijke experts en computermisdaadmensen en ga zo maar door en god mag weten wat nog meer.

Ik kijk liever naar Kapitein en Dost. Ik weet wat zij denken: het wordt tijd om de ontvoerders te slim af te zijn door voorspellingen te doen. Wat zouden wij in hun plaats doen? Waar zou je een vreemdeling verbergen? In hun verbeelding gaan ze moskeeën in en sluipen ze *madrassas* binnen en door de doolhof van de sloppenwijken.

Danny's zus Michelle belt vanuit California. 'Het is goed nieuws!' zegt ze.

'Wat bedoel je?' vraag ik, geschrokken door de blije klank in haar stem.

'Mariane, dit betekent dat Danny in leven is,' zegt ze, en ze heeft groot gelijk. Omdat ik nooit heb willen geloven dat hij weleens dood kon zijn, is het niet tot me doorgedrongen dat hiermee inderdaad onomstotelijk vaststaat dat mijn man nog leeft.

Te midden van dit alles – de schok van *Jang*, de klap van de e-mail – herinneren Kapitein en Randall mij eraan dat ik een afspraak heb met generaal Haider, de minister van Binnenlandse Zaken. Ik heb geen zin, maar de mannen verzekeren me dat het een belangrijke ontmoeting is. Waar het om gaat, is het vormen van een nationale eenheid die het onderzoek naar Danny's ontvoering zal uitbreiden over de rest van Pakistan. Voor Randall en Kapitein is die eenheid van essentieel belang, willen ze hun werk kunnen doen. Beide mannen vragen me, als een persoonlijke gunst, of ik wil gaan.

Hoezeer ik ook tegen de ontmoeting opzie, Asra en ik hebben nog een reden om erheen te gaan. Om de minister te laten zien hoe ernstig Danny's ontvoering wordt opgenomen in de Verenigde Staten, hebben we met Paul Steiger, de hoofdredacteur van de *Journal*, een plan bedacht. Steiger, die met de Amerikaanse minister van Buitenlandse Zaken Colin Powell heeft gesproken, zal me 'toevallig' op mijn mobiele telefoon bellen terwijl ik mijn ontmoeting heb met Haider. Ik zal de telefoon dan aan Haider overhandigen zodat Steiger kan doorgeven wat de essentie was van zijn gesprek met de minister van Buitenlandse Zaken.

Het bezoek aan het bureau van de minister draait uit op een delegatie van legertopofficieren die weer worden vergezeld van hun ondergeschikten. Er arriveren politiemannen in burger, de ene golf na de andere, allemaal op hun paasbest, klaar om zich bij de karavaan aan te sluiten. Over mijn witte blouse doe ik Danny's favoriete sjaal om, een sjaal zo groot als een omslagdoek, uit Kasjmir; Asra pakt ook een sjaal. Een gedistingeerd uitziende man met grijs haar staat buiten op me te wachten. Het is John Bauman, de Amerikaanse consul-generaal. Hij nodigt ons uit om bij hem in de auto te stappen; Randall mag ook meerijden. Ons konvooi zet zich in beweging. Er rijden verscheidene officiële auto's achter aan, maar aan het eind van onze stoet herken ik de versleten jeeps die de wacht hebben gehouden bij onze voordeur.

Dit zijn geen vrolijke tijden voor minister Haider. Veertig dagen geleden werd zijn broer, Ehtishamuddin Haider, door drie mannen op motoren vermoord toen hij op weg naar huis was van zijn werk bij een medische liefdadigheidsorganisatie. De dag tevoren had minister Haider in Karachi een seminar gehouden met de titel 'Terrorisme – Een nieuwe uitdaging voor de wereld van de islam'. Danny bracht verslag uit van zijn toespraak. '"We kunnen de teugels van het land niet in de handen leggen van ongeletterden die een paar *qaidas* [hoofdstukken uit de koran] hebben gelezen,"' citeerde Danny minister Haider.

De minister draagt een traditioneel zijden rouwkleed. Ik condoleer hem; hij mompelt een bedankje. Hij is in een slecht humeur. De politiemensen posteren zich langs alle wanden en vormen zo een levend behang, tot de hele kamer vol is. Er staan maar drie stoelen in de kamer. Ik zit rechts van de minister, en aan zijn linkerkant zit Kamal Shah, de inspecteur-generaal.

Haider begint beheerst maar hartelijk. Hij geeft een overzicht van de stand van zaken betreffende het onderzoek en is het met me eens dat een nationale speciale eenheid volkomen gerechtvaardigd is. Hij weet, zegt hij, dat hoewel de ontvoering in Karachi heeft plaatsgevonden, die hoogstwaarschijnlijk elders is bedacht. Maar hij houdt zijn vriendschappelijke houding niet lang vol. 'Drieduizend journalisten waren hier aanwezig gedurende de oorlog in Afghanistan en niet een van hen heeft problemen gehad!' snauwt hij verwijtend. Dit zinnetje is als een mantra voor hem.

'Wat wilt u daarmee zeggen?' vraag ik.

'Wat was uw man aan het doen? Waar was het voor nodig dat hij deze mensen ontmoette? Dit zijn dingen waar een journalist zich niet mee moet bemoeien!'

'Het hangt er maar van af wat je een journalist noemt,' antwoord ik ijzig. Misschien weerhoudt de gedachte aan Danny's foto in *Jang* Haider ervan op deze manier door te gaan, maar hij slaat een andere weg in die net zo glibberig is: India. Hij beweert dat India de ontvoering van Danny op touw heeft gezet om Pakistan in de problemen te brengen.

De sfeer is zo gespannen dat onze stemmen ondanks het grote aantal aanwezigen in de kamer weergalmen. Het is alsof alle anderen hun adem inhouden. De meeste mannen staan met hun armen over elkaar of met hun vingers strak ineengevouwen. Vanwaar ik zit, zie ik rijen knokkels steeds witter worden.

Ik word op mijn mobiele telefoon gebeld en iedereen haalt opgelucht adem. Handig grijpt Asra de telefoon en zondert zich af op de gang. Ze laat Steiger weten welke beschuldigingen de minister van Binnenlandse Zaken uit, en dat helpt, want wanneer de mannen met elkaar praten, lijkt Steiger in staat te zijn Haider tot bedaren te brengen.

Ik kijk goed naar Haider. Hier zit hij, een van de hoofdrolspelers in de oorlog tegen het terrorisme in dit land, en een van de slachtoffers. Hoe kan hij geloven dat Danny een spion is? Of dat Danny's ontvoering een Indiase samenzwering is? Wie heeft hem zulke 'informatie' verschaft? Wie heeft hem geïnstrueerd? Maar vooral, hoe kan een intelligente man zulke aperte leugens geloven?

Als we ons klaarmaken om te vertrekken, kan Asra zich niet langer inhouden. Ze richt haar grote zwarte ogen op Haider en vraagt op uiterst vriendelijke toon: 'Met alle respect, meneer de minister, maar zou u uw broer beschuldigen omdat hij vermoord is terwijl hij gewoon door de straten van Karachi reed?'

Terwijl we naar buiten lopen, horen we hoe Haider zich wendt tot de politiemensen die in de kamer zijn achtergebleven. 'Wat is er mis met jullie?' schreeuwt hij woedend, opgehitst door frustratie en verlegenheid. 'Waarom hebben jullie hem nog niet gevonden? Dat geldt voor jullie allemaal: zorg dat je die journalist te pakken krijgt!'

Terwijl hij ons naar huis terugrijdt, geeft Randall ons een standje voor ons gebrek aan tact en zelfbeheersing. Hij is niet blij met ons gedrag, maar hij is ook slim genoeg om te voelen dat er een storm woedt in Asra en mij, en daarom verandert hij snel van tactiek. 'Jullie hebben wat rust nodig,' zegt hij op een toon die op een prettige manier beschermend klinkt. Hij begint omstandig uit te leggen waarom iemand die te weinig slaapt niet rationeel kan blijven. Dan voegt hij er, speciaal voor mijn bestwil, aan toe: 'En jij hoort te weten dat er door jouw lichaam een heleboel stofjes stromen!'

Ik moet glimlachen. Maar ik bereid me voor op de zoveelste slapeloze nacht.

Asra probeert te helpen. Met bedreven handen masseert ze mijn hoofd. Hoewel ik me niet genoeg ontspan om te kunnen huilen (ik snak ernaar te huilen), dommel ik weg in een droomloze slaap met het vreemde gevoel dat ik in een kuil val. Die nacht gaat Asra naast me liggen en dat wordt een gewoonte die we de komende weken zullen volhouden – we slapen zij aan zij. Asra kan over mij waken, en ik over haar.

Twee vrouwen in een bed. De mannen om ons heen vinden het eerst intrigerend. Dan merken ze dat ze het geruststellend vinden, want zo langzamerhand voelt iedereen zich alleen – en dat hoeft niet.

7

Buitenlandredacteur John Bussey vliegt boven de Atlantische Oceaan als de e-mail van de ontvoerders komt. Zijn Swissair-vlucht vanuit New York maakt een tussenstop in Zürich, en Bussey zit in de lounge van de business class als hij inlogt om te kijken of hij mail heeft. Hij ziet in gedachten weer de beelden voor zich van Danny in gevangenschap, gaat terug aan boord, vliegt naar Dubai, stapt over op het vliegtuig naar Karachi en arriveert maandagmorgen om twee uur, op het moment dat hier de hel is losgebroken.

The Wall Street Journal heeft minister van Buitenlandse Zaken Colin Powell onder druk gezet; die heeft de Pakistaanse president Pervez Musharraf weer onder druk gezet en deze heeft Powell verzekerd dat de Pakistaanse regering alles in het werk zal stellen om Danny te vinden.

Verklaringen worden opgesteld en uitgevaardigd. Bijvoorbeeld: 'Mijn naam is Paul Steiger en ik ben Danny's baas bij *The Wall Street Journal*. Ik zou met u samen willen werken om ervoor te zorgen dat Danny ongedeerd wordt vrijgelaten... [Daniel Pearl] heeft nooit onder wat voor hoedanigheid dan ook voor de CIA of de Amerikaanse regering gewerkt. Danny Pearl is niet bij machte het beleid van de Amerikaanse of Pakistaanse regering te veranderen. En ik evenmin. Daarom zou ik willen vragen of u Danny wilt vrijlaten zodat hij ongedeerd naar huis kan terugkeren, naar zijn vrouw en op komst zijnde kind.'

De CIA, die van oudsher weigert opmerkingen te maken over wie wel en niet voor de instantie werkt, heeft officieel onvoorwaardelijk ontkend dat Danny een spion is.

De internationale media, die niet bijzonder veel aandacht aan het verhaal hebben geschonken, zijn jachtig in de weer. Het is nooit bij me opgekomen dat de *Journal* een afdeling public relations heeft, maar natuurlijk is dat zo, en Steve Goldstein, hoofdwoordvoerder voor de *Journal* en de moedermaatschappij, Dow Jones, heeft zich in het tumult gestort. Binnen vierentwintig uur na de e-mail met Danny's foto's hebben de media zeshonderd telefoontjes en vragen per e-mail aan de *Journal* gericht; de dag daarna zevenhonderdvijftig. Goldstein doet zijn best om ze allemaal te beantwoorden. 'Er komt een moment in een crisis dat je je realiseert dat je in een crisis verkeert. Dit was dat moment,' zal hij me vertellen als we elkaar later in Parijs ontmoeten. Hij werkte ooit op Capitol Hill en was bij de directeur van de NASA toen de Challenger explodeerde. Hij was persvoorlichter bij Binnenlandse Zaken toen de Exxon Valdez aan de grond liep en er ruim zesenveertig miljoen liter ruwe olie over de kust van Alaska uitstroomde. Hij was bij *The Wall Street Journal* toen de aanslagen van 11 september bijna het einde van de krant betekenden. 'Maar ik had in mijn hele carrière nog nooit zo'n opwinding in de media meegemaakt.'

Ik wil de pers niet te woord staan, ik wil geen onderhoud met Goldstein of Dow Jones-stafleden of met Danny's bezorgde collega's. Ik wil dat Bussey alles afhandelt. Ik kan me niet precies voorstellen hoe de redacteur, van wie gezegd wordt dat hij pietluttig kan zijn, zal passen in de buitenissige situatie hier aan Zamzama Street, maar ik heb hem nodig.

Kapitein kijkt uit het raam. 'Daar is CNN en ze zetten hun camera midden op het gazon neer, en Fox is er, en ook Al Jazeera, al die media.' Hij is er niet blij mee. Ik tuur over zijn schouder naar buiten. Er is een hele schare politieagenten en een hele schare tv-camera's, die allemaal staan te dringen en ons allemaal van de buitenwereld afschermen.

De plaatsvervangende inspecteur-generaal stuurt een betrouwbare chauffeur die Bussey van het vliegveld moet halen. Dost opent de voordeur: 'Ik kom die Amerikaan van het vliegveld halen,' zegt de chauffeur en Dost barst in lachen uit.

'Een moment, alstublieft,' zegt hij, terwijl hij de deur voor de neus van de chauffeur dichtdoet. 'Kapitein, kun je even hier komen? Kun je even komen kijken naar de chauffeur voor John Bussey?'

De twee rechercheurs doen de deur open en loeren naar de verbijsterde chauffeur. Hij is broodmager, heeft een onverzorgde baard en doordringende zwarte ogen, en ziet eruit alsof hij net uit de grotten van Afghanistan komt. 'Als we deze vent sturen, zal Bussey zich omdraaien en het eerste vliegtuig naar huis nemen,' zegt Kapitein. Er komt een gladgeschoren chauffeur voor in de plaats.

Het is een intrigerende figuur, John Bussey: vlug van begrip, bekakt, soms dominant. Hij is tamelijk jong, midden veertig, maar gewend bevelen te geven – aan een staf van ruwweg vijfentwintig reporters over de hele wereld, en aan het personeel van de vijfsterrenhotels waar hij vaak komt. Ik noem hem 'Bussey the Boss'. Danny heeft respect voor hem maar kan ook woedend op hem worden, want hoewel Bussey briljant is, is het soms moeilijk te volgen wat hij precies bedoelt. Maar hij is goedaardig, en toen mijn moeder kanker kreeg en Danny en ik naar haar toe moesten in Frankrijk, was hij buitengewoon behulpzaam.

Ik heb Bussey voor het eerst ontmoet toen Danny me enthousiast voorstelde aan iedereen op het bureau in New York. Terwijl Danny me bij mijn hand hield, nam hij me mee van het ene hokje naar het andere over drie verschillende verdiepingen. Ik vergat elke naam zodra ik de volgende hoorde, maar dat gaf niet, zei Danny: 'Het gaat erom dat alle mensen met wie ik werk jou zien.'

Zijn trots maakte me gelukkiger dan ik ooit gedacht had met een man te kunnen zijn. De tweede keer dat ik Bussey ontmoette, was in India, tijdens een van zijn reizen naar Azië. Ik hielp Danny regelen dat zijn baas een serie interessante Indiase persoonlijkheden zou ontmoeten – een jonge soapactrice, een romanschrijver, een links vakbondslid. Bussey was charmant en welbespraakt, en binnen twee dagen praatte hij alsof hij precies wist hoe het met India zat, waar de toekomst van het land lag en wat zijn positie was in het proces van globalisering. Ik raakte ervan onder de indruk hoe snel en zelfverzekerd hij was. Na een paar maanden in India was ik er nog steeds niet achter waarom bijvoorbeeld onze buren blootsvoets liepen om geen mier kwaad te doen in een stad waar kinderen werden verminkt zodat ze uit bedelen konden worden gestuurd.

Als Bussey in zijn verkreukte blauwe pak het huis in Karachi komt binnenstappen, staat hij meteen klaar om aan het werk te gaan, hoewel het middernacht is en hij negentien uur heeft gereisd met een tijdsverschil van tien uur. We instrueren hem grondig. Terwijl hij zit te luisteren, zie ik dat hij alles in zich opneemt. Misschien is het nog alarmerender dan hij had verwacht.

In New York houdt Steve Goldstein ondertussen de televisiemaatschappijen en telefoondiensten op een afstand, die allemaal om een exemplaar vragen van de e-mails en de foto's. 'Nee,' zegt hij tegen ze. 'Eerlijk gezegd zou dat niet correct zijn.' De media zijn ook druk in de weer voor een gesprek met Danny's ouders en zussen. In Los Angeles parkeren televisie- en radiowagens bij het huis van de familie Pearl. Michelle vertelt me hoe het er toegaat: 'Ze bellen aan; we doen alsof we niet thuis zijn. We doen de gordijnen dicht en verschuilen ons. Verslaggevers komen naar de voordeur en schijnen door de ramen naar binnen. Een bonst er op de deuren en houdt een vel papier omhoog waarop staat: "Ik ben van CBS. Doe alstublieft open, ik wil u alleen maar dit briefje geven." Waarom kan dat niet gewoon in de brievenbus?'

Michelle laat haar ouders vanwege hun accent niet de telefoon opnemen en ze spreekt met haar op-en-top Amerikaanse stem een nieuwe boodschap in op het antwoordapparaat. Ze noemen geen voornamen van het gezin – Judea, Ruth, Tamara en Michelle – want dat zijn misschien ook hints. Zoals Michelle zegt: 'We bestaan niet – we zijn een sta-in-de-weg.'

Good Morning America, de *Today Show*, CBS *Morning News*. Diane Sawyer, Katie Couric, Connie Chung, Larry King en de BBC. Ze willen allemaal mij, de echtgenote, spreken. Ik hoor de namen van de programma's en zie in gedachten de nieuwsredacteuren aan hun bureau, door hun anchorman opgejaagd om mij op het scherm te krijgen. Ik ken de druk om 'stof te leveren'; ik heb die ook gevoeld. Ik bedenk hoe gemakkelijk deze geschiedenis tot een simpel verhaaltje gereduceerd kan worden: knappe gegijzelde man, zwangere wanhopige vrouw. Geen van deze programma's kan de complexiteit weergeven van wat hier gaande is, en al mag het simplificeren van complexe gebeurtenissen onschuldig lijken, dat is het niet. Ik kijk van de kaart naar de camera's in Zamzama Street. Ik zou ze willen zeggen: 'Ja, de wereld waarin ik nu leef is surreëel, maar in wat voor wereld leven jullie?' Dan bedenk ik dat ik oneerlijk ben. Of misschien bevind ik me alleen maar aan de verkeerde kant van de camera.

In New York probeert Steve even uit het gekkenhuis weg te glippen en naar de sportschool te gaan. Hij probeert af te slanken. Laat op een avond, midden in een training, buigt zijn eigen trainer zich over de zwetende Goldstein: 'Weet je, Ann Curry van de *Today Show* zou heel graag Mariane in haar programma hebben.'

In Parijs weten mensen mijn broer Satchi op te sporen, de liefste mens ter wereld. Hij is niet op die aandacht voorbereid. Het blad *People* belt naar zijn huis en vraagt om familiefoto's waarop we allemaal gelukkig bij elkaar staan.

'Heeft het voor haar enig voordeel om huilend op de nationale televisie te verschijnen?' vraagt Goldstein zich af aan de telefoon met Bussey. 'Of lijkt dat op bedelen?'

Als ik op de tv zou verschijnen, zou ik de interviewers vertellen dat de ontvoerders de verkeerde man te pakken hebben. Dat Danny geen spion is, maar iemand die zich ervoor inzet om de kloof tussen verschillende culturen te overbruggen. Hij is een wereldburger, iemand die houdt van verschillen, een man die in staat is al die verschillen te omarmen. Maar ik weet niet zeker of de hongerige nieuwslezers het zo willen spelen. Verdomme, ik weet niet eens of dat is wat mijn onofficiële adviseurs willen. Als ik uiteindelijk klaarzit voor een paar interviews, stelt Steve Goldstein me gerust. 'Houd in gedachten dat de beste benadering is dat jullie gewoon twee mensen zijn die hun werk proberen te doen. Je bent een vakvrouw, een journalist.' Tegelijkertijd instrueert hij John Bussey om te zorgen dat ik sympathiek overkom. Hij zegt dat duidelijk zichtbaar moet zijn dat ik overstuur ben en zwanger.

'Oké, kerel. En hoe doe ik dat?' vraagt Bussey.

Mensen hebben het steeds maar over mijn zwangerschap. De baby is tegelijkertijd een extra iemand over wie je je zorgen kunt maken, een geestelijke troost en een public relations-instrument. Asra liet me een van haar favoriete boeken zien, *The Muslim Marriage Guide* van Ruqaiyyah Waris Maqsood, een wijd en zijd gerespecteerd islamleraar die in Engeland woont. In een hoofdstuk met de naam 'Een kort alfabet van het huwelijk' vond ik een interessante discussie over abortus, waarin de schrijver vertelde dat de meeste islamgeleerden het erover eens zijn dat een foetus geen ziel heeft tot de zestiende week van de zwangerschap, wanneer hij 'bezield' wordt (*nafh al-ruh*).

Nafh al-ruh. Het kan ook vertaald worden als 'de levende ziel'. Of 'een ziel waarin leven is geblazen'.

Maqsood ging verder: 'Dit wordt ondersteund door de *hadith* [uitspraak van de profeet Mohammed]: ... Wanneer er veertig nachten zijn verstreken nadat het zaad in de baarmoeder komt, stuurt Allah de engel en geeft hem een gestalte. Daarna schept Hij zijn gehoor- en gezichtsvermogen, zijn huid, zijn vlees, zijn botten...'

Ik ben bijna zes maanden zwanger. Deze baby in mijn binnenste kwaaddoen is een misdaad tegen de islam. En zijn vader kwaad doen is het kind kwaad doen.

Wanneer Goldstein met de Pakistaanse en Arabische pers praat, zorgt hij ervoor dat hij zo vaak mogelijk *nafh al-ruh* ter sprake brengt. 'Weet u,' zegt hij, 'ze heeft een engel in haar binnenste.'

Terwijl hij door New York rijdt, druk in de weer met zijn gsm en zijn BlackBerry, verwerkt Steve Goldstein adviezen van alle mogelijke bronnen. 'Er zijn een heleboel Pakistaanse taxichauffeurs in New York. Ik vraag ze: "Wat vindt u van die zaak van Danny Pearl? Als u daarginds was, zou u dan naar Al Jazeera kijken?"' Want Steve probeert in contact te komen met Al Jazeera. Maar de taxichauffeurs zeggen dat Al Jazeera een Arabische zender is en dat Pakistani zichzelf niet als Arabieren beschouwen. Dus daar hebben we niets aan.

Judea probeert het bureau van Colin Powell ervan te overtuigen een krachtige verklaring aan het adres van de ontvoerders uit te vaardigen, zoiets als: 'De mensen die op dit moment Daniel Pearl gevangenhouden, moeten begrijpen dat het vermoorden van een onschuldige journalist wordt beschouwd als een barbaarse daad die strijdig is met wat de islam voorschrijft'. Maar de verklaring die wordt uitgevaardigd is formeel en nogal lauw van toon.

Judea is koortsachtig aan het werk om invloedrijke moslims zover te krijgen dat ze om Danny's vrijlating vragen. De leider van de Nation of Islam, Louis Farrakhan, staat op. Evenals een paar moslim-geestelijken in het buitenland, en de emir van Qatar, die Danny kent en hem graag mag. De kampioen zwaargewicht Mohammed Ali, een vrome moslim die overal ter wereld wordt vereerd, stemt erin toe een verklaring uit te spreken. Iemand bij de *Journal* stelt voor Ali naar Guantánamo Bay te sturen. Waarom? Zodat hij een verklaring kan afleggen waarin hij zegt dat de politieke gevangenen humaan worden behandeld. Het is een vreselijk idee en er wordt gelukkig van afgezien.

Basketbalster Michael Jordan, geen moslim maar wel internationaal aanbeden, wordt gevraagd een oproep te doen. Zijn agent vindt het niet goed.

Wanneer Ali's verklaring komt, gaan we met z'n allen om de eettafel in Karachi zitten om haar te lezen. Het is een prachtige verklaring:

IN DE NAAM VAN ALLAH, DE MEEST GENADIGE,
DE MEEST BARMHARTIGE

Ik bid dat dit bericht de mensen bereikt die Daniel Pearl gevangenhouden. Als moslim eindig ik ieder gebed met een verzoek om vrede en barmhartigheid onder alle volkeren ter wereld. Tijdens het laatste conflict hebben te veel mensen geleden, zijn te veel mensen slachtoffer geworden van onrechtvaardigheid en onverdraagzaamheid, en velen hebben de hoop verloren dat volkeren vreedzaam als naties naast elkaar kunnen bestaan zonder gebrek aan respect voor de cultuur, tradities en rechten van anderen. Maar bij de genade van Allah, ik heb die hoop niet verloren. Ik geloof dat de Almachtige Allah ons allen op het pad van de rechtschapenheid en de genade zal leiden. Ik heb Zijn hoop in ons niet verloren om barmhartigheid te tonen waar die niet bestaat en genade te bieden in de moeilijkste omstandigheden.

Wij als moslims moeten het goede voorbeeld geven. Hetzelfde voorbeeld dat ons meer dan veertienhonderd jaar geleden werd gegeven door de profeet Mohammed (Moge Vrede en de

Zegen van Allah met Hem zijn). Daniel is een beroepsjourna- list. Het is zijn baan om een stem te geven aan diegenen die door de wereldgemeenschap gehoord willen worden. Daniel mag niet een volgend slachtoffer worden van het voortdurende conflict. Ik doe een beroep op u om tegenover Daniel Pearl medeleven en vriendelijkheid te betonen. Behandel hem zoals u zou willen dat alle moslims door anderen werden behandeld. Geef hoop en geloof dat Allah ons zal leiden door deze zeer moeilijke tijden. Het is mijn oprechtste smeekbede dat Daniel Pearl behouden naar zijn familie mag terugkeren. Moge Allah genade met ons allen hebben.

'Geweldig,' zegt Asra. 'Maar Cat Stevens zou nog beter zijn.'

Na zijn *Tea for the Tillerman*-dagen in de jaren zeventig werd Cat Stevens een beroemde islam-bekeerling. Nu noemt hij zichzelf Yusuf Islam en heeft hij een grote aanhang als moslimleraar en -balladezanger, met albums als *A Is for Allah*. Asra herinnert zich hoe ze naar Khalid Khawaja's vrouw luisterde die meezong met Yusuf Islams op- namen toen zij Khawaja in Islamabad bezocht. Bussey verstuurt een e-mail naar het *Journal*-imperium met de suggestie dat we Yusuf Is- lam te hulp roepen.

Danny's ouders krijgen een telefoontje van *Yediot Achronot*, een Israëlische krant, die heeft besloten dat het tijd wordt om het identi- teitsembargo op te heffen. Judea belt de verslaggever terug en pro- beert te benadrukken dat het van belang is de achtergrond van de fa- milie voorlopig geheim te houden. De verslaggever weigert het te begrijpen. 'Ik zie dat mijn vader gefrustreerd raakt,' zegt Michelle. 'Hard genoeg om aan de andere kant van de lijn gehoord te worden, begin ik te schreeuwen: "Dan vermoorden ze hem! Begrijpt hij dat niet? Ze vermoorden hem!"' Voorlopig houden de Israëlische media zich stil.

De Engelse roddelbladen proberen Steve Goldstein te paaien met dollars – vindloon – als hij een interview met mij regelt. Het hoogste bod tot dusver is vijfentwintigduizend dollar. Ik zou ook betaald krij- gen. Paranormaal begaafden bellen met visioenen, gevangenen met tips. Door heel Pakistan is de politie bezig in golven van razzia's deuren in te trappen. Chauffeurs worden bij wegblokkades uit auto's gesleurd en gefouilleerd.

Ik begin weeën te voelen en we laten een dokter uit het Sheraton komen. Wanneer ik het geneesmiddel openmaak dat bedoeld is om de bevalling uit te stellen, lees ik de waarschuwing op het etiket: 'Er is geen onderzoek gedaan naar het effect bij zwangere vrouwen.' Logisch, toch?

Danny's oudste zus, Tamara, die in Canada een opleiding als homeopaat heeft gevolgd, stelt een behandelmethode samen waarmee ik in vorm blijf zolang ze naar Danny zoeken, en een andere om Danny weer in vorm te krijgen als hij thuiskomt. Ze zoekt uit waar we in Karachi de spullen kunnen kopen en e-mailt ons de naam van een goede plaatselijke homeopaat, Younus Billoo (wat me als heel geneeskrachtig in de oren klinkt).

Asra stuurt Imran erop uit met de boodschappenlijst:

Akoniet 1 m (tegen angst)
Arnica 1 m (tegen trauma, shock en lichamelijk letsel)
Cocculus 200 (tegen slaapproblemen)
Gelsemium 200 (tegen angst met rillen of uitputting)
Opium 200 (tegen angst met herhaaldelijke hallucinaties)
Rescue Remedy, Bach Bloemenessence, om in water met kleine teugjes te drinken

Bussey komt mijn kamer binnensluipen en gaat ervandoor met mijn exemplaar van *What to Expect When You're Expecting*. Hij kijkt het van voor tot achter door en begint me dan te ondervragen. Hij weet alles van urine-en bloedtesten, eiwitopname en vochtverbruik. Iemand heeft hem verteld dat zwangere vrouwen veel vocht tot zich moeten nemen, dus dwingt hij me om liters en liters water te drinken. Hij wil niet gaan voordat hij me zo ongeveer ziet zwemmen in het vocht.

Charles Fleming van het Franse bureau van de *Journal* vindt de voormalige Cat Stevens. Fleming is geholpen door zijn neef, Chris Martin, de leadzanger met de hemelse stem van de coole Engelse band Coldplay. Coldplay is in de Parr Street Studios in Liverpool om

A Rush of Blood to the Head op te nemen, en via contacten in de muziekwereld spoort Martin Yusuf Islams broer, David Gordon, op, die erin toestemt zijn beroemde broer om hulp te vragen.

Uit naam van 'een moslim uit het Westen' schrijft Yusuf Islam:

> Het is nu tijd om de wereld te laten zien wat de Genade van de Islam is. De Profeet Mohammed, vrede zij met hem [...] leerde ons dat een man naar de hemel ging omdat hij water gaf aan een dorstige hond; en een vrouw ging naar de hel omdat ze een kat vastbond die stierf van de dorst.
> Als boodschap aan diegenen die de journalist Danny Pearl vasthouden: als gerechtigheid jullie doel is, dan zal de zaak van de gerechtigheid er niet mee gediend zijn als een onschuldige man wordt vermoord die niets dan een pen in zijn hand heeft.

Het zijn wijze en barmhartige woorden. Maar we moeten erachter zien te komen waar Danny verborgen wordt gehouden.

Daarom zijn er vier verschillende zoekteams tegelijk aan het werk. Als de dirigent van een orkest heeft Kapitein de leiding over alle vier. Er is een klassiek onderzoeksteam, dat aanwijzingen natrekt en razzia's door heel Pakistan coördineert. Dan is er een computermisdaadteam, dat probeert na te gaan vanuit welke computers de e-mails oorspronkelijk zijn verzonden. Dan heb je de FBI, die een controlekamer heeft opgezet in het Dow Jones-kantoor in South Brunswick in New Jersey, zodat eventuele ontwikkelingen vierentwintig uur per dag over de hele wereld kunnen worden gevolgd. En dan is er nog het team van Jamil Yusuf.

Wanneer de chef van het Citizen-Police Liaison Committee, Jamil Yusuf, in de nacht van de gemailde foto's ons huis binnenstapt, is het met het air van een redder. Klein en gezet, in driedelig pak, straalt hij van zelfvertrouwen. Als het op het oplossen van ontvoeringsproblemen aankomt, is Jamil Yusufs staat van dienst ongeëvenaard.

Hij was de stad uit – in Islamabad, voor zaken – sinds Danny hem op 23 januari interviewde, en tegen de tijd dat hij verschijnt, weten we hoezeer we hem nodig hebben. Zonder tijd te verspillen overhandigt Kapitein hem de e-mail van de ontvoerders. Yusuf werpt er een blik op en schudt zijn hoofd. 'Die eisen zijn volslagen idioot,' zegt hij. Als de informele, welhaast familieachtige sfeer die er in ons team is ontstaan hem verbaast, laat hij dat niet merken. Hij inspecteert onze kaart, haalt zijn Palm Pilot te voorschijn en slaat alle telefoonnummers erin op.

'Kunt u ons helpen?' vragen we.

'We gaan morgen aan het werk,' belooft hij.

Yusuf doet dit al dertien jaar. Hij was en is nog steeds een magnaat in de textielindustrie. Omstreeks 1990 was Karachi de belangrijkste kidnappingsstad van de wereld geworden. Yusuf en zijn kameraden waren het doelwit – vijf miljoen roepies losgeld – toch deed de plaatselijke politie er weinig aan. Dus ging de zakengemeenschap klagen bij de gouverneur van de provincie Sindh, maar die draaide de rollen om en riep: 'Onderneem actie in plaats van te klagen!' Yusuf, die vier jaar bij de militaire inlichtingendienst had doorgebracht, nam de uitdaging aan.

Het gerucht gaat dat Yusuf wanneer hij met misdadigers te maken heeft, nogal hardhandig is. In feite wordt beweerd dat hij geneigd is hun methodes te gebruiken, inclusief kidnappen. Hij zou de familie van de kidnappers kidnappen. Hij heeft geen berouw over welke door hem gebruikte techniek dan ook. Dat komt, zal hij me vertellen, doordat 'ik de tranen en de pijn heb gezien'.

We hebben mr.D.Parl ondervraagd en we zijn tot de conclusie gekomen dat in tegenstelling tot wat we eerder dachten hij niet voor de CIA werkt. in werkelijkheid werkt hij voor de mossad. daarom zullen we hem binnen 24 uur executeren tenzij amreeka onze eisen inwilligt.

Het is 30 januari, 's ochtends. Weer een e-mail. Deze keer met twee foto's erbij, akelig veel lijkend op de foto's die we twee dagen geleden hebben ontvangen. Asra print ze uit. Op de eerste is er een revolver op Danny's hoofd gericht, maar het lijkt alsof hij lacht; op de tweede lijkt het of hij net met zijn ogen knipperde. De foto moet deprimerend lijken – en Danny ziet er inderdaad vermoeider uit, meer uitgeput – maar toch krijg je de indruk dat het gewoon een slechte foto is.

we verontschuldigen ons tegenover zijn familie voor de ver-
ontrusting die is ontstaan en we zullen ze voedselpakketten
sturen net als amreeka zich verontschuldigde voor *collateral
damage* [indirecte schade] en voedselpakketten dropte boven
de duizenden mensen wier moeders, vaders, zusters en broers,
vrouwen, zoons en dochters, grootouders en kleinkinderen het
had vermoord. We hopen dat Mr. Danny's familie dankbaar zal
zijn voor de voedselpakketten die we hun sturen net zoals het
amreekaanse publiek verwachtte dat de afghanen dankbaar
zouden zijn voor de voedselpakketten die zijn luchtmacht boven hen dropte.

Vuile smeerlappen.

Het gaat nog door over Pakistans 'slavenmentaliteit' tegenover
'amreeka'. Over de 'wraakzuchtige amreekaanse oorlogsmachine' en
hun eerdere eisen.

We waarschuwen alle amreekaanse journlisten die werken in
pakstan dat er in hun gelederen velen zijn die onder het mom
van journlist spionneren in pakstan. Daarom geven we alle
amreekaanse journalisten 3 dagen om pakstan te verlaten, wie
daarna blijft zal een doelwit worden.

Hoe kunnen we deze mensen bereiken en stoppen en hoe kunnen we
met ze praten?

Bussey houdt een uitdraai van de tweede e-mail in zijn hand. Het
gaat maar door en staat vol onmogelijke eisen. Het is waarschijnlijk
de meest kronkelige en schijnbaar onsamenhangende tekst die deze
briljante redacteur ooit heeft gezien. Maar als je de tekst beter bekijkt,
besef je dat die is geschreven door iemand die zijn sporen probeert
uit te wissen, die wil dat wij denken dat hij ongeletterd is. Maar dat is
hij niet. De zinsbouw is helder en de spelling is niet echt slecht: de
schrijver heeft alleen hier een letter en daar een hoofdletter weggela-
ten. Wat de woorden zelf betreft, voor degenen onder ons die een
tijdje in het veld hebben doorgebracht, zijn ze pijnlijk vertrouwd. De
schrijver heeft duidelijk, lettergreep voor lettergreep, de pseudo-poli-

tieke verwensingen van een mullah gekopieerd – een van de in aantal toenemende mullahs die liever aanzetten tot haat dan tot vroomheid.

Zo gaat het ten slotte in een wereld waar niet gepraat wordt om te communiceren maar om te onderwerpen; waar onwetendheid mensen gegijzeld houdt; waar de mensen met macht ingewikkelde zaken simpel maken om geen vragen te hoeven beantwoorden. Daarom haten diezelfde mensen journalisten, althans degenen die een zwart-wit visie op de wereld verwerpen, want door de grijze gebieden te verkennen, kunnen journalisten nieuw licht werpen op kwesties als de Arabisch-Israëlische betrekkingen, de Amerikaanse buitenlandse betrekkingen of moslimfundamentalisme. We hebben de middelen en de taal om waarheden te onthullen. We geloven dat we de wereld kunnen veranderen door de manier te veranderen waarop mensen over elkaar denken. We kunnen verbindingen tussen mensen leggen, hoe broos die misschien ook zijn. En daarom worden we door degenen die haat propageren het meest gehaat van iedereen.

Ik denk terug aan oudjaar in Beiroet, vier jaar geleden. Danny en ik hadden een heerlijke avond bij Libanese vrienden, er werd gegeten, gedanst en gelachen; de volgende dag nam een van die vrienden ons mee naar een bar, waar we over politiek begonnen te discussiëren. Toen hij ontdekte dat Danny joods was en dat ik een joodse vader had gehad, was onze vriend met stomheid geslagen. Hij had nooit gedacht dat een jood zo iemand als Danny kon zijn. De rest van de middag zat hij alleen maar ongelovig naar Danny te staren. Hij was uit met een jood en hij had dingen met hem gemeen en hij vond hem aardig. Aan het eind van de middag vertelde hij ons dat hij begreep dat hem was geleerd een volk te verwerpen waarvan hij niets afwist. Zo simpel en zo afschuwelijk ingewikkeld was het.

Nu is het ons allemaal duidelijk geworden dat we zoveel mogelijk mensen – in Pakistan en over de hele wereld – ervan op de hoogte moeten brengen wie Daniel Pearl in werkelijkheid is. Opdat ze zelf kunnen zien dat hij een objectieve reporter is, bieden we Pakistaanse kranten een paar van zijn artikelen aan opdat ze die nog eens publiceren. Op websites worden er ook nog een paar gezet. En Steve Goldstein, die zoveel mogelijk de media op een afstand heeft gehouden, gaat het anders aanpakken. Zijn nieuwe filosofie is 'Als de mensen in

Pakistan je programma kunnen zien, doe ik mee'. Met andere woorden, het heeft geen zin dat een beperkt – laten we zeggen uitsluitend Amerikaans – publiek ons verhaal hoort; maar als je van CNN bent of van Fox of de BBC of enig ander radio- en televisiestation dat in Pakistan ontvangen kan worden, doen we mee met je programma. Paul Steiger wordt uitgenodigd voor een paar uitzendingen, en ook Helene Cooper, een collega van de *Journal* en een oude vriendin van Danny. Ik word ook uitgenodigd.

Door alle ellende heen ben ik steeds baden blijven nemen. Ik ben gestopt met bijna alle andere dingen die ik beschouw als essentieel om in leven te blijven – lezen en naar muziek luisteren – maar niet met het nemen van baden. Het lijkt al te basaal en voor de hand liggend om te zeggen dat je je, door in heet water weg te zinken, voelt alsof je weer veilig en gelukkig in de buik van je moeder zit, maar zo is het wel. Voordat ik naar het Sheraton vertrek voor mijn eerste CNN-interview, sluit ik mezelf op in Asra's rozebetegelde badkamer, giet badschuim voor kinderen – dat stinkt naar synthetische aardbeiengeur – in het stromende water, en blijf in bad zolang Bussey kan wachten.

Bussey is mijn coach. Goldstein en Bussey hebben hard aan dit interview gewerkt en zich ervan vergewist dat CNN het met de inhoud eens is, en Bussey is van plan me de boodschap die ik aan de kidnappers wil overbrengen te laten repeteren. In de woonkamer hebben we die steeds maar weer doorgenomen, terwijl Bussey op een blocnote zat te krabbelen en sleutelwoorden markeerde en onderstreepte. Is hij in de rest van zijn leven ook zo systematisch of hebben zijn superieuren hem geïnstrueerd dit te doen?

Wanneer het zover is, zal Ben Wedeman van CNN beginnen met de woorden: 'Mevrouw Pearl... De groep die uw man gevangenhoudt heeft een deadline van vierentwintig uur gesteld... En anders zeggen ze uw man Daniel te zullen vermoorden. Hebt u een boodschap voor deze groep?' Goedgeoefend zal ik meteen antwoorden: 'Ja, ik heb een boodschap, er zijn drie verschillende punten waarover ik het wil hebben. Punt een is: ik wil ze eraan herinneren dat mijn man en ik allebei journalist zijn. We zijn twee mensen die elkaar tegenkwamen en verliefd werden omdat we hetzelfde ideaal hebben: proberen een dialoog tussen verschillende culturen tot stand te brengen.'

Ik voel me alsof ik een intelligentiespelletje speel met een onzichtbare vijand. Zij hebben terreuracties als onderhandelingsmiddel; mijn macht ligt hooguit op het sentimentele vlak. Als ze op publiciteit uit zijn, zou deze mediawals in ons voordeel kunnen werken en hen kunnen dwingen Danny in leven te houden.

Asra volgt me overal met moederlijke bescherming. Haar liefde is groot, maar haar gevoel voor stijl is verschrikkelijk. 'Nee,' zegt ze, 'je ziet er fantastisch uit. Je hebt geen make-up nodig, maak je niet druk om je haar, blote armen zijn prima.' Ik probeer mezelf hoe dan ook te beheersen en voordat Bussey en ik het huis verlaten, pak ik Danny's kasjmieren sjaal en sla die om mijn schouders. Ik zie eruit als zo'n Pashtoun-figuur uit Peshawar, waar het koud is en de mannen in dekens gewikkeld rondlopen. Met Danny's sjaal voel ik me alsof ik een beschermende laag om me heen heb.

De auto die de politie naar ons toe heeft gestuurd, staat te wachten. Dit televisie-interview komt misschien nog het meest in de buurt van een onderhandeling met de kidnappers. Steve en Asra, die ons uitlaten, zijn zich daar heel erg van bewust. Het is donker en ik heb voor mijn gevoel al in geen dagen op mijn horloge gekeken, dus ik heb geen idee hoe laat het is, maar het is een glasheldere nacht en ik kan aan de hemel duidelijk de belangrijkste sterrenbeelden zien. Ik zoek naar Cassiopeia en wanneer ik haar heb gevonden, haal ik diep adem en stap in de auto.

Maar die wil niet starten. 'Geweldig,' bromt Bussey. 'We hebben die truck met één lamp.' Waarachtig, onze auto heeft maar één functionerende koplamp en als de chauffeur het contactsleuteltje omdraait, schokt de auto een stukje vooruit en staat dan stil. Een handjevol bewakers duwt ons, en ten slotte start de motor. Twee voertuigen rijden ter bescherming achter ons aan; geen van beide heeft koplampen. Onderweg ziet de ene auto er nog waanzinniger uit dan de andere. Bussey probeert er maar om te lachen. 'Dit is toch ongelooflijk!' fluistert hij en verbergt zijn hoofd in zijn handen.

Wanneer de camera van CNN uiteindelijk draait, maak ik, zoals ik met Bussey heb geoefend, duidelijk wat mijn bedoeling is en ik zeg de zinnetjes na die me zijn ingegeven door Kapitein en Dost, die ik meer vertrouw dan welke communicatiedeskundige dan ook. Ik beschrijf Danny als iemand wiens 'godsdienst de waarheid is' en wiens 'missie' het is om 'een betere wereld' op te bouwen door 'die mensen een stem te geven die anders nooit gehoord zouden worden'.

Ik zeg tegen Ben Wedeman: 'De reden dat we op dit moment in Pakistan zijn, is dat we meer wilden weten over het volk en dat we over hun denkbeelden wilden schrijven. Maar nu,' ga ik verder, 'is de dialoog verbroken. Ik vraag hun om een dialoog omdat zij de bestaande dialoog hebben verbroken.'

Ik vermeld herhaaldelijk dat ik zwanger ben en dat ik niet Amerikaans ben. 'Het is volkomen onjuist om ons vast te houden. Daardoor ontstaat alleen nog meer ellende, dat is alles. Dit leidt tot niets.'

Ik praat tegen de kidnappers: 'Wat kan ik doen? Niemand heeft contact met mij opgenomen... Ik heb de verklaring gelezen, ik heb geprobeerd die te lezen met, denk ik, een geest die ervoor openstaat te begrijpen wat ze zeggen – ik denk dat ik het begrijp, dat denk ik – maar het is een algemene verklaring en Danny is mijn leven. Dus heb ik een aanwijzing nodig om te weten wat ze willen. Wat moet ik doen? Wat kan ik eigenlijk doen?...'

'Hoe houdt u dit vol?' vraagt Wedeman.

'Ik heb al meer dan een week niet geslapen... maar ik heb nog hoop. Ik ben niet wanhopig, want als ik niet meer geloof in het tot stand brengen van deze dialoog, geloof ik nergens meer in. En dat kan niet. Ik ben zwanger.'

Na afloop werd me gevraagd: 'Waarom huilde je niet?' Amerikaans publiek wil dat je huilt, ze willen je zien lijden. Waarom? Wordt je verdriet echt door er op de tv mee te koop te lopen? Ik was boos. 'Ben ik soms bezig voor de een of andere op sensatie beluste reality-tv-kijker die thuis voor de buis zit?' vraag ik Bussey. Maar eigenlijk was ik woedend omdat niemand begreep dat een bange reactie precies is wat terroristen willen: ze willen je bang maken. Hoe meer je je angst laat zien, hoe gelukkiger zijn ze. Sympathie winnen door huilerig te doen? In werkelijkheid kun je ze alleen tegenstand bieden met de kracht die ze je denken te hebben ontnomen.

En dan is er nog iets: Danny zou me misschien kunnen horen; ergens zou hij misschien zitten te kijken. Ik moet hem laten zien dat ik in orde ben en dat de baby in orde is. Ik moet hem kracht geven door mijn kracht. Ik moet hem hoop geven.

Zelfs nadat hij een hele nacht achter de computer heeft gezeten, is Zahoor nog volkomen beheerst, en daarmee verdient hij het onuitgesproken respect van het hele team. Met een lichte frons beweegt hij zijn hand over het toetsenbord van de computer alsof hij Arthur Rubinstein is die scherzo's van Chopin speelt. Hij is op zoek naar IP-adressen, kenmerken die hem informatie moeten geven over de oorsprong van een bericht en de reis die het over het World Wide Web heeft gemaakt voordat het in een mailbox terechtkomt.

Om dat voor elkaar te krijgen moest Zahoor de originele kopteksten van de e-mails hebben. Asra probeert ze op te sporen. Mijn hoofd tolt meer dan me lief is als ze me proberen uit te leggen wat computermisdaad is. Ik probeer kalm te blijven terwijl ze met me doornemen hoe ze Danny op deze manier kunnen vinden, maar ik vind het bizar, alsof ik in een computerspelletje op zoek ben naar mijn man.

Ik ben bang dat Zahoors zoektocht zal eindigen in een computercafé in een onduidelijke wijk van Karachi, oftewel zo ongeveer nergens. In die cafés kun je niets eten of drinken, je krijgt er alleen de mogelijkheid te reizen zonder je te verplaatsen. De klant gaat, betrekkelijk afgeschut, in een hokje zitten. Voor een paar roepies meer kan hij een doek krijgen waardoor het hokje enige privacy krijgt. In een land waar ongeletterdheid hoogtij viert, vertegenwoordigt internet merkwaardig genoeg het droombeeld van een betere wereld. Het schijnt dat een paar van Danny's kidnappers behoren tot dit volkje van ongeschoolde, maar wel met computers bekende jongens. Ze kunnen amper lezen en schrijven, maar ze communiceren in Java en zijn er bedreven in hun sporen uit te wissen.

Uit nieuwsgierigheid bezochten Danny en ik verscheidene van deze computercafés. Ik had de indruk dat de mensen die daar bij elkaar kwamen, droomden van het Westen – en het haatten. En dan heb je nog de grootste groep, de mensen die uit zijn op computerseks. Vlak bij ons huis in Bombay heeft een snookerhal die 'Passionate' heette in internet geïnvesteerd en heet nu 'Passionet'. Elke keer als we er voorbij komen, moeten we hardop lachen.

Er hangen nu nog acht e-mails op onze muur, de meeste nep, denken we. Ze zijn van verschillende niveaus van afstotendheid. Het is waarschijnlijk, zegt Dost, dat de meeste van de afzenders jonger dan vijfentwintig zijn.

– Oorspronkelijk Bericht –
Van: 'al quida talaban'
Aan:
Verzonden: Donderdag 31 januari 2002, 3:50 a.m.
Onderwerp: vermoorden

ik ga vandaag de engelse man vermoorden ik ben de leider van al quida en we hebben de engelse nieuwsschrijver gekidnapt.

en we zullen veel vliegtuigen van usa laten neerstorten

'Gestoord,' zegt Bussey.

Asra schrijft in haar notitieboekje het commentaar van een Pakistaanse journalist die een van deze e-mails naar ons doorstuurde: 'We hebben een heleboel mensen die proberen bekend te worden. We hebben een noodlijdende maatschappij en alle andere wegen zijn afgesloten. Alleen deze weg van geweld is open.'

Paul Steiger komt met weer een verklaring, bestemd voor de kidnappers: 'De wereld weet nu, en jullie schijnen te weten, dat Danny een journalist is, niets meer of minder. Journalisten zijn per definitie ervaren boodschappers. Danny kan jullie boodschap overbrengen. Een vrijgelaten Danny kan de wereld uitleg geven over jullie zaak en jullie overtuigingen [...] Een Danny die gevangen wordt gehouden of is vermoord, kan niet voor jullie spreken, kan jullie of jullie zaak niet helpen.'

Bussey maakt zich zorgen om ons. Hij is bang dat ons huis niet veilig is ondanks de bewakers, wier voortdurende aanwezigheid ons claustrofobisch maakt. 's Nachts, wanneer we zitten te wachten tot

Kapitein of Randall van hun razzia's terugkeren en ons verslag uitbrengen, zal Bussey zijn computer in de steek laten en de voordeur opengooien om te inspecteren hoeveel bewakers er aanwezig zijn. Over het algemeen is het team na een uur 's nachts geslonken en er zijn zelden meer dan twee of drie zielige soldaten die de nacht doorbrengen bij een klein kolenvuurtje. Een keer, toen onze bewakers er heel zielig bij stonden, wekte Bussey om drie uur 's nachts Imran en vroeg hem om in het Urdu de chef van de veiligheidsdienst te waarschuwen en versterking te vragen.

Elke avond voordat hij naar het Sheraton terugkeert, zorgt Bussey ervoor dat alle deuren van het huis op slot zijn. Als hij het vergeet, zal hij zich op het laatste moment nog tot mij en Asra wenden en met zijn rechterhand een 3 aangeven. Dat betekent: vergeet niet alle drie de sloten te controleren.

Bussey heeft dagelijks twee keer een meningsverschil – met de chef van de veiligheidsdienst over het aantal bewakers en met Asra en mij over verhuizen naar het Sheraton. 'O, Bussey, je bent een veiligheidsfanaat,' plagen we hem. Hij heeft Steve LeVine al zover gekregen een andere hotelkamer te nemen, zodat ze op dezelfde verdieping zitten. 'Ik weet het niet,' zegt Steve lachend. 'Hij zéí dat het om veiligheidsredenen was.'

Bussey krijgt een kwaadaardige blik in zijn ogen. 'Tja, toen Steve hoorde dat jij en Asra in één bed sliepen, wilde hij ook bij mij in bed slapen – en toen heb ik gezegd: "Daar komt niks van in!" Ja, jongen,' voegt hij eraan toe. 'Kamers op dezelfde verdieping van hetzelfde hotel, dat is wat mannen onder intimiteit verstaan.'

Aan het einde van onze lange dagen, om twee of drie uur 's nachts, begeven Bussey en Steve zich naar de lounge op de achtste verdieping van het Sheraton voor een kop kamillethee, en om de gebeurtenissen van de dag nog eens grondig door te nemen. Hoewel het de laatste plek is waar ik zou willen zijn, is voor de zakelijk ingestelde Amerikaan Bussey de anonimiteit van het hotel een bron van troost, en voortdurend roemt hij op de suikerzoete toon van een vertegenwoordiger de pluspunten van het hotel: 'Op de eerste plaats veiligheid, en een zwembad, sauna, hygiëne.'

O ja, hygiëne. Behalve een veiligheidsfanaat is Bussey ook fanatiek op het gebied van bacteriën. We noemen hem onze minister van Veiligheid en Hygiëne. Op een middag krijgt hij zowat een hartaanval wanneer hij ziet dat de kleine Kashva met haar blote billen op het aanrecht zit terwijl haar moeder vlak daarnaast tomaten snijdt, de tomaten voor onze lunch, moet ik toegeven. Het kind en haar moeder schrikken van zijn paniekerige vermaningen. Geen van beiden heeft er enig idee van wat het probleem is. Nasrin wordt snel naar haar bezem teruggestuurd en John bestelt bij het Sheraton *chicken biryani* als enige maaltijd. Asra en ik kunnen het niet over ons hart verkrijgen hem te vertellen waar Pakistaanse kippen van leven.

Het onderzoek begint vruchten af te werpen. Jamil Yusuf was eerst weinig geneigd ons te laten zien waar hij mee bezig was, maar maakt ons nu deelgenoot van zijn ontdekkingen en conclusies. Elke nacht na twaalven print zijn team een kaart uit waarop de laatste bevindingen zijn geresumeerd. Het is een kaart die veel op die van ons lijkt, hoewel hij meer gestructureerd is, en in plaats van een lijst met namen staan er telefoonnummers op, want zo werkt de CPLC. Ze nemen de drie telefoonnummers die wij kennen – die van Danny, Bashir en de man die Imtiaz Siddique wordt genoemd – en analyseren zorgvuldig alle gesprekken die op die nummers zijn gevoerd.

Ze zoeken naar patronen. Als een nummer verscheidene malen wordt gebeld, met name in de loop van een dag, wordt het verdacht. De duur en het tijdstip van het gesprek zijn ook factoren. Van iedere persoon die wordt gebeld probeert het team de identiteit te achterhalen – naam, geslacht, geboortedatum en adres. Het is niet moeilijk om een adres te bepalen wanneer het gebelde nummer een vaste telefoonlijn betreft. Maar mobiele telefoons zijn moeilijk op te sporen en de meeste staan geregistreerd onder een valse naam of gewoon op de naam van een vriend, want het is hier moeilijk om een telefoon te krijgen. Ook Danny's telefoon stond op naam van iemand anders.

In het hoofdkantoor van de CPLC, een paar kilometer hiervandaan, werken vrijwilligers als mieren in een mierenkolonie. Hun werk is saai, maar de betaling belooft uitstekend te zijn. Binnen een paar dagen identificeren de vrijwilligers van de CPLC van de zevenduizend gesprekken die met de drie mobieltjes zijn gevoerd, drieënzeventig nummers die misschien aan Danny's ontvoerders of hun compagnons toebehoren – of er misschien toe kunnen leiden dat ze gevonden worden.

Een huis in Lahore bijvoorbeeld, dat regelmatig wordt gebeld op Bashirs mobieltje, blijkt toe te behoren aan een dealer van Sony-tv's. Door zijn telefoon af te tappen komt de politie bij een ander telefoonnummer terecht, deze keer in Karachi. En dat brengt hen bij een huis in Multan, waar een man met de naam Hashim heeft gewoond. Hashim, zo blijkt, is de man die we onder een andere naam hebben gekend – Arif, de jihad-woordvoerder.

De politie doet een inval in zijn huis. Binnen treffen ze een familie aan die een 'begrafenisceremonie' houdt. Ach, die arme Hashim, huilen ze, hij 'is de marteldood gestorven in Afghanistan'. Hoogst onwaarschijnlijk, aangezien hij nog maar een paar weken geleden bij Danny was en toen op weg was naar Kasjmir. Dus is het onwaarschijnlijk dat er een lijk in de doodkist ligt, maar de politie controleert dit niet. Ze blijven wel zoeken naar de jihad-woordvoerder. Ze doen vervolgens een inval in een huis in Rawalpindi, waarheen met Hashims gsm herhaaldelijk is gebeld. Het huis is van een vriend, die zegt niet te weten waar de jihad-woordvoerder is, maar om te bewijzen dat hij bereid is te helpen, geeft hij de politie een foto van de woordvoerder op een bruiloft. Die foto werd een paar jaar geleden gemaakt, voordat hij jihad-strijder werd.

Op de foto staart Hashim recht in de camera. Hij is een somber kijkende jongeman van ongeveer vijfentwintig jaar, met een snor en kort haar. Hij draagt een sweater met v-hals over zijn *salwar kameez* en zijn handen rusten in zijn schoot. Hij heeft een beangstigende gelaatsuitdrukking. Hij ziet er uiterst ongelukkig uit, alsof hij toen al wist dat deze foto op een dag in de gehate handen van de politie terecht zou komen.

Op 31 januari komt er weer een e-mail. Deze is verstuurd naar CNN, de BBC, Fox News en drie Pakistaanse kranten. Deze bestemmingen verbreken het eerdere patroon; toch denken we dat de mail van dezelfde groep afkomstig is. Er staat:

JULLIE KUNNEN ONS ER NIET IN LATEN LOPEN EN ONS
NIET VINDEN. WE ZITTEN BINNEN IN ZEEËN, OCEANEN,
HEUVELS, KERKHOVEN OVERAL. WE GEVEN JULLIE NOG
1 DAG ALS AMERIKA NIET OP ONZE EISEN INGAAT VER-
MOORDEN WE DANIEL... DENK NIET DAT DIT HET EINDE
IS. HET IS HET BEGIN EN HET IS EEN ECHTE OORLOG
TEGEN AMRIKANEN. AMRIKANEN ZULLEN PROEVEN WAT
DOOT EN VERNIETIGING IS WAT WIJ HADDEN IN AFG EN
PAK. INSJALLAH.

Diezelfde dag wordt op een persconferentie van het ministerie van Buitenlandse Zaken in Washington, D.C., aan Colin Powell, die als een vorst naast de nietige koning Abdullah van Jordanië staat, gevraagd: '[De] kidnappers van Daniel Pearl hebben eisen gesteld aan de Verenigde Staten. Denkt u dat deze eisen zodanig zijn dat de Verenigde Staten daar eventueel aan tegemoet zouden kunnen komen? En vreest u voor zijn leven?'

Powell antwoordt: 'Wat betreft de heer Pearl maken we ons ernstig zorgen en ons hart gaat uit naar zijn familie [...] [Maar de] eisen die de kidnappers hebben gesteld, zijn geen eisen waaraan we tegemoet kunnen komen of waar we iets mee kunnen of over willen onderhandelen.'

'Dat zeggen ze altijd,' vertelt Bussey me. Dat kan wel zo zijn, maar het voelt alsof Powell zojuist het koord om onze nek nog strakker heeft aangetrokken. We hebben een uitstel van het ultimatum van vierentwintig uur – maar in ruil voor wat?

We worstelen met het gebrek aan enig houvast. We zinken langzaam weg in drijfzand.

Asra, John en Steve lijken wel gehypnotiseerd door hun computerscherm, maar ik weet dat dat niet is omdat ze belangrijke informatie moeten versturen. Niets van wat ze schrijven is echt belangrijk, maar het zenuwachtige getik op de toetsen, de snelheid van hun bewegingen, hun stilzwijgen en de manier waarop ze elkaar niet aankijken – alles duidt erop dat we tot dusver nooit zo angstig zijn geweest.

Er zijn momenten waarop ik weet dat Bussey heeft gehuild. Hij komt te voorschijn met rode ogen, maar we praten er niet over. En we praten niet over wat duidelijk aan hem knaagt. Aan de ene kant heeft hij enorme bewondering voor wat hij hier in huis aantreft; voor Danny; voor de gezamenlijke toegewijde pogingen om Danny te vinden. Tegelijkertijd voelt hij zich diep vanbinnen schuldig, heel erg schuldig – schuldig omdat hij niet altijd even ijverig reageerde op telefoontjes van reporters; schuldig omdat hij ons naar Pakistan heeft gestuurd en opdracht gaf voor de kwestie Richard C. Reid-Gilani. Toen hij in Karachi aankwam, nam ik hem terzijde en zei: 'Luister. Wat je ook voelt, denk daar nu niet over na. We hebben het er later wel over.'

Sinds Danny's verdwijning voel ik me een wandelende steunpilaar, klaar om toe te snellen en te helpen wanneer iemand tekenen van menselijke zwakheid vertoont. Het is mijn taak, geloof ik, om te zorgen dat ons ploegje niet instort. Ik ben ervan overtuigd dat de geestelijke energie van ons hier in huis bij machte is Danny's leven te beschermen.

Maar ik schijn niet de kracht te kunnen vinden om de stilte te doorbreken die ons dreigt te verstikken. Ik trek me liever terug. Ik moet nodig alleen zijn. Mijn vrienden hebben me nog nooit zo meegemaakt. Onder hun bedroefde, oplettende blikken ga ik naar de bovenverdieping om me af te zonderen, en terwijl ik langzaam de trap opklim, hoor ik hen bezorgd fluisteren.

Boven ziet de soldaat die over de veranda heen en weer loopt me niet. Ik ga liggen op de bank waarop ik de nacht dat hij ontvoerd werd op Danny wachtte. In het halfdonker lig ik maar naar het plafond te staren. Door mezelf absoluut te verbieden angst en woede te uiten voel ik me als een Indiase yogi die onmogelijke prestaties verricht zoals urenlang je adem inhouden of tientallen jaren lang kijken hoe je vingernagels groeien.

Er wordt op de deur geklopt. Ik neem aan dat het Bussey is met weer een glas water, maar als de deur opengaat, blijkt het Randall te zijn, die beleefd vraagt of hij binnen mag komen. Hij draagt zijn zwarte outfit (Bussey heeft hem de bijnaam 'De Zwarte Havik' gegeven). Het enige wat ik zie, is zwarte kleren, want ik kan niet omhoog kijken. Toch beweeg ik me iets dichter naar de muur toe om naast me op de bank ruimte voor hem te maken.

'Ze zullen niet echt gelukkig zijn als we ze eenmaal te pakken krijgen,' begint hij.

Ik zeg niets.

Hij vraagt: 'Wil je weten hoe overtuigend de autoriteiten kunnen zijn?'

Ik antwoord niet, maar Randall gaat evengoed door. Hij beschrijft hoe boeven in elkaar worden geslagen en ondersteboven opgehangen. Hij vertelt me hoe de autoriteiten houten stokken gebruiken die geen sporen op de lichamen achterlaten. Ik vraag Randall of hij ooit is gemarteld en hij vertelt me over die keer dat hij bijna werd verdronken. Iemand hield hem aan zijn haren onder water totdat hij dacht dat hij er was geweest. Dat was in Colombia. In Irak werd hij meer dan eens geslagen. Hij beschrijft hoe.

Plotseling realiseer ik me dat Randall me al deze technische beschrijvingen van martelingen geeft met de bedoeling dat ik me er beter door ga voelen. Het zijn de raarste woorden van troost die ik ooit heb gehoord, maar hij brengt ze met zulke goede bedoelingen en met zoveel vriendschap dat ik wel moet glimlachen. En die glimlach, vaag als hij is, schijnt Randall heel gelukkig te maken.

'Je mag niet instorten,' zegt hij. 'Ieder ander wel maar jij niet. Ze krijgen je er niet onder. Je bent de sterkste vrouw die ik ooit heb gezien.'

Hij zegt dit haastig, zo te zien verbaasd over zijn eigen durf. Er zal wel ergens een handleiding voor de Perfecte Politieman bestaan, waarin wordt gewaarschuwd tegen emotionele betrokkenheid bij 'slachtoffers'. Randall overtreedt alle regels – voor het eerst, durf ik te wedden – en dat doet hij om mij te 'redden'.

'Nou, ik moet weer aan het werk,' zegt hij ten slotte terwijl hij opstaat. En als hij de deur uit loopt, draait hij zich om en geeft me een dikke knipoog. Ik weet wat dat betekent: ik reken op je.

En ik bid dat ik op een dag dit verhaal aan Danny zal kunnen vertellen.

Ik ben weer als een mummie plat op mijn rug gaan liggen, wanneer een paar minuten later Kapitein de deur openduwt. Deze keer weet ik zeker dat Bussey iets met deze bezoekjes te maken heeft. Kapitein pakt een stoel en zet die voor de bank neer. Ik ga rechtop zitten, maar hij maakt duidelijk dat dat niet hoeft. Ik vraag me af of hij me op zijn beurt verhalen over martelkamers komt vertellen, maar hij begint te praten over de koran. Of om precies te zijn, hij begint zijn eigen versie van het verhaal van Mozes te vertellen.

'Er is een man,' begint hij, 'een man met een zuiver geloof, die graag God wil ontmoeten. Hij gaat naar de moskee en vraagt een priester: "Wat is de beste manier om God te benaderen?"

"Het geloof!" antwoordt de godsdienstijveraar. "Alleen door middel van het geloof kunt u toegang tot Hem krijgen."

De gelovige op zoek naar God gaat naar de rivieroever en begint te bidden. En zijn hart is zo rein dat de wateren voor hem opengaan en hem naar de eeuwige voeren.

Wanneer hij terugkomt en zijn wens is vervuld, ontmoet hij de priester weer, en hij vertelt hem wat hij heeft meegemaakt. De priester is jaloers en besluit ook naar de rivier te gaan. Hij begint daar te bidden maar er gebeurt niets, want hij is niet echt iemand met een oprecht geloof.

Alleen absolute vastbeslotenheid is bij machte onze wensen te vervullen,' besluit Kapitein. Hij wacht even. 'Jij en ik kunnen de rivier open doen gaan.'

Wanneer we samen naar beneden gaan en de eetkamer binnenkomen, heerst er in ons groepje zo'n tastbaar gevoel van opluchting dat Bussey het Sheraton belt en genoeg *chicken biryani* bestelt om de hele straat van eten te voorzien. Niemand geeft enig commentaar op wat er zojuist is gebeurd of op wat ik heb gezegd.

Ik ga bij de computer zitten en gebruik de woorden van Victor Hugo, een van mijn favoriete schrijvers. '*Quant au mode de prier, peu importe le nom, pourvu qu'il soit sincère. Tournez votre livre à l'envers et soyez à l'infini*' – 'Wat de manier van bidden aangaat, de woorden zijn niet zo belangrijk, als ze maar oprecht zijn. Houd je gebedenboek ondersteboven en treedt de oneindige tegemoet.' Op een dag zal ik de woorden voor Kapitein vertalen.

Ik keer terug naar Danny's notitieboekjes, volgeschreven met zijn Martiaanse steno. Ik zoek naar een enkel woord of telefoonnummer of e-mailadres dat de rivier kan doen opengaan.

8

Mijn schoonfamilie heeft een gesprek aangevraagd met Terry Anderson, de AP-correspondent die zeven jaar in Libanon gegijzeld werd gehouden – zeven jaar! – tot hij in 1991 werd vrijgelaten toen de Libanese burgeroorlog eindelijk was afgelopen.

De Pearls willen alles weten: hoe Anderson het voor elkaar kreeg om in leven te blijven, hoe zijn familie zich wist te redden terwijl hij gevangen zat, in wat voor conditie hij verkeerde toen hij vrijkwam. 'Waar denkt onze zoon aan?' vragen ze.

'Overleven,' zegt Anderson kortaf. 'Daar denk je aan – overleven.'

Hij praat over posttraumatische stress-stoornis en geeft hun de naam van een deskundige in Engeland. 'Ik wil jullie niets wijsmaken,' zegt hij, 'de situatie is heel ernstig.' Maar hij voegt eraan toe: 'Als Danny aardig is en al is het maar een van zijn kidnappers voor zich weet te winnen, is hij beter af.'

Als hij aardig is? 'Iedereen vindt Danny aardig,' zegt Michelle. 'Niemand zou hem ooit kwaad willen doen. Danny weet iedereen die ook maar een greintje menselijkheid bezit, voor zich in te nemen.' Mijn schoonfamilie probeert het verstand niet te verliezen door zich voor te stellen dat Danny de harten van zijn ontvoerders heeft veroverd. Ze zitten ergens backgammon te spelen. 'Of misschien voetballen ze,' zegt Judea.

Misschien is hij in gedachten muziek aan het componeren. Ik vroeg Danny eens wat hij het liefst gepresteerd had, en verwachtte dat hij zou zeggen: een roman schrijven of twee Pulitzer-prijzen achter elkaar winnen. In plaats daarvan zei hij: 'Ik zou graag een liedje willen schrijven dat een hit werd, zo'n melodie die mensen blijven zingen als ze zich prettig voelen. Hij kwam daar het dichtst bij in de buurt met een liedje voor een zwangere vriendin. Ze was over tijd en voelde zich log en ellendig, en hij pakte zijn mandoline en schreef ter plekke een liedje dat zo ging: 'Kom naar buiten, kom naar buiten/ De wereld is nog niet zo beroerd.' Oké, misschien niet een liedje dat iedereen zal willen zingen, maar ik vind het leuk. En het werkte. De baby verliet de baarmoeder.

Voordat we naar Pakistan kwamen, was Danny in Bombay bezig een plaatselijke beroemdheid te worden. We waren bevriend geraakt met een zanger die Joe Alvarez heette en regelmatig optrad in Indigo, een van de weinige bars in Bombay waar live westerse muziek ten gehore wordt gebracht. Bollywood-muzikanten komen daar bij elkaar om te jammen als ze genoeg hebben van de waardeloze soundtracks die ze moeten spelen voor de zeer succesvolle Indiase filmindustrie. We gingen erheen, Danny met zijn elektrische viool, en namen aan een tafeltje plaats. Danny bestelde een screwdriver en voor mij een bloody mary, en vanaf het podium hoorden we Joe losbarsten: 'En nu, dames en heren, wil ik u voorstellen aan de beste violist die er is... Hij komt uit Amerika... Graag een applaus voor Daniel Peeeaaarl.'

In de Bombayse krant stond een foto van Danny die 'Sex Machine' van James Brown jammerde. Die hangt ingelijst thuis. Ik ben niet precies meer op de hoogte van de bands waarin Danny heeft gespeeld. Ik herinner me de Ottoman Empire, waarin hij zat toen hij voor de *Journal* in Atlanta werkte, want in onze cd-verzameling van vijfhonderd stuks zit een album dat zij hebben gemaakt. En ik herinner me Clamp, waarmee hij jarenlang speelde in Washington, DC. Ik heb pas ontdekt dat iemand een 'Wanted Back Home Safe'-poster heeft ontworpen waarop een 'Saving Daniel Pearl Bluegrass Show' voor twee avonden wordt aangekondigd bij Madam's Organ, een bluesbar in de wijk Adams Morgan in Washington, DC, waar Danny vaak optrad. Er staat op: 'Wist u dat *Wall Street Journal*-reporter Daniel Pearl een talentvol bluegrass vioolspeler is?... Nou, zijn medemuzikanten weten dat nog goed en willen een boodschap overbrengen aan hem en zijn ontvoerders...'

Wanneer de FBI mijn schoonfamilie vraagt 'bewijs van leven'-vragen te verschaffen, dat wil zeggen vragen waarop alleen Danny het antwoord zou weten, komen ze met deze: Wat wil Danny voor zijn veertigste verjaardag? (Danny's theorie is dat iedereen die veertig wordt heel erg behoefte heeft aan iets fantastisch om naar uit te kijken.) Antwoord: een bas.

Tot hij naar de universiteit ging droomde Danny ervan klassiek violist te worden. Hij speelde op zijn negende in het Valley Youth Orchestra en ging altijd naar muziekkampen. Twee jaar geleden kreeg ik de kans hem met een orkest te horen spelen. Het Youth Orchestra organiseerde een reünie in LA. Ze speelden Tsjaikovsky, delen uit het *Zwanenmeer* en de *vierde Symfonie*, Bizet's 'Farandole' uit *L'Arlesienne* en de 'Hoedown' uit Copland's *Rodeo*. Terwijl ik zag hoe Danny opging in de muziek, deed ik mijn best om zijn viool te horen. Het lukte niet, geloof ik.

Sinds hij is verdwenen, heb ik zijn spullen laten liggen zoals hij ze had achtergelaten, verspreid door onze slaapkamer. Wanneer ik om me heen kijk, vind ik zijn mandoline het meest geruststellend. Met al die stickers op de hoes, zegt het instrument tegen me: maak je geen zorgen – ik heb mijn laatste deuntje nog niet gespeeld. Op een van de stickers staan twee schapen tegenover elkaar, met daaronder de woorden: 'Fool's progress'. Op een andere staat: 'Ahlan Wasahlan Abu Dhabi'. Ik moet niet vergeten Danny te vragen wat dat betekent.

Randall belt. 'En hoe gaat het met de Pretty Thangs?' vraagt hij Bussey.

'Je bedoelt die superintelligente vrouwen met Ivy League-opleiding?' antwoordt Bussey. '*They're hanging in there.*'

Ik vind dat een leuke uitdrukking, '*hanging in there*'. In het Frans zeggen we '*tiens le coup*'. Ik ontving een paar dagen geleden mijn eerste kaart via e-mail. Hij is gestuurd naar het Amerikaanse consulaat in Karachi en het is een 'hang in there'-Hallmark kaart met een buideldier dat met zijn staart aan een boom bungelt. Ik moet er hardop om lachen. De kaart komt van een oude dame (dat kun je zien aan de keurige lussen van haar handschrift) in Peoria, Illinois. Bussey zegt dat het een pleonasme is om Peoria het hart van Amerika te noemen.

Steunbetuigingen beginnen van overal binnen te komen – uit de

States, Afrika, Nederland, Cuba, Japan, de Filippijnen en Colombia. Ik heb geen idee hoe mensen achter mijn e-mailadres komen, maar veel mensen lukt het. Soms lees ik de berichten aan anderen voor; ik denk dat we allemaal een beetje de geruststelling nodig hebben dat er ook nog een betere wereld bestaat. 'Wij allemaal hier bij People for the Ethical Treatment of Animals (PETA) hopen dat Daniel Pearl behouden terugkomt.' Die vinden we heel sympathiek.

Ik geeft het niet op ondanks het feit dat de politie Gilani heeft gevonden en hem heeft gearresteerd met zijn hele familie – mannen, vrouwen, kinderen, oude mensen, zwangere vrouwen, en iedereen die ook maar in de verte aan hem verwant is – en, nadat ze hem hebben ondervraagd, tot de conclusie is gekomen dat Gilani niet weet waar Danny is. Ze laten hem vrij en richten hun aandacht op anderen.

Zomaar? Zonder het 'meesterbrein' verder in de gaten te houden?

'Maak je geen zorgen,' zegt Kapitein terwijl hij diep inhaleert. 'We komen veel dichter bij de waarheid.' Ik geloof hem, nog steeds en altijd. Maar ik zie ook dat zijn gezicht vermoeid staat en zijn kleren, zo stijlvol van snit, beginnen een beetje uit te zakken.

Nu, na anderhalve week van beproevingen, is iedereen bekaf. Nadat hij tweeënzeventig uur achtereen op is geweest, valt Randall voorover op zijn toetsenbord terwijl hij een rapport voor Washington zit te typen. Als hij wakker wordt, staat zijn scherm bladzij na bladzij vol letters 'J'.

Kapiteins vrouw komt langs – om ons te ontmoeten en, neem ik aan, om haar man te zien. Ze is een jonge, mooie vrouw met dik zwart haar dat in een knot onder een *dupatta* is weggestopt, met donkere maar heldere ogen en een vriendelijke, oprechte glimlach. Ze is een volle nicht van Kapitein – zoals bijna alle huwelijken hier, werd ook dat van hen gearrangeerd – en wanneer Kapitein over haar of hun drie kinderen spreekt, kun je merken dat hij graag vaker bij hen zou willen zijn, en omgekeerd ook. Vanochtend weigerde zijn jongste dochter haar ontbijt te eten tenzij hij haar voerde.

Asra en ik proberen vrouwvriendelijk te zijn en onze bezoekster eer te bewijzen. We maken *chai* en zitten keurig met onze benen tegen elkaar. Kapiteins vrouw vraagt zonder omhaal: 'Denken jullie dat het moslims zijn, de mensen die hem hebben gepakt?' Asra noch ik verwachtte dat ze met die woorden het gesprek zou beginnen. We proberen het juiste antwoord te vinden, zoiets als: tja, weet je, dat zijn niet de fatsoenlijke moslims. Het zijn geen echte moslims. Ze ziet dat we in verlegenheid worden gebracht en schakelt snel over op een veiliger onderwerp: 'Wat vinden jullie van het weer in Pakistan?' Deze keer weten we werkelijk niet wat we moeten zeggen. Maar we vinden haar aardig.

Ze is getrouwd met een bezeten man. Ze zal nooit klagen en daar zal ik haar altijd dankbaar voor zijn. Kapitein legt uit waarom hij zo gedreven is om Danny te vinden: 'Ik ben een mens. Ja, ik ben een politieagent, en de meesten van ons worden immuun voor pijn zoals een chirurg dat wordt na zijn eerste incisie. Maar zo ben ik nooit geweest. Dat kan ik niet, ik moet eerst en vooral een mens blijven.'

Kapitein verheugt zich in mijn zwangerschap. Ik dacht altijd dat dat grappig en schattig bedoeld was, tot hij me laat op een avond vertelde over het dochtertje dat hij een paar jaar geleden bij een auto-ongeluk verloor. Ze was zeven en toen nog zijn enige kind. Het duurde lang voor hij het ongeluk te boven was, maar hij leerde ervan hoeveel een mensenleven waard is. Misschien heb ik daarom zoveel vertrouwen in hem.

Kapitein voelt zich ook op een ander vlak gegriefd. 'Je kunt niet zomaar een internationale correspondent kidnappen en hem laten verdwijnen! Daniel Pearl is niet zomaar een man. Hij vertegenwoordigt *The Wall Street Journal*. Hij vertegenwoordigt Amerika. Mensen hebben gevraagd: "Waarom doe je dit?" Weet je waarom? Uit nationale trots.' Hij kijkt bezorgd. 'Begrijp je wat ik bedoel?'

'Ja,' zeg ik. 'Danny vertegenwoordigt Amerika en jij doet er alles aan om het beste van Pakistan te vertegenwoordigen.'

En hoe zit het met de nationale trots van de ISI? Waarom heeft die zo weinig belangstelling getoond voor de kidnapping? De instantie drukt haar stempel op alle aspecten van de Pakistaanse politie; je zou denken dat, al was het maar voor de schijn, ze zou willen laten merken dat ze er is. We snorren Jamil Yusuf op en vragen hem waarom volgens zijn mening de ISI niets van zich heeft laten horen. Geestdriftig in zijn bereidheid bergen te verzetten, pakt Yusuf zijn mobieltje en belt een hoge pief van de ISI. 'Zeg, wat het geval-Daniel Pearl betreft,' vraagt hij, 'houd jij je daarmee bezig?' Yusufs ogen schitteren terwijl de andere man voortbabbelt. Yusuf zegt: 'Als Danny wordt gevonden, zal dat ons land een goede reputatie geven.' Hij is weer stil terwijl de andere man antwoordt, en dan horen we hem zeggen: 'Nou, ik ken hem persoonlijk, hij is bij mij op mijn kantoor geweest, *yar*...' (*Yar* is het Pakistaanse 'jongen, kerel'.)

Als hij de tefoon heeft neergelegd, vertelt Yusuf ons dat de ISI hier inderdaad is geweest, zelfs op de dag na Danny's verdwijning, hoewel wij dat niet beseften. Maar, zegt hij, er zal waarschijnlijk officieel iemand langskomen. 'Pas maar op – ze tappen alle telefoons af,' waarschuwt hij geamuseerd terwijl hij naar de deur loopt.

Nou, wíj hebben niets te verbergen.

De man die naar ons toe wordt gestuurd, is tussen de vijfendertig en de veertig, heeft een middelmatig postuur, en is verlegen. Hij draagt een geruit overhemd, een bruin met zwart jasje en een bril, waardoor hij eruitziet als een jongste bediende.

'Wat is uw naam?' vraagt Bussey met beroepsmatig respect.

'Major.'

'En wat is uw rang?' gaat Bussey verder.

'Majoor.'

'Aha,' zegt Bussey, 'majoor Major.'

Majoor Major zit op het puntje van een armstoel maar zegt geen woord. Vastbesloten om toch mededeelzaam te blijven, lopen Asra en ik de bevindingen op onze kaart met hem door terwijl we nota nemen van zijn minimale reacties. Majoor Major haalt uit zijn zak het kleinste notitieboekje dat ik ooit heb gezien, zo idioot klein dat hij het in zijn handpalm moet houden om er iets op te kunnen schrijven. Hij schrijft gedurende onze hele uiteenzetting hooguit drie woorden op.

Wanneer hij een paar dagen later weer op bezoek komt, geeft Asra hem een taak: verschaf ons informatie over de twee mensen die ons nog steeds intrigeren – Khalid Khawaja en Mansur Ejaz, de zakenman die Danny in contact bracht met Khawaja.

Als hij terugkomt, draagt majoor Major nog steeds hetzelfde geruite overhemd. Hij gaat weer in zijn armstoel zitten en haalt zwijgend als het graf zijn microscopische notitieboekje te voorschijn terwijl hij ons met een licht verveelde uitdrukking aankijkt.

'En wat hebt u gevonden?' vraagt Asra.

Majoor Major kijkt naar het notitieboekje maar slaat het niet eens open. 'Khawaja is een voormalige luchtmachtofficier. Mansur Ejaz is een Pakistaanse zakenman die in Amerika woont.'

Majoor Major moet beslist denken dat wij gek zijn.

'Is dat alles wat u hebt gevonden?' snauwt Asra.

'De rest van onze rapporten is nog niet gearriveerd.'

'Waarom pakt u de telefoon dan niet om erachter te komen?' Asra's stem begint gevaarlijk fel te klinken, maar majoor Major heeft wel voor hetere vuren gestaan, althans, dat denkt hij.

'Zo werken we niet,' antwoordt hij en zijn toon geeft aan dat het voor ons zinloos is om verder te gaan.

Maar zo ziet Asra het niet. 'Met alle respect...' zegt ze terwijl ze zich naar majoor Major buigt, die zoals altijd stijf rechtop zit. 'Met alle respect, maar jullie zijn shit.'

Mijn vriendin snelt de kamer uit, alsof ze wordt voortbewogen door de orkaan van haar eigen woede. Ongelovig wendt majoor Major zich tot mij. 'Ze is boos!'

'En of ze boos is,' zeg ik.

Zonder nog een woord te zeggen begeeft majoor Major zich naar de deur. En dat betekent het einde van ons rechtstreekse contact met de ISI.

Oké, als Gilani het niet is, wie dan wel? Wie heeft Danny opgepakt en waarom?

Alleen aan de eettafel zittend staar ik naar de kaart die nu een hele muur in beslag neemt, ruim drieënhalf bij twee meter. In het midden, blauw omcirkeld, staat Danny's naam, en eromheen is een zee van hokjes, roodomkaderd voor hoofdverdachten, blauw voor bronnen en contacten, en zwart voor... Ik weet niet precies wat de zwarte betekenen. Het zijn belangrijke data en telefoonnummers, afkortingen van terroristische organisaties en talloze codenamen. Onder verscheidene namen heeft Asra het aantal kinderen geschreven dat ze hebben – Osama (21), Rabia (16), Mohammed (10) – en pijlen lopen van het ene hokje naar het andere om de ene enge figuur of groep met de andere te verbinden. Het lijkt een beetje op een plaatje uit een kinderboek waarop een vlieg de spin in een doolhof moet zien te vermijden en steeds meer verward raakt.

Jaish-e-Mohammed, Harkat-ul-Mujahideen. Harkat-ul-Ansar. Lashkar-e-Jhangvi. Iedereen kan erbij betrokken zijn; allemaal. Terwijl ik de verbindingspijlen bestudeer, wordt datgene wat een warrige massa leek, langzamerhand begrijpelijk en samenhangend. Nog niet zo lang geleden heb ik een boek over terrorisme gelezen waarin werd gewaarschuwd dat we te maken krijgen met 'het eerste grote oproer op wereldschaal'. Hier hangt het, aan mijn muur, en het heeft een naam: Al Qaeda. Ik ben me sterk bewust van de finale waarheid die velen niet onder ogen schijnen te willen zien – Al Qaeda zit achter Danny's ontvoering. Blind voor de rest van de wereld is Al Qaeda op symbolen uit: het World Trade Center en nu een Amerikaans-joodse journalist. Zij waren met drieduizend, en hij is maar alleen. Maar de haat is een en dezelfde.

Hoe beschrijf je het wereldwijde netwerk van clandestiene cellen dat Al Qaeda vormt? Als een monster met tentakels? Een grote amoebe die tijdelijk een vorm aanneemt om toe te slaan en te terroriseren en daarna weer uiteenvalt tot ze opnieuw kan toeslaan? Aan de ene kant lijkt die definitie correct maar ze dekt niet de meedogenloze efficiëntie van de operatie; Al Qaeda is een totalitaire regering die heerst zonder nationale grenzen of een vast adres. In het Arabisch betekent Al Qaeda 'de basis'; die kan overal vandaan opereren en is methodisch op vele niveaus, zowel ideologische als militaire. De organisatie weet hoe ze allianties kan vormen, en hoe die aan het werk gezet moeten worden en hoe operaties worden gefinancierd. Maar er is geen echt ideaal of een echte oplossing, alleen een miserabele terugkeer tot de 'glorie' van het Arabische verleden... Misschien. Al Qaeda verwoest om te verwoesten. De groep houdt zich in stand door de frustraties van zijn strijders en gedijt op het bloed van onschuldige mensen.

Op de veranda pols ik de mensen die ik vertrouw. Maar met uitzondering van de twee reporters, Steve en Asra, wil niemand erkennen dat Al Qaeda erachter zit.

In een land dat zoveel geloof hecht aan de samenzweringstheorie, bestaan er volop hypotheses. Verblind door hun vreselijke obsessie ten aanzien van India, houden veel Pakistani vol dat India achter de ontvoering moet zitten. Tijdens de dagelijkse persbriefing op het ministerie van Buitenlandse Zaken in Islamabad vertelt de directeur-generaal van de Inter Services Public Relations, majoor-generaal Rashid Qureshi, de reporters: 'Het enige wat ik kan zeggen, is dat er wat Danny's verdwijning betreft een link is met India.' De *Frontier Post* (van 30 januari) in Peshawa meldt eveneens: 'Opsporingsambtenaren die onderzoek doen naar de ontvoering van een Amerikaanse reporter in Karachi, struikelen over aanwijzingen die wijzen naar India's Research and Analysis Wing, RAW (de Indiase geheime dienst) [...] Er wordt gevreesd dat de RAW de gebeurtenis in scène heeft gezet om Pakistan te schande te maken.' Op 2 februari herhaalt Abdul Sattar, de Pakistaanse minister van Buitenlandse Zaken, tijdens een officieel bezoek aan Berlijn geruchten/berichten over het opsporen van mobiele telefoons waarbij is bewezen dat zes telefoongesprekken met hooggeplaatste Indiase regeringsambtenaren in New Delhi werden gevoerd via een van de telefoons van de kidnappers, vlak nadat Danny werd ontvoerd.

Op de ochtend van 3 februari slaan we *The News* open en we zien een bizar artikel over Asra. Als Bussey arriveert, zit hij in zijn gebruikelijke stoel aan het hoofd van de tafel, werpt een blik op de krantenkop en barst in lachen uit. 'Verbijsterend... ja, verbijsterend,' stamelt hij. 'Er was een Pakistaanse redacteur voor nodig om uiteindelijk het perfecte adjectief te vinden dat Asra kon beschrijven.'

VERBIJSTERENDE VRAGEN OVER INDIASE VROUW
IN ZAAK PEARL

ISLAMABAD – Veiligheidsinstanties doen onderzoek naar een aantal verbijsterende kwesties met betrekking tot het onrechtmatige verblijf van een Indiase moslimvrouw met een Amerikaans paspoort, Asra Q. Nomani, bij wie de ontvoerde journalist van *The Wall Street Journal*, verslaggever Daniel Pearl, in Karachi heeft gewoond [...] Tijdens onderzoek naar Pearls ontvoering werd door veiligheidsinstanties ontdekt dat mevrouw Nomani in Karachi een huis huurt waar zij en Pearl hebben gewoond [...] Ze was getrouwd met een Pakistaans staatsburger, maar het huwelijk strandde na drie maanden.

Het artikel gaat verder over de (voor dit deel van de wereld) aanzienlijke huur die Asra betaalt voor het huis – 'waar zij en Pearl hebben gewoond.' Haar aanvraag voor een visum wordt bijna in zijn geheel afgedrukt, en zelfs al haar adressen en telefoonnummers worden vermeld – in India en in Brooklyn, New York, waar ze verbleef toen ze haar aanvraag indiende. In later gepubliceerde verslagen staan zelfs de adressen en telefoonnummers van haar familie in West Virginia.

In een artikel in het dagblad *Dawn* wordt vermeld dat Asra is gearresteerd, en vanwege haar 'onrechtmatige' verblijf in Pakistan – en een mogelijke rol in de ontvoering – door een veiligheidsinstantie in hechtenis is genomen. Wanneer er op een persconferentie gedetailleerde vragen over worden gesteld, is het enige wat majoor-generaal Qureshi de journalisten vertelt: 'Er worden verscheidene mensen ondervraagd, maar ik kan daar geen details over geven.'

Waar heeft hij het over?

Asra is net een kat. Wanneer ze bedroefd of gekwetst is, gaat ze ergens in een hoekje zitten en blijft waar ze is. Wat haar het meest pijn doet is niet dat veiligheidsinstanties haar belasteren in een land dat ze op de een of andere manier als het hare beschouwt, of dat de meeste verhalen impliceren dat Danny en zij minnaars waren. Wat haar in een hoekje doet wegkruipen is dat er geen enkele stem is opgegaan om haar onschuld te verdedigen. In een poging haar op te vrolijken citeer ik wat we in Frankrijk zeggen wanneer we worden geconfronteerd met schoolpleinpesterijen: 'Het spuug van de pad kan de vleugels van de witte duif niet raken.'

Ik ben bang dat ze weinig troost vindt in mijn woorden. Maar Asra weet dat het nog erger kan. We hebben zojuist nog erger meegemaakt.

Vier dagen geleden wierp de dubbelhartige journalist Kamran Khan, in de editie van 30 januari van *The News*, vragen – en nog veel meer – op over onze vriendin. Terwijl hij, zoals hij gewend is, het ver-

haal voor een Pakistaans publiek op een heel andere manier benader-
de dan voor een Amerikaans publiek, schreef hij:

> Een paar Pakistaanse veiligheidsfunctionarissen [...] zijn op
> persoonlijke titel op zoek naar antwoorden op de vraag waar-
> om een joods-Amerikaanse verslaggever 'zijn grenzen' te bui-
> ten ging om onderzoek te doen naar Pakistaanse religieuze
> groepering [*sic*]. Deze ambtenaar [*sic*] zijn ook, nogal hardop,
> aan het gissen naar de reden waarom Pearl besloot een Indiase
> journaliste binnen te halen als zijn fulltime assistente in Paki-
> stan, Ansa [*sic*] Nomani, een Indiase moslimvrouw met een
> Amerikaans paspoort, die met Pearl vanuit Mumbai naar Ka-
> rachi was gekomen, [en] werkte als zijn fulltime assistente in
> het land.
> Dezelfde groep functionarissen is er ook nieuwsgierig naar
> waarom een Amerikaanse krantenreporter die gevestigd is in
> Mumbai ook een fulltime verblijfplaats in Karachi zou willen
> hebben en deze van een inwoner zou huren. 'Een in India ge-
> vestigde joodse reporter die voor een hoofdzakelijk joodse me-
> dia-organisatie werkt, had moeten weten welke risico's hij liep
> door zich bloot te stellen aan radicale islamitische groeperin-
> gen, in het bijzonder die organisaties die onlangs werden ver-
> pletterd door de macht van Amerika,' merkte een hoogge-
> plaatste Pakistaanse functionaris op.

Diezelfde dag had Khan een artikel samen met Molly Moore op pagina A8 van *The Washington Post*: 'V.S. Reporter Wellicht in Geraffi-
neerde Val Gelopen; Pakistaanse Politie Beschrijft Ontvoeringscom-
plot met Veel Valse Schijn.' Er was geen sprake van joden, joodse
media-organisaties of mysterieuze Indiase moslimvrouwen.

De volgende dag hadden Khan en Moore weer een gezamenlijk artikel in *The Washington Post*, deze keer op de voorpagina: 'Ontvoerde
V.S. Reporter Wordt met Dood Bedreigd.'

Steeds maar weer vals alarm en nep: 'We hebben Mr. Danny vermoord. Nu kan Mr. Bush zijn lijk vinden op het kerkhof van Karachi.

Daar hebben we hem neergegooid.' Ongeveer vierhonderd kerkhoven later weet de politie, na de hele nacht gezocht te hebben, dat er geen lijk te vinden is. Er komt een telefoontje binnen bij het Amerikaanse consulaat: 'Twee miljoen dollar en we geven Danny Pearl terug.' Het is gek hoe je naar concrete eisen verlangt... Ja! Dollars! Serieuze dollars! Nee, weer een nepmail: 'Sorry. Ik heb de e-mail gestuurd met de deadline voor Daniel. Neem me niet kwalijk! Het was fake. Daaruit blijkt dat de vorige mail ook fake was.'

Welke?...

Een zwerm spreeuwen duikt als bezeten neer, zich mengend met andere vogels die we niet kunnen thuisbrengen. De symfonie van gekrijs doet ons opzien, een oorverdovend lawaai. Ik loop met Asra en Bussey naar buiten om te kijken. De vogels schijnen niet boven ons huis te willen vliegen, maar ze komen allemaal bijeen boven het huis naast ons, waardoor je de indruk krijgt dat de hemel verder leeg is. We weten niet wat we ervan moeten denken. Het voelt als een slecht voorteken of op z'n minst een waarschuwing, maar we kunnen het niet over ons hart verkrijgen dat te zeggen. Asra, die lieve Asra, kan het niet laten op deerniswekkende wijze de zaak te ontkennen: 'Ik durf te wedden dat het een goed teken is,' verklaart ze dapper maar zonder overtuiging.

'Ik voel me alsof ik in een film van Alfred Hitchcock zit,' zegt Bussey en ik weet dat hij tegelijkertijd gefascineerd en verontrust is.

Er gebeuren 's nachts dingen zonder dat ik ervan afweet. Bussey en Steve LeVine worden uit bed gehaald om het lichaam te identificeren van een jongeman die is doodgeschoten en uit een rijdende auto gegooid. Vele miljoenen Amerikanen verkeren al in de veronderstelling dat het Danny's lichaam is, want de verslaggever van ABC News, Jeffrey Kofman, heeft, vertrouwend op zijn politiebronnen in Karachi, een pre-Superbowlbasketbalwedstrijd onderbroken om als eerste dit nieuws te brengen.

Steve Goldstein vertelt me later hoe het in de States toeging toen het verhaal doorkwam, of althans hoe het er bij hem toeging: 'De zondag van Superbowl. Ik dacht: eindelijk wordt het betrekkelijk rustig. Het hele land leek een dag vrij te nemen en in plaats van zevenhonderd telefoontjes hadden we er tegen drieën zo'n honderd gehad.'

Elk jaar geeft Goldsteins partner, Bill, een Superbowl-etentje voor dezelfde zes mensen. Goldstein, die bijna twee weken niet thuis was geweest, had beloofd thuis te blijven en bij het etentje aanwezig te zijn. 'Dan komt Kofman om tien over drie 's middags in de uitzending. Vlak na elkaar bellen CNN, NBC en CBS om het verhaal te verifiëren en binnen twintig minuten ben ik meer dan honderd keer gebeld, en ik denk: o nee, dit kan niet! Wat is er in godsnaam aan de hand? Dus ik bel Bussey in zijn hotel en maak hem wakker en zeg: "John, je moet opstaan. Ik moet de waarheid weten."

Hij zegt: "Nee, nee, Danny is niet dood. Ik weet dat hij niet dood is. Ik sprak net nog met Kapitein. Het is niet waar, dan zou ik het weten."

Ik zeg: "Ik vertel je alleen maar wat er werd gemeld. Ik geloof niet dat ze de uitzending zouden onderbreken als het niet waar was."

Dus hij zegt: "Als je even wacht." Ik ben in paniek. Bill staat met een chef-kok in de keuken, zij helpt hem met koken en meteen gaat weer de telefoon, en ik zeg: "Bill, ik heb je nodig, kom hier, nu meteen."

En hij zegt: "We zijn met de meringue bezig."

Ik zeg: "Die meringue kan me geen zak schelen! Kom hier!"'
Samen binden de twee mannen de strijd aan met een stortvloed van telefoontjes, en dan belt John Bussey. 'Het is Danny niet,' meldt hij. 'Het is een Iraanse student met een beugel, ongeveer eenentwintig jaar.'

'Oké. Maar ik moet een tweede bron hebben,' zegt Goldstein.

'Ik zeg je: Danny is in leven,' zegt Bussey.

Goldstein weet van geen wijken. 'Ik ga niet op de landelijke televisie zeggen dat Danny in leven is als het later niet blijkt te kloppen. Kom op, geef me iemand anders!'

Bussey haalt Steve LeVine erbij. 'Danny is in leven,' zegt Steve, en Goldstein is tevreden. Een uur nadat het werd bekendgemaakt, distantieert ABC zich van het bericht.

Randall is de eerste die het lichaam moet identificeren. Kapitein en Dost hebben hem gevraagd omdat ze voelen dat er een reële mogelijkheid bestaat dat het Danny is. 'Ik was verpletterd,' zal Randall me later vertellen. Hij spoedt zich naar de kliniek waar ze het lichaam naartoe hebben gebracht. 'Terwijl ik daar wat ronddrentel, begin ik verschillen te zien, die niet met Danny kloppen. Ik zie een kleine bobbel in zijn bovenlip en ik vraag of die kan worden opgetild. De man droeg een beugel over zijn boventanden. Ik ben nog nooit zo blij geweest met een dode man, omdat het Danny niet was. Een vreemd conflict tussen vreugde en dood.'

Waarom zou iemand Danny Pearl willen kidnappen? Om iets wat hij heeft geschreven? Asra en ik doorzoeken de artikelen die Danny aan Bashir stuurde als conditio sine qua non voor een interview met Gilani. Het zijn geen onschuldige onderwerpen – de JEM-kantoren blijven open; Pakistans kerngeleerde heeft een gesprek gehad met Bin Laden met medeweten van ISI (en, zeggen sommigen, van de CIA). Er zijn allerlei onderwerpen waar een flink aantal mensen woedend over kan worden, onder wie de ISI-bazen die zijn ontslagen vanwege hun nauwe betrekkingen met jihad-groepen. Bestaat er echt zoiets als een 'voormalige' ISI-baas, vragen we ons af. Terwijl Musharraf de islamisten met de ene hand slaat, klopt hij ze met de andere op hun rug, opdat ze aan het front van Kasjmir blijven vechten. Er zijn ongetwijfeld functionarissen van de ISI die vanwege hun connecties met de jihad-wereld weten wie Danny heeft ontvoerd en waar er naar hem gezocht moet worden. Maar niemand wil die weg met ons gaan en we praten niet meer over de ISI met Kapitein en anderen om wie we geven, om hen te beschermen.

Na een lunch van *chicken biryani* ontmoeten Asra en ik elkaar op de eerste verdieping, waar een bewaker op de veranda is neergezet. We hebben hem eerder al een stoel gebracht en nu is hij, gevloerd door de hitte, in slaap gevallen, terwijl zijn geweer tegen de muur leunt. Dat is mooi; we hebben graag wat privacy. We willen het hebben over president Musharraf, die binnen een week, op 12 februari, een bezoek zal brengen aan de Verenigde Staten.

Asra mag Musharraf eigenlijk wel. In een artikel voor Salon.com, 'Mijn liefde voor Musharraf', heeft ze hem beschreven als een dictatoriale maar niettemin progressieve president. De ondertitel verklaart dat enigszins: 'Met Zijn Honden, Sterkedrank, Bril Zonder Montuur en Armani-Pakken, wordt Hij door Modernisten Beschimpt.' (In de islam wordt het als onrein beschouwd om honden aan te raken, je wordt dan geacht te smerig te zijn om nog te mogen bidden.) Asra gaf een beschrijving van een man die 'geruststellend, veelomvattend en sterk' is, allemaal positieve dingen, maar ik weet niet zeker of Musharraf er de laatste tijd toe neigt ook van Asra te houden.

Dit bezoek aan Washington zal het eerste presidentiële bezoek zijn van Musharraf. Er is een theorie in omloop dat Danny is ontvoerd om Musharraf vóór deze ontmoeting in verlegenheid te brengen – wat óf tot het annuleren van het bezoek zal leiden óf op zijn minst de agenda ernstig zal verstoren. Zoals Bussey zegt, met Danny in gevangenschap 'wordt het voor Musharraf moeilijk zich te concentreren op de textielindustrie'.

Ik twijfel er niet aan dat degene die mijn man heeft gekidnapt, eropuit is om Musharraf te vernederen en hem te straffen voor zijn samenwerking met de Amerikanen. Maar ik moet aannemen dat er ook nog andere redenen zijn. Ik kan bijvoorbeeld niet uitsluiten dat het iets te maken heeft met de computer die *The Wall Street Journal* een paar weken geleden aan de CIA heeft overgedragen.

Dit is wat er gebeurde. De *Journal*-reporter Alan Cullison was voor de krant in Afghanistan toen zijn computer het begaf. Hij ging op pad om vervangende onderdelen te zoeken en de computer te repareren. Hij vond een mannetje dat aanbood hem een harddrive van een desktopcomputer en een Compaq-laptop te verkopen voor vierduizend dollar. Cullison wist af te dingen tot elfhonderd, en werd de eigenaar van een verbazingwekkende schat aan informatie. Zoals bleek, was de desktop minstens vier jaar gebruikt door Al Qaeda-leiders in Kabul; zoals Cullison merkte, stond er 'een schat aan Al Qaeda-geheimen' op. Beide computers waren in november geroofd uit een kantoor van Al Qaeda, nadat er bij een bomaanslag verscheidene leden van die groepering daar in de buurt waren gedood en anderen uit het gebied waren verdreven.

De desktopcomputer werd gebruikt door een van de mannen die bij de aanslag was omgekomen, Muhammad Atef, die aan het hoofd stond van de militaire vleugel van Al Qaeda – en ook door een andere figuur uit de top van Al Qaeda, Dr. Ayman Al-Zawahiri, die wordt beschouwd als Osama bin Ladens belangrijkste strateeg. De twee mannen waren samen verantwoordelijk voor de bomaanslagen van 1998 op de Amerikaanse ambassade in Dar es Salaam, Tanzania, en in Nairobi, Kenia. Op de harddrive stonden ongeveer 1750 documenten – brieven, rapporten en video- en audiobestanden – variërend 'van moordzuchtig tot alledaags', zoals Cullison en zijn collega Andrew Higgins in een artikel van 31 december voor *The Wall Street Journal* schreven. Met behulp van Arabische vertalers en computerexperts die code-hindernissen moesten omzeilen doorzochten de twee mannen de documenten en lieten in twee artikelen voor de *Journal* een klein staaltje zien van wat ze hadden kunnen achterhalen.

Er was een brief van twee mannen die beweerden journalist te zijn en die verzochten om 'een interview' met de anti-Taliban-leider Ahmed Shah Massoud – een verzoek waarin Massoud bij vergissing toestemde, want bij die ontmoeting, net twee dagen voor de aanslag op het World Trade Center, brachten de 'journalisten' een bom tot ontploffing en bliezen Massoud en zichzelf op.

Er waren angstaanjagende bestanden waarin serieuze pogingen werden weergegeven om een programma te lanceren voor chemische en biologische wapens, 'met de codenaam *al Zabadi*, Arabisch voor zure melk', en een video waarop Osama bin Laden drieëntwintig minuten sprak over onder andere de aanslagen van 11 september. In een andere eigengemaakte video wordt 'een televisiefilm van doodsbange Amerikanen die uit het brandende World Trade Center vluchten voorzien van muziek van spottend gezang en gebeden in het Arabisch'.

Wat ik het meest alarmerend vond, was dat er opnamen waren waarop de bewegingen door Europa en het Midden-Oosten werden gevolgd van een Al Qaeda-werker die op zoek was naar locaties om te bombarderen. De codenaam van de terrorist is Abdul Ra'uff en in de loop van verscheidene maanden kwam hij op zijn verkenningsreizen in Londen, Amsterdam, Brussel, Tel Aviv, Egypte, Turkije en Pakistan. Toen autoriteiten van de inlichtingendienst naar deze documenten keken, kwamen de bewegingen van de terrorist hun al bekend voor.

Dit waren exact de reizen die een andere terrorist die al in hechtenis zat, had gemaakt: Richard C. Reid, de 'shoe bomber'.

Omdat de computer bestanden bevatte die misschien plannen voor toekomstige aanslagen zouden kunnen onthullen of andere kwesties 'waarbij levens op het spel staan', om Bussey's woorden te gebruiken, nam de *Journal* de ongebruikelijke maatregel de computer over te dragen aan de Amerikaanse inlichtingendienst. Paul Steiger vertelde *The New York Times*: 'In moreel opzicht zouden we helemaal kapot zijn als we informatie hadden achtergehouden die de levens had kunnen redden van onze soldaten of burgers,' en een mediawaakhond en ethicus als Bill Kovach, voorzitter van de Commissie van Bezorgde Journalisten, onderschreef de beslissing, die hij vergeleek met de afspraak die *The Times* en *The Washington Post* hadden gemaakt om op verzoek van de Amerikaanse regering de Unabombers-verklaring te publiceren.

Wat over het hoofd werd gezien, was het feit dat de uitlevering van de computer aan de regering sommige mensen misschien zou beschermen, maar anderen juist in gevaar bracht, een risico dat nog werd versterkt doordat de *Journal* overal rondbazuinde wat ze hadden gedaan. Danny en ik waren in het pension Chez Soi in Islamabad, toen Danny online las wat er was gebeurd. Ik was, op bed liggend, verdiept in de autobiografie van Nelson Mandela, toen Danny zei: 'Schat, we zitten in de problemen.' Hij staarde naar zijn laptop, zichtbaar geërgerd. Wanneer Danny geërgerd raakt, wordt hij stil en geconcentreerd. Wanneer ik geërgerd ben, word ik spraakzamer. Op deze dag in december werd ik erg luidruchtig: ik was woedend.

Als je journalist bent in een land als Pakistan, waar het zoveel tijd kost om mensen ervan te overtuigen dat je geen spion bent, ben je er niet bij gebaat wanneer het bedrijf waarvoor je werkt wereldkundig maakt dat het samenwerkt met de CIA.

5 februari. Om drie minuten voor negen 's ochtends gaat de vaste telefoon in de slaapkamer, waardoor Asra en ik wakker worden. We haasten ons er allebei heen, maar ik vergeet dat ik zwanger ben en kom moeilijk overeind. Er is niemand. Waren het de ontvoerders die wilden zien wie de telefoon opnam: ik of de politie? We wachten tot de te-

lefoon weer gaat. De ochtenden zijn meestal vreselijk en ik lig wakker in bed, mijn hoofd vol onzinnige gedachten, zoals: ik beweeg me niet tot Danny terugkomt. Hoewel geen van ons tweeën het zal toegeven, zijn we er vandaag allebei van overtuigd dat de ontvoerders zojuist hebben gebeld, en we blijven liggen wachten tot ze weer bellen.

We liggen naar het plafond te staren als de telefoon weer klinkt. Zes voor half tien. Het is Kapitein. Hij zegt niet 'hallo', maar alleen: 'Ik heb ze, ik heb hun hele familie.'

Ik voel me alsof ik moet braken, mijn hart uitbraken, maar dan voegt hij eraan toe: 'Zij zullen ons bij Danny brengen', en weet ik dat we er nog niet zijn. Toch is dit bijzonder, het eerste goede nieuws sinds Danny weg is. Drie mannen zijn door de politie gearresteerd en allemaal hebben ze iets te maken met de computer waarmee Danny's foto's zijn verstuurd. Kapitein, Dost en Randall hebben de verdachten de hele nacht verhoord. 'Ze hebben nog wat van me te goed,' zegt Kapitein.

Het begon met de inspanningen van Zahoor. Toen hij de route van de e-mails zorgvuldig had getraceerd, kwam hij ten slotte met vijf aansluitingen die konden leiden naar de verzenders van de gescande foto's. Vier ervan waren internetcafés ergens in Karachi; de vijfde echter bleek van een vaste telefoon. Het liefst hadden Kapitein en zijn mannen aan de telefoonmaatschappij de naam van de abonnee gevraagd of op z'n minst wie de rekeningen betaalde; maar ze waren bang dat ze iemand een hint zouden geven. In plaats daarvan vroegen ze de telefoonmaatschappij naar telefooncellen: uit welke cel komt deze kabel?

Ze achterhaalden de telefooncel en dus de kabel, en die volgden ze. Ze volgden de kabel door de kronkelende straten van Karachi, waarbij ze zo nodig het asfalt opbraken en door muren heen boorden. Ze volgden de lijn tot het einde – of liever gezegd, tot wat het einde had moeten zijn. Maar de eigenaar van een computerwinkel bleek de oorspronkelijke abonnee van de telefoonlijn te zijn – nu was hij dat niet meer. Tegen de tijd dat de politie hem had opgespoord – of eigenlijk zijn telefoonaansluiting had opgespoord – had hij die verbinding overgedaan aan iemand anders, die hem met weer een ander ruilde, en die ruilde ook weer. In een arm land als Pakistan behoort dit tot de normale gang van zaken. En zo ingewikkeld kan het worden: bij de vierde verruiling leidde dat ene telefoonnummer dat Zahoor had gevonden uiteindelijk naar een server. En die server bleek internetaansluitingen via de kabel te leveren aan tachtig verschillende illegale abonnees.

Tachtig! Geen wonder dat we problemen hadden gehad om Danny te vinden. Elk van deze tachtig abonnees kon de e-mail hebben verstuurd.

De abonnees wonen allemaal in één studentenhuisachtig pand. Velen zijn student, en allemaal hebben ze computers die zijn aangesloten op wat de nieuwe eigenaar van de lijn Speedy Network noemt. Zahoor geeft Asra en mij een spoedcursus *web navigation*. Een server, legt hij uit, is eigenlijk een centrum, een computer met een heleboel geheugen, snelheid en opslagruimte. Stel je zoiets voor als een postkantoor, waarbij de computer de brievenbus is. De mail wordt verstuurd via de server. Wat de speurders moesten bepalen, was wie er in dit gebouw online was op het tijdstip waarop de eerste of tweede e-mail werd verstuurd, en wie, zoals de kidnappers, Hotmail of Yahoo! gebruikte. Kapitein vroeg zijn beste medewerker, Farrouq, zich in de server te verdiepen en deze essentiële informatie te vinden. Een probleem: hoewel Farrouq 'heel dapper is, had hij geen verstand van computers', zoals Kapitein zei. Hij wist niet eens wat een server was. Kapitein (die zelf net op de hoogte was van dat weetje) gaf Farrouq snel instructies. Er waren ook computerexperts van de FBI beschikbaar, die klaarstonden om zo nodig meer geperfectioneerde hulp te bieden.

Drie nachten lang bonsden politieagenten op de deuren in het gebouw en eisten dat elke computer werd gecontroleerd. De huurders raakten steeds meer geïrriteerd en het resultaat begon er twijfelachtig uit te zien. Toen werd Farrouq benaderd door een onopvallende jongeman, zo iemand die gewoon je nieuwsgierige buurman zou kunnen zijn. 'Misschien kan ik u helpen,' zei hij. 'Ik heb een computer. Er staat niets op, maar als u wilt, kan ik u helpen de andere computers te inspecteren.' Hij zei dat hij Fahad Naseem heette; hij was aansluiting nummer 66.

'Hij helpt ons vrijwillig, maar op een of andere manier vertrouw ik hem niet,' vertelt Kapitein me. 'Dus ik zeg tegen Farrouq dat hij hem maar naar mijn kantoor moet brengen. Ik zal hem overbluffen. Dat is de manier waarop wij bij de politie met verdachte mensen omgaan. Ik zeg tegen hem: "Oké, ik zal je computer uittesten. Ik heb wat software waarmee ik onmiddellijk, hier en nu, gewiste bestanden kan terugvinden. Dus het heeft geen zin om te liegen."'

Een fractie van een seconde zien Kapitein en Farrouq paniek in Fahads blik en daarmee weten ze dat Fahad verdacht is. 'Het overbluffen werkt! Het werkt! Op dat moment sta ik te springen van opwinding, want ik weet dat ik Danny vandaag nog levend te pakken krijg.

Bid voor me,' zegt Kapitein tegen me. 'Ik heb het al eerder tegen je gezegd, maar een dezer dagen kom ik hier de deur binnenstappen en komt Danny achter me aan. En ik wil zo graag die glimlach op je gezicht zien wanneer je hem voor het eerst weer ziet. Ik zal niet naar Danny kijken, maar naar jou.'

Hij belt zijn baas en vertelt hem: 'Het mysterie is opgelost. Ik heb de eerste persoon te pakken. Nu achter de tweede aan.'

Ondertussen heeft de FBI twee gewiste e-mails van Fahads computer teruggevonden. De ene is in het Urdu, de andere in het Engels, en als attachment zitten daarbij Danny's foto's. Dertien dagen zijn er verstreken sinds Danny is verdwenen, en iedereen is zo gespannen dat Fahad wijselijk maar niet probeert zich eruit te praten. Met handboeien om leidt hij de politie naar de buurt waar zijn neef, (Syed) Suleiman (Saquib), zich bevindt.

Randall sluit zich bij Kapitein aan en ze bereiden een overval voor. 'Ik wil het helemaal perfect doen. Ik wil deze man onverwacht pakken,' zegt Kapitein. Algauw komt Suleiman over zoiets als een voetpad aangeslenterd. Hij staat op het punt de hoek om te gaan als een auto zonder nummerbord naast hem stilhoudt. Twee mannen springen eruit, grijpen hem en gooien hem in de auto. Terwijl hij hem bij zijn haar vasthoudt, drukt een politieman Suleimans gezicht tegen de bodem, en met piepende banden rijdt de auto achteruit en racet dan zo snel mogelijk de buurt uit. Het duurt niet meer dan een paar seconden.

Kapitein is nerveus. 'We willen snelle antwoorden, weet je,' zal hij me later uitleggen. Hij wil ingrijpen voordat iemand merkt dat de neven vermist worden en voordat enig gecodeerd bericht of teken Danny's leven in gevaar kan brengen. 'Maar de mannen wilden niet praten, dus… zorgden we dat ze gingen praten.'

Het is na middernacht. Binnen twee uur heeft de politie de naam en het adres van een derde handlanger. Zijn naam is Sheikh Mohammad Adil. 'Bel hem op,' beveelt Kapitein Suleiman.

Een slaperige, boze stem neemt de telefoon op. Het is niet Adil maar een familielid van hem. 'Die woont hier niet meer,' blaft de man voordat hij ophangt. Kapitein weet het niet – spreekt deze man de waarheid of is hij alleen maar geïrriteerd omdat hij midden in de nacht wakker is gemaakt? Als Adil niet thuis is, is hij dan bij Danny?

'Bel Adil op zijn gsm,' beveelt Kapitein Suleiman. Dat werkt, deze keer is de slaperige stem die opneemt van Adil.

Suleiman herhaalt woord voor woord wat Kapitein hem heeft opgedragen: 'Ik moet je heel dringend iets vertellen. Het is heel belangrijk.'

'Geen sprake van,' zegt Adil. 'Ik slaap. Laten we elkaar morgenochtend zien, zelfde tijd, zelfde plek,' en hij zet zijn telefoon uit.

Kapitein rukt de mobiele telefoon uit Suleimans handen en belt de telefoonmaatschappij, met de vraag in welke geografische regio of cel Adils telefoon zich bevond. Hun computers houden automatisch in de gaten hoe zwak of sterk de signalen zijn, om, zo nodig, een signaal van de ene toren naar de andere over te zetten. Als de gsm-aanbieder aan Kapitein kan vertellen welke zendmast naar Adils telefoon doorseint, weten wij ongeveer in welke cel Adil zit. Dat is een gebied met een straal van grofweg drie kilometer. Niet gering, maar klein genoeg om vast te stellen of Adil bij zijn familie thuis is of niet.

Maar de telefoonmaatschappij neemt de tijd voor deze informatie. Er gaat een uur voorbij… En dan nog een half uur… En dan barst Kapitein los. Hij geeft zijn mannen de opdracht naar het bedrijf te gaan, de deuren open te breken en onder bedreiging van een vuurwapen de vragen nogmaals te stellen: welke zendmast? Welke cel?

Als Kapitein bij de telefoonmaatschappij langsgaat, is de bedrijfsleider beslist niet blij. 'Waarom doet u mij dit aan?' vraagt hij Kapitein.

'Dit is ons land. Als ik dit niet doe, gaat die journalist dood. Wilt u dat soms?'

Kapitein krijgt wat hij wil.

Als Adil wordt gepakt, ligt hij thuis in bed. Dezelfde vragen worden gesteld, dezelfde methoden gebruikt wanneer hij weigert te praten. Als hij ten slotte vertelt wat Kapitein wil horen, wordt duidelijk dat Adil, net als Fahad en Suleiman, niet weet waar Danny is.

Dan wordt Kapitein bang. De ontvoering is veel beter gepland dan hij had verwacht. Degene die erachter zit is heel goed in wat hij doet. De eerste man weet van het bestaan van de tweede man, en de tweede kent de derde, maar niet de vierde. Toch weet de derde man nog een vierde naam te noemen: Omar Saeed Sheikh.

Omar Sheikh. Hij is een voormalige student van de London School of Economics die moslimstrijder is geworden en die werd beschreven in het artikel in *The Independent*. Hij is de man die honderdduizend dollar naar Mohammed Atta overmaakte; hij is de strijder die gevangen werd gezet omdat hij westerlingen had gekidnapt.

Er is een huis waar dagenlang de telefoon is afgetapt omdat volgens de CPLC Bashir er vóór de ontvoering op 23 januari vaak naartoe belde. Het afluisteren heeft niets opgeleverd, maar Kapitein heeft vanavond voor de tweede keer geluk als een van zijn luitenants meldt dat de eigenaar van het huis misschien familie is van Omar. De stukjes vallen in Kapiteins hoofd plotseling op hun plaats en in een flits begrijpt hij iets wat van het grootste belang is: Bashir, de man die Danny in de val lokte, is Omar Sheikh.

Woedend dat hij niet beter was geïnformeerd over de eigenaar van het huis, brengt Kapitein een zwaarbewapende speciale politie-eenheid bijeen. Ze scheuren naar de woning, beuken de toegangsdeur kapot en stormen de kamers binnen. Het is vier uur 's nachts. Ruw verzamelen ze de bewoners, een nogal onschuldig uitziende oude man en een heel fatsoenlijk lijkende familie, allemaal vrome moslims, zoals ze verbaasd constateren. Dit is het huis van Omars tante, en dit is haar familie. Onder de half verschrikte, half woedende blikken van de familie doorzoeken de politiemannen de kamers om te zien of er aanwijzingen zijn dat Omar dit appartement heeft gebruikt om Danny's kidnapping te organiseren.

171

Binnen twee uur zal de zon opgaan en is het tijd voor het gebed. Algauw zal het nieuws van de razzia's en arrestaties zich door alle straten verspreiden. In een impuls belt Kapitein een functionaris die in Lahore is gestationeerd, waar Omars vader woont. 'Ga naar zijn huis,' zegt Kapitein tegen de man, 'maar doe niets tot ik je een opdracht geef.'

Terwijl de politieman voor het huis van Omars vader postvat, hoort hij binnen de telefoon rinkelen. Vanuit het huis van Omars tante in Karachi belt Kapitein Omars vader en vraagt rustig wat het mobiele nummer van diens zoon is. De vader geeft het hem. Dan belt Kapitein onder de waakzame blik van de tante en haar familie Omar – die, naar hij aanneemt, bij Danny is. 'Mijn hand trilde niet,' zal hij me iets later die ochtend vertellen, 'maar begon zo hevig te zweten dat hij zowat aan de hoorn vastplakte.'

Omar beantwoordt zijn mobiele telefoon. 'Ik ben de onderzoeksleider,' zegt Kapitein. 'Ik weet wat u gedaan hebt, ik weet het precies. Het spel is over. Als u me niet gelooft, kijk dan maar naar de nummerweergave.' Kapitein belde met Adils mobiele telefoon.

Kapitein houdt Omars tante de telefoon voor en zij praat even met haar neef. Vervolgens laat kapitein Omars neef aan de telefoon komen. Een voor een krijgen alle familieleden de kans door Omar gehoord te worden. Dan is Kapitein weer aan de beurt. 'U komt uit een respectabele familie,' zegt Kapitein. 'Verneder hen niet.'

Omar zwijgt; dan zegt hij plotseling: 'Ik weet het niet,' en breekt het gesprek af.

Kapitein maakt zich geen zorgen. Waarom de hele familie meenemen? (De tante heeft al meegedeeld dat 'ze altijd bang was' voor haar neef.) 'Onderhandelingstroef,' legt Dost lakoniek uit. 'Godzijdank zijn wij de enige vierentwintiguurs-oppakdienst in Pakistan!' Hij rekent er vast op dat het niet lang meer zal duren voor Omar wordt gearresteerd.

Enthousiast zoekt Asra op Google naar Omar en print zijn foto uit. Begin 2000 stond zijn foto in alle kranten, toen hij met drie andere Pakistaanse strijders uit de Indiase gevangenis werd vrijgelaten in ruil voor 178 passagiers uit een vliegtuig van Indian Airlines dat in Kathmandu, Nepal, werd gekaapt. Omar had voor beschuldiging van kidnapping in de gevangenis gezeten sinds 1994. Een van de andere strijders die bij de ruil werd vrijgelaten, was Massood Azhar, de voormalige leider van Harkat-ul-Mujahideen die vervolgens Jaish-e-Mohammed oprichtte. Danny schreef over hem vanuit Bahawalpur. Er wordt beweerd dat Omar een volgeling is van Azhar.

Asra plakt Omars foto op de kaart naast de profielschets die de politie maakte van 'Bashir', gebaseerd op de beschrijvingen van Asif-de-tussenpersoon. Asif-de-tussenpersoon gaf hem een snor en dunnere lippen, maar ongetwijfeld is het dezelfde persoon. Omar lijkt helemaal niet op de andere jihad-strijders. Hij ziet er eerder uit als de beste student van het jaar dan als een terrorist. Maar als je goed kijkt, zie je dat zijn gezicht geen herkenbare menselijke trekken vertoont.

Tegen de tijd dat de Amerikaanse consul, John Bauman, bij ons arriveert, is onze opwinding ten top gestegen. Omdat we voelen dat de goede afloop nabij is, geven we toe aan onzinnige speculaties. Ons avontuur is een Hollywood-film geworden. De casting van Winona Ryder voor de rol van Asra wordt unaniem goedgekeurd. Bussey zal worden gespeeld door James Woods, en Randall door Steven Seagal. Bauman doet beleefd aan het spel mee. 'Het wordt een remake van *The Untouchables*,' zegt hij; en omdat hij hetzelfde soort vest draagt, wordt Dost onze Eliot Ness.

Asra is begonnen onze documenten te verzamelen. Ploseling voelen we een dringende behoefte weg te gaan. Om Danny mee te nemen en weg te rennen. Imran wordt erop uitgestuurd om koffers te gaan kopen bij de Chaowk-bazaar. Steve LeVine racet terug naar het Sheraton om de fles Wild Turkey te halen die hij voor Danny heeft bewaard. We verbergen de fles in de kamer boven om onze moslim-vrienden niet voor het hoofd te stoten. Ik waarschuw Bussey dat ik, zwanger of niet, een slokje meedrink als Danny thuiskomt.

Randall en Kapitein komen langs voordat ze terugkeren naar de cel waar de drie verdachten worden vastgehouden. 'Hoe eigenwijs ze ook zijn,' zegt Randall terwijl hij zijn keel schraapt, 'bij een professioneel verhoor zullen ze ongetwijfeld de nodige informatie loslaten.' Dan kijkt hij naar mij en stopt ermee de stoere jongen uit te hangen. 'Ik haat die rotzakken,' zegt hij.

'President Musharraf belt Azhar.' Hoewel Kapitein door slaapgebrek een eigenaardige, zenuwachtige blik heeft en hij in een soort morse spreekt, begrijpen we best wat hij bedoelt. Twee maanden na de aanslagen op het wtc werd Massood Azhar, die als potentieel gevaarlijk werd beschouwd, onder huisarrest geplaatst. Nu belt Musharraf Azhar, zodat die zijn volgeling Omar kan bellen en hem vertellen dat hij Danny moet vrijlaten. Het is fantastisch eenvoudig of volkomen surreëel, het hangt ervan af hoe je het bekijkt. Terwijl Azhar onder bewaking kwam te staan, bleef de gevaarlijke Omar zo vrij als een vogeltje. Iemand heeft hem beschermd. Ergens tussen corrupte politici en valse predikers vond Omar een schuilplaats.

9

We proberen de tijd te doden. Of liever gezegd, we doen alsof de tijd ons niet doodt. Ik heb alle onregelmatigheden bestudeerd op de muur tegenover de schommelstoel waarin ik zit. Het huis is pas nog geschilderd, maar ik bespeur een paar barsten en gaten waar schilderijen hebben gehangen. Ik blijf daar veel te lang zitten, met mijn handen gekruist over wat volgens mij het hoofdje van ons kind is. Seconden gaan langzaam over in minuten, uren worden aarzelend halve dagen. Je zou denken dat nachtmerries 's nachts komen, maar dat is niet zo. Ze komen wanneer ik me plotseling weer bewust ben van de situatie en bij mezelf denk: zal ik het redden? Houd ik dit nog een dag vol zonder in te storten? Ik voel me als een gevangene die de dagen afkruist op een zelfgemaakte kalender. Elk kruisje op de fantasiekalender is een overwinning op zich.

Omar Saeed Sheikh is met zijn jonge vrouw en zoontje op de vlucht. Voorzover we weten zou hij nu in de stammengebieden kunnen zijn, dat wil zeggen in niemandsland. Deze bijna vijfhonderd kilometer lange strook tussen Afghanistan en Pakistan is het woongebied van een in stamverbanden levende bevolking die zichzelf beschouwt als buiten de wet staand. Het is verboden grond voor de meeste Pakistani, en de militairen blijven er liever weg. Dientengevolge is het gebied altijd een toevluchtsoord geweest voor (wapen)smokkelaars, en tegenwoordig vormt het een natuurlijke schuilplaats voor Al Qaeda en de Taliban, waarvan de leden onopgemerkt tussen de twee landen heen en weer bewegen.

Danny en ik hebben ooit een stamhoofd geïnterviewd dat zich

voor het jachtseizoen buiten zijn domein had gewaagd. Indertijd probeerde de Pakistaanse regering de stammen ervan te overtuigen dat ze niet langer onderdak moesten verlenen aan de Taliban. We gingen naar een huis dat door de clan als jachtpaviljoen werd gebruikt. Een stuk of twaalf mannen, allemaal in grijzige gewaden en allemaal in het bezit van dat essentiële accessoire, een AK-47, zaten in een kring op de vloer van een lege kamer. Het hoofd droeg een witte tulband. Toen we vroegen of hij van plan was Musharraf te gehoorzamen, leek hij geamuseerd, alsof we een mop vertelden. Hij riep een bediende en liet ons een enorme cake brengen met een laag romig wit glazuur erop. Met zijn eigen mes sneed het stamhoofd de cake doormidden en als om te bewijzen dat die niet vergiftigd was, sneed hij een klein stukje voor zichzelf af en at dat glimlachend en knikkend op. Hij verdeelde de rest tussen Danny en mij. De hele stam zat aandachtig naar ons te kijken terwijl wij moeizaam die gigantische stukken wegwerkten. Er werd geen woord gesproken tot onze borden leeg waren. Toen nodigde het hoofd, dat nogal weg van ons leek te zijn, ons uit om hem 'alleen onder [zijn] gewapende bescherming' te komen opzoeken in het stammengebied. Is Omar daarheen gevlucht?

Vanavond hebben Bussey en Steve geen haast om naar het Sheraton terug te keren. Iedereen heeft er moeite mee te accepteren dat elke volgende nacht niet meer nieuws over Danny brengt dan de vorige. Wanneer Bussey niet aan zijn computer gekluisterd zit, gaat hij helemaal op in de administratieve taken waar hij zo van houdt, en hij is begonnen weer contact op te nemen met zijn buitenlandse correspondenten. Meer en meer gaat hij even naar buiten, naar het laantje langs ons huis om telefoongesprekken te voeren. Hij denkt dat hij discreet is geweest, maar hij moet hard praten om gehoord te worden en dus kunnen we zijn gesprekken volgen als het geluid via de ventilator tot de keuken doordringt.

We zijn steeds minder in staat gezamenlijk te lachen. We praten niet, uit angst dat sommige woorden misplaatst zouden klinken. En dan weer voelen we dat, als we te weinig praten, de stilte die door al deze twijfels ontstaat, te zwaar gaat drukken. Asra dwaalt in haar eigen mentale ruimte rond, terwijl ze de zaak in de gaten houdt. We hebben een indrukwekkend hoofdkwartier. De mappen zijn van eti-

ketten voorzien, alle gebeurtenissen in chronologische volgorde geregistreerd. We hebben overal aantekeningen van – waarover we hebben gediscussieerd, hoe het onderzoek is verlopen, wie erbij betrokken was en in welke mate. Alles is in deze boeken opgetekend – elke
maaltijd die we hebben gehad, elk geluid dat we hebben gehoord, elke
hoop die we hebben gevoeld.

De razzia's zijn verhevigd. De politie en de FBI gaan gezamenlijk
achter elke fundamentalistische militaire groepering aan die een link
met Omar heeft, in de hoop dat iemand weet waar Danny gevangen
wordt gehouden. Kapitein leidt zelf de belangrijkste razzia's, gebruik-
makend van particuliere auto's en gekleed als een infiltrant, meestal
in een spijkerbroek. ('God,' zegt Bussey, zijn bewondering vermengd
met ongeloof, 'Kapitein ziet er zelfs als hij om twee uur 's nachts een
razzia houdt nog elegant uit.') Randall, gekleed in ninja-stijl, helemaal in het zwart, zit met Kapitein voorin, maar Kapitein zorgt ervoor dat Randall op veilige afstand van de actie blijft. 'Ik ben er niet
op uit Pakistan nog meer in de problemen te brengen,' zegt Kapitein
tegen hem. 'Als er een vuurgevecht plaatsvindt en jij wordt geraakt,
komt het overal met grote koppen in de krant te staan. Dus kom mee
in mijn auto, kijk, maar doe verder niets.'

Vijfenveertig mensen zitten in hechtenis, onder wie de hele familie
van Omar, behalve een tante van wie de politie hoopt dat ze Omar ervan zal overtuigen dat hij zich moet overgeven. Ze houden de familie
vast als onderhandelingstroef – geef je over, Omar, dan geven wij jou
een oom, twee neven en je grootvader. Breng ons Danny en jullie mogen allemaal gaan.

'Als zij kidnappen, kidnappen wij ook,' vat Dost de situatie, niet
eens helemaal voor de grap, samen. 'Het is cultureel bepaald – als
moslimman wil je je familie niet te schande maken.' O, de erecode!
Dost verzekert ons dat Omars familie niet mishandeld wordt. Maar,
zegt Steve, wat Omars kameraden betreft is het een ander verhaal. Als
journalist worstelt Steve met een ethisch dilemma. 'Als er sprake is
van mishandeling, kan ik het niet weten,' zegt hij. 'En als ik het wel
weet, hoor ik erover te schrijven.'

'Negeer het dan,' adviseert Dost hem, alsof het niet iets is waarover
je je hersens hoeft te breken.

En ik? Anders dan men van mij zou verwachten, maak ik me weinig zorgen over de ethische kant van de situatie. Ik heb het gevoel dat wij degenen zijn die hier gemarteld worden.

In Danny's Think Pad ontdek ik een stukje over Omar Saeed Sheikh. Toen bekend werd gemaakt dat Omar, naar men beweert, honderdduizend dollar naar Mohammed Atta had doorgesluisd, had Danny zijn assistent in India gevraagd meer informatie over Omar te verzamelen en naar hem te mailen. De uiteindelijke dossiers zijn oppervlakkig. Ze geven de indruk dat Omar een loser is. Ik vertel dit aan Randall. 'Dat is hij niet,' antwoordt Randall. 'Het is een psychopaat.'

Ik heb mensen in staat van opwinding gebracht. Ik ben naar het Sheraton Hotel gegaan voor een interview met de BBC en heb tegen de terroristen, tegen de wereld gezegd: 'Doe geen onschuldige man kwaad, want dan veroorzaken jullie alleen maar nog meer ellende. Daniel als een symbool gebruiken en al die dingen meer is helemaal verkeerd, helemaal verkeerd... Als er iemand is, die zijn leven wil geven om hem te redden, ben ik het. Neem alsjeblieft contact met me op. Ik ben er klaar voor.'

Bussey vond het niet fijn, maar was wel zo verstandig me dat niet rechtstreeks te zeggen, dat liet hij aan de FBI over. Die gingen door het lint. Bob Dinsmore belde; hij behoort tot het onderhandelingsteam van de FBI. 'Ik zou graag, eh, enige opmerkingen willen maken over wat we hebben waargenomen,' zei hij tegen Asra. 'We zouden de communicatie via Mariane en u liever tot een minimum willen beperken. Mariane heeft blijkbaar een verklaring afgelegd en de kidnappers verzocht contact met haar op te nemen. Onaangename personen zouden daar weleens misbruik van kunnen maken. Het is maar een suggestie, maar u zou kunnen overwegen u wat terughoudender op te stellen. Wij willen graag dat ze Paul Steiger bellen.'

Steiger probeert mijn hartstochtelijke boodschap te vervangen door een iets gematigder mededeling. In een brief die *The Wall Street Journal* naar nieuwsorganisaties over de hele wereld stuurt, schrijft hij:

Ik weet dat de Nationale Beweging voor het Herstel van de Pakistaanse Soevereiniteit heel serieus is en wil graag dat anderen van deze beweging kennis nemen. Om ervoor te zorgen dat dit gebeurt, is het belangrijk dat u dit bericht beantwoordt. Ik heb verscheidene dagen niets van u gehoord en wil een dialoog beginnen waarin uw belangen aan de orde komen en die ertoe leidt dat Danny ongedeerd wordt vrijgelaten. Sinds uw laatste e-mail heb ik talrijke e-mails ontvangen van mensen die beweren dat ze Danny gevangen houden [...] Deze vele e-mails, die openbaar zijn gemaakt, doen ook afbreuk aan uw werkelijke belangen [...] Ik stel voor dat we een e-mailaccount of een privé-telefoonnummer gebruiken van een van Danny's twee vrienden die getuige waren bij zijn huwelijk. Deze communicatielijn zou mij duidelijk maken dat Danny bij u is en een één-op-één-contact met u mogelijk maken. We wachten met spanning op uw antwoord.

Iedereen doet alsof mijn optreden voor de BBC een suïcidale opwelling was. Iedereen behalve Steve Goldstein. Na alle terughoudendheid bij mijn eerdere verschijnen op de televisie is hij opgelucht door deze emotionele uitbarsting. 'O, ongetwijfeld wond de FBI zich op, maar ik geloof dat het echt werkte.'

Eerlijk, ik ben niet suïcidaal. Alleen zijn de gedachten die in mijn hoofd opkomen waarschijnlijk veel te intiem, dramatisch en radicaal om ze met anderen te delen. Ik kan ze voorlopig beter voor me houden en daar boven in mijn heiligdom blijven bidden. Door te bidden sta ik onmiddellijk in verbinding met Danny. Ik weet wat hij voelt. Ja, er gebeurt iets met hem wat niet met mij gebeurt, maar we verkeren beiden in gevangenschap.

In de nacht van zaterdag 9 februari ontvangen we een nieuwe e-mail. Daarin staat dat Danny is vermoord en dat zijn lijk in een canvas zak vlak bij het industriegebied van Karachi is neergelegd. Iedereen weet zo goed als zeker dat het weer nep is. Tenminste, dat zeggen we tegen elkaar – o, absoluut, geen sprake van, dat kan niet anders. Toch kamt de politie het uitgestrekte gebied uit en vindt een zak waarin een lijk zit. Het is Danny niet – deze moord komt blijkbaar voort uit een plaatselijke familieruzie om geld – maar het is verbazend en huiveringwekkend toevallig. Dan vertelt een van Tariq Jamils speurders ons langs zijn neus weg dat ze op het industrieterrein altijd lijken in zakken vinden – gemiddeld twee of drie per week.

Kapitein komt langs met een versleten donkergroene canvas schooltas die viltstiftsporen bevat en twee ritsen. 'Dit hebben we in beslag genomen,' zegt hij terwijl hij de tas op de bank gooit. Er zitten geen schoolboeken of blocnotes in, maar een paar in vieren gevouwen vellen papier, een foto van een jongeman die te jong is voor de baard die hij probeert te laten staan, een Pakistaans paspoort en een brief met een slecht getekend hart op de envelop. De eigenaar van de tas zit op het politiebureau wegens 'verdacht gedrag'. Ik sla het paspoort open: geen visa of stempels. Een van de opgevouwen vellen papier blijkt een brief te zijn van het Amerikaanse consulaat, waarin de jongeman de toegang tot het Amerikaanse grondgebied wordt geweigerd. Het andere is een document waarin wordt verklaard dat hij computertechniek heeft gestudeerd aan een particulier instituut in Karachi.

Het duurt een paar seconden voor ik snap wat de laatste twee vellen voorstellen. Het zijn gedetailleerde tekeningen van vrachtvliegtuigen. Het eerste laat een zijaanzicht zien waarop de plaatsing van de motoren en de brandstoftanks staat aangegeven. Het tweede geeft details van de binnenkant van het vliegtuig, de cockpit en de precieze afmetingen van de gangpaden. De envelop met het hart bevat een liefdesbrief, geadresseerd aan een jong meisje wier naam niet wordt onthuld. In zijn beste Engels belooft de bebaarde jongeman haar eeuwige trouw.

Kapitein zegt dat hij van plan is de namaakterrorist een paar dagen in hechtenis te houden. 'Net lang genoeg om zijn hartstocht een beetje te laten bekoelen.'

Kapitein komt elke dag op bezoek en elke dag is het hetzelfde: voordat hij iedereen begroet, loopt hij naar me toe en kijkt me diep in de ogen. Hij wil zien hoe ik me houd; hij wil zeker weten dat ik hem nog vertrouw. Zijn leitmotiv is: 'Als ik zou geloven dat Danny dood was, zou ik niet zo hard voor hem werken.' Het klinkt zinnig en ik geloof hem.

Dost heeft angstaanvallen die met zijn moeder te maken hebben. Ze vertrouwt hem niet. Ze kwam een paar dagen geleden op bezoek om hem te koppelen aan een van zijn volle nichten. Ze is gaan geloven dat haar knappe zoon nooit thuis is omdat hij stiekem in de armen van een of andere vrouw ligt. Dat is niet het geval – Dost is werkelijk de hele dag bezig met politiewerk. Maar het is wel waar dat deze fantastische, dappere en poëtische man in een klassiek emotioneel imbroglio is verstrikt: hij is heimelijk verliefd op iemand anders, iemand die zijn moeder nooit zal goedkeuren.

Hij bevindt zich in het gezelschap van twee mannen die, net als Kapitein, oprechte voldoening en geluk vinden in hun gearrangeerde huwelijk. Maar hij heeft gezien hoe andere huwelijken slecht afliepen, en hij vraagt zich af hoe iemand de hartstochtelijke roep van het hart kan negeren. Asra en ik geven hem raad in onze zeldzame momenten van ontspanning. We zijn voorstander van een vrije keuze en steunen het huwelijk uit liefde. Asra, *La Pasionara*, pleit zo heftig voor vrijheid dat het een wonder is dat Dost niet wegloopt. Maar zoals we daar om de eettafel zitten en zijn leven en liefdes en toekomst analyseren, voelen we een oprechte vriendschap. Het is alsof we elkaar al heel lang kennen, of misschien doet het er gewoon niet toe hoe lang we elkaar al kennen. We zijn vrienden en we zullen elkaar nooit opzettelijk laten vallen.

We hebben nu twee foto's van Omar Saeed Sheikh op onze kaart. Op de ene ligt hij, broodmager en met een baard, gewond op een ziekenhuisbed in India, herstellende van een vuurgevecht in 1994 tegen het Indiase leger. Op de andere foto stapt hij op zijn trouwdag uit een auto. Hij is in het wit gekleed, met bloemen om zijn nek, maar glimlacht niet. Toen ik trouwde, glimlachte ik aan één stuk door. Ik glimlachte alle drie de dagen dat ons feest duurde. Mijn kaken deden pijn, maar mijn glimlach wist van geen wijken. Ik bestudeer de foto van Omar nog grondiger. Ik blijf zoeken naar trekjes die hem als een terrorist zouden kunnen definiëren. Maar in werkelijkheid ziet hij eruit als de kinderen met wie ik opgroeide, alleen heeft hij een baard. Dat is net wat we nodig hebben, denk ik: terroristen die er niet uitzien als terroristen.

Met artikelen en stukjes informatie die collega-journalisten hebben gestuurd, doe ik mijn best om een beeld van deze man te krijgen. Met zijn zevenentwintig jaar is Omar al een soort levende legende. In 2001 werd hij door een Indiaas dagblad 'Osama's naaste medewerker' genoemd, ongetwijfeld een overdrijving, maar het geeft aan wat voor uitstraling hij heeft.

Zijn achtergrond – hij bracht het grootste deel van zijn jeugd in Engeland door – draagt in hoge mate bij tot zijn reputatie. Als zoon van een rijke, in Pakistan geboren eigenaar van kledingzaken, ging hij naar elitescholen, zowel in Engeland als in Pakistan, een combinatie – rijkdom en opleiding – die Omar tot voorbeeld maakt voor een nieuwe generatie over de hele wereld verspreide terroristen die banden hebben met zowel de fundamentalistische moslimwereld als het westen.

Zijn betrokkenheid bij de moslim-jihad dateert van 1993, toen hij tekende om naar Bosnië te gaan, op een missie die was georganiseerd door de Convoy of Mercy, een islamitische liefdadigheidsvereniging die stond geregistreerd in Groot-Brittannië. Omar werd ziek in Kroatië en bereikte Bosnië niet, maar door die reis was zijn toekomst uitgestippeld. In een aantekening in een dagboek van april 1993 schreef hij: 'Ontmoet moedjahedien op weg naar Bosnië die eerst training in Afghanistan aanraden. Terug naar Engeland met aanbevelingsbrief van Abdur Rauf voor Harkat-ul-Mujahideen. Probeer terug naar universiteit te gaan om examens voor te bereiden... Kan niet wennen. Vertrek naar Pakistan. Ga naar Lahore, naar kantoor van Harkat-ul-Mujahideen.'

De jonge rebel had zijn doel gevonden. Degenen die hem als jongen hebben gekend, zeggen dat ze niet begrijpen waar of wanneer het fout is gegaan. Het schijnt zijn ware aard te zijn om iedereen op het verkeerde been te zetten – met een sterke wil, maar onevenwichtig en hunkerend naar erkenning. Goed in wiskunde, een uitstekend schaker en, geïnspireerd door een film met Sylvester Stallone, *Over the Top* genaamd, gek van armpje drukken. Hij wordt afwisselend beschreven als iemand met een zachte stem, slim, rusteloos, stekelig, grillig en manipulatief. Een Indiase functionaris die hem ondervroeg, vertelde aan *The New York Times*: 'Hij bestudeerde de geest van mensen... Hij bestudeerde je geest en bedacht hoe hij je kon manipuleren.'

Hij sloot zich aan bij Harkat-ul-Ansar, trainde een jaar lang in Afghanistan en nam officieel deel aan de heilige oorlog. Omar was eenentwintig en had zijn specialiteit gekozen: het kidnappen van buitenlanders – westerlingen – wat de jihad ten goede zou komen, óf financieel via het eisen van losgeld óf doordat de slachtoffers van een kidnap als ruilmiddel zouden worden gebruikt. Met zijn Britse accent en eliteschoolmanieren was Omar daar de geschikte persoon voor.

Het dagboek dat Omar later in de gevangenis bijhield, is op internet gezet. Het handschrift is netjes, nogal kinderlijk in zijn duidelijke verlangen om correct te zijn. Sommige woorden zijn zorgvuldig doorgestreept, als in een brief van een kind van tien. Over zijn eerste missie schreef Omar:

> Sjah-Saab gaf me mijn volgende instructies. Ik moest naar plaatsen in Delhi gaan waar veel toeristen komen, en kijken of ik vriendschap met toeristen kon sluiten. Onze volgende ontmoeting zou plaatsvinden bij de Jamia-moskee. Van het begin af aan vond ik die vriendschapstaak bijna onmogelijk. Hoe stap je in vredesnaam op een toerist af en raak je plotseling met hem bevriend? Vooral wanneer hij een vrouwelijke partner bij zich heeft of wanneer er een stuk of tien verkopers naar hem staan te roepen. Tijdens onze ontmoeting bij de Jamia-moskee vertelde ik Sjah-Saab dat ze afleiden en dan toeslaan de enige manier was. Maar hij drong aan dat ik het moest blijven proberen.

Uiteindelijk vond Omar een doelwit – een Israëlische toerist van één meter vijfentachtig. Een Israëliër! Omar was zo opgewonden dat hij zijn Sjah-Saab midden in de nacht wakker maakte om het te vertellen. 'Stommeling!' was het enige antwoord. 'Straks worden we nog allemaal vermoord. Breng hem onmiddellijk naar zijn hotel en kom morgenochtend terug!'

In 1994 ontvoerde Omar vier rugzaktoeristen, drie Britten en een

Amerikaan, die uitgewisseld moesten worden tegen islamitische strijders die in Indiase gevangenissen zaten. Hij ketende zijn slachtoffers aan de grond vast en dreigde hen te onthoofden als de regering weigerde mee te werken. Een slachtoffer herinnerde zich later dat Omar had gelachen terwijl hij hun dit vertelde. Voordat er een uitwisseling kon plaatsvinden, werd de Indiase politie gewaarschuwd, werden de ongedeerde gijzelaars bevrijd en werd Omar na een vuurgevecht en een rechtszaak in een Indiase gevangenis gegooid.

Op kerstavond 1999, in het vijfde jaar van Omars gevangenschap, overmeesterden kapers vlucht IC-814 van Indian Airlines, die vanuit Kathmandu in Nepal op weg was naar New Delhi. De kapers, die afschuwelijke intimidatietechnieken gebruikten, vergelijkbaar met de methodes die ze op 11 september in de vliegtuigen gebruikten, sneden de keel van een passagier door – een jonge man op huwelijksreis – en lieten zijn medepassagiers – onder wie zijn bruid – toekijken hoe hij doodbloedde. Ze stuurden het vliegtuig terug naar Kandahar in Afghanistan, en daar wisselden ze acht dagen later de honderdachtenzeventig passagiers uit tegen drie militanten die in India in de gevangenis zaten – onder wie Omar Saeed Sheikh en Massood Azhar, de stichter van Jaish-e-Mohammed.

Azhar lette in de gevangenis goed op zijn woorden. 'Het is tegen de grondbeginselen van onze religie om te onderhandelen over de levens van onschuldige mensen,' zei hij, naar verluidt, tegen een van zijn bewakers. Maar terug in Karachi, zijn territorium, schakelde Azhar weer over op zijn strijdersretoriek. 'Verwelkom mij niet,' sprak hij bezielde menigten toe. 'Feliciteer me niet met mijn vrijlating. Roep geen slogans voor mij. Maar bied me een krans van schoenen aan, maak mijn gezicht zwart, want India moet nog steeds vernietigd worden.' Dit is de man van wie we nu hopen dat hij Omar kan overtuigen om Danny vrij te laten.

Wat Omar betreft, die verdween zomaar in het niets. Pakistaanse dossiers hebben niet de geringste aanwijzing dat hij na zijn bevrijding in Afghanistan naar Pakistan is teruggekeerd. Indiase geheim agenten hebben hem verscheidene malen in Pakistan gezien, met name in een boekwinkel in Islamabad.

Ik wil nog steeds weten hoe de kidnappers Danny in de auto hebben gekregen. Hij is altijd zo voorzichtig. Hebben ze een vuurwapen op hem gericht? Op hem geschoten? Kapitein maakt zich over dit aspect lang niet zo druk als ik. 'Mariane,' zegt hij geduldig, 'Omar Sheikh is een expert. Danny wordt voor de eerste keer gekidnapt, Omar Sheikh heeft het al tien keer gedaan. Dat maakt verschil. Omar Sheikh heeft de gelegenheid gehad om van zijn fouten te leren. Hij is hier bedreven in. Denk je dat Danny hierna ooit nog eens zal worden gekidnapt? Nee. Dat gebeurt nooit meer.'

'Alleen met je hart kun je goed zien. Het belangrijkste is onzichtbaar voor het oog.' Dat zegt de vos tegen de Kleine Prins in het klassieke sprookje van Antoine de Saint-Exupéry. Asra heeft het boek nog niet zo lang geleden gekocht bij Paramount Books in de binnenstad van Karachi, en ze heeft het opengeslagen op haar schoot liggen als ik haar opgerold in een hoekje van de bank aantref, bijna helemaal in haar grijze sjaal gewikkeld. Hoewel het boek openligt, leest ze niet. Ze mist die waardeloze minnaar, denk ik bij mezelf. Asra zit alleen maar eigenaardig te staren naar een nietszeggend vlekje op de muur tegenover haar. Mijn vriendin, die doorgaans zo levendig is, lijkt wel een lappenpop – slap en met een starende blik vanuit grote, zwarte, nietsziende ogen.

Opeens besef ik: het gaat niet goed met Asra. Die blik in haar ogen – het is de blik van iemand die het niet meer ziet zitten. We kunnen ons nu geen zenuwinstorting permitteren en dus zeg ik tegen haar: 'Ik weet dat het oneerlijk is, en je hebt het recht om depressief te zijn, maar niet nu! Ben je ergens bang voor?' vraag ik. 'Ben je uitgeput? Ben je ongesteld?'

'Nee,' zegt Asra.

'Wat nee?' snauw ik.

'Nee, ik ben niet ongesteld. Ik ben drie weken over tijd.'

Ik veronderstel dat dit krankzinnig genoeg is om waar te zijn. Zoals schijnt te gebeuren voordat je doodgaat, zie ik alles weer als in een film voor me: Danny, de *Journal*, De Minnaar, Merve en Blink, de beschuldigingen jegens Asra, Morgantown en alleenstaande moeders.

Ik zeg: 'Als je zwanger bent, moet je het houden.' Ik weet niet waarom ik dat zeg. Ik heb absoluut niet het recht om zo zelfverzekerd te zijn als ik niet voor de gevolgen van zo'n beslissing hoef op te draaien, en als ieder gesprek over de toekomst misplaatst lijkt. Toch meen ik het.

Asra en ik vervaardigen een soort kalender en proberen een diagram te maken van de data in haar relatie met De Minnaar, haar laatste menstruatie, haar ovulatiedata en wanneer ze eigenlijk ongesteld had moeten worden. We zijn echter murw van vermoeidheid en angst, en komen er niet uit.

Maar nu de mogelijkheid hardop is genoemd, moeten we de waarheid weten. Het is na middernacht, maar in Karachi is één apotheek de hele nacht open, dus zegt Asra tegen onze bewaker dat we daar meteen naartoe moeten. Hij is, op zijn zachtst gezegd, onwillig, maar als Asra in het Urdu begint te praten over hormonen en dergelijke zaken, geeft hij zenuwachtig toe. Ik ben voor mijn gevoel in geen eeuwen buiten geweest en aan één kant snak ik naar de buitenlucht. Maar ik kan niet weggaan. Dus gaat Asra alleen, begeleid door twee gewapende soldaten, in een kapotte jeep die opeens een toverkoets lijkt.

Bij de apotheek gunnen de soldaten Asra geen privacy, maar ze wenden hun blik af terwijl zij de thuistest-setjes bestudeert. Ze neemt een setje, brengt het mee terug naar Zamzama Street en dan hebben we het antwoord.

Ons leven is zo raar geworden dat het bijna logisch lijkt. Bijna frappant en lief. Asra Q. Nomani, de vermeende Indiase spionne, is bezwangerd door een man met wie ze niet meer praat, in een land waar illegale seks bestraft kan worden met zweepslagen of steniging tot de dood erop volgt. Nu zijn alle vrouwen hier in huis, inclusief Nasrin, in verwachting. 'Asra is zo'n goede vriendin,' zeg ik tegen Bussey, 'dat ze er zelfs aan heeft gedacht een maatje voor mijn baby te maken.' We hoeven Bussey er niet van te overtuigen dat die zwangerschap leuk nieuws is. Hij is oprecht blij voor Asra en komt de volgende morgen met brownies aanzetten. De waarheid is dat ik het fijn vind dat onze zoon iemand zal hebben met wie hij verhalen kan uitwisselen over zijn veelbewogen leven *in utero*.

We komen een heleboel te weten over de beginperiode van de kidnapping. Bijvoorbeeld dat de drie mannen die op 5 februari zijn gearresteerd, een paar dagen voordat Danny op 23 januari werd gekidnapt tot hun acties waren aangezet door Omar. Suleiman werd gestrikt op 21 januari; zijn neef, Fahad, de man van de computer, kwam er op de tweeëntwintigste bij. Omar Sheikh had wekenlang vallen voor Danny gezet; hij had alleen nog plaatselijke handlangers nodig om het allemaal te laten lukken.

Jihad-strijders houden lijsten bij van potentiële kandidaten voor jihad-werk. De *madrassas* van Pakistan, naar schatting zo'n veertigduizend, zitten vol met dit soort beschikbare jongemannen – mannen die misschien niet hun eigen naam kunnen schrijven maar wel hele hoofdstukken uit de koran in hun slaap kunnen opzeggen en weten dat Amerika 'de bron van het kwaad' is.

Ik ben eens met Danny meegegaan op een bezoek aan de Jaish-e-Mohammed-*madrassa* aan de rand van Karachi. Hoewel mijn hoofd was bedekt, moest ik in de auto blijven zitten. Op de muren van de *madrassa* stonden slogans gekalkt; overal lag puin. Toen ik naar buiten tuurde, zag ik jongemannen – kinderen eigenlijk nog, op blote voeten en gekleed in vuile *salwar kameez* – de *madrassa* binnengaan. Ik besefte dat ze daarbinnen waarschijnlijk zouden worden gehersenspoeld. Ik krabbelde wat opmerkingen in mijn notitieboekje, maar het enige woord dat ik steeds weer noteerde en onderstreepte was: GRIEZELIG.

Toen de door de Taliban gesteunde trainingskampen in Afghanistan nog bestonden, werden een paar 'studenten' uitgekozen voor basale trainingsprogramma's van veertig dagen, waarin ze leerden hoe je mensen bang maakt, martelt en vermoordt. Het kostte slechts zo'n twintig dollar om iemand te trainen, vijftig als je wapens incalculeerde. Terwijl ze de techniek van het terrorisme leerden, leerden ze ook om nooit vragen te stellen over de organisatie die volledig de leiding over hun leven zou nemen. Wanneer ze niet op de slagvelden van Kasjmir of Afghanistan waren, werden ze naar huis gestuurd om zich als 'een heer' te gedragen en het respect van hun dorp te verdienen door 'een goede moslim' te zijn – elkaar een schuilplaats te bieden, nieuwe banden te smeden en uit te kijken naar nieuwe rekruten.

Dat is de wereld van de drie mannen die op 5 februari zijn gearresteerd.

Syed Suleiman Saquib sloot zich bij de jihad aan in oktober 1998. 'Ik wilde naar Kasjmir, maar Harkat-ul-Mujahideen-boodschappers stuurden me naar Afghanistan,' zei hij in zijn verklaring, die door transcribeerders van de rechtbank in het Engels was vertaald. Daar werd hij na maanden aan de frontlinie van Bagram door een machinegeweer in zijn buik geraakt en naar Pakistan gerepatrieerd. Hij onderging dertig operaties in allerlei ziekenhuizen en trekt nog steeds met zijn been. Hij had Omar in de afgelopen twee jaar maar twee keer ontmoet, beide keren in kantoren van Jaish-e-Mohammed, maar alle jihad-strijders wisten wie Omar Sheikh was. Zoals in de verklaring van Adil wordt uitgelegd: Omar 'is een groot moedjahedien, hij was gekomen nadat hij was vrijgelaten in India, ik had groot respect voor hem.'

Op een dag in januari kreeg Suleiman een verrassend telefoontje van Omar. 'Ik kom naar Karachi, kan ik je daar ontmoeten?' vroeg hij.

'Ik antwoordde hem: "Kom maar, ik ontmoet je morgen." De volgende dag bracht hij me telefonisch op de hoogte: "Ik kom met vliegtuig uit Islamabad, kun je naar vliegveld komen om me te ontvangen en of je wat vervoer hebt?" Ik antwoordde: ik heb geen vervoer, maar als jij aandringt kan ik per taxi komen.'

Omar landde de volgende dag, 21 januari, op het vliegveld voor binnenlandse vluchten, in Karachi. Hij stond in de hal met een man die hij, toen Suleiman arriveerde, aan hem voorstelde als Naeem. 'We hebben een klusje,' zei Omar tegen Suleiman. Eerst moesten Omar en Naeem zich wat 'opfrissen', dus nam Suleiman hen mee naar het huis van zijn oom. Daarna gingen ze op weg naar het Student Biryani House, een populair restaurant, waar Omar 'in het geheim' sprak met weer een andere persoon. Omar leidde zijn steeds groter wordende groep, onder wie deze geheime persoon, naar een wooncomplex dat de Muhammad Ali Society heette en waar ze op zoek gingen naar bungalow D/17. Het was een huis van twee verdiepingen met een gazon ervoor, en bleek de woning te zijn van Omars tante van vaderskant.

De volgende morgen, 22 januari – rond de tijd dat Danny en ik Islamabad verlieten om naar Karachi te gaan en we onze vrienden van Chez Soi vaarwel zeiden – belde Omar weer naar Suleiman, die zich klaarmaakte om met zijn neef Fahad naar de markt te gaan. Omar vroeg of ze hem op weg daarheen konden opzoeken in het huis van zijn tante van vaderskant. Toen ze daar aankwamen, zei Omar tegen hen: 'Ik had op dat moment een klusje voor jullie maar ik heb het al aan iemand anders gevraagd. Als ik weer een klusje heb, bel ik jullie, nu kunnen jullie naar de markt gaan.'

Binnen twee uur belde Omar Suleiman op zijn mobiele telefoon. 'Koop een polaroidcamera voor me,' zei hij. Suleiman protesteerde dat hij geen ervaring met dat soort dingen had. Ze zijn heel eenvoudig, antwoordde Omar; je koopt ze op de elektronicamarkt. Dus dat deden Suleiman en Fahad. Toen Kapitein de mannen verhoorde, kwam hij nog meer te weten. Suleiman 'verlokte Fahad met mooie praatjes – "God heeft jou gekozen om de islam wat diensten te verlenen" – en Fahad liet zich meeslepen. En aangezien hij een expert was, die aan het instituut computerles gaf, dacht hij dat hij 't hem wel zou lappen. Dat was bijna het geval.'

Suleiman getuigde: 'Nadat ik vrij had gekregen van mijn werk, ging ik vergezeld door Fahad naar Sadder [een wijk in Karachi] waar ik een polaroidcamera aanschafte voor vijftienhonderd Rps [roepies] samen met twee cassettes voor deze camera, daarna gingen we naar D/17 [de bungalow van Omars tante] om de camera aan Omar Sheikh af te leveren. Op dat moment waren daar nog twee mensen aanwezig; de ene was Quasim en de andere Adil, die ik al eens eerder had ontmoet.'

Omar, Adil, Suleiman, Fahad en deze pas geïdentificeerde man, Quasim, baden gezamenlijk, waarna Omar Suleiman en Fahad teksten overhandigde in twee talen. Hij vertelde de neven dat hij hun spoedig zou vragen die in eigen land en in het buitenland per e-mail te versturen, maar eerst moesten ze wachten op 'iets' anders, om samen met de e-mails te verzenden. Er werd de neven ook gevraagd te wachten op twee 'vrienden' en die vrienden instructies te geven voor het gebruik van de polaroid. Het duurde twee uur voordat de vrienden kwamen opdagen. Suleiman herkende een van de twee als de jongen die hij in het Student Biryani House had ontmoet.

Fahad Naseems verklaring voegde nog meer details toe aan het verslag van Suleiman. Toen Fahad door zijn neef aan Omar werd voorgesteld, werd hem gezegd: 'Dit is de man die in India is vrijgelaten samen met Maulana Massood Azhar, en die met het vliegtuig is aangekomen.' Toen Fahad aan Omar vertelde dat hij computerprogrammeur was, antwoordde Omar: 'God heeft me geholpen! Ik zocht naar de juiste persoon en ik heb hem gevonden.' Omar ondervroeg Fahad: kon hij een film per e-mail versturen? Nee? Te groot? En foto's dan? Negatieven – nee? Maar polaroids wel?

'Intussen,' zei Fahad in zijn verklaring, 'kwam een man met een grote baard de kamer binnen waar we aan het praten waren. [Dat was Adil.] Hij ging zitten. Vier of vijf minuten later kwam er nog een man. Die werd Quasim genoemd. Toen deed Adil *Imamat* [de oproep tot het gebed] en allemaal baden we achter hem het *Zuhar* [vroege middag-gebed]. Daarna zei Omar Sheikh: "Nu moeten jullie een camera voor me gaan halen."'

Fahad werd naar het Beursgebouw in Karachi gebracht, waar wat buitenlands geld – hij weet niet welke soort – werd gewisseld tegen Pakistaanse roepies en daarna schaften ze de camera aan. Fahad kreeg de opdracht het boekje te bestuderen om erachter te komen hoe de camera werkte.

Toen Fahad de teksten voor de e-mail kreeg, vroeg hij Omar waar ze over gingen. 'Voornamelijk over dat Daniel Pearl een joods-Amerikaanse geheim agent is die tegen moslims optreedt,' antwoordde Omar. 'Als je me bij deze taak assisteert, zal God de Almachtige je belonen, want het is een heel belangrijke taak. En jij kunt aan die belangrijke taak deelnemen door alleen maar een e-mail te versturen.' Toen Fahad vroeg wat Danny's lot zou zijn, antwoordde Omar: 'Doe wat ik je zeg en verder niets. En stel geen vragen meer. Dat zou je alleen maar problemen kunnen opleveren.'

Omar verliet Karachi en ging naar Lahore in de namiddag van de drieëntwintigste, terwijl Danny op weg was naar zijn ontmoeting in het Village Restaurant. De volgende dag werd Fahad ontboden in een hotel met de naam Nau Bahar. Er werd hem gevraagd een scanner te kopen en die mee te nemen. Terwijl hij de scanner overhandigde, was Fahad getuige van weer een nieuwe laag van dit eindeloos gelaagde proces: er kwam weer een man het hotel binnen die hij nog nooit had gezien, deze overhandigde een envelop aan nog weer een andere man, die de envelop vervolgens meenam naar de toiletten, kennelijk om de inhoud te controleren.

Op 26 januari werd Fahad meegenomen naar een computercafé, hij kreeg een floppy overhandigd en hem werd opgedragen de berichten met hun attachments te versturen naar een lijst ontvangers. De computer in het internetcafé bleek te traag te zijn, dus probeerden ze een ander café. Daar lukte het.

(Hoe meer ik over het ontvoeringsproces hoor, hoe groter mijn woede wordt. Zoveel mensen hadden het kunnen tegenhouden, laten ontsporen, een belangrijk stuk informatie kunnen laten uitlekken. Die geheime man... De man op het vliegveld... De man in de toiletten van het hotel...)

Na een paar dagen werd het hele e-mailproces herhaald met twee nieuwe foto's. Maar voordat Fahad en Suleiman de tweede e-mail verstuurden, belde Omar en gaf hun de opdracht een wijziging in de tekst aan te brengen na deze belangrijke zin: 'We hebben mr.D.Parl ondervraagd en we zijn tot de conclusie gekomen dat hij in tegenstelling tot wat we eerder dachten niet voor de CIA werkt.' Oorspronkelijk kwam daarna 'daarom zullen we hem vrijlaten'. Maar Omar wilde het als volgt: 'in werkelijkheid werkt hij voor mossad. daarom zullen we hem binnen 24 uur executeren tenzij amreeka onze eisen inwilligt'.

De neven hielden zich aan Omars verzoek, maar Fahad maakte zich er wat makkelijk van af en 'hoewel ik instructies had gekregen dat niet te doen', verstuurde hij de e-mail vanuit zijn kamer in het studentenhuis waar Kapitein hem later arresteerde.

Met het verzenden van de tweede e-mail eindigde het aandeel van Fahad, de computerexpert van de kidnappers. Toen het moment aanbrak dat Fahad voor de rechtbank zijn verklaring moest ondertekenen, wist hij blijkbaar niet hoe hij zijn naam moest schrijven, en dus tekende hij met een duimafdruk.

Nog een verklaring. 'Naam van de beschuldigde: Sheikh Mohammad Adil.'

Adil is niet alleen politieman, hij behoort ook tot dezelfde afdeling van de inlichtingendienst als Dost. Daarmee houdt de gelijkenis op, en hoewel Adil tien jaar bij de politie heeft gewerkt, is hij op de ladder niet erg hoog geklommen. In 1999 nam hij voor twee jaar onbezoldigd verlof om moedjahedien te worden. Harkat-ul-Mujahideen stuurde hem naar Kandahar in Afghanistan en daarna naar Kasjmir. Tijdens Adils training als terrorist in Afghanistan ontmoette hij Omar in de frontlinies van Bagram.

Adils ervaring in Karachi was gelijk aan die van Suleiman – hij ontmoette hier Omar, in gezelschap van een onbekende man met een baard; zag hem daar met nog een paar onbekende mannen met baarden. Op 22 januari bracht Omar Adil naar een bijeenkomst onder de Balochbrug. Twee mannen zaten in een witte Corolla te wachten tot Omar zou verschijnen. De man op de passagiersstoel stapte uit zodat Omar kon zitten. Op dat moment kreeg Adil instructies te gaan bidden in de Sabeel Wali-moskee in de wijk Grumandar. 'Daar zien we elkaar,' zei een van de mannen tegen hem.

Dus vertrok Adil om te gaan bidden en kreeg vervolgens van de twee mannen in de witte Corolla, die nu buiten de moskee stond geparkeerd, een envelop overhandigd. Hij had een ontmoeting met Suleiman en Fahad, en leverde de envelop aan Suleiman af. Binnen een paar dagen leverde hij er nog een af, maar onderhand, zo benadrukte hij in zijn verklaring, had hij ernstige bedenkingen. 'Ik open[de] beide enveloppen en ontdekte dat [ze] de foto's van de Amerikaanse journalist bevatten. Hiervóór was ik me niet bewust van het feit dat ik via de slimme technieken van Omar Saeed Sheikh was betrokken bij het misdrijf tegen de Amerikaanse journalist Daniel Pearl. Eigenlijk hield Omar Saeed Sheikh me erbuiten en gebruikte me onrechtmatig voor zijn plan zonder dat ik het wist, hoewel ik het respect voor hem in mijn hart had. Ik ben niet blij met de daad van Omar Sheikh. Ik vind het niet eerlijk en mijn geweten verzet zich tegen me, en Omar Sheikh had me onrechtmatig gebruikt voor zijn slechte plannen.'

De koran is hierin heel duidelijk: het is verkeerd om onschuldigen kwaad te doen. Ik vraag me af of Adil Danny kan redden in naam van de koran.

'Hmmmpph,' sneert Kapitein. 'Adil is getraind in Afghanistan. Hij is een fundamentalistische terrorist.'

'Is er ook maar enige kans dat zijn geloof hem tot berouw zal brengen?' vraag ik. Kapitein haalt zijn schouders op en steekt nog een sigaret op.

Een stevige, joviaal uitziende man verschijnt aan de deur met een zak kruiden, een schort en een boek met internationale recepten. Het is Yussuf, de beroemde kok van John Bauman. De uitzonderlijk attente Amerikaanse consul heeft besloten dat het tijd wordt dat we eens iets anders eten dan *chicken biryani* van het Sheraton Hotel en daarom leent hij voor de rest van ons verblijf Yussuf aan ons uit. Met zijn Einstein-snor ziet de kok eruit als de ideale grootvader, maar die schijn bedriegt. Dat hij hierheen komt betekent voor Yussuf een enorme op-offering, en hij is niet echt gelukkig met de opdracht. Niettemin stelt hij zichzelf trots voor. Hij heeft gastronomie gestudeerd in Londen en Parijs; dit is een man die alleen voor de groten der aarde kookt, of althans voor wie hij daarvan ziet.

Zonder volledig te beseffen wie en wat we aangeboden hebben gekregen, wijzen Asra en ik Yussuf bij aankomst vaag de richting van de keuken. Nadat hij de ruimte zorgvuldig aan een onderzoek heeft onderworpen en met ontzetting kasten en laden heeft geopend, begint Yussuf-de-kok de keuken op te knappen door een collectie pannen, broodmessen, vismessen en ook nog messen voor het dessert te kopen.

Zwaar zuchtend bereidt hij te midden van de algemene onverschilligheid vorstelijk voedsel. Dan is het etenstijd, en ons team treft uitgeput een uitbundig gedekte tafel aan. Het tafelzilver is op z'n Europees neergelegd, de vork links en het mes rechts. Onberispelijk witte servetten zijn, gevouwen als accordeons, in onze glazen geplaatst. We worden onthaald op komkommersoep met munt, gevulde kalkoen en een taart van citroen met kardemom. Terwijl hij zijn wonden likt, hoort Yussuf genadig en een beetje arrogant onze loftuitingen aan.

Op een dag raken we onze chef-kok bijna kwijt. Hij wilde ons verrassen met krab in een witte saus, maar het gerecht ziet er zo vreemd uit dat niemand ervan durft te nemen behalve Steve. Ik heb een goed excuus: ik ben zwanger. Asra ook, en Bussey maakt zich te veel zorgen over zaken als hygiëne om dingen uit te proberen. Half in tranen en walgend van zoveel ondankbaarheid, gaat Yussuf er bijna vandoor. In een poging hem gunstig te stemmen accepteert Steve nog een tweede portie. Bussey troost Yussuf door erop te wijzen hoe buitengewoon succesvol hij is geweest door twee joden (Bussey en Steve), een moslim (Asra), een boeddhist (ik) en een christen (Yussuf zelf) tevreden te stellen. Dat complimentje doet de kok zichtbaar goed.

Yussuf is een heel vrome christen, een van de dertien procent minderheid in Pakistan. Terwijl hij kookt, spreekt hij obsessief over God en bidt voortdurend tot Hem. Hij bidt tot Hem dat we Danny mogen vinden.

Plotseling gebeurt het. Omar Sheikh geeft zich over vlak bij het dorp in Punjab waar zijn vader is geboren. Met handboeien om en een zak over zijn hoofd naar Karachi terugkerend, vertelt hij Kapitein: 'Danny is in leven', maar hij wil of kan niet zeggen waar mijn man is.

Om mijn frustraties te verzachten doet Kapitein zijn best om me op de hoogte te houden van wat er in het verhoorcentrum gebeurt. Zelfs in een gevangeniscel met muren die verweerd zijn door vocht, vuil en ratten schijnt Omar nog zijn gezag te handhaven. De gevangenbewaarders willen niet bij hem in de buurt komen, bang dat hij hen zal beschuldigen van mishandeling en ze het slachtoffer worden van vergelding. Hoewel hij niet zo'n prediker is, heeft Omar Allah aangeroepen en hen bedreigd. Kapitein weigert zich bang te laten maken. 'Deze persoon is mijn vijand,' zegt hij tegen me. 'Ik zeg: "Laat maar zien of jij of je organisatie wat kunnen uitrichten. Voor mij ben jij een gewone crimineel en dus word je ook zo behandeld." Geen verschil. Geen speciale faciliteiten. Geen respect.'

Omar beweert dat hij Danny heeft gekidnapt om 'Amerika een lesje te leren. Terecht of onterecht', zegt hij, 'ik heb het gedaan omdat ik vind dat Pakistan zich niet hoeft te richten naar de behoeften van Amerika.'

Ik stel voor met Omar te gaan praten, maar Kapitein zegt snel: 'Laat dat maar aan ons over, wij houden ons wel met hem bezig. We zijn er klaar voor.'

Net zo snel antwoord ik: 'Ik ook,' en ik ben dankbaar als Kapitein knikt alsof hij wil zeggen: dat weet ik.

Volgens Kapitein zijn er bij elk onderzoek verschillende stadia. In het begin, 'wanneer je op zoek bent naar een crimineel, voel je haat jegens hem. En elke dag neemt die haat – of, om precies te zijn, die woede – toe en die wordt steeds persoonlijker'.

Kapitein weet heel goed dat 'het voor een politieman niet waardig is om je gedrag te laten bepalen door wraakzucht of woede of haat'. Hij weet dat het belangrijk is 'de haat te overwinnen en er weerstand tegen te bieden'. Maar hij weet ook dat politieagenten mensen zijn. 'In films, op de tv, jaagt de politie soms in een snelle auto achter een crimineel aan – ze achtervolgen hem, tien, vijftien kilometer lang, en hij rijdt honderdtachtig, honderdnegentig, en plotseling laten ze hem stoppen. En weet je wat ze dan doen? Het enige wat ze doen is hem eruit halen en slaan. Maar,' voegt Kapitein eraan toe, 'nadat de politie- agent hem in hechtenis heeft genomen en bekeurd, en er zijn twee of drie dagen voorbij, is die agent dan nog zo boos? Nee. Hij is gekal- meerd. En hij weet dat hij de crimineel heeft gepakt en dat de crimi- neel misschien wel zijn hele leven bij hem te gast blijft.

Nu komt het stadium dat je de crimineel echt op de proef begint te stellen.'

Wat een geluk dat Omar is opgedoken voor Musharrafs langver- wachte bezoek aan het Witte Huis. Het zou gênant voor de Pakistaan- se president zijn geweest als hij geen goed nieuws had voor Bush of de Amerikaanse pers. Hij zegt tegen reporters dat op grond van wat Omar Sheikh heeft gezegd, hij er 'vrij zeker' van is dat Danny nog leeft en: 'We zijn zo dicht bij zijn bevrijding als maar mogelijk is', alsof dat iets betekent. Toch kan Musharraf zich niet helemaal inhouden en hij uit zijn vermoedens. Danny is 'te gedreven [geweest] in wat hij deed en door zich midden tussen deze extremisten te begeven', zegt hij. Hij zegt ook dat 'je zulke dingen kunt verwachten'. O, mijn god, denk ik; we zijn *collateral damage.*

Het zal lastig worden om Omar te temmen. John Bauman noemt hem 'een koude, harde jongeman'. Hij is 'zo'n terrorist die anderen er- toe kan brengen zelfmoord te plegen', zegt Kapitein. Amerikaanse en Pakistaanse teams brengen om de beurt een nacht bij hem door, ter- wijl ze hem met emmers koud water wakker houden.

Ik roetsj over een emotionele achtbaan en ik word er misselijk van, maar Kapitein is optimistisch. 'Er bestaat geen meetinstrument waarmee je het hart van een mens kunt binnengaan en weten of wat hij je vertelt de waarheid is of niet. Maar wanneer je een ervaren poli-

tieman bent, ontwikkel je een vermogen om gedachten en gelaatsuit-
drukkingen en lichaamstaal te lezen. Onbewust wordt een politieman
een psycholoog. Je leert het niet uit boeken maar uit je ervaringen. En
je leert hoe je na drie of vier dagen iemands zwakheden kent – en die
kunt uitbuiten.'

Een vage glimlach van trots verzacht de gekwelde lijnen in Kapiteins gezicht. 'Deze vent heeft bijvoorbeeld een zwak voor zijn zoon.
Dus dat is iets wat ik zal uitbuiten. Ik ga praten over zijn zoon, hoe
oud is hij, lijkt hij op zijn vader of zijn moeder, dat soort dingen. Onnozel gepraat, heeft niks met de zaak te maken. Maar terwijl ik om-
zichtig met hem bezig ben, breng ik hem waar ik hem hebben wil. En
misschien begint hij te huilen, mist hij zijn kind... Eenmaal zover, vertellen de meeste mensen geen leugens. Of laten we het over zijn religie hebben. Dat kun je ook uitbuiten. Wanneer je tegenover God
staat, bid je en beloof je dat je een goed mens zult zijn, en dan kun je
niet meteen een leugen vertellen. Wanneer je voor God staat, ben je
een beetje bang dat Hij weet wat je doet, snap je?'

Dagenlang sprak Kapitein met Omar over zijn zoon, over familie,
over religie, en daartussendoor over de kidnapping en kidnappings in
het verleden en de jihad-activiteiten. Al die tijd maakte hij zorgvuldig
aantekeningen. Omar was goed, dat wil zeggen consequent in zijn
verhalen en de informatie die hij bereid was prijs te geven. Van tijd tot
tijd kwam er een expert op het gebied van leugendetectie bij hem
langs, en Omar, als koele psychopaat, doorstond ook die testen. Maar
na drie of vier dagen was Omar uitgeput en vergiste hij zich, en be-
trapte Kapitein hem op een leugen. Een kleintje, in verband met een
telefoongesprek dat hij wel of niet had gevoerd. Toch gaf hij Kapitein
daarmee de munitie die hij nodig had.

Kapitein reageerde geschokt. 'Ik zei: "Ik beschouwde je als een
moslim en ik dacht dat je een heel goede moslim was – maar je bent
een leugenaar. Hoe kan ik geloven wat je me vertelt? Ik geloof je niet.
Je bent een leugenaar".'

Omar bleef een paar minuten zwijgen en vroeg daarna of hij
mocht bidden. Kapitein zei: 'Waarom niet? Hij zei: "Ik heb de koran
nodig." Ik gaf hem de koran. En ik nam hem zijn handboeien af en de
ketenen waaraan hij zat gekluisterd, ik stond hem zelfs toe een bad te

nemen en zich te verschonen. Hij ging bidden. Hij citeerde uit de koran. En toen riep hij dat ik moest komen. Hij was in zijn cel. Hij riep:
"Zeg tegen Kapitein dat ik hem nu wil spreken!"'

Kapitein zei nee, dat Omar Sheikh maar naar zijn kantoor moest
komen. 'Ik maakte het hem gemakkelijk, liet hem op een stoel zitten,
bood hem een kop thee aan. Ik zei: "Wil je me iets vertellen?"'

Omar vertelde Kapitein dat hij inderdaad in het verleden had ge-
logen, maar van nu af aan zou hij de waarheid vertellen. Hij verschaf-
te Kapitein kleine maar essentiële stukjes informatie, een paar bij-
namen, een paar data. En hij vertelde Kapitein dit: Hij had sinds
5 februari in hechtenis gezeten.

5 februari. De nacht dat Kapitein Fahad arresteerde, die hem naar
Suleiman leidde, die hem weer naar Adil leidde. De nacht dat Kapitein Omar opspoorde en hem belde met Adils mobiele telefoon vanuit het huis van Omars tante. De nacht dat we dachten dat Omar de
wet had ontdoken en spoorloos en ongrijpbaar naar het stammengebied was ontsnapt.

Maar zo was het niet gegaan. Hij had zich uitgeleverd aan de gepensioneerde brigadier Ejaz Shah, minister van Binnenlandse Zaken
in Punjab, het district waaruit Omars rijke, textiel fabricerende vader
afkomstig is. Brigadier Shah, een voormalige ISI-functionaris, vertoonde absolute minachting voor de wet, voor justitie, voor president
Musharraf, voor de Verenigde Staten en voor mij. Hij hield Omars
hechtenis geheim. Van 5 tot 12 februari.

Kapitein wist dat niet. En de FBI ook niet – of wel?

Wist de ISI het? Dat moest wel. Maar stonden ze Omar toe in
hechtenis te blijven omdat ze informatie van hem wilden? Was er informatie die ze niet onthuld wilden hebben? Waren ze een soort deal
met hem aan het sluiten – 'ga maar een tijdje naar de gevangenis, dan
zorgen wij er wel voor dat je vrijkomt'? Of zijn ze gewoon bezig om
de aanwijzingen uit te wissen die naar hen terugleiden?

Kapitein probeert te verbergen hoe vreselijk boos en verdrietig hij
is, maar dat lukt niet. Hij is bedroefd om mij, om zijn gecompromit-
teerde vermogen om de waarheid te achterhalen, en om zijn land. Kapitein is bovenal een Pakistaanse patriot. Toch is er maar een beperk-
te hoeveelheid dingen waar hij openlijk over kan spreken, en ik ben

gaan begrijpen en respecteren dat hij niet met mij over de ISI kan praten. 'Mariane,' zegt hij, 'als je vraagt wie Omar beschermde en om welke reden, dan weet ik dat niet. Ik ben daar heel erg eerlijk in. Ik weet het gewoon niet.'

Hier op de veranda, met een armzalige, van de buren gestolen internetverbinding, worstel ik om de stukjes van de puzzel die we wel kennen op hun plaats te krijgen. Ik heb moeten aanvaarden – wij allemaal hebben moeten aanvaarden – dat hoewel Omar misschien ons oorspronkelijke doelwit was, hij in werkelijkheid slechts een schakel is in een enorm ingewikkelde ketting. Ja, hij is goed in zijn kwaadaardige vak, maar uiteindelijk is hij slechts een werktuig. Maar van wie? Het is duidelijk geworden dat Omar niet weet waar Danny is. Dat is nooit zijn rol geweest. Hij was het lokmiddel. Anderen zijn de kapers. Wie zijn dat in die groep? Omar is op de proppen gekomen met de naam van een tussenpersoon, de man die zowel contact heeft gehad met Omars cel als met het ontvoeringsteam. Dat is een begin. Maar wie houdt er toezicht op dit alles? Wie trekt er aan de touwtjes?

Ik denk na over dingen als: wie vertelde Omar dat Danny joods is? Wie kon die informatie geven?

Informatie vliegt over internet naar alle kanten. Ik ben verbaasd te zien hoeveel er circuleert over Omar en zijn kennelijke links met zowel Al Qaeda als de ISI. Ik lees dat de Amerikaanse ambassade in Islamabad op 21 januari – twee dagen voordat Danny werd gekidnapt – de Pakistaanse regering heeft gevraagd Omar uit te leveren. De reden voor dat verzoek was dat bij de kidnapping in 1994 een Amerikaans staatsburger was betrokken. Maar het lijkt me duidelijk dat de Amerikaanse autoriteiten een veel zorgwekkender spoor wilden volgen. Ik heb een verslag gelezen uit oktober waarin werd beweerd dat de FBI 'overtuigende links' had ontdekt tussen Omar Saeed Sheikh en de toenmalige directeur van de ISI, luitenant-generaal Mahmood Ahmed. Er werd gezegd dat Ahmed degene was die Omar instructies gaf om de honderdduizend dollar aan Mohammed Atta over te maken.

Ik heb ook gelezen dat onthulling van deze vondst ertoe heeft geleid dat Ahmed op 7 oktober 2001 door president Musharraf werd ontslagen als hoofd van de ISI.

Dus het lijkt alsof Omar banden heeft gehad met het hoofd van de ISI én met Al Qaeda. Hij gaf zich over aan een andere voormalige ISI-functionaris, die hem een week in hechtenis hield, tot één dag voordat Musharraf een ontmoeting had met president Bush. Net op tijd voor Musharraf om voor Bush en de Amerikaanse pers te verschijnen en, verwijzend naar de 'arrestatie' van Omar Sheikh, te verklaren: 'We zijn zo dicht bij de bevrijding [van Danny] als maar mogelijk is.'

Vragen stuiteren als op hol geslagen pingpongballen door mijn hersens heen en weer. Het onderscheid tussen goed en slecht, regeringsorganisaties en terroristische organisaties, vervaagt niet alleen, maar het lijken twee kanten van dezelfde munt te zijn.

Wist Musharraf dat Omar in hechtenis zat? Kan het zijn dat hij het niet wist? De CIA (god mag weten wat hun positie hierin is) wist het niet? Wie van Omars vroegere ISI-vrienden zijn erbij betrokken en tot op welke hoogte? Hoe zit het met brigadier Abdullah, die verantwoordelijk was voor de Kasjmir-cel van ISI, voordat hij door Musharraf werd ontslagen gedurende de recente zuiveringen binnen de organisatie: is hij er ook bij betrokken? Werkt hij voor Osama bin Laden? Wat werd Omar beloofd in ruil voor zijn arrestatie?

Na verscheidene dagen verhoord te zijn wordt Omar aan de rechtbank overgedragen, waar hij snoeft dat hij de kidnapping 'uit eigen vrije wil' heeft uitgevoerd. Maar hij brengt iedereen aan het schrikken door een deel van zijn verhaal te veranderen. Toen Kapitein voor het eerst met Omar werd geconfronteerd, zei de terrorist: 'Danny is in leven, het gaat goed met hem.' Nu zegt hij: 'Voorzover ik heb begrepen, is hij dood.'

Wanneer gevraagd wordt waarom hij dat denkt, heeft Omar het over code-uitdrukkingen die de kidnappers onderling gebruikten. Hij zegt dat hij op 5 februari zijn kameraden belde om te zeggen dat ze Danny moesten vrijlaten: 'Breng de patiënt naar de dokter'. Maar het was al te laat: 'Papa is overleden', werd hem volgens zijn zeggen verteld, 'we hebben de scan uitgevoerd en het röntgenonderzoek en de autopsie afgesloten'.

Wat een psychopaat, zeggen we tegen elkaar. Wat een leugenaar.

Het zijn allemaal psychopaten en leugenaars. Er is geen reden om meer geloof te hechten aan deze verklaring dan aan de voorafgaande.

Toch ben ik doodsbenauwd.

10

Het voelt alsof er een dikke mist het huis is binnengedreven die alles overheerst. We lopen op onze tenen door de kamers, ieder verzonken in zijn gedachten. Niemand weet welke kant we op moeten, laat staan wat we moeten doen of denken. De nachtelijke razzia's gaan door, maar terwijl het in dit huis ooit dag en nacht wemelde van de mensen, zijn er nu lange uren van ijselijke stilte. John Bauman brengt Bussey en Steve dagelijks verslag uit, Kapitein komt regelmatig kijken hoe het met me gaat, maar als er al actie is, vindt die ergens anders plaats. Meestal zit ik bij mijn altaartje en bid. Dit huis is de laatste plaats waar Danny en ik samen waren. Het is haast onvoorstelbaar dat ik het ooit zal kunnen verlaten.

Maar dat is wat Bussey wil. Hij wil dolgraag dat ik mijn aandacht eindelijk eens op mijn zwangerschap richt in plaats van op Danny. 'Voor het welzijn van de baby heb je beweging nodig,' besluit hij en dus regelt hij dat Asra en ik in het Zamzamapark gaan wandelen, een paar blokken van onze omheinde wijk vandaan. Er is geen stoep, dus moeten we achter elkaar langs de kant van de weg lopen met twee bewapende bewakers vóór en twee achter ons; we lijken wel gevangenen die naar een nieuwe locatie worden overgebracht. Onderweg komen we langs een *madrassa*, waar een oude man voor staat te schreeuwen naar studenten die hem uitlachen. Een van onze politiemannen stopt om tussenbeide te komen, maar iets weerhoudt hem ervan en we lopen allemaal door. Wanneer we bij het Zamzamapark aankomen, mogen onze bewakers met hun wapens niet naar binnen, en in het park – fraai ontworpen door Musharrafs dochter – stinkt het naar de riolering van naburige straten.

Ik word duizelig. Ze brengen me naar huis.

Bussey en Steve denken dat Asra en ik wel een massage in het Sheraton kunnen gebruiken. Als we daar binnenkomen, haast de chef van de beveiliging zich naar ons toe en flapt eruit: 'Mijn intuïtie zegt me dat hij nog leeft.'

Alsof het mij wat kan schelen wat zijn intuïtie hem zegt. Ik stap meteen weer in de auto en ja hoor, ik ben weer thuis.

Het is onvoorstelbaar, maar het lijkt alsof de uren steeds langer gaan duren. Ik wil mezelf nog altijd niet toestaan te huilen, maar ik voel me alsof er een stuwdam op het punt staat te bezwijken onder door de stroom tranen die ik steeds heb ingehouden. Om mezelf te sterken zoek ik in mijn geest naar herinneringen waar ik wat aan heb. Ik denk aan ontberingen waar Danny en ik mee te maken hebben gehad, aan zijn pragmatische benadering van problemen. Mijn gedachten gaan terug naar een boek dat ik als tiener mooi vond, *The Loneliness of the Long-Distance Runner*, over een duurloop en de eindeloze innerlijke monoloog die de hardloper op de been houdt.

Asra en ik liggen op de bank in haar werkkamer als mijn mobiele telefoon klinkt. We hebben die telefoon een week geleden gebruikt om een sms-bericht naar Danny's telefoon te versturen: 'We houden van je, Danny.'

Asra kijkt naar het verlichte schermpje van de telefoon. DANNY staat daar. Ze klapt snel de telefoon open. 'Hallo?'

'Geef me de vrouw van Daniel Pearl,' krast een stem in het Urdu. In het Urdu hebben mensen de neiging slechts op twee manieren te spreken, of onderdanig of blaffend. Dit is de laatste manier. 'Ik moet haar spreken.'

'Oké,' zegt Asra voorzichtig omdat ze inziet dat de beller met de kidnappers heeft te maken. 'Ik zal u met haar doorverbinden, maar u moet wel weten dat ze geen Urdu spreekt.'

De man aan de lijn wendt zich kennelijk tot iemand anders. 'Ze spreekt geen Urdu,' zegt hij. Dan hangt hij op.

'O mijn god! Wat heb ik gedaan? Ze hebben opgehangen!' roept Asra, met iets hysterisch in haar stem.

'Houd je mond,' zeg ik tegen haar, 'laat me nadenken.'

'Nee, nee, het is in orde, het is goed. Ze zochten op de een of andere manier contact,' zegt Randall wanneer we het hem vertellen, alsof ons nieuws een beetje licht in deze toenemende duisternis brengt. Het is moeilijk te begrijpen wat hij precies bedoelt. Je kunt nergens wijs uit worden. Als Danny nog leeft, waarom zijn er dan niet meer e-mails gekomen, meer eisen? En als Danny dood is, waarom gaan zijn moordenaars daar dan niet prat op?

Kapitein komt langs om me te vertellen dat zijn assistent ook een telefoontje heeft gekregen via Danny's mobieltje. De beller zwoer dat de kidnappers de assistent en zijn vrouw en hun drie kinderen zouden vermoorden. Daarna hing hij op. Nu lijkt het mysterieuze telefoontje opeens minder geheimzinnig. De Urdu-sprekers belden niet om contact te zoeken. Ze belden om te dreigen.

21 februari. Ik zit bij mijn altaartje. Asra zit naast me, verontrust omdat de ex-Minnaar niet langs is gekomen voor een van hun periodieke gesprekken, al had hij gezegd dat hij hier tegen negen uur 's avonds zou zijn. Terneergeslagen gaat ze naar beneden en vertelt Steve van haar desillusies over mannen, als Bussey opgewonden de kamer binnenkomt en de microfoon van zijn mobieltje uit zijn oor rukt en de telefoon in zijn zak stopt.

'We moeten gaan,' zegt Bussey tegen Steve. Hij praat veel te snel.

Steve probeert aan te voeren dat Asra aandacht nodig heeft, maar Bussey zegt alleen maar: 'Dat kan wachten,' en weg zijn ze.

Er is iets mis. Ik voel het. Wanneer ik beneden kom, vertelt Asra hoe ze zijn weggerend. Dit is foute boel – waarom zijn ze zonder ons vertrokken? 'Bel ze, bel ze allemaal,' zeg ik, en Asra probeert alle mobiele nummers die ze kent, maar niemand neemt op. Ten slotte weet ze Randall op te sporen. Ze bejegent hem agressief. 'Hé, wat is er aan de hand? Jullie kunnen ons er niet zomaar buiten houden.'

Hij schreeuwt tegen haar: 'Wil je soms dat ik het door de telefoon tegen haar zeg?' Dan hangt hij op. Wat tegen mij zeggen? Mijn handen trillen zo hevig dat ik de veters van mijn jihad-laarzen niet kan strikken.

'Laten we hier weggaan,' zeg ik. Ik weet niet waar we heen moeten

– het consulaat? – maar ik moet naar buiten en ik moet de mannen vinden. Terwijl Asra Eurocar belt voor vervoer, verschijnen de mannen bij de deur, eerst Bussey, dan Kapitein, Dost, John Bauman, Steve, Randall en een man die ik niet ken. Het is al laat en tegen de donkere nacht zien ze er spookachtig uit. Busseys gezicht is doodsbleek, als van was.

Ze lopen achter elkaar de woonkamer in. Bussey begint te praten. 'Hij heeft het niet gered,' zegt hij. 'Ze hebben bewijs.'

Ik duw hem opzij; ik moet naar Kapitein, wiens gezicht een vreselijke geelbruine kleur heeft gekregen. Hij heeft een vreemd waas over zijn ogen, die donkere ogen die eens zo helder waren, maar nu hun glans verloren hebben. 'Mariane, het spijt me,' zegt hij. 'Ik heb je Danny niet thuisgebracht.'

Ik laat mijn hoofd op zijn schouder zakken en zo blijven we een poosje staan. Wanneer ik opkijk, staat hij te huilen. 'Ik ben een mens,' zal hij later tegen me zeggen. 'Ik had mezelf niet in de hand. Ik wist wat je van me verwachtte. Ik had het je beloofd. En ik was niet in staat mijn woord te houden.'

Ik laat Kapitein los en als ik langs de als aan de grond genagelde groep mensen loop, zeg ik tegen ze: 'Laat me met rust,' en ga snel naar mijn slaapkamer. Ik smijt de deur dicht en schreeuw het uit zo hard ik kan. Ik heb nooit eerder zo geschreeuwd. Ik voel dat ik schreeuw, maar het geluid dat uit me barst, is vreemd, alsof alles naar buiten komt. Ik klink als een dier dat gevangen zit in een val die zijn botten verbrijzelt.

Asra knielt aan de andere kant van mijn kamerdeur en zegt een moslimgebed op ter bescherming.

Ik ga naar de badkamer en sla met mijn hoofd tegen de muur. Ik hoor stemmen in de hal, verwoed gefluister; ze proberen erachter te komen wat ik aan het doen ben. God, ik stik zowat. Ik gooi de deuren open. 'Houd op met dat gelul!'

Ik denk opeens: Waarom zou ik hen geloven? Ik geloof niet dat het waar is. Het kan niet. Ik trek Kapitein mee naar de bank en ga naast hem zitten. 'Hoe weet je dat hij dood is?' vraag ik, uit hoop of misschien uit wanhoop.

'Er is een video.'

Maar dat is iets waar ik verstand van heb. Ik maak zelf films. Dus ik zeg: 'O, Kapitein, is dat het? Maak je geen zorgen. Het is heel gemakkelijk om een moord op film na te doen. Dat kan iedereen. Het is een montage...'

'Mariane,' zegt hij, 'Danny is dood.' Zijn stem klinkt aangeslagen en rauw, alsof elke lettergreep moeizaam van diep uit zijn binnenste komt. 'Nu moet jij het doen, het is jouw plicht om zijn opdracht voort te zetten.' Wat is die plotselinge grimmigheid in zijn toon? Ik staar hem aan, niet in staat te begrijpen waar hij het over heeft.

'Mariane, je moet accepteren dat hij dood is.'

Ik wil het niet geloven en daarom herhaalt Kapitein steeds maar weer: 'Accepteer het maar, hij is dood. Accepteer het nou maar, hij is dood. Je moet het accepteren. Hij is dood.' Hij wil dat ik instort.

'Waarom ben je er zo zeker van dat hij dood is?' Deze keer richt ik mijn vraag tot John Bauman.

'Ze hadden een mes en dat hebben ze op zo'n manier gebruikt dat het geen twijfel lijdt...'

Ik daag hem uit: 'Wat bedoel je met "dat het geen twijfel lijdt"?'

'Hij is onthoofd.'

Ze zitten allemaal te huilen, stuk voor stuk, het hele team, verdomme. Ze huilen als mannen. Geen gesnik, geen strepen over hun wangen. Maar hun ogen staan vol tranen in hun aangeslagen gezichten. Ik weet niet precies of ze om mij huilen – omdat ik weiger in te zien dat ik mijn man heb verloren op een manier die niemand hardop wil beschrijven – of om Danny en wat hij heeft doorgemaakt.

'Hebben jullie allemaal die video gezien?' Ik bestudeer hun gezichten en weet het antwoord ook zonder dat het me verteld wordt.

Asra stuift op. 'Laat mij die zien. Ik wil die video zien!'

'Houd op,' snauw ik. Ik wil die video niet zien en ik wil ook niet dat zij die ziet.

Kapitein legt zijn arm stevig om mijn schouders. Allebei zitten we te trillen. Heel langzaam begint hij me te vertellen wat er met Danny is gebeurd.

'Wie is deze onbekende man?' vraagt Asra aan Randall over de vreemde man die in de woonkamer zit.

'Een dokter voor Mariane.'

'Laat hem weggaan. Geen vreemden nu,' zegt ze.

Later zit ik op de punt van de bank met mijn hoofd geheven, rechtop, alsof ik klaar ben om in de startblokken te gaan staan voor een wedstrijd. Bussey zit naast me. Hij is nog steeds zo bleek als een vaatdoek, maar ik ben blij dat hij hier is.

'Ik weet niet wat ik zal doen,' zeg ik tegen hem.

'Je moet niets overhaasten. Accepteer het stap voor stap, stukje bij beetje,' zegt Bussey.

Maar dat bedoel ik niet. Ik bedoel dat ik moet beslissen of ik daarheen wil gaan waar Danny is. Hoe kun je zoiets uitleggen aan iemand als John Bussey?

'Het is net als Romeo en Julia,' zeg ik. 'Je kunt ze niet scheiden. Anders zou er geen Shakespeare zijn.'

Stilte.

Ik besluit wat duidelijker te zijn. Ik zeg: 'Ik ben nergens meer bang voor. Ik ben niet eens bang om dood te gaan.'

Busseys ogen, die al wijdopen staan, gaan nog verder open. Mijn dood is wel het laatste waar hij op zit te wachten.

Ik heb het vreemde gevoel dat ik uit twee personen besta. De ene luistert naar wat er gezegd wordt, terwijl de andere praat. Alles is abnormaal, vooral deze uitzonderlijke kalmte die zich van me meester heeft gemaakt. Ik probeer Bussey uit te leggen dat als ik besluit te sterven, dat zonder bitterheid zal zijn. Ik weet dat ik alles heb gedaan wat ik mogelijkerwijs had kunnen doen, dus het zal een waardig afscheid zijn. Ik zal een buiging maken voor het leven als een acteur die, nadat hij zijn tekst heeft gesproken, diep buigt voor zijn publiek en zich dan terugtrekt. Ik vertel Bussey dat deze beslissing niets met hem heeft te maken, dat het helemaal mijn beslissing is. Ik zal kiezen om te blijven leven of om te sterven, maar ik kan mezelf niet toestaan een half leven te leiden. Ik wil niet als een spookverschijning door het leven gaan.

'Denk je dat je Danny op die manier zult vinden?' vraagt Bussey.

Mijn geest onderzoekt alle beschikbare theorieën over het leven na de dood. Het is alsof deze metafysische vraag net zo reëel is geworden als de lucht die we inademen. Het boeddhisme leert ons dat het leven een eeuwigdurende cirkel is zonder begin of eind. Ik herinner me de metafoor: onze persoonlijke levens zijn als golven van de grote oceaan die het universum is. Het oprijzen van een golf is het leven en het terugglijden van de golf is de dood. Dit ritme herhaalt zich eindeloos.

Ten slotte antwoord ik Bussey: 'Nee, ik denk het niet.'

Bussey lijkt opgelucht, maar ik ben eerder paniekerig, want ik had nooit gedacht dat ik nog eens alleen zou eindigen. In mijn gedachten waren Danny en ik hoe dan ook altijd en voorgoed samen.

Randall en de anderen gaan erop uit om de moordenaars te vinden. Ik ren achter ze aan. Ik ruk een AK-47 uit de armen van een bewaker en zeg tegen Randall: 'Ik ga met jullie mee!'

'Dat kan niet,' zegt Randall. 'Het is te gevaarlijk.'

'Sodemieter op! Gevaar kan me geen zak schelen!'

Randalls ogen vullen zich weer met tranen. 'Mariane, alsjeblieft.'

Ik overhandig de bewaker zijn geweer en ga terug naar mijn kamer.

Kapitein blijft bij me. Hij houdt mijn hand vast en vertelt me over zijn dochtertje dat is gestorven. 'Het wordt heel moeilijk voor je,' zegt hij. 'Het zal een vreselijke tijd worden. Maar je zult erdoorheen komen want je bent dapper, je bent een vechter, je kunt het.

Ik zal je nog iets vertellen,' zegt Kapitein. 'Ik zal er altijd voor je zijn.'

Ik weet niet wanneer of hoe ik in slaap val. Ik stort gewoon in. Wanneer ik de volgende morgen wakker word, lig ik alleen in ons bed. Ik ga op mijn zij liggen, klaar voor de lepeltjeshouding. Dan hoor ik de regen. Het heeft nog niet één keer geregend sinds we hier zijn. Maar nu giet het, alsof er in de hemel een waterreservoir is overgelopen. Het zal de hele dag doorgaan, zelfs wanneer de zon even te voorschijn komt.

Ik bel mijn oudere broer, Satchi, in Parijs. 'Het is voorbij,' zeg ik. Satchi reageert net als ik: 'Nee, we mogen het niet opgeven, het is niet waar. We moeten zorgen dat de hele wereld met ons meebidt.' Overal op de wereld hebben boeddhisten voor ons gebeden. De meesten behoren tot de boeddhistische lekenorganisatie Soka Gakkai International. SGI is een netwerk van mensen dat tegelijkertijd opmerkelijk en gewoon is en wordt geleid door Daisaku Ikeda, een man die voor vrede strijdt. Leden begonnen een paar weken geleden spontaan voor ons gebeden op te zeggen, en algauw – als in een estafettewedstrijd waarin je het stokje doorgeeft aan de volgende renner – hadden ze geregeld dat vierentwintig uur per dag in alle tijdzones mensen voor ons gebeden reciteerden.

Even zie ik de wereld door de ogen van Satchi en ik typ een bericht: 'Blijf doorgaan; blijf voor Danny bidden.' Maar als ik op SEND druk, weet ik dat het voorbij is. Het is tijd om de rest van de wereld te vertellen dat Danny dood is.

Mijn geliefde moeder was heel bang om dood te gaan. Toen we begrepen dat ze aan kanker zou overlijden, wist ik dat ik haar moest helpen haar angsten te overwinnen. Maar ik wist ook, terwijl zij zich voorbereidde op deze oversteek die je altijd alleen maakt, dat ik haar angsten niet kon wegnemen voordat ik mijn eigen angsten had overwonnen.

Ze stierf precies een maand na ons huwelijk. We waren bij haar, Danny, Satchi en ik, toen het leven haar lichaam verliet. Ze slaakte een soort laatste zucht, haast als een uiting van opluchting, en ik voelde mijn eigen energie samen met haar opstijgen. Ik keek naar haar, verbaasd dat ik nog leefde. Ik tuurde naar het plafond en stelde me voor dat mijn moeder ergens boven onze hoofden zweefde, en verbaasd zou zijn als ze ons met z'n allen om haar lege lichaam zag zitten. Ik glimlachte onder de bezorgde blikken van de verpleegsters die de kamer in waren gestormd. Ik kuste mijn moeders lippen, die nog warm waren.

Een paar weken na Marita's overlijden ontdekte ik dat mijn moeder geen materiële goederen had nagelaten. Geen meubels, geen testament, geen bezittingen, alleen een wens. Die vond ik in een schoolschrift, waarin ze had geschreven waarom ze haar voorafgaande dagboeken had vernietigd: 'Mijn monoloog heeft lang genoeg geduurd'. De rest van het schrift was blanco, op een pagina na, die in het Spaans geschreven was, en die ik onmiddellijk voor Danny vertaalde: 'Ik moet naar Santiago [de Cuba]. Ik moet daar iemand spreken.

Wie? Ik weet het niet... Het zou een vrouw of een man kunnen zijn. Misschien een kind of een landschap. Een straat? Een boom of een berg. Hoe dan ook, vandaag was ik ervan overtuigd dat ik daar zal vinden wat ik mis om gelukkig te zijn. Misschien is het een liedje, of misschien is het alleen La Casa de la Nueva Trova met mijn kleine donkere muzikantenvrienden die zoveel belangstelling hebben gekregen voor dollarbiljetten.'

Een maand later stonden we op het punt naar het vliegveld te vertrekken – Danny, mijn moeder in haar urn en ik. Mijn moeder zat in een blauw metalen kistje met een elegant deksel en een sluiting met een ijzeren ring. Aanvankelijk vonden Danny en ik het eng en wisten we niet hoe we ons tot deze nieuwe versie van Marita moesten verhouden, maar Danny brak het ijs. Hij zette het kistje boven op mijn schrijftafel en begon het ding uit te leggen dat we spoedig met z'n drieën in Santiago de Cuba zouden aankomen, waar we mijn moeders as zouden verspreiden op de eerste ochtend van het nieuwe millennium. Hij sprak tegen haar zoals je tegen een kind praat, met een glimlach in zijn stem. Ik wist dat ze dat heerlijk vond. Omdat ik niet wist wat ik verder nog kon doen, besloot ik haar een brief te schrijven.

Mammie,
We hebben je tot as moeten laten overgaan. Satchi had dat liever – je weet dat hij een hekel heeft aan wormen, die akelige wezentjes die wachten tot ze zich met jou kunnen voeden. Dus ik wil dat je weet dat je in geen geval naar het kerkhof Père-Lachaise gaat, waar je ziel tussen zware stenen en droevige lichtjes zou ronddwalen. Danny, die engel van een man van me, en ik brengen je terug naar Cuba, waar je hoort. Ik heb nog niet precies besloten waar. Ik zou het fijn vinden als je in mijn dromen verscheen om me aanwijzingen te geven, je mag me ook overdag bezoeken.

De Cubaanse douanebeambte was een bitse vrouw die schreeuwend naar een begrafenisvergunning vroeg voordat ze ons het land in wilde laten. Ze was er waarschijnlijk van overtuigd dat mijn moeder een berouwvolle verraadster was die, nadat ze Cuba had verlaten, ernaar snakte daar voorgoed begraven te liggen. Ik had de kracht niet om uit te leggen hoe legitiem het voor mijn apolitieke moeder was om in dit land te rusten. Ze ís Cuba, dacht ik zonder iets hardop te zeggen. In zijn cartoonachtige Spaans handelde Danny de zaak af. Hij beschreef, voornamelijk door middel van gebaren, dat zijn schoonmoeder niet onder de grond wilde. Wild met zijn armen zwaaiend probeerde hij wegvliegende as uit te beelden. De douanebeambte gaf het op en gebaarde dat we het eiland op mochten.

De volgende twee dagen namen we mijn moeder overal mee naartoe. We kochten een Cubaanse cocktail voor haar bij La Casa de la Trova, waar we de muzikanten aantroffen die Marita in haar schriftje had genoemd. (En ze hadden inderdaad belangstelling voor de paar dollars die we hun nalieten.) We vierden oudjaar met een paar andere muzikantenvrienden van mammie. Steeds wanner ze ons vertelden hoezeer ze Marita misten, wees Danny naar het kistje en zei: 'Nou, in feite is ze hier bij ons...'

Op 1 januari 2000 trok Danny zijn favoriete shorts aan en een van zijn malle T-shirts met Mr. Bubble erop. Ik trok een paarsrode strandjurk aan. We waren er zo aan gewend dat kistje mee te dragen, dat we er niet eens aan dachten ons voor de grote dag mooi aan te kleden. In onze huurauto doolden we door de buitenwijken van Santiago totdat we kozen voor een prachtige boom boven op een heuvel. Als enige johannesbroodboom te midden van een zee van koninklijke palmen stak die boven het landschap uit.

Danny probeerde Marita's urn te verwijderen, maar het kistje was verzegeld. Danny vocht om mijn moeder uit haar metalen gevangenis te bevrijden, toen de Voorzienigheid in deze schitterende, verlaten omgeving een boer onze kant op stuurde. Daar stond hij, blootsvoets, met een hoed en een grote glimlach en een machete. Het sikkelvormige mes waarmee hij gewend was suikerriet te snijden, bleek uiteindelijk sterker dan het deksel van de urn.

Danny tilde zijn viool uit zijn kist en begon mijn moeders favoriete lied te spelen, 'Chan-Chan', een traditioneel country-wijsje, terwijl ik haar lichaam aan de wind meegaf. Haar vlees was as geworden en haar beenderen waren verbrand tot kleine steentjes, zo licht als kiezelzand. Toen Danny's lied uit was en de urn leeg, ging ik aan de voet van de boom zitten en huilde.

Satchi komt in Karachi aan in gezelschap van twee consuls, de Franse en de Amerikaanse, allebei zo vriendelijk om hem midden in de nacht van het vliegveld te halen. Hij laat zijn koffer vallen, neemt me in zijn armen en dan huilen we en slapen voor de eerste keer sinds we heel klein waren naast elkaar.

Wanneer we de volgende morgen wakker worden, weerklinkt in Zamzama Street het geblaat van schapen. Het is Eid-al-Adha, waarbij wordt herdacht dat de profeet Abraham bereid was alles op te offeren voor God, inclusief zijn zoon Ismaël. Omdat God Ismaël spaarde en een schaap voor hem in de plaats nam, doen de feestvierders hetzelfde, maar hoewel ik in feesten geloof en moet toegeven dat ik van lamsvlees houd, zijn de kreten verontrustend. Tot onze grote ontzetting realiseren we ons dat onze buren hun toekomstige maaltijd in het laantje achter ons huis hebben vastgebonden. Satchi leert in versneld tempo hoe het leven in Karachi toegaat. Nadat hij Kashva en haar ouders heeft bezocht in het hokje dat voor hun huis doorgaat, moeten we hem uit zijn hoofd praten ze in huis te laten wonen, samen met het schaap van de buren.

Satchi is een brok menselijke warmte, en hoewel hij nog verdoofd is van uitputting, nauwelijks in staat de werkelijkheid van een nachtmerrie te onderscheiden, vergeet hij niet Bussey, Kapitein, Dost en iedereen 'die zo goed voor mijn zus heeft gezorgd' te omarmen.

O, die schapen. Vanaf de veranda waar we zitten te lunchen horen we steeds minder geblaat. Shabir concludeert stralend: 'Onze buren snijden de oren van het dier er al af!' Bussey waagt een poging tot een eigen definitie van de traditie: een moslimfeest bestaat uit het kopen van een schaap, het mak maken en er lief voor zijn – en het vervolgens offeren.

Wanneer ik de keuken binnenkom om wat koffie te halen, grijpt Bussey Satchi bij zijn arm. 'Je moet absoluut met haar gaan praten.' Bussey is bang dat ik mezelf zal offeren.

Mijn broer en ik hebben een gesprek dat dieper gaat dan ik ooit had gedacht dat een uitwisseling van woorden kon gaan. Ik heb nog steeds Danny's bezittingen in de slaapkamer niet aangeraakt. Ze liggen op het bed, omringd door alle kleine dingen die Danny zo pijnlijk levend maken dat Satchi en ik tot de essentie komen. We definiëren wat waard is om voor te leven en wat om voor te sterven. We praten uitvoerig over de dood, over het winnen van een strijd en de prijs die je daarvoor moet betalen. We praten over missies en angsten. We praten over onze moeder en vader, over Satchi's kinderen en mijn zoon.

We praten over Danny. Over wat hij zei toen hij viool speelde op de begrafenis van mijn moeder: 'De enige manier waarop ik Marita gelukkig kan maken is door haar dochter gelukkig te maken'. En over de enige manier waarop ik Danny's overwinning van de geest kan bevestigen – door voort te leven en ernaar te streven weer gelukkig te worden.

'Wat er ook gebeurt,' zei Danny vaak voor de grap, 'raak je glimlach niet kwijt, oké? We zullen kaal en dik en oud worden, maar je mag die glimlach niet kwijtraken.'

Die zin komt steeds weer bij me op. Wat een ongelooflijke opdracht. Ik weet niet of ik weer gelukkig kan worden. Het lijkt voor mij een berg die te hoog is om te beklimmen. Opgeven zou zoveel gemakkelijker zijn. En dat is precies de reden dat ik door moet gaan, weet ik.

Ik weet ook dat als de terroristen het verlangen om te leven in mij hebben gedood, Danny dan heeft verloren. En dat is verkeerd. Op geen enkel punt heeft hij zijn hoofd voor deze mannen gebogen. Ze hadden zijn lichaam, maar niet zijn geest. Ik mag niet toelaten dat ze mijn geest kapotmaken. In die strijd zullen Danny en ik voorgoed samen zijn.

En onze zoon leeft.

'Als je zelfmoord pleegt, vermoord je ook de baby,' zegt Bussey alsof hij een belangrijke openbaring heeft gehad. Zijn woorden helpen me in te zien dat ik misschien geen keus heb, want als ik blijf leven, blijft de baby ook leven. En als wij beiden leven, wint Danny.

Misschien is het geen keuze tussen leven en sterven. Misschien is het een keuze tussen overwinning of nederlaag. Wanneer het gaat om doorgaan, om leven, is er geen tussenweg. Al pratend met Satchi, begrijp ik dat. Dankzij mijn broer sta ik weer op. Ik doe mijn eerste stap in deze strijd om te winnen van de absolute duisternis die terroristen voortbrengt: ik bel naar Musharrafs kantoor. De president en ik moeten elkaar spreken, zeg ik tegen zijn assistent.

Danny heeft geprobeerd te ontsnappen.

In de komende maanden zal ik te weten komen dat de kidnappers hem vasthielden in een afgelegen schuurtje op een omheind terrein aan de noordrand van Karachi, ver van de weg, ver van voorbijgangers. Terwijl zijn boeien waren losgemaakt zodat hij naar het toilet kon, probeerde hij te ontsnappen door zich door een ventilatiegat te wringen. Toen hij was gepakt en teruggebracht, werd hij vastgeketend aan de motor van een auto, te zwaar om achter zich aan te slepen. Een andere keer probeerde hij los te breken toen hij met zijn overmeesteraars over het omheinde terrein liep. En een keer hoorde hij een venter langs de deuren gaan om groente te verkopen, en riep hij om hulp; ze legden hem het zwijgen op door hem met een revolver te bedreigen of door zijn mond met hun handen te bedekken. Toen hij begon te denken dat er weleens verdovende middelen in zijn eten konden zitten, at hij twee dagen niet. Pas nadat een van de bewakers een sandwich die aan Danny was gebracht had getest, stemde hij erin toe te eten.

Soms, wanneer ik bedenk hoe bang Danny moet zijn geweest, word ik lichamelijk misselijk. Maar ze hebben hem niet gemarteld. Ze hebben hem niet vreselijk geslagen. Ze hebben hem te eten gegeven, al was het niet veel. Zijn maaltijd werd hem gebracht door Naeem Bukhari, de tussenpersoon van de twee cellen – Omars cel en de cel die Danny gevangen hield. Naeem is in Karachi een invloedrijke persoon geweest. Als leider van de plaatselijke tak van Lashkar-e-Jhangvi werd Naeem al voor Danny's ontvoering door de politie gezocht. Ze zochten hem vanwege de moord op tientallen sjiitische moslims. Naeem was op 21 januari met Omar op het vliegveld van Karachi, en hij was een van de mannen die de volgende dag een ontmoeting had met Omar onder de Balochbrug. De dag daarna, op 23 januari, toen Danny bij Hotel Metropole in de auto stapte, was Naeem, schrijlings op zijn motor gezeten, degene die de weg wees naar dat genadeloze omheinde terrein.

De mannen die Danny bewaakten, spraken heel weinig Engels.

Danny kon niet met hen communiceren, en zij konden dat niet met hem. Ik neem aan dat ze daarom niet merkten wat hij met zijn vingers deed toen ze polaroidfoto's van hem namen – naar ons een overwinningsteken maken met zijn ene hand en intussen met zijn andere hand de middelvinger naar hen opsteken. En ze hadden geen macht over het lef en de uitdagende houding die op zijn gezicht waren te lezen.

Tot het einde toe vocht hij terug. Op de video, vertellen mijn vrienden me, zegt Danny: 'Mijn vader is joods, mijn moeder is joods en ik ben joods.' Ja, ik weet zeker dat ze hem dat lieten zeggen, zoals ze hem ook de Amerikaanse buitenlandse politiek lieten afkeuren en daarbij misschien zelfs lieten vermelden dat zijn vader afkomstig is uit een familie van zionisten. De familie verhuisde per slot van rekening in 1924 naar Israël.

Maar waardoor ik weet dat ze Danny er tot het einde toe niet onder kregen, is het volgende. Hij zegt op de video: 'In de stad Benei Beraq in Israël is een straat die Chaim Pearl Straat heet en die genoemd is naar mijn overgrootvader, die een van de stichters van de stad was.'

Dit is geen informatie die bij zijn overmeesteraars bekend kon zijn of die ze Danny voor hun propagandadoeleinden konden dwingen voor de camera's uit te spreken. De keuze van deze woorden en het besluit ze te zeggen was puur Danny Pearl, zijn eigen daad van verzet, waarmee hij in wezen zegt: als jullie me willen vermoorden om wie ik ben, ga je gang – maar jullie hebben geen macht over me. Danny zei dat voor mij en voor onze zoon en voor zijn ouders. Hij zei het opdat wij het zouden weten. Zodat we trots zouden zijn, zodat we door zouden gaan. Zijn woorden over het verleden creëerden een toekomst.

Hij wist tot het einde toe niet dat hij zou sterven. Volgens de autoriteiten reed omstreeks 1 februari een kledingfabrikant genaamd Saud Memon, die eigenaar van het omheinde terrein was, met drie nieuwe mannen – Arabisch sprekend, waarschijnlijk Jemenieten – naar het terrein. Ik lees later in een artikel, dat Steve voor de *Journal* schrijft, wat er volgens hen gebeurde:

[Naeem] Bukhari beval alle bewakers op één na naar buiten te gaan en de Arabisch sprekende mannen alleen te laten met Mr.

Pearl [...] De bewaker die achterbleef [...] was een werknemer van Mr. Memon, Fazal Karim genaamd. Mr. Karim, die een beetje Engels sprak, vertelde later aan de politie dat minstens een van de bezoekers communiceerde met Mr. Pearl in een taal die de bewaker niet verstond. Mr. Pearl, die Frans en Hebreeuws sprak, reageerde met een woede-uitbarsting, de eerste woorden die hij in zijn gevangenschap sprak.

Nadat ze beiden wat tot bedaren waren gekomen, zette een van de bezoekers een videocamera aan en een andere stelde Mr. Pearl vragen over zijn religieuze achtergrond. In tenminste een grote Pakistaanse krant had inmiddels gestaan dat Mr. Pearl joods was. Na de op video opgenomen verklaring van Mr. Pearl, waarin hij vertelde waar hij in de vs was opgegroeid, wat de religieuze erfenis van zijn familie was en dat hij sympathie had voor mensen die door de vs in Afghanistan gevangen waren genomen en in Guantánamo Bay zaten, werd Mr. Pearl geblinddoekt en gedood.

We wachtten tevergeefs drie weken voordat we hoorden dat hij dood was; zo lang hadden ze nodig om een video in elkaar te zetten. Iedereen die de videotapes van Osama bin Laden heeft gezien, met name de wellustige, die niet lang na 11 september werd vrijgegeven, zal merken dat de stijl van deze video daarmee opvallend veel gelijkenis vertoont. Achter de belangrijkste spreker – in dit geval Danny – is een montage te zien van beelden van verschillende conflicten: opnames van gewonde kinderen, explosieve geluiden. Anders dan Osama's video eindigt deze met de levendige, barbaarse beelden van het vermoorden van mijn man.

Het eerste wat de kidnappers deden was Danny zijn stem afnemen. Hij had geen telefoon, geen pen, geen computer. Maar toch werd hij niet alleen door honderdduizenden mensen over de hele wereld beschouwd als een van hen, maar die mensen begrepen ook precies wie hij was, wat hij deed en waarom. Zijn moordenaars probeerden hem tot een symbool te reduceren – een jood, een Amerikaan. Maar de mensen wisten op miraculeuze wijze hoe hij op een charmante manier maf kon doen en wat een geweldige journalist hij was.

Ze waren hem dankbaar. Ze zagen dat hij een fantastische vriend was met een grootmoedig karakter. Door wat hij in de levens en de harten van mensen wist los te maken, heeft Danny's leven nog meer glans gekregen, terwijl het leven van zijn moordenaars in duisternis wegkwijnt.

Er is nog een reden waarom ik kan zeggen dat hij heeft gewonnen. Hoewel ik zwaar gewond was, kon ik toch weer opstaan. Danny verloor zijn leven, maar heeft een bittere, doch onherroepelijke overwinning behaald.

Er is geen reden om nog langer in Karachi te blijven. In feite is het gevaarlijk voor me, maar de gedachte Pakistan te verlaten zonder Danny is een kwelling. Ik wil niet blijven, maar ook niet vertrekken.

Bussey probeert druk uit te oefenen op Asra. 'Als ze hier van de baby bevalt, ben jij er verantwoordelijk voor.'

'Wat is het probleem?' antwoordt Asra. 'Honderdveertig miljoen mensen zijn hier geboren.'

Wat ze bedoelt, ontgaat Bussey. Ze halen me uit Pakistan weg, of ik er nu klaar voor ben of niet. Maar voordat ik ga, wil ik me tot de mensen van het land richten. Ik wil duidelijk maken dat ik hen niet kwalijk neem wat er is gebeurd. Ik wil hen deelgenoot maken van wat ik heb geleerd ten aanzien van een bedreiging die ons allemaal aangaat – terrorisme in zijn verschrikkelijkste verschijningsvorm. En ik wil uitleggen waarom ik ervan overtuigd ben dat Danny's geest voortleeft.

Voor mijn eerste optreden in het openbaar sinds ik weet dat Danny vermoord is, stem ik erin toe met CNN in zee te gaan, want die zender kan in het hele land ontvangen worden. Chris Burns, die voor de omroep verslag heeft gedaan van de kidnapping, zal me interviewen. Ik heb me grondig voorbereid; ik weet welke boodschap ik moet overbrengen. Later zal Satchi, terugdenkend aan deze scène, me schrijven dat hij, terwijl hij luisterde hoe ik geïnterviewd werd, 'eindelijk begreep wat ze bedoelde met "Danny is niet dood". Het was duidelijk dat Danny zijn kracht, zijn moed, zijn hart en zijn zoon aan haar had doorgegeven. Ondanks die enorme pijn kon zij, door glashard te weigeren het op te geven, tegen zijn kidnappers roepen: "Jullie hebben verloren! Jullie hebben zijn lichaam gedood maar geen moment hebben jullie zijn geestkracht kunnen doden want die stroomt nu door mij."

Mijn zus is iemand die zich er met lichaam en ziel aan wijdt de wereld zoveel mogelijk te veranderen.'

Wanneer Bussey, Satchi en ik op de elfde verdieping van het Sheraton Hotel uit de lift stappen, grijpt een andere CNN-nieuwslezer me vast, omhelst me en trekt me, gegeven de barrière die mijn buik vormt, zo dicht mogelijk tegen zich aan. Het is Connie Chung, die vanuit de Verenigde Staten hierheen is gevlogen om me over te halen in haar programma te komen. Terwijl ze me loslaat, overhandigt ze me een brief en vraagt of ze aanwezig mag zijn bij mijn interview met Chris Burns.

Terwijl ik me voorbereid, stelt Chung allerlei vragen en komt er ten slotte achter hoe mijn broer heet. Ze vindt het moeilijk te verteren dat mijn enigszins Arabisch uitziende broer de achternaam Van Neyenhoff heeft en een Nederlands staatsburger is.

Busseys aandacht is verdeeld. Hij weet niet waar hij naar moet kijken – naar Connie Chung of naar wat er in de studio gebeurt.

Burns en CNN en ik zijn het met elkaar eens geworden over de strekking van het interview. Ik heb gewaarschuwd dat ik er niet tegen kan om over de bijzonderheden van Danny's dood te praten, en ze hebben gezegd dat ze dat begrijpen. Toch buigt Burns zich aan het eind van ons gesprek gretig naar me over: 'Hebt u de video gezien?' vraagt hij.

Welke woorden kan ik gebruiken om uit te leggen hoe ik me voelde? 'Vous n'avez donc aucune décence?' – Hebt u geen enkel fatsoen? – reageerde ik in het Frans, want ik wist dat hij die taal sprak. 'Na alles wat ik u zojuist heb uitgelegd, stelt u me toch nog dit soort vragen? Hebt u eigenlijk wel geluisterd naar wat ik zei?'

Chris Burns mompelt excuses. Maar nu is het mijn beurt om niet te luisteren.

'Hij keek alsof hij een dreun had gehad van Mohammed Ali en Mike Tyson tegelijk,' zegt Satchi als we de kamer verlaten.

Connie Chung komt in de gang achter ons aan en slaat haar armen om mijn broers nek. 'Sorry,' zegt ze, 'het spijt me zo.' Terwijl ze hem nog dichter tegen zich aan trekt, fluistert ze in zijn oor: 'Heb je een tweede voornaam?' Satchi is met stomheid geslagen en ontworstelt zich aan haar greep. Hij kan zijn ogen niet geloven wanneer onze lift op de benedenverdieping aankomt, de deuren opengaan en we tegenover een horde dringende journalisten en fotografen staan. Bussey sluit vlug de deuren en neemt ons mee naar de tweede verdieping, waar de hotelmanager, in het zwart gekleed, ons via de keukens naar een dienstlift brengt. Die vast komt te zitten. Zodra we bevrijd zijn, gaan we via de wasserij naar een andere ondergrondse ruimte met een onduidelijke functie en ten slotte naar het parkeerterrein, waar onze auto staat te wachten.

'Oké, kerel!' zegt Bussey tegen de chauffeur. 'Heb je op tv ooit van die films gezien waarin de politie achter de boeven aan gaat en de banden piepen en ze echt hard rijden? Dat gaan wij nu doen. Ga je gang!'

De chauffeur is maar wat blij ons een dienst te kunnen bewijzen. Hij scheurt zo hard weg dat hij bijna de journalisten omverrijdt die bij de uitgang van het hotel staan verzameld.

'Yesssss!' zegt Satchi.

Steve is benoemd tot onze leider in zaken als winkelen en boodschappen doen in Karachi. Hij heeft een armlange lijst van stops – vliegtickets ophalen, sloten voor de koffers kopen, de bewakers buiten belonen met wat geld – en in zijn haast heeft hij een ernstige blunder begaan. Hij heeft geweigerd langs McDonald's te gaan voor Asra.

'Geen tijd,' riep hij toen ze haar verzoek deed.

Terwijl ze de deur uit loopt, laat Asra een gejammer horen. 'Zie je nou wel? Niemand houdt van me.'

Zo'n hartverscheurende kreet zou zelfs de kilste man ter wereld ontroeren. Asra stormt de trap op terwijl de mannen beneden pijnlijk getroffen en compleet verbijsterd haar nastaren.

'Begrijpen jullie het niet?' zeg ik tegen hen. 'Ze is zwanger!'

Bussey rent naar de keuken en gaat dan dapper en doortastend de kamer binnen waar Asra in tranen op de grond ligt. Hij houdt haar met gestrekte arm een banaan voor. Asra glimlacht. Steve komt binnengestormd met een Number One Special Meal van McDonald's, net op het moment dat president Musharraf belt via de vaste telefoon, de telefoon die we voor Danny hadden gereserveerd. Musharraf is hartelijk en informeert naar mijn welzijn, ons welzijn.

'We moeten elkaar eens ontmoeten,' zeg ik.

'Wilt u naar mij toe komen?' vraagt hij en ik zeg ja. De wereld lijkt volkomen krankzinnig.

Asra heeft haar koffers gepakt. Alleen voor haarzelf heeft ze zes enorme koffers. Ze pakt ook Danny's spullen in – de dwaze t-shirts en rare dassen, de stripboeken, één tennisschoen, aangezien Danny het voor elkaar had gekregen de andere te verliezen, en de met stickers volgeplakte mandoline.

Op onze laatste avond nodig ik alle mannen uit die me geholpen hebben naar Danny te zoeken. Randall neemt uit de kantine van het Amerikaanse consulaat bier en slechte wijn mee voor de niet-moslims en de niet-zwangeren. Yussuf-de-kok maakt canapés die niemand eet. Kapitein is er natuurlijk, en Dost. Jamil Yusuf en Randall Bennett. Tariq Jamil en John Bauman. FBI-agent John M. en John Bussey, Asra en Steve. Zahoor. We lijken allemaal ouder geworden, grauw, met onuitwisbare kringen onder onze ogen, en woede en verdriet in ons hart. Maar iedereen is mooi gekleed, zoals voor een ceremonie past.

We zitten in een kring bij elkaar en even zwijgen we allemaal. Niemand voelt zich daar ongemakkelijk bij, aangezien we iets delen wat geen van ons onder woorden kan brengen. Dost drukt zijn handen tegen elkaar als in een gebed, en het is inderdaad alsof we op het punt staan samen een eed af te leggen. Ons stilzwijgen is rijk aan verdriet en liefde – en opstandigheid.

Ten slotte vind ik mijn stem terug. 'Jullie zijn de dapperste mannen die ik ooit heb ontmoet. Jullie zijn rechtstreeks afgedaald in de hel, waar de diepste duisternis heerst, omdat jullie een hekel hadden aan onrecht, aan racisme en aan tirannie. Jullie deden het voor Danny en voor mij en voor ons kind. Maar jullie deden het ook namens de rest van de wereld. Jullie staan in de frontlinies van de strijd tegen terrorisme, en toch kent niemand jullie en weet niemand hoe dapper jullie zijn. Niemand ziet hoe jullie bereidheid om te vechten tegen de meest duistere bedreiging voor de mensheid ieder van jullie in feite als individu doet schitteren.'

Kapitein kijkt me niet langer aan. Ik weet dat hij zijn best doet om zijn tranen te verbergen. Ik geloof dat hij trots op me is. Ik wil dat hij weet – ik wil dat ze allemaal weten – hoe trots ik op hen ben. 'Ik heb jullie hier uitgenodigd om jullie te bedanken dat jullie tranen met mij hebben vergoten en ook om jullie mee te delen dat ik de wereld over jullie zal vertellen. Eerst zal ik het aan de presidenten vertellen, en daarna aan iedereen.

Iedereen moet de waarheid kennen,' ga ik verder. 'Als we een einde willen maken aan het terrorisme, zullen terroristen te maken moeten krijgen met tegenstanders die net zo vastbesloten zijn als zijzelf. Jullie zijn dat allemaal. Wij zijn dat allemaal.'

Ik staar aandachtig naar hun knappe gezichten, getekend en opgeblazen van vermoeidheid en angst, en ik probeer ze voor de rest van mijn leven in mijn geheugen te prenten. 'Ik heb jullie hier uitgenodigd,' zeg ik, 'om jullie te laten weten dat zonder geweldige mensen zoals jullie om me heen, ik op dit moment geen enkele hoop meer had gehad. En hoe kan een mens leven zonder hoop?'

Er klinkt een klap op de gang, en ons kringetje verstijft. Dan hebben we door waar de klap vandaan komt: Kashva – die zichzelf regelmatig binnenlaat en door onze kamers doolt – heeft een van haar schatten laten vallen. Ze kijkt schaamteloos op naar de grote mannen en holt dan weg. Kapitein glimlacht als eerste tegen het meisje, dan volgt de rest van ons. In zijn starende blik zie ik die vreemde mengeling van pijn, trots en plechtige waardigheid die we met elkaar delen.

11

Als schaduwen die wegsluipen in het duister van de nacht verlaten we Karachi. Sinds Danny weg is, heeft Nasrin zorgvuldig vermeden aan zijn bezittingen in onze kamer te komen. Maar nu is alles wat overal verspreid lag – de stripboeken... de willekeurige kabels om dingen op aan te sluiten... de eenzame sok – eerbiedig ingepakt. Nasrin keert onze matras om alsof ze wil ontkennen dat er vannacht niemand op zal slapen.

Door de hevige emoties kan ik niet meer zo goed zien. Ik span me in om me te concentreren en ben bijna verbaasd dat ze er allemaal nog zijn, de rekwisieten van mijn tragedie. De golfspelersklok, waarop de zwaaiende golfclub elke seconde van Danny's afwezigheid weergaf. De gebeeldhouwde stoel waarin ik eindeloos zat te schommelen en de baby suste terwijl ik op Danny wachtte. De muurkaart die Asra plechtig heeft opgevouwen als een vlag voor een gevallen held.

Ik doe een beroep op de romantische Franse dichter Alphonse de Lamartine om afscheidswoorden te vinden voor dit huis, dat ik nooit meer wil zien en maar moeilijk kan verlaten.

Objets inanimés, avez-vous donc une âme
Levenloze voorwerpen, hebben jullie dan toch een ziel
Qui s'attache à notre âme et la force d'aimer?
Die zich aan onze ziel hecht en haar liefde afdwingt?

Ons huis is het enige huis aan Zamzama Street waar licht brandt. Alle koffers, inclusief die van Danny, staan netjes op een rij in de hal. Asra heeft zes koffers voor haar alleen, maar in werkelijkheid bevatten ze, afgezien van een paar Nike-broeken, voornamelijk onderzoeks- en bewijsmateriaal – zestig mappen, een stapel krantenknipsels tot aan haar middel, notitieboekjes en een paar belangrijke boeken.

Satchi is verdwenen, maar dan zien we dat hij in het halfdonker over de stoep heen en weer loopt en alle bewakers de hand schudt. Hij deelt een overvloed aan bedankjes uit en klemt de hand van iedere politieman tussen de zijne als om die te verwarmen. Bussey ontdekt hem en barst in lachen uit. 'Moet je Satchi zien! Hij zou zich kandidaat moeten stellen als burgemeester!'

Een paar minuten later rijdt ons konvooi weg, vergezeld door de rode lichten van een aanzienlijke politiebegeleiding. John Bauman gaat ons voor in zijn zwarte truck met vierwielaandrijving van het corps diplomatique. Tegen ieders verwachting was hij niet op komen dagen toen hij het had beloofd; hij had zich verslapen. Maar nog geen tien minuten nadat we hem gebeld hadden, kwam Bauman naar het huis – een beetje versuft van moeheid maar keurig in een geperst kostuum, met wit overhemd en das. Door ons verdriet voelen we ons kwetsbaar en verlegen, en om echte conversatie te vermijden sluit ons rouwende team weddenschappen af of de consul wel of niet met zijn kleren aan heeft geslapen.

Als ik uit de raampjes van de auto kijk, merk ik tot mijn opluchting dat de stille, lege straten van Karachi er, voordat de dag aanbreekt, niet eens vertrouwd uitzien.

De eerste stop is Islamabad.

Bij het paleis van president generaal Pervez Musharraf dragen de officiële bewakers *kolas*, torenhoge hoofddeksels in tulbandstijl, en ze staren recht voor zich uit terwijl Bussey, Asra, Steve, Satchi en ik de met een rode loper beklede trap bestijgen. We worden een grote ruimte binnengeleid met hoge plafonds en sierlijke, vergulde, Victoriaanse meubels. Er staan roodfluwelen stoelen voor ons klaar, maar ze zijn zo ver uit elkaar geplaatst dat we niet kunnen roddelen. In plaats daarvan bestudeer ik een gigantisch portret van Quaid-e-Azam Mohammed Ali Jinnah, de stichter van de Pakistaanse natie, die ooit bekendheid genoot als ambassadeur van de hindoemoslimeenheid. Na een paar minuten worden we naar een ontvangstkamer gebracht, waar president Musharraf ons opwacht. Musharraf is klein, maar heeft een onmiskenbaar air van gezag, en hij draagt een *chirwani*, het tradtionele Pakistaanse pak. Op elke stoel is een kaartje neergelegd met een van onze namen. Asra is verkeerd gespeld: met een z in plaats van een s. Dat is nu de inlichtingendienst, kan ik Asra horen denken.

In Danny's sjaal gewikkeld, in mijn groene lange broek en gevechtslaarzen, voel ik me als een zwangere guerrillera op een diplomatieke reis.

'Ik neem aan dat u ook gematigde Pakistani hebt ontmoet tijdens uw verblijf hier,' zegt president Musharraf tegen mij. Ja, verzeker ik hem, ik weet dat niet alle Pakistani kidnappende moordenaars zijn.

De president serveert ons met honing geroosterde amandelen, de lekkerste die ik ooit heb gegeten. Ik observeer hem meer dan dat ik naar hem luister. Hij verkeert duidelijk in tweestrijd: hij heeft oprecht medelijden met mij, maar is nog steeds woedend op Danny, omdat hij ervoor kiest te geloven dat mijn man dit alles zelf heeft aangehaald. Ik probeer Musharraf te vragen naar de ISI en Omars verdwijning in de week van 5 februari. In plaats daarvan leidt hij het gesprek in de richting van de enorme problemen waar Pakistan mee te maken heeft: Kasjmir, India, de jihad, Afghanistan, armoede en analfabetisme.

Als Musharraf klaar is, vertel ik hem over Kapitein. 'U hebt geweldige mensen,' zeg ik. 'Het is belangrijk dat hun inspanningen niet vergeefs zullen zijn.' Terwijl ik zit te praten, blijft er een gedachte door mijn hoofd spelen: ze hebben Danny geëxecuteerd, maar op de een of andere manier wilden ze eigenlijk jou vermoorden.

Alsof hij mijn gedachten kan lezen, flapt Musharraf eruit: 'Ze hebben het ook op mij gemunt.'

Ik knik.

'We zullen de moordenaars vinden,' zegt Musharraf, terwijl we opstaan om te gaan.

Ik knik weer.

We verlaten het land die avond en vliegen naar Parijs, en nog steeds weet ik niet waar Danny is. Ik ben een dolende ziel op zoek naar haar eigen lichaam.

Bussey heeft erg zijn best gedaan om de reis goed te regelen. Het is zijn bedoeling dat dit de veiligste reis wordt die iemand van ons ooit heeft gemaakt. Er is alleen één etappe waar Bussey geen zicht op heeft – het traject tussen Islamabad en Dubai. Daarvoor moeten we Shaheen Air nemen, de enige luchtverbinding op deze route die in ons schema past. Shaheen vervoert voornamelijk grote groepen Pakistaanse arbeiders heen en terug naar de Verenigde Arabische Emiraten, waar ze voldoen aan de voortdurende vraag naar goedkope gastarbeiders.

Een bus brengt ons naar de vliegtuigtrap. Terwijl we aan boord gaan, deinst Bussey duidelijk gealarmeerd achteruit. De drie piloten, allemaal uit de voormalige Sovjet-Unie, hebben óf twee weken achtereen niet geslapen óf ze hebben zo'n vreselijke kater dat ze in een andere dimensie verkeren. We gaan toch maar aan boord.

We zijn reizigers 'eerste klas', wat blijkt te betekenen dat de eerste rij van het vliegtuig voor ons is gereserveerd. Bussey draait zich naar alle kanten om de tweede klas te inspecteren. De cabine zit helemaal vol met als jihad-strijders uitziende, bebaarde mannen met starre blik, zwijgend als het graf.

'Nou, dit is fantastisch – fantastisch,' zegt Bussey. Hij wendt zich tot Satchi. 'Wat zeggen jullie, boeddhisten, ook al weer – *Nam Myo...* toch?'

In Montmartre houd ik me schuil in het kleine Parijse huisje van Danny en mij. Het is een goede plek om onder te duiken; van de buren is bekend dat ze alleen geïnteresseerd zijn in belastingverlaging en weerberichten. Ik wacht tot ik weer enig realiteitsbesef krijg. Zowel Danny's tassen als de mijne blijven midden in de kamer staan, ongeopend en onaangeraakt.

Ik heb geen zin om met iemand te praten, behalve misschien met president Jacques Chirac. Ik wil hem dingen vertellen. Ik voel een dringende behoefte hem eraan te herinneren dat het tijd wordt dat Europa terrorisme niet langer ziet als een bilaterale kwestie tussen Amerika en de moslimwereld. Te benadrukken dat terrorisme net zozeer geworteld is in Europa als in de rest van de wereld.

We maken een afspraak, de president en ik.

In zijn smerige, oude auto brengt Satchi Bussey, Asra, Steve en mij naar het Palais de l'Élysée. We zijn laat, en tegen de tijd dat we bij het paleis aankomen, is de hele presidentiële staf al naar huis, behalve de woordvoerder van de president en Jacques Chirac zelf.

De president is bijzonder lang, en knap en hartelijk. Hij wil alles weten: wat voor soort man Danny was; wie Gilani vertegenwoordigde; hoe de Pakistaanse inlichtingendienst zich gedroeg. Hij is bezorgd over mij – hoe ik het volhoud, of ik mijn baby wel kan onderhouden. Hij laat Satchi beloven hem te waarschuwen, mocht ik iets nodig hebben.

Als onze ontmoeting ten einde loopt, besluit Jacques Chirac dat er ter herinnering een officiële foto gemaakt moet worden. Maar er is geen fotograaf. *Pas de problème.* Hij snelt de kamer uit, haalt zijn eigen toestel en choreografeert ons vakkundig in een serie officiële regeringsportretten: de weduwe en de president, de weduwe, haar broer en de president, *The Wall Street Journal*-groep en de president. Bussey, Asra en Steve spreken weinig of geen Frans, en geen van ons is bijzonder dol op poseren, maar we zijn allemaal erg te spreken over de bezielde regie van de president.

Asra geeft telefonische aanwijzingen aan de stafchef van presidentsvrouw Laura Bush. 'We zitten in het achttiende arrondissement van Parijs, bijna helemaal boven op Montmartre. Maar ik moet u waarschuwen, het is echt heel lastig om hier een parkeerplaats te vinden.'

'Dank u, we zullen het in gedachte houden,' zegt de man.

We hoorden gisteren dat Laura Bush ons wil komen bezoeken. Ik heb nog steeds geen zin in bezoek, maar het leek me absurd om een presidentsvrouw af te wijzen. Wat geef je een presidentsvrouw te eten, vragen we ons af. Brood en kaas? Olijven en wijn? *Une tarte aux pommes?*

We besluiten dat onze ontmoeting met Laura Bush zal plaatsvinden in het twee blokken verderop gelegen appartementje dat ik als kantoorruimte heb gehuurd. Het is er minder rommelig dan in mijn huis.

'Hoe praat je met een vrouw als zij?' vraag ik Asra. Ik rectificeer die vraag: 'Hoe praat je überhaupt met een vrouw?' Ondanks onze zwangerschap (ik heb nu zo ongeveer de omvang van een olifant) hebben we voor ons gevoel heel lang niet tussen vrouwen verkeerd. We zijn twee maanden geleden naar een ander werelddeel vertrokken, maar we hebben Pakistan nog niet echt verlaten; onze wereld is nog even geïsoleerd en emotioneel als daar. Omar Sheikh en zijn drie handlangers staan terecht voor het antiterrorismehof in Pakistan. We besteden onze dagen met het volgen van de laatste ontwikkelingen in de opsporing van degenen die nog op vrije voeten zijn, en in de rechtszaak. De verdediging heeft alle mogelijke trucs uitgeprobeerd. Ze hebben geprobeerd Asra aan te wijzen als het meesterbrein achter Danny's kidnapping. Ze hebben beweerd dat ik eigenlijk Danny's vrouw niet was en misschien wel een spionne. (Een freelance journaliste? Wie heeft er ooit van zoiets gehoord?) Ongetwijfeld hebben ze volgehouden dat Danny een spion was. En ze hebben de rechtbank gedwongen de video te bekijken om te beslissen of die als bewijs kan worden gebruikt dat Danny inderdaad vermoord is.

Geschokt bellen we Randall om ons te adviseren hoe we met de advocaten moeten omgaan. 'Hé, kleine,' antwoordt hij, 'je moet goed bedenken, ik ken die klootzakken van advocaten van de verdediging en ik krijg ze er wel onder. Het zijn net kinderen en het stelt niks voor. Ze proberen er een draai aan te geven omdat ze niks anders hebben. Het is niet meer dan een afleidingsmanoeuvre en niemand neemt het serieus of trekt zich er iets van aan.'

Mijn tijdsbesef is op hol geslagen. Het is alsof ik achterom naar de toekomst kijk; het heden is te verscheurd om er grip op te krijgen. Als Asra en ik praten over wat er vóór ons ligt, kijken we niet verder dan de geboorte van onze kinderen.

We kunnen de presidentsvrouw niet vragen hoe het is om een alleenstaande moeder te worden en we willen haar niet per se vertellen over de frontlinies in Karachi, maar het lijkt alsof we alle onderwerpen daartussenin zijn vergeten. Ik heb al een ontmoeting gehad met haar echtgenoot, George W. Bush. Ik heb het Witte Huis midden maart bezocht, twee weken nadat we Pakistan hadden verlaten, een week na de ontmoeting met president Chirac. Bush was mijn derde president binnen een maand tijd.

Washington, DC, was uitputtend, een non-stop ronde van interviews, beginnend met de president en eindigend met Larry King. Danny had me bekendgemaakt met het verschijnsel Larry King toen we in India in een bar zaten. Hij wees omhoog naar een aan het plafond hangende tv. 'Zie je dat kereltje met die bril, bretels en die harde stem? Die zal je wat over Amerika vertellen.'

Bussey, Asra, Steve en ik logeerden in het Mayflower Hotel in de binnenstad van Washington. Een Amerikaanse vlag klapperde tegen mijn raam. Om drie uur op een ochtend klonk het brandalarm. Ik had maar dertig seconden nodig om mijn bed en mijn kamer uit te komen, maar in de hal leek het of al mijn vluchtwegen geblokkeerd waren. Ik begon in paniek te raken, maar toen zag ik een Indiase man een deur opendoen die naar het trappenhuis leidde. Ik liep achter hem aan. 'Het spijt me,' zei ik tegen hem. 'Echt, het spijt me. Sorry, hoor.'

De man keek naar me, een zwangere vrouw in een nachthemd, en hij was verbijsterd maar zei niets, terwijl hij me naar een veilige plek bracht om te wachten tot het gevaar geweken was. Pas toen het allesveilig-sein klonk en we teruggingen naar onze kamers, draaide hij zich naar me toe en vroeg: 'Waar had u eigenlijk spijt van?' Ik besefte dat ik tot op dat moment ervan overtuigd was geweest dat het hotel in brand stond vanwege mij.

Aan George W. Bush vertelde ik verhalen uit de straten van Karachi. Ik beschreef Bush en procureur-generaal John Ashcroft en minister van Buitenlandse Zaken Colin Powell en nationale veiligheidsadviseur Condoleezza Rice hoe de mannen die ik heb ontmoet en die de echte oorlog tegen terrorisme voeren bijna niets hebben – nauwelijks functionerende transportmiddelen en printers, geen mobiele telefoons. Ik vertelde hun hoe Amerika er vanuit het buitenland uitziet. Ik vroeg hun met nadruk de uitgebreide middelen waarover ze beschikken te gebruiken om Danny's moordenaars te vinden en ze voor het gerecht te slepen, hoe moeilijk die taak ook is. Ik waarschuwde hen dat de politieke problemen weleens veel belangrijker konden zijn dan de ordehandhavingskwesties. Ik vermoed dat ze dat al wisten. Zomaar voor de lol vertelde ik hun dat mijn moeder in Havana was geboren en mijn schoonmoeder in Bagdad. Ik was blij dat Bush dit grappig vond.

Maar wat hij werkelijk graag wilde weten, was: 'Hoe kan het dat je niet verbitterd bent?' Ik vertelde hem dat, als ik mezelf zou toestaan verbitterd te raken, ik mijn ziel zou kwijtraken, en als dat zou gebeuren, zou ik ook die van Danny kwijtraken. 'En dat,' vertelde ik de Amerikaanse president, 'is mijn grootste strijd.'

Op 9 mei parkeert een zelfmoordterrorist een rode Toyota naast een bus vóór het Sheraton Hotel in Karachi, en brengt een bom tot ontploffing, waarbij elf Franse ingenieurs en twee Pakistani worden gedood. De Franse ingenieurs hadden met de Pakistaanse marine gewerkt aan een duikbotenproject. En Bussey maar volhouden dat het Sheraton Hotel de veiligste plek van de stad is.

President Musharraf noemt het 'een daad van internationaal terrorisme'. President Chirac noemt het een 'moordzuchtige, laffe, weerzinwekkende terroristische aanslag'.

Ik heb nog steeds Danny's koffer niet uitgepakt. Ik ben alleen en probeer te zorgen voor de twee mannen in mijn leven, hoewel de ene dood is en de andere nog niet geboren. Die zal ergens in mei geboren worden.

De hartslag van de baby wiegde me gisteren in slaap, toen ik mijn laatste echo voor de grote dag liet maken. Ik probeer hem binnen te houden.

Ze hebben zojuist Danny's lichaam gevonden. Het was in tien stukken gesneden. Niemand heeft me dat verteld. Ik las het in een e-mail die per ongeluk als attachment bij een andere e-mail zat die naar mij was gestuurd. Danny werd gevonden in een ruim één meter diep graf in de omheinde ruimte aan de rand van Karachi waar hij de hele tijd werd vastgehouden. De autoriteiten werden daarheen gebracht door drie leden van Lashkar-e-Jhangvi, die door de politie tijdens een razzia waren meegevoerd na de aanslag op het Sheraton Hotel.

In de e-mail wordt gesproken van 'de stoffelijke resten'. Voor mij zit wat er werkelijk van Danny rest, in mijn buik.

Danny zal begraven worden in Los Angeles, vlak bij de plek waar hij is opgegroeid. Ik wil niet bij de dienst aanwezig zijn. Ik kan het niet, nu de baby op elk moment geboren kan worden. Bovendien ben ik, op een manier die moeilijk onder woorden is te brengen, te zeer bezig met Danny's toekomst om lang stil te blijven staan bij wat voorbij is. Zijn ouders hebben dapper de pijnlijke details van Danny's terugkeer afgehandeld. Ze hebben een mooie heuvel gevonden waarop hun zoon begraven zal worden. Danny zou het fantastisch vinden om de grafsteen naast de zijne te zien. Daarop staat: IK ZEI JE TOCH DAT IK ME NIET GOED VOELDE!

De laatste tijd voelt het elke keer als ik een e-mail open of de telefoon opneem, alsof een projectiel weer een stukje van mijn leven opblaast. Mensen bellen voor DNA-monsters, ze willen een kam of een tandenborstel, ze willen me met alle geweld vertellen over autopsie of bewijsmateriaal. Een volkomen vreemde belt met een vraag over Danny's tenen: is een teen een beetje over de andere teen gebogen? Het is alsof ik naar een griezelfilm kijk, maar ik kan mijn gezicht niet bedekken als ik akelige scènes niet wil zien. Wanneer de telefoon rinkelt, leg ik instinctief mijn handen aan weerskanten van mijn buik als om de oren van de baby te beschermen. Vanaf het moment dat ik op het nieuws van Danny's lijk stuitte, heeft Asra ijverig haar best gedaan om alle e-mails te screenen. Ik zie het wanneer ze een bijzonder aanstootgevende leest, want dan spert ze haar ogen open op een bepaalde manier, en daarvan ben ik de laatste paar maanden talloze keren getuige geweest.

We brengen onze dagen door met het uitwisselen van dringende berichten met Kapitein, die heeft besloten dat dit het veiligste communicatiemiddel voor ons is. We bellen regelmatig naar Washington, Islamabad en Los Angeles. We zijn twee kleine, zwangere strijders die vechten om de vaart erin te houden.

De Pakistani oefenen druk op me uit om naar Pakistan terug te keren en te getuigen in de rechtszaak tegen Omar Saeed Sheikh en zijn drie handlangers. Het proces heeft al te kampen gehad met allerlei problemen – de rechter is afgezet, de begindatum is uitgesteld en aangezien de aanklager heeft geconcludeerd dat het in Karachi gevaarlijk is, werd de rechtszaak verplaatst naar Hyderabad.

Twee van onze FBI-agenten hebben de moed opgebracht om te getuigen. Eén is een man die ons allemaal in Karachi bijzonder dierbaar is geworden. John M. kwam op een dag zomaar opdagen en zat op de bank in de eetkamer. Eén bonk spieren, rustig en zwijgzaam, in een donkergroen shirt. Randall had hem aan ons voorgesteld zoals je een winnende kaart uitspeelt: 'John M., FBI, negentien kidnappings, nul missers.' Hij bleek even aardig als indrukwekkend. Dit was zijn eerste opdracht in het buitenland; tot dan toe was hij tegen straatbendes in New Jersey opgetreden. Nadat hij een getuigenis had afgelegd, belde hij me om verslag te doen van die belevenis – de rechtszaak wordt gehouden in een cel die zo klein is dat de getuigen niet kunnen zitten; John moest zes uur staan voor een kruisverhoor, terwijl enige centimeters van hem vandaan de verdachten naar hem schreeuwden, gif spuitend vanuit de kooien waarin ze gevangen zaten. Na deze ervaring is hij teruggegaan om de bendes in New Jersey weer te bestrijden – 'een fluitje van een cent,' zei hij, na zijn taak in Pakistan.

The Wall Street Journal, die niets moet hebben van het idee dat ik naar Pakistan zou terugkeren, zet me onder druk om niet te gaan getuigen. Ik ben gefrustreerd omdat ze geen afgevaardigde van de krant willen sturen en ik vind dat er iemand van ons moet zijn. Ik wil dat Danny voor de rechtbank wordt vertegenwoordigd. Ten slotte ga ik praten met een advocaat van de *Journal*, die tegen me zegt: 'Dit is uw zaak, niet de onze'. Een vriend stelt voor dat ik een advocaat neem om met de advocaat te praten.

'U moet zich ontspannen,' zegt mijn verloskundige.

'Denk aan de baby,' zegt mijn schoonfamilie.

De video van de moord op Danny staat voor iedereen zichtbaar op internet. 'We hebben geprobeerd hem eraf te krijgen,' waarschuwt Bussey, 'maar er kan niet echt iets aan gedaan worden.' Ik kan het niet geloven. Ik bel procureur-generaal Ashcroft, en vergeet dat het in Amerika nacht is. 'Belt u in de ochtend terug,' zegt de man aan de andere kant van de lijn.

Asra stort zich op het probleem, waarbij ze al haar goed onderhouden vaardigheden op het gebied van crisisbeheersing in de strijd werpt. De webhost blijkt lycos.co.uk te zijn. Ervan uitgaande dat zo'n video in strijd is met een heleboel Amerikaanse wetten, bellen we de

FBI. 'Het spijt me,' zegt de agent. 'Jammer genoeg is er geen wet die we kunnen gebruiken om dit stop te zetten. Eerste amendement... Vrijheid van meningsuiting... Begrijpt u?'

'Maar dit is obsceen,' protesteert Asra.

'Ja,' zegt hij, 'maar in technisch opzicht is het geen obsceniteit.'

We bellen Scotland Yard. Dat gaat beter. In Groot-Brittannië is het een misdaad om zo'n video op het net te zetten. 'Een overtreding van de wet tegen obsceniteit, begrijpt u?' Met hulp van Scotland Yard sporen we de Lycos-functionaris op die verantwoordelijk is voor wat er op het web verschijnt. Zijn assistente is zo aardig dat we bijna moeten huilen. Ze is geschokt door wat we haar vertellen en haalt meteen haar baas aan de telefoon. Via hen komen we erachter waar de video vandaan komt: uit Saoedi-Arabië, verstuurd in Riyadh. Binnen tien minuten wordt de video van internet gehaald.

Voor zolang het duurt.

Asra verwacht een jongen. Ik neem foto's van de echo en we gaan naar een café en delen een alcoholvrij biertje om het te vieren.

Mijn baby schopt me niet. Hij beweegt zich voorzichtig, alsof hij wil zeggen: 'Hier ben ik. Wanneer je er kans toe ziet, laat me dan vrij.' Ik zeg steeds tegen hem: 'Houd het nog maar even vol, dit is niet zo'n fijne dag om geboren te worden.'

16 mei 2002

Lieve Adam,

Dit is de eerste keer dat ik je schrijf. Tot nu toe hebben we op een andere manier gecommuniceerd en heb ik je gevraagd alleen maar bij ons te zijn. En dat heb je ook gedaan.

Over een paar dagen zal ik leven en dood verenigen.

Er zal vreugde en pijn zijn als jij ter wereld komt. Maar houd alsjeblieft altijd in gedachten dat jouw geboorte mij een toekomst verleende en je papa eeuwigheid. Samen zullen we in staat zijn Danny het mooiste cadeau te geven dat je maar kunt bedenken: jou, Adam, een zoon, de belofte dat zijn erfenis blijft voortbestaan. De last van onze strijd zal echter niet op jouw kleine schoudertjes drukken.

We houden van het leven en jij bent het beste van ons beiden. Misschien ben ik weleens verdrietig, zelfs als ik naar jou kijk, maar ik zal alles doen wat menselijkerwijs mogelijk is, niet alleen om je gelukkig te maken maar ook om je te helpen op te groeien tot een waardevol mens. Uiteindelijk zullen we allemaal samen zijn. Ik houd nu al van je,
Mammie

Bussey belt weer. 'Nog meer slecht nieuws?' vraag ik voor de grap.

'Ja,' zegt hij, niet voor de grap.

Over vijftig minuten gaat CBS een deel van de video uitzenden. *The Wall Street Journal* zegt dat ze de hele dag hebben geprobeerd CBS tegen te houden, maar zonder succes. Danny's ouders hebben het ministerie van Buitenlandse Zaken gevraagd de nieuwszender te stoppen, en dat heeft Buitenlandse Zaken geprobeerd, zoals ook het ministerie van Justitie het heeft geprobeerd, maar tevergeefs. Dan Rather en Jim Murphy, anchorman en producer van *The CBS Evening News*, zijn vastbesloten fragmenten uit te zenden.

Ik krijg het opeens heel heet; ik zie letterlijk rood. Ik verander in een vuurspuwende stier. Ik doe een beroep op Andrew Hayward, de baas van CBS News. Ach, hij klinkt meelevend. 'Het spijt me. Ik begrijp wat je voelt.'

Ik antwoord: 'Je hebt geen idee wat ik voel, tenzij jij op het punt staat te bevallen van een zoon van wiens vader op een band is te zien hoe hij is vermoord – en jij in gesprek bent met de man die dat uit wil zenden.'

Hij mompelt iets.

'Let maar niet op mij,' zeg ik. 'Maar geef me één journalistieke reden om het uit te zenden.'

'Het heeft nieuwswaarde,' antwoordt Hayward op een toon die me het gevoel geeft dat hij zichzelf probeert te overtuigen.

'Jij gaat naar bed met jouw geweten,' zeg ik tegen hem. 'Maar ik zal je vertellen waar ik nou echt verdrietig van word. Dat is dat die klootzakken al die tijd hebben geweten dat ze een video moesten maken, omdat ze wisten dat jullie genoeg op kijkcijfers zijn gefixeerd om die band uit te zenden. Ze appelleerden aan jullie zwakheid en jij bent bezweken.'

Asra en ik zijn op weg naar mijn kantoortje om Laura Bush te ontmoeten. Als we door de straten van Montmartre lopen, begrijpen we
waarom de stafchef van de presidentsvrouw zich niet bijzonder veel
zorgen maakte om parkeergelegenheid: de Amerikanen hebben de
hele buurt overgenomen. De smalle, bochtige straatjes op de heuvel
zijn afgezet, en om de vijftien meter staat er een in het zwart geklede
reus in een walkietalkie te prevelen. De mannen vormen beschermende muren aan beide kanten van de avenue, en wij, twee vrouwen
met bolle buiken, komen samen de straat door gewaggeld. We zijn net
knikkers die van een helling rollen. Nieuwsgierige buren steken hun
hoofd uit het raam en slaan ons gade. '*C'est qui?*' vragen ze. Wie is
het?

Ja, zeg dat wel. Wie zijn we?

We dragen dozen petitsfours en pakken vruchtensap, waarbij we
vergeten dat de presidentsvrouw om veiligheidsredenen er waarschijnlijk niets van mag hebben.

'Je moet bedenken,' zegt Asra terwijl we de trap oplopen naar het
kantoortje, 'dat ze elke nacht haar hoofd neerlegt naast dat van de
president.'

Als Laura Bush arriveert, ben ik onder de indruk van haar serene
doch koele schoonheid. Ze overhandigt me een geurig boeket roze en
witte rozen en daarna gaat ze naast me op de punt van mijn haveloze
bank zitten, met rechte rug, een beetje verlegen en heel statig. Ze is
hier niet om te praten over koetjes en kalfjes of om politieke punten
te scoren; de pers is niet op de hoogte van het bezoek. Ze is hier omdat ze me dingen wil zeggen. Ze weet dat de video van de moord op
Danny op internet is gezet en dat cbs er delen van heeft uitgezonden.
Voor mij is dit als het verkrachten van een vermoorde man, en Laura
Bush is net zo verontwaardigd.

Ze heeft er geen moeite mee tekortkomingen van haar landgenoten onder woorden te brengen. Ze praat over hoe slecht Amerika is
voorbereid op het soort oorlog waar het mee te maken krijgt. 'Soms
lijkt het in onze cultuur,' zegt ze, 'alsof we al zoveel te verstouwen hebben gekregen dat we iets wat complex is niet meer kunnen verwerken.' Ik vertel haar dat ik de indruk heb dat de terroristen veel meer
over Amerika weten dan Amerika over hen, en daarom moet het Wes-

ten de wereld meer als een geheel zien. Zij en ik praten over onwetendheid en armoede, de twee pijlers van de ellende op aarde. We komen uit volkomen verschillende werelden, maar zoals we hier zitten, zijn we gewoon twee vrouwen die zich samen ergens voor inzetten.

Ze praat met me over de moeilijke weg die voor me ligt. Ze vertelt me dat mijn zoon geluk heeft dat hij mij als moeder heeft. Ze zegt: 'Je hebt een missie. Het is heel belangrijk dat je vrijuit spreekt en datgene waar je verstand van hebt deelt met de mensen in Amerika.'

Dan zwaait de deur open en komt er een prachtig blond meisje van begin twintig binnen. Het is Jenna, een van de tweelingdochters van het echtpaar Bush. Ze pakt een stoel en gaat tegenover ons zitten, en het gesprek komt op de politieke apathie van de Amerikaanse jeugd en de militaire luchtaanvallen van Amerika in Afghanistan. 'Ik ben altijd tegen bombarderen geweest,' zegt Jenna. Laura Bush werpt een snelle, moederlijke blik op haar dochter, oplettend en toch beschermend.

Toen ik ermee instemde de presidentsvrouw te ontmoeten, had ik niet verwacht dat ik ontroerd zou worden door het bezoek. Maar Laura Bush komt op me over als een sterke, meelevende persoon, en ik merk dat ze met haar serieuze bedoelingen echt indruk op me maakt. Als ze vertrekt, ben ik verbaasd dat ik me voor het eerst sinds lange tijd sterker voel.

Tijdens onze ontmoeting is er beneden een oploop ontstaan, en wanneer de presidentsvrouw en Jenna in de auto stappen, barsten de toeschouwers in een hartelijk applaus los. Laura Bush wuift naar hen zoals presidentsvrouwen dat doen. Ik leun met mijn voorhoofd tegen de vensterruit en wuif haar met de menigte na terwijl ze wegrijdt.

Ik ben bijna helemaal gestopt met praten. De laatste vierentwintig uur heb ik geen woord gezegd. Ik moet denken aan mijn grootvader van moederskant, op Cuba, die op een dag besloot niets meer te zeggen omdat hij niet langer tegen de ruzies kon die hij met zijn vrouw had. Mijn grootvader was een lange, knappe man met heel slanke handen. Toen ik negen jaar was, ging ik bij hem op bezoek. Op een morgen werd ik, net als hij, bij het krieken van de dag wakker en vroeg hem of hij tegen me wilde praten. Hij nam me mee uit wandelen langs een verlaten spoorlijn en praatte drie uur achtereen. Hij gaf me mango's te eten en praatte maar door. Hij vertelde me hoe hij zijn hele leven op de bus door Havana had gereden; hoeveel hij van vrouwen had gehouden; hoe hij kaartspelletjes speelde om geld. Hij vertelde me dat ik mensen aan het praten kon krijgen, dat ik journalist moest worden.

Toen we thuiskwamen, ontdekten mijn *abuelito* en ik dat mijn grootmoeder het muskietennet had verkocht dat ik voor hem uit Parijs had meegebracht. Ze had het verkocht aan een jonge vrouw in de buurt die van plan was er een bruidssluier van te maken. Mijn grootvader maakte geen ruzie. Maar hij hield opnieuw op met praten en bleef zwijgen tot de dag dat hij stierf. En ik werd journalist.

Er is iets wat ik nog moet doen voordt de baby wordt geboren. Ik moet aanvaarden wat Danny heeft aanvaard. Ik moet de waarheid onder ogen zien, want het is net als met een vijand: als je de andere kant op kijkt, word je erdoor verpletterd.

Op 25 mei, twee dagen voor ik ben uitgerekend, neem ik de telefoon van de haak, ga liggen, en probeer me een voorstelling te maken van alles wat er met Danny is gebeurd. Daar heb ik niet veel verbeeldingskracht voor nodig; inmiddels heb ik een heleboel details. Maar ik dwing mezelf het allemaal voor me te zien – hoe ze hem blinddoekten, hoe ze het mes te voorschijn haalden, hoe lang ze hem ondervroegen voordat ze hem gingen vermoorden. En ik probeer te bedenken wat Danny heeft gedacht, en ik probeer erachter te komen wanneer hij het bangst is geweest.

Twee dagen lang maak ik dit door. Het zijn de krankzinnigste dagen van mijn leven, maar ik moet het doen, en ik moet het alleen doen. Als het voorbij is, weet ik dat er nooit meer iets kan gebeuren waartegen ik niet inwendig durf te vechten.

Omstreeks acht uur 's avonds bel ik Asra. Ik weet dat ze zich zorgen heeft gemaakt. Ik zeg dat het goed met me gaat, maar ik vertel haar niet dat de bevalling is begonnen, want ik wil er niet te veel over nadenken. Ik wil mijn krachten sparen voor wanneer ik ze straks echt nodig heb, dus zit ik de hele nacht voor de tv en bekijk vijf films op de kabel. Het zal er wel idioot uitzien, zoals ik daar in mijn strandstoel naar het scherm lig te staren, maar dat maakt me niet uit. Ik ben in gedachten de hele tijd tegen Danny en mijn zoon aan het praten. Ik zeg tegen hen: 'Het komt wel goed met ons. Het komt allemaal goed.'

Tegen tien uur 's ochtends worden de weeën erger en ik bel mijn dierbare jeugdvriend Ben, die me naar de Maternité des Lilas brengt, een heerlijk kosmopolitische kraamkliniek. Ben helpt me languit op de achterbank van zijn auto te gaan liggen en stelt geen vragen, maar respecteert mijn intense behoefte aan stilzwijgende communicatie. Hij zet de radio aan en er klinkt een vrolijk Braziliaans liedje, dat me doet glimlachen en me doet denken aan de eerste keer dat Danny en ik naar de kraamkliniek gingen – voor een feestje. De moeder van Satchi's vrouw werkte er en iemand ging met pensioen. Overal renden kinderen rond en Danny zat achter ze aan. Toen er salsamuziek begon te spelen, danste ik met dokter Strouk, die mijn verloskundige/gynaecoloog zou worden. Een heel coole dokter, ongetwijfeld de enige in de Maternité die naar zijn werk kwam op een zwart met chromen Harley. Binnen een paar maanden wist de man heel wat meer van me dan hoe ik danste.

Mijn hele zwangerschap door ben ik naar Parijs teruggevlogen voor regelmatige prenatale controles, ongeacht waar ter wereld ik was – India, Qatar, Bangladesh, Canada of Pakistan. Toen ik na ongeveer vier maanden een echo kreeg, kon ik eindelijk zien hoe de baby eruitzag. Ik was zo opgewonden dat ik Danny op zijn gsm belde. Hij was in Jemen. 'Ik zie zijn gezichtje,' zei ik tegen Danny, 'ik kan zijn ogen zien en zijn neus...'

'Zijn neus?' vroeg Danny. 'Heeft hij een joodse neus?'

Ik lachte zo hard dat dokter Strouk me de telefoon liet uitzetten.

Wat me het meest pijn doet, is dat ik weet hoe gelukkig Danny zou zijn geweest als hij bij me was. Hoe hij zijn talenten zou hebben gebruikt om zich voor te bereiden op de geboorte van zijn zoon. Hij zou hebben gehuild als ik pijn had en al mijn speelgoeddieren naar de kraamkamer hebben gebracht. Toen mijn moeder ziek was en ik dagenlang naast haar bed zat, kwam ik op een avond thuis en had Danny een bad voor me laten vollopen waarin hij allemaal rozenblaadjes had gestrooid. Wanneer het moeilijke tijden waren, zong hij mijn favoriete Amerikaanse ballade, een onnozel liedje over ellende in Arkansas. Dan kookte hij pompoensoep en masseerde mijn voeten. Hij zou de hele wereld hebben gebeld om de geboorte van Adam aan te kondigen, een naam die hij uitkoos alsof we de eerste mens geschapen hadden.

Ik heb besloten in mijn eentje te bevallen. Nu mijn moeder en Danny er niet zijn, doe ik het alleen met een vroedvrouw. Maar als ze me de lift inrijden, op weg naar de verloskamer, word ik doodsbang. God, denk ik, hij is er echt niet! Ik draag een lang, wit shirt dat Danny en ik in Dakka, in Bangladesh, hebben gekocht. Een Afrikaanse vrouw knikt me toe met een gebaar van stilzwijgende kameraadschap. Heel even wil ik haar vragen mijn hand vast te houden.

Ik begin gebeden op te zeggen. Ik verman me. Ik ben er klaar voor.

Ik heb ook vreselijke pijn, weeën komen als vloedgolven, en wanneer de hevigste golf me vanbinnen openscheurt, geef ik voor de tweede keer in vier maanden een beestachtige schreeuw. Ik ben als een wolvin die huilt naar de hemel.

Maar als de ruggenprik de pijn wegneemt, heb ik eindelijk een gevoel van overwinning. Een vreemde vreugde maakt zich van me meester, terwijl ik mijn monoloog met de vader van mijn kind voortzet, zodat hij mijn euforische gevoel alles aan te kunnen met me kan delen. 'Hier ben ik dan,' zeg ik tegen hem, 'ik lig op bed in de verloskamer en ik zie de werkelijkheid dat jij er niet bent onder ogen, ik aanvaard de pijn die dat veroorzaakt en schenk nu eindelijk het leven aan onze zoon.' Ik voel me als de hand die de kooi openzet zodat de vogel kan wegvliegen. We zullen geen gevangenen van ons eigen lot zijn. En op de een of andere manier, voorbij leven en dood, is Danny bij me.

Dit gaat zeven uur zo door. Dan begint de vroedvrouw zich plotseling druk te maken en er verschijnt een verpleegster. 'We zullen een keizersnede moeten doen,' zegt de vroedvrouw. 'De hartslag van de baby neemt af.'

Ik kan Adams hart op de monitor horen. De slagen worden trager en de vrouwen om me heen bewegen zich sneller. Ik begin gebeden te reciteren zoals ik nooit eerder heb gedaan. De vroedvrouw denkt dat ik mijn verstand kwijt ben, maar ik bid uit volle borst, zo vurig en geconcentreerd als ik kan. Ik stop mijn hele leven in mijn gebeden. Als ik de mantra opzeg, hoor ik hoe het hartje van de baby sneller gaat kloppen, steeds sneller en sneller.

Twintig minuten later komt Adams hoofdje uit mijn lichaam te voorschijn en het lukt me om me voorover te buigen en het kleine mannetje, nog half binnen, vast te grijpen. Ik trek hem eruit en leg hem op mijn borst. Pas wanneer ik zijn ogen wijdopen zie gaan, zoekend naar mijn gezicht, moet ik huilen.

Het is tot dit moment nooit bij me opgekomen dat de baby het niet zou halen. Maar we hebben gewonnen, en ik voel hoe Danny's opluchting zich om me heen wikkelt. Ik wil mijn overwinning wel uitschreeuwen, maar val flauw van uitputting.

Zijn volledige naam is Adam D. Pearl. Danny heeft de naam gekozen ter ere van al die verschillende soorten bloed die door zijn aderen stromen. Hij noemde hem 'de universele baby'. Vanaf het prille begin heeft Adam naar me gekeken met de gezichtsuitdrukking van zijn papa. Die is van een zeldzame puurheid en geeft me het gevoel dat het leven een boek is waar geen eind aan komt. En doet me denken aan een wens die zijn vader en ik al in het begin hebben uitgesproken: dat er tijdens het leven van onze zoon meer mensen bereid zullen zijn hun leven te geven voor vrede dan voor de haat in hun harten.

Ik blijf een week in de kraamkliniek. Ik heb de dokters gevraagd of ik mag blijven, ook als het om gezondheidsredenen niet langer hoeft. Ik wil met niemand praten. Of, liever gezegd, met niemand die nog tot de wereld van de levenden behoort. Ik moet nodig huilen, heel veel.

De vrouw achter de balie beneden heeft opdracht gekregen alle bezoek tegen te houden. Maar de dag na Adams geboorte steekt ze haar hoofd om de hoek van mijn kamer. '*C'est Georges double v Bouche*,' kondigt ze aan, met een zweem van paniek in haar stem. Wanneer de president van de Verenigde Staten me vraagt hoe ik me voel, houd ik dapper mijn mond en heb het niet over hechtingen, melk of andere al te plastische zaken. Hij is oprecht en op een charmante manier blij met Adams geboorte. We hebben elkaar verscheidene brieven geschreven sinds onze ontmoeting in maart, en ik geloof dat hij werkelijk met mij en mijn zoon is begaan.

Even later verschijnt de vrouw van de balie alweer. Ze is buiten adem van opwinding. '*C'est Jacques Chirac!*' kondigt ze triomfantelijk aan.

Adam, mijn wonder, drinkt rustig aan mijn borst en trekt zich niets aan van de opwinding. Het is een triomfantelijk brokje geconcentreerd leven.

Asra komt met een dringend bericht van Kapitein:

Kapitein 1 pk (21:40:47 p.m.): 'ongeveer 5 min. geleden kreeg ik lang verwacht nieuws dat ADAM er is. GEFELICITEERD – ik hoop dat het met mariane goed gaat. ik ben zo uitgelaten, het is ook een heel treurige tijd, vertel haar dat ik er altijd zal zijn voor haar en haar zoon. veel liefs voor jullie drieën... kap.'

Toen we ontdekten dat ik zwanger was, zei Danny: 'Ons kind zal de wereld veranderen!'

Ik sprak hem tegen: en als hij dat nu eens niet wil? Als hij een kudde schapen wil hebben of fluiten wil maken? Nee, hield Danny vol. 'Hij zal iets belangrijks gaan doen... Ik weet niet wat, maar ik voel het!'

We lieten het destijds daarbij. Maar afgelopen nacht, Adams eerste nacht, sloop ik de kinderkamer binnen waar ze de baby naartoe hadden gebracht zodat ik wat kon slapen. Ik boog me over de wieg en keek hoe Adams borstkas rees en daalde, en ik aaide zijn donzige wangetje. '*Mon amour,*' zei ik heel zachtjes tegen hem, 'ik vind het best als je de wereld wilt veranderen.'

Nawoord

20 mei 2002

asra (08:17:46 p.m.): ik ben hier ben jij daar?
kapitein 1pk (08:18:01 p.m.): ja zeker
asra (08:22:09 p.m.): hoe gaat het?
kapitein 1pk (08:30:55 p.m.): GOED NIEUWS ik weet nu precies wie de moordenaars zijn ik zal het je binnen een paar dagen vertellen, zeg nog niets tegen mariane we geven haar dit als
verrassing

Op sommige dagen was het alsof Asra en ik Pakistan nooit hadden
verlaten, alsof Kapitein elk moment onze voordeur kon binnenstappen. We wisselden informatie uit via een gestage stroom van instant
berichten, en soms was het alsof onze vrienden in Karachi er evenveel
behoefte aan hadden van ons te horen als wij van hen. Geen van de
rechercheurs was ooit bij een zaak emotioneel zo betrokken geweest.
Ze hadden zich voorgenomen het leven van een onschuldige man te
redden, en toen het niet lukte, voedde dat hun verlangen om nog verder in de hel af te dalen en Danny te wreken.

Tot op de dag van vandaag zitten de Pakistaanse politie en de FBI
achter zijn ontvoerders en moordenaars aan. Maar 'de zaak-Pearl'
heeft iedereen die erbij betrokken was erg aangegrepen. Hier volgt
een kort overzicht van wat er is gebeurd sinds we Karachi op 27 februari 2002 verlieten.

Verliet Karachi als een gezocht man.

Nadat we uit Pakistan weg waren, werd Randall hoofdrechercheur in het onderzoek naar de bomaanslag bij het Sheraton op 9 mei; hij was als een van de eersten ter plaatse. 'Ik vond een hand,' schreef hij ons. Ze kregen de terrorist te pakken, 'met de mensen van Kapitein natuurlijk en de FBI'. Nog geen maand later, op 14 juni, organiseerde Al Qaeda opnieuw een zelfmoordaanslag, waarbij deze keer een met explosieven gevuld voertuig tegen de betonnen barrière rond het Amerikaanse consulaat werd gereden – vlak voor het raam van Randalls kantoor. Veertien mensen werden gedood, allemaal Pakistani. Minstens vijftig anderen raakten gewond. 'In de weken daarna hebben we ze [de terroristen achter de bomaanslag] allemaal gepakt, maar het duurde een eeuwigheid om het gebouw op te knappen en het is hier nooit meer geworden zoals het was.'

Randall was van plan geweest de stad in juli 2002 voorgoed te verlaten, maar in juni liet de Pakistaanse inlichtingendienst weten dat Al Qaeda van plan was hem in een hinderlaag te lokken en te vermoorden als hij onderweg was naar het vliegveld. 'De agenten raadden me aan onmiddellijk te vertrekken. Ik was het ermee eens en had mijn bagage al gepakt, dus... Adios.'

Dit was niet de eerste keer dat Randall werd bedreigd. Hij vertelde ons een paar weken voor Adam werd geboren in een e-mail over andere bedreigingen. Hij hield zich schuil in Bangkok en onderging een reflexologiemassage, toen hij hoorde dat ik mijn zoon had gekregen. Hij snelde naar een nabijgelegen internetcafé om een felicitatie te sturen:

> Ik heb een week vrij genomen om uit die akelige stad Karachi weg te zijn. Ik heb er genoeg van om steeds over mijn schouder te kijken, en moet er even tussenuit. Ik ben voor een week in Bangkok en geniet van een vrolijke, vreedzame cultuur waar het terrorisme nog niet heeft toegeslagen. Thailand is net wat ik nodig had. Niet alleen heb ik een week lang rust en plezier, maar die kerels van Lashkar-e-Jhangvi, die jacht op me maken,

rennen nu waarschijnlijk in kringetjes rond en vragen zich af waar ik ben gebleven. Ik zal ze uitnodigen voor een ontmoeting als ik terug ben.

Nou, tijd om nonchalant over straat te lopen als een normaal mens zonder revolver, radio of telefoon mee te hoeven nemen.

Een heleboel babypraat voor Adam,

Oom Randall

Toen Randall in juni definitief vertrok, kwamen dertig van zijn naaste politievrienden afscheid van hem nemen. 'We huilden, omarmden elkaar en dronken op onze vriendschap en loyaliteit. Ik ben nog nooit zo aangeslagen geweest. Mijn leven is veranderd doordat ik in de afgelopen jaren een paar van de beste mensen ter wereld heb ontmoet,' zei Randall na afloop.

Randall is nu regionaal veiligheidsagent in Madrid, 'verantwoordelijk voor de veiligheid van alle Amerikanen in Spanje'.

JAMEEL YUSUF

Zijn carrière is stukgelopen, hoewel men het er niet over eens is of dat een direct gevolg is van de zaak-Pearl, of gewoon van de klassieke intriges in Karachi.

Wat vaststaat, is dat de charismatische Yusuf na veertien uiterst effectieve jaren als hoofd van het Citizen-Police Liaison Committee werd ontslagen. Zoals hij in een e-mail aan Asra en mij schreef: 'Het bevel dat ik kreeg om afstand te doen van mijn onbezoldigde, vrijwillige baan, het verlenen van hulp aan slachtoffers van misdaad ongeacht hun kaste, geloofsovertuiging, status of rijkdom, ging uit in de nacht van 22 maart 2003.'

Omdat hij het vertrouwen had gewonnen van de FBI en nauw met hen had samengewerkt, bleek hij verstrikt te zitten in een web van jaloezie en intriges binnen de politie en de inlichtingendienst, en er deden gemene geruchten de ronde dat hij een CIA-agent was. In april 2002, toen Omar Sheikh en zijn drie handlangers werden berecht, werden de meeste getuigen voor de eisende partij met discretie behandeld en tot op zekere hoogte beschermd. Yusuf niet. Hij werd tot belangrijkste getuige voor de rechtbank bestempeld, werd aan de verdachten getoond en moest dreigementen aanhoren die tegen hem en zijn familie werden geuit.

In zijn veertien jaren bij het CPLC had hij vier- of vijfhonderd hardcore criminelen en/of terroristen gearresteerd, maar hij had het nooit nodig gevonden zichzelf te beschermen. Nu werd hij overspoeld door dreigementen en was hij gedwongen bewakers in dienst te nemen om hem vierentwintig uur per dag te beschermen.

Yusuf is nog steeds een zeer succesvol zakenman en hij heeft zijn energie nu gestoken in humanitaire aangelegenheden.

DOST

Ook zijn carrière is stukgelopen.

Kort nadat we Karachi verlieten, ging Dost er ook weg. 'Bazen waren met niemand meer blij na deze zaak. In de sfeer van eerbied tegenover superieuren die hier in het subcontinent heerst, kon ik me niet verdedigen,' schreef Dost me in zijn ongeëvenaarde poëtische stijl. 'Er was geen basis om iets te zeggen.'

Dost verliet de militaire inlichtingendienst, verhuisde naar Islamabad en begon met een politietrainingsprogramma. Met deze carrièreswitch raakte hij in zijn eigen branche alle voordelen kwijt die hij op grond van het aantal dienstjaren had opgebouwd. 'Ik geniet van het eenvoudige leven en het lekkere weer in Islamabad,' schreef hij. 'De wereld is niet zo fijn, maar je moet voor jezelf geluk zien te vinden.'

Dosts overplaatsing heeft zijn liefdesleven geen goed gedaan. Uiteindelijk is zijn vriendin noch de vrouw die zijn moeder voor hem had uitgekozen bij hem gebleven. 'Mijn liefdesleven moet opnieuw worden opgestart. Ergens in het proces dat leven heet, is mijn document met de naam "liefdesleven" zoekgeraakt. En als een computermisdaadsrechercheur probeer ik het zoekgeraakte document op de geformatteerde harde schijf van mijn hart terug te vinden.'

JOHN BUSSEY

John Bussey bleef zolang we samen reisden onze minister van Veiligheid en Hygiëne. Hij ging met me mee naar de Maternité des Lilas voor mijn eerste controle na ons vertrek uit Karachi, en hij sprak bezorgd met dokter Strouk over het effect van de samengeperste lucht in vliegtuigen op zwangere vrouwen. Dokter Strouk keek ervan op.

Bussey werd gepromoveerd tot plaatsvervangend directeur-hoofdredacteur van *The Wall Street Journal* en verhuisde naar Hongkong om toezicht te houden op de berichtgeving vanuit Azië. Een paar maanden nadat hij zich daar had gevestigd, brak de SARS-epidemie uit.

STEVE LEVINE

Steve LeVine ruziede met zijn onwillige redacteuren om terug te mogen keren naar Pakistan en het journalistieke onderzoek naar wat er met Danny is gebeurd, voort te zetten. Nu heeft hij bij *The Wall Street Journal* verlof opgenomen en is aan Stanford University, Danny's alma mater, een boek aan het schrijven over de Kaspische Zee; zijn boek heet voorlopig *Players*. In juni 2002 werd hij vader van een meisje, Alisha, dat werd geboren in Tarzana, California. Ze is half Kazachs.

DE PEARLS EN DE DANIEL PEARL FOUNDATION

Kort nadat Danny's dood bekend werd gemaakt, richtten Danny's familie, vrienden en collega's de Daniel Pearl-stichting op (www.danielpearl.com), die intercultureel begrip propageert via journalistiek, muziek en vernieuwende communicatiemiddelen. Het eerste grote project van de Stichting was de Daniel Pearl Music Day – een jaarlijks wereldomvattend concert op 10 oktober, Danny's geboortedag, waarbij muziekartiesten met hun concerten een oproep doen tot tolerantie in de geest van Danny's liefde voor muziek en zijn verknochtheid aan dialoog en menselijkheid.

Het idee ontstond na een concert dat in Tel Aviv plaatsvond op 22 februari 2002, een dag nadat de wereld hoorde dat Danny was vermoord. Die avond stond George Pehlivanian, Danny's buurman en vriend uit Parijs, op het programma om bij het Israëlisch Philharmonisch Orkest als gastdirigent op te treden. Ernstig geschokt door het nieuws wilde hij het optreden eerst aflasten, maar op het laatste moment besloot hij de daders uit te dagen door het concert vol respect aan Danny op te dragen.

'Terwijl het orkest Tsjaikovsky's *vijfde symfonie* speelde, begreep ik uiteindelijk dat hoop zegeviert over wanhoop,' zei Pehlivanian. Het was een emotioneel en triomfantelijk concert, eindigend met vijftien minuten onafgebroken applaus.

Het idee verspreidde zich als een lopend vuurtje. Klaarblijkelijk wachtte de brandstof van de goodwill overal ter wereld alleen nog op het beslissende vonkje. Van Moskou tot Bangkok, van Australië tot Groot-Brittannië werden meer dan honderd concerten in achttien landen gegeven als onderdeel van dit wereldproject, met artiesten als Ravi Shankar, Elton John en Itzak Perlman. Junoon, Pakistans beroemdste rockband, begon hun optreden in Edison, in New Jersey, met de woorden: 'Danny, we zullen je missen, zoals alle mensen die nog steeds geloven dat welwillendheid en moed alle onrechtvaardigheden kunnen overwinnen.'

Andere projecten die de Daniel Pearl-stichting op touw heeft gezet, zijn onder andere beurzen waarmee Pakistaanse journalisten in de Amerikaanse redactiekamers kunnen werken, een serie lezingen over journalistiek en internationale betrekkingen, een essaywedstrijd waarmee tieners worden uitgedaagd te schrijven over een incident dat met vijandschap te maken heeft, en een serie 'Press Under Fire'-symposiums over de gevaren waarmee journalisten te maken hebben.

Op 16 oktober schonk Asra het leven aan haar zoon, Shibli, genoemd naar een vroege voorouder die nog steeds geldt als een van de beroemdste islamitische geleerden aller tijden. In juni 2003 verscheen het boek waarvoor ze naar Karachi was gekomen – *Tantrika: Traveling the Road of Divine Love*.

De Pakistaanse pers ging door met haar meedogenloze aanvallen op Asra. Niet alleen werd ze ervan beschuldigd een spionne te zijn, maar het laatste artikel dat in Pakistan over haar verscheen, bevatte een lijst van al haar adressen en telefoonnummers – inclusief die van haar ouders.

Asra is begonnen zich in te zetten voor moslimvrouwen die als crimineel worden beschouwd omdat ze een onwettig kind hebben. Ze loopt nog steeds rond met Merve en Blink.

KAPITEIN

'Wat het mij persoonlijk heeft gedaan?' schreef Kapitein onlangs. 'Deze zaak heeft me tot een ander mens gemaakt. Ik kon dagenlang niet slapen. Zelfs mijn kinderen voelden dat er iets helemaal mis was. Toen heb ik mezelf en Mariane beloofd dat ik tot elke prijs allen die verantwoordelijk zijn voor Danny's dood voor het gerecht zal slepen. De missie is nog niet volbracht.'

Geenszins. Hier volgt waar Kapitein en de andere ordehandhavers in Karachi mee te maken hebben gekregen in de nasleep van de moord op Danny:

9 mei 2002: Bij de bomaanslag op het Sheraton werden twee Pakistani en twaalf Franse ingenieurs die met de Pakistani aan een duikbootproject werkten, gedood.
14 juni 2002: Bij de aanslag met de autobom voor de deur van het Amerikaanse consulaat werden twaalf mensen gedood en vijftig gewond. Al Qaeda financierde de aanslag.
11 september 2002: Ramzi bin Al-Shibh, een Al Qaeda-leider,

werd gearresteerd na een vuurgevecht met de Pakistaanse politie.

21 september 2002: Nog tien Al Qaeda-leden, onder wie twee Algerijnen, werden gearresteerd.

25 september 2002: Zeven Pakistani die werkten voor het non-profit Institute of Peace and Justice werden vermoord.

17 oktober 2002: Zes bompakketten, persoonlijk afgeleverd aan hooggeplaatste ordehandhavingsfunctionarissen, ontploften op verschillende plaatsen in de stad. Acht mensen raakten gewond.

15 december 2002: De Pakistaanse politie verijdelde een plan om een met explosieven geladen auto op de passerende auto van een Amerikaanse diplomaat te laten inrijden. Een van de gearresteerde verdachten was betrokken bij de bomaanslag op het Sheraton Hotel.

20 december 2002: Een opslagplaats voor chemicaliën, die als bommenfabriek werd gebruikt, ontplofte per ongeluk. Vijf terroristen werden gedood, onder wie een lid van de tweede cel van Danny's kidnappers – Asif Ramzi, die ook verdacht werd van de aanslag op het Amerikaanse consulaat en van de bompakketten.

3 februari 2003: Een bom, verborgen in een motorfiets, ontplofte vlak bij het hoofdkantoor van Pakistan State Oil. Het doelwit was Farrouq, Kapiteins rechterhand, die vlak naast het hoofdkantoor woonde. Farrouq overleefde de aanslag.

22 februari 2003: Gewapende overvallers openden het vuur bij een sjiitische moskee, waarbij zeven gelovigen werden gedood.

3 mei 2003: Amerikaanse autoriteiten brachten een Al Qaeda-complot aan het licht om met een klein vliegtuigje op het Amerikaanse consulaat in Karachi in te vliegen.

In april 2003 ontving Kapitein van president Musharraf een belangrijke onderscheiding voor zijn overheidswerk. Hier volgt een deel van de toespraak bij de onderscheiding:

In de campagne tegen de nieuwe golf van sektarisch gefundeerd terrorisme meldde [Kapitein] zich als vrijwilliger om de uitdaging aan te gaan die bestaat in het oprollen van het netwerk en het arresteren van de terroristen die zich op de stad Karachi hadden gericht [...]

Door hen voortdurend af te luisteren slaagde [hij] erin de verblijfplaats te lokaliseren van zeer moeilijk grijpbare, beruchte terroristen. Vervolgens wist hij, te werk gaand volgens een weldoordacht plan, een van de meest gezochte terroristen te arresteren, een man die betrokken was geweest bij achtenzestig geregistreerde gevallen van sektarische moorden in Karachi en verscheidene steden in Punjab. Zijn arrestatie voorkwam de moord op zes prominente personen die op hun zwarte lijst stonden [...]

[Kapitein] gaf bij het uitvoeren van zijn taak blijk van bijzondere ijver, toewijding en moed die zijn taak overschreden, en slaagde erin door middel van nauwkeurige planning, systematische tenuitvoerlegging en goed leiderschap een paar van de meest gezochte terroristen te arresteren. Als erkenning voor zijn opmerkelijke diensten op het gebied van overheidstaken heeft de president van de islamitische republiek Pakistan het genoegen [Kapitein] de Sitara-i-Imtiaz-prijs toe te kennen.

Dat teken van waardering betekende heel veel voor Kapitein, maar het maakte hem tevens nog meer tot een doelwit. Veel van zijn collega's werden gek van jaloezie. Hij mocht nooit meer contact hebben met Amerikanen, zoals Randall. Hij werd geschaduwd; zijn telefoon- en internetrekeningen werden gecontroleerd. 'Het leven werd ellendig,' schreef hij, ellende die nog werd versterkt doordat hij ook het doelwit werd van de jihad – vooral nadat hij de leider van Lashkar-e-Jhangvi had gearresteerd.

'Ze weten wie ik ben, en welke schade ik hun heb berokkend. Dus kunnen ze mijn bloed wel drinken en is ook het leven van mijn familie in gevaar. Ze hebben een paar mislukte aanslagen op mij en mijn team gepleegd. Daarom heb ik een heleboel dingen in mijn leven moeten veranderen – verhuizen en mijn sociale leven stopzetten. Ik

kan nergens heen zonder bewaking. Kortom: ik ben mijn onafhankelijkheid kwijt.'

In de ware Kapiteins-geest voegde hij eraan toe: 'Maar laat ik je
wel vertellen dat ik er geen greintje spijt van heb.'

Kapitein heeft zichzelf tot Adams peetvader voor het leven uitgeroepen.

Wat Kapitein te weten kwam

Na de bomaanslag op het Sheraton hield de politie opruiming onder
de jihad-groepen en pakte, volgens sommige verklaringen, wel drie-
honderd verdachten op. Verscheidene van deze arrestanten bleken
een heleboel van de moord op Danny af te weten. Via hen kregen we
een duidelijker beeld van de cellen die betrokken waren bij zijn kidnapping en dood.

We wisten al van de eerste cel, die van Omar Saeed Sheikh en zijn
drie handlangers. Wat we nog niet wisten, hoorden we in de loop van
hun terechtzitting.

De Verenigde Staten vroegen om de uitlevering van Omar om
hem in de vs te berechten, maar Musharraf wees dat af in de hoop de
rechtszaak te kunnen gebruiken als voorbeeld van de campagne die
het land tegen terroristen voerde. Tijdens het proces werd er eindeloos om de zaken heen gedraaid. Rechters werden vervangen; over locaties werd beraadslaagd. Omar wilde dat hij berecht werd voor een
moslimrechtbank in plaats van voor het Pakistaanse antiterrorismehof. Zijn advocaat probeerde de openbare aanklager te beschuldigen
van blasfemie en het doen van uitspraken tegen de islam. De rechter
verwierp de beschuldigingen. Uiteindelijk waren er vier veroordelin-
gen. Adil, Suleiman en Fahad werden schuldig bevonden en kregen
levenslange gevangenisstraf. Omar Saeed Sheikh werd tot de strop
veroordeeld. Omars advocaat ging onmiddellijk in beroep tegen het
doodvonnis, terwijl de openbare aanklager onmiddellijk beroep in-
stelde tegen de levenslange gevangenisstraf van de andere drie. Hij
had voor alle vier de doodstraf gewild. De zaken dienen in hoger beroep voor de Hoge Raad van Pakistan.

Omars vader, Ahmed Saeed Sheikh, die nog steeds een succesvolle kledinggroothandel drijft in Londens East End, heeft verklaard dat er 'een onschuldige man is gestraft'. Omar schijnt zich niet zoveel zorgen te maken om zijn situatie. Hij heeft al eerder in de gevangenis gezeten en is toch weer vrijgekomen – om opnieuw over te gaan tot het kidnappen van mensen die werkelijk onschuldig zijn. Er is nog steeds van alles mogelijk, en Omar schijnt aan te voelen dat hij daar het levende bewijs van is. Zoals hij zei, toen hij ter dood werd veroordeeld: 'We zullen zien wie er het eerst sterft – of ik of de autoriteiten die mij ter dood lieten veroordelen.'

Er liggen nog meer rechtszaken in het verschiet. De autoriteiten zijn tot een paar conclusies gekomen wat betreft de leden van cel nummer twee, de cel die verantwoordelijk is voor het gevangenhouden en ten slotte begraven van Danny. Een van de gearresteerden was Naeem Bukhari, de leider van de afdeling Karachi van Lashkar-e-Jhangvi, die op 23 januari de weg wees naar het omheinde terrein. Naeem, ook bekend onder de naam Attaur Rehman, werd aan Omar voorgesteld door een gemeenschappelijke vriend uit de activistenwereld – een man met de naam Amjat Farouki, alias Haider Farooqi. Haider behoort tot Harkat-ul-Jihad-i-Islami en stond aan het hoofd van cel nummer twee. Hij schijnt begin dertig te zijn en heeft zes jaar bij Al Qaeda doorgebracht als hoofdinstructeur van trainingskampen van Harkat-ul-Jihad-i-Islami in Afghanistan. Omar belde Haider vanuit Lahore en vroeg hem een veilig huis in Karachi te zoeken voor een belangrijke klus. Op het moment dat dit geschreven wordt, loopt hij nog vrij rond.

Faisal Bhatti viel ook in handen van de politie. Hij is een man van ongeveer vierentwintig en ook hij was bij de ontmoeting met Omar onder de Balochbrug; hij heeft toegegeven dat hij de wacht heeft gehouden bij Danny. Faisal heeft zijn training gekregen in Lashkar-e-Jhangvi-kampen in Afghanistan.

De mannen stonden allemaal in verbinding met een man die nog steeds aan politiearrest is ontsnapt: de rijke fabriekseigenaar in Karachi, Saud Memon, die het omheinde terrein bezat waar Danny werd vastgehouden en begraven. Memon was de persoon die volgens de autoriteiten 'de drie Arabieren' meebracht die, zoals we hebben gehoord, de derde cel vormden – de cel die de eigenlijke moord pleegde.

Wie zitten er precies in die groep? Dat is nog steeds niet duidelijk. Randall Bennett heeft altijd gedacht dat het Saoedi's waren. Anderen denken dat het Jemenieten waren. Een Jemenitisch staatsburger die misschien een van de sleutelfiguren van cel nummer een was, werd in april 2003 gearresteerd in Karachi. Op de dag van zijn arrestatie was Waleed Mohammed bin Attash in het bezit van zeshonderd kilo explosieven. Bin Attash is ook in hechtenis genomen door de CIA; die instantie zal nog informatie verstrekken over zijn betrokkenheid bij de zaak van Danny.

Een van de gearresteerde Pakistani uit cel nummer twee heeft beweerd dat Khalid Sheikh Mohammed, het op twee na hoogste lid van Al Qaeda, niet alleen een van de Arabisch sprekende mannen was, maar ook degene die de executie in feite heeft voltrokken. Mohammed werd op 1 maart 2003 gearresteerd in Rawalpindi, en is op het moment dat dit wordt geschreven, zoals Kapitein zou zeggen, 'te gast' bij de CIA; hij wordt vastgehouden op een geheime locatie, maar of er enige waarheid in de beschuldiging zit, weten we nog niet.

Dit weten we wel: Memon bracht de drie Arabisch sprekende mannen naar Danny's schuilplaats op de achtste of negende dag dat hij vastzat. Ze brachten videoapparatuur mee. Naeem beval alle bewakers naar buiten te gaan, op een na, Fazal Karim, die vanaf de eerste dag van Danny's gevangenschap in het schuurtje aanwezig was. Fazal is gearresteerd en is de bron van een groot deel van deze informatie.

Hij heeft de politie beschreven hoe de Arabisch sprekende mannen Danny op videoband opnamen. Hoe Danny, die in een taal sprak die de Urdu sprekende Fazal niet verstond, waarschijnlijk Hebreeuws of Frans, geërgerd raakte terwijl hij met een van de Arabieren sprak. Hoe een man uit de streek – Tassadaq Malik, een vriend en assistent van Naeem – de opdracht kreeg om de videorecorder aan te zetten. Hoe Danny werd geblinddoekt en vervolgens, terwijl de recorder liep, werd vermoord. Hoe de man die de recorder liet lopen, misschien geschokt, een deel van de video kennelijk verknalde. Hoe een van de Arabieren tegen hem schreeuwde. Hoe ze de videorecorder opnieuw aanzetten en verdere opnames maakten.

Drie weken later, in de lobby van het Sheraton Hotel, overhandigde een man met de naam Abdul Khaliq, alias Marshall, die zich voordeed als verslaggever van *Online Press*, een exemplaar van de video aan FBI-agent John Mulligan, die zich eveneens voordeed als journalist. De politie pakte Marshall eerst op maar liet hem daarna gaan omdat ze ten onrechte de indruk hadden dat hij werkelijk een journalist was. Sindsdien is hij spoorloos.

Terwijl ik dit schrijf, doet president generaal Pervez Musharraf zijn uiterste best om zijn onstabiele land in bedwang te houden. Toen dit boek ter perse ging, werden nog meer Lashkar-e-Jhangvi-activisten opgepakt. Deze mensen schijnen niet bij Danny's dood betrokken te zijn geweest, maar ze vormen een ernstige bedreiging voor anderen die in dit boek worden genoemd. Op 4 juli 2003 kwamen in Quetta drie gewapende overvallers een sjiitische moskee binnen en doodden achtenveertig gelovigen. David Rohde van *The New York Times* beschreef het bloedbad als volgt: 'Zonder iets te zeggen en, volgens de woorden van getuigen, heel relaxed een beetje heen en weer lopend, vermoordden de drie onbekende overvallers hier op vrijdagmiddag de ene persoon na de andere.' De aanslag duurde tien minuten.

Kapitein is nu onderweg om een onderzoek te doen in Quetta. Hij zegt dat het een eer is.

'Bid voor me,' schrijft hij.

Brieven aan Adam en Mariane Pearl

Lieve Adam,

Ik schrijf namens de mensen die jouw vader hebben gekend als een journalist die zich naar allerlei uithoeken van de wereld begaf om licht te laten schijnen op mensen en plaatsen die Amerikanen te vaak op een karikaturale manier krijgen voorgeschoteld. Je vader gaf een volledig beeld van de onderwerpen waarover hij schreef, in verhalen vol menselijkheid, inzicht en scherpzinnigheid. Stereotype vooroordelen verdwenen; je kreeg een beeld van de mensen als geheel.

In deze wereld waarin Amerika zo op de voorgrond staat, als autoriteit maar ook als doelwit, is wat je vader deed de belangrijkste soort journalistiek die ik ken [...]

Het terrorisme dat door onze wereld waart, zal nooit door wapens alleen worden verslagen. Het moet eerst begrepen worden. In die strijd, de strijd om begrip, heeft jouw vader zijn leven gegeven. Ik ben dankbaar voor alles wat hij heeft gedaan en voor het voorbeeld dat hij heeft gegeven.

Jon Sawyer
Washington Bureau Chief
St. Louis Post-Dispatch

Ik was ontroerd toen president Bush de leden van de Gridiron Club, een in Washington gevestigde organisatie van journalisten, eigener beweging had gevraagd aan Adam te schrijven over zijn vader. De brieven die hij heeft gekregen, zoals deze brief van Jon Sawyer, zijn een heel kostbaar geschenk.

Maar ook ongevraagd hebben duizenden en nog eens duizenden mensen van over de hele wereld geschreven aan mij, onze zoon, Danny's ouders en zijn collega's. Soms kon ik achterhalen waar de brieven vandaan kwamen, soms ook niet. Mensen stuurden e-mails naar *The Wall Street Journal* of brieven naar het Amerikaanse consulaat in hun land, met de vraag de berichten door te sturen. Ze schreven in het Urdu en het Japans. Sommige mensen slaagden erin mijn adres te achterhalen en me pakjes te sturen – prachtige geschenken, vele handgemaakt, dekens en quilts, sokjes en engelen. In veel van de brieven werd geldelijke steun geboden. Er waren meer brieven en e-mails dan ik ooit kon tellen of persoonlijk beantwoorden, maar ik heb ze allemaal gelezen.

Na deze verschrikkelijke beproeving was er niets wat ik zo nodig had als gerustgesteld te worden over de menselijke aard. Ik had net ervaren hoe barbaars mensen kunnen zijn en ik stond op het punt een kind ter wereld te brengen. Die nachtmerrie gaf me het gevoel alsof ik in een put viel. Deze brieven – uw brieven – waren het touw waardoor ik woord voor woord weer hoop kreeg en ten slotte het daglicht weer zag.

Wanneer Adam groter wordt, zal ik hem enerzijds het vreselijke verhaal moeten vertellen dat zijn vader is vermoord; maar anderzijds zijn er de stemmen van mannen, vrouwen en kinderen van over de hele wereld die uiting geven aan de grote kracht van de menselijke solidariteit. Terwijl ik de brieven – waarvan ik hier maar een kleine selectie weergeef – een voor een las, voelde ik hoe de afzenders worstelden om de woorden en gedachten te vinden die mij hoop zouden geven. Ik ben ervan overtuigd dat als we uiteindelijk het terrorisme en het verspreiden van haat overwinnen, dit zal zijn omdat er miljoenen mensen op de aarde rondlopen die zijn als degenen die mij hebben geschreven.

We noemen dat gewone mensen. Voor mij zijn ze stuk voor stuk bijzonder.

Mevrouw Pearl,

Ik wilde u zeggen hoe getroffen en bedroefd ik ben door de dood van uw man. Ik weet niet eens precies waarom het me zo raakte, maar vanaf het moment dat ik hoorde over zijn ontvoering, was ik vervuld van verdriet en hoop. Alle dagen zocht ik de media af naar nieuws over hem – ik was ook zo bezorgd om u. Ik kan me nauwelijks voorstellen hoe het is om zo te moeten wachten. Ik wenste met heel mijn hart dat hij ongedeerd thuis zou komen.

Ik wilde u even laten weten dat velen van ons – onbekenden in allerlei landen – diepbedroefd zijn over uw verlies. Ik heb uw man niet gekend, maar ik zou willen dat dat wel zo was. Ik deel zijn (en uw) medeleven en humanitaire zienswijze. En ondanks dit afschuwelijke gevolg deel ik Daniels optimisme om de wereld ooit in vrede te verzoenen. En daarom bewonder ik iedereen die bereid is 'stappen te nemen' om ons, anderen, de waarheid te vertellen over wat er gebeurt in die verre landen.

Dank u dat u zoveel over Daniels leven met ons hebt gedeeld. *Dank u* dat u hem hebt aangemoedigd ook in gevaarlijke landen te schrijven, zodat wij allen meer te weten komen.

Mijn sympathie en die van mijn drie dochters en man, gaat uit naar u en uw baby. We wensen u vrede in de komende jaren en voorspoed in uw donkerste dagen.

Als u in Chicago mocht komen, bent u bij ons altijd welkom.

Met deelneming en liefs,

Carole Schmidt

Bloomingdale, IL

•

Ik ben een Italiaanse journalist, ik ben veertig jaar en heb een kind dat is geboren in oktober. Mijn vrouw is ook journalist. Ik heb als oorlogscorrespondent gewerkt in Bosnië. Ons gezin kan heel goed begrijpen – denk ik – wat Mariane de laatste dagen heeft doorgemaakt. We hebben voor haar gebeden. We zullen bidden voor Daniel. Als we nog iets kunnen doen, laat het ons alstublieft weten.

Un abbraccio da Alberto Romagnoli

•

Ook al kent u ons niet, we zijn erg bedroefd om uw verlies en het is alsof we iemand van onze eigen familie hebben verloren.

Houd moed – want iets goeds, hoe klein ook, zal er altijd voortkomen uit zo'n tragedie – dat denk ik althans.
We betreuren ten zeerste uw verlies en bidden voor Danny,
Zarina Mehta
Bombay
India

•

Beste mevrouw Pearl en familie,
Ik wil u graag condoleren met de voortijdige dood van de heer Pearl. Moge hij rusten in vrede. Ik schaam me er op het ogenblik voor Pakistaan te zijn. Zijn ongeboren zoon zal ons haten wanneer hij ter wereld komt, maar is dat niet met recht en reden? Ik heb geen woorden om te zeggen hoe erg ik het vind wat er met Danny is gebeurd. Mijn sympathie gaat uit naar uw familie. Danny is gestorven voor een belangrijke zaak en hij is een martelaar. Ik had al die tijd nog hoop voor hem en troost mezelf nu met de gedachte dat hij daar boven gelukkig is bij zijn schepper en naar beneden kijkt en glimlacht en ernaar verlangt zijn mooie, nog ongeboren zoon te zien. Hij zal uw beschermengel zijn. Mensen als Danny maken deze wereld het leven waard. Moge hij rusten in vrede en moge God u de kracht geven die u nodig hebt.
Sultan, Sara, Ryaan en Raniya

•

Mijn naam is Remy, ik ben zestien jaar en ik woon in Nederland, ik hoorde het nieuws over Daniel Pearl vanochtend op het nieuws, ik was echt geschokt toen ik het hoorde, het is heel treurig en het maakte me boos. Ik zag het adres waarheen ik iets kon sturen, dus dat doe ik nu, condoleances voor de familie en vrienden van de heer Pearl, misschien is het niet veel maar het is beter dan niets, denk ik. Ik wens jullie allemaal heel veel sterkte,
Remy

•

Beste mevrouw Dan Pearl:
Ik moest huilen om het bericht van de dood van uw man.
Toen ik hoorde hoe u reageerde op wat die klootzakken uw Danny hebben aangedaan, moest ik nog harder huilen. Ik ben een oude man. Vijf-

entachtig. Heb heel wat meegemaakt en heb geen idee hoe ik het voor elkaar heb gekregen om het tot nu toe vol te houden. Ik droog mijn tranen en vraag me af: wat kan ik zeggen op uw hartzeer? Misschien alleen al door uw stem in woede en gekwetsheid te horen en te beluisteren, begreep ik hoeveel moed en liefde er in uw huwelijk was.

Ik weet zeker dat uw pasgeboren kind de moed van zijn moeder en vader in zich zal opnemen en zijn leven zal baseren op deze tragedie.

Vergeef me alstublieft. Ik moest dit doen, want op dit ogenblik heeft uw moed mij geholpen de mijne een duwtje te geven [...] De ingesloten cheque – double chai, [tweemaal leven of geluk] voor u en uw kind, waarmee u mag doen wat u wilt – is een teken van mijn tranen. Maar ik hoop dat het meer doet dan wat het is. Dat het u opvrolijkt.

Het is als een wederdienst, want uw stem heeft mij opgevrolijkt.

Met vriendelijke groet,

Sam Fink

Great Neck, NY

.

Beste mevrouw Pearl,

De bijgesloten postwissel is tot stand gekomen door schenkingen van vrienden, familie en klanten van Deegan's drankzaak in Woodhaven, NY. We waren aangedaan door het verhaal van u en uw man, en we hopen dat deze betrekkelijk kleine bijdrage u kan helpen met wat uitgaven voor de baby.

De beste wensen,

Elizabeth Deegan

Woodhaven, NY

.

Mijn sympathie gaat naar u uit. Moge God Daniel zegenen in zijn hemelen. De moord op hem was een zinloze daad van barbaars gedrag dat niemand accepteert. Als Jordaniër, geboren in een moslimfamilie, voel ik grote schaamte dat Daniels moordenaars hun gruwelijke daad uit naam van de islam hebben gepleegd. En ik ben bedroefd dat een man van zijn kaliber en ervaring sterft terwijl hij probeert verslag te doen van de ellende en wanhoop in dat deel van de wereld.

Daniel is gestorven terwijl hij zijn plicht deed en de dingen deed die hij fijn vond. Dat is, hoop ik, een grote troost voor u allen.

Met medeleven van mij en mijn familie,

Burhan Gharaibeh, Ph. D.

Rangos Research Center

Children's Hospital of Pittsburgh

Pittsburgh, PA

•

Beste Mariane,

Accepteer alsjeblieft dat ik je deze quilt geef voor je zoon. Ik was erg geschokt door je tragedie en wilde iets voor je doen. Aangezien we elkaar
niet kennen, kan ik je niet troosten. We zijn geen vrienden, dus ik kan er
niet voor je zijn. Ik ben echter quiltmaker en niets brengt naar mijn idee
zo goed liefde over als een quilt [...]

Deze heet 'Pearl of Wisdom' vanwege je kracht, moed en gratie. Deze eigenschappen zullen ongetwijfeld overgaan op je zoon. Op grond van alles wat ik heb gelezen en gezien over jou en Daniel, staat dit mannetje,
Adam bedoel ik, een schitterende toekomst te wachten. Hopelijk zal de
quilt jullie beiden genoegen, veiligheid en een beetje comfort schenken...
Toen ik het tijdschrift opensloeg waaruit dit patroon afkomstig is, wist
ik dat dit de quilt voor jou en Adam was. Geen politieke verklaring, geen
vaderlandslievende boodschap, alleen een leuke, kleurrijke quilt voor
een pasgeboren baby. Sla hem om Adam en jezelf heen en beschouw
hem als een liefkozing van een dame in Austin, Texas, die om je geeft en
het allerbeste wenst voor jullie beider toekomst.

De beste wensen, echt!

Kyra H. Loadman

Austin, TX

•

Aan Daniels familie, vrienden en collega's

Als lezer van *The Wall Street Journal* voel ik me persoonlijk getroffen
door zo'n tragedie. Op grond van de beelden van Daniel die ik een paar
weken geleden aan het begin van zijn ontvoering op BBC *News Online*
ontdekte, zag ik, ondanks zijn vreselijke situatie, zachtaardigheid in zijn
ogen. Ik voelde dat het onder andere omstandigheden een groot voorrecht voor me zou zijn geweest hem beter te leren kennen.

Hij is nu opgenomen in de familie van toegewijde reporters die de hoogste prijs hebben betaald voor hun zoektocht naar beladen nieuws voor ons, lezers in de vrije wereld...

De herinnering aan hem zal blijvend zijn.

Houd vertrouwen,

Jean-Marc Peyron

Parijs, Frankrijk

•

Ruth en Yeuda, Tamara en Michelle, Mariane,

Beste Familie,

Er zijn geen woorden die kunnen troosten voor het snoeien van de levensboom van een jong mens die zijn hele toekomst nog voor zich heeft. Er zijn geen woorden die de vreselijke pijn kunnen verzachten van de moord op uw zoon Daniel, een zoon die u hebt grootgebracht en die uw hart vervulde van trots vanwege zijn indrukwekkende prestaties. Daniel had zichzelf een beroepsmatige en persoonlijke opdracht gegeven en drong met onbeschrijfelijke moed door tot het hart van de duisternis in oorlogstijd, in zijn streven om de aard van de terreur en de strijd ertegen te begrijpen, te bestuderen en aan de wereldbevolking voor te leggen. Wij in Israël voelen dat Daniel deel van ons vlees is, dat de liefde van zijn familie, zijn vrienden en de mensen die houden van vrede en vrijheid in de wereld, zijn nagedachtenis in de harten levend zal houden.

Ik ben met u op deze ondraaglijk moeilijke momenten, en voel uw pijn en vergiet uw tranen.

Shimon Peres

Vice-premier en minister van Buitenlandse Zaken

•

Wij Denken aan Jullie – 'Liefdevolle gedachten zijn een gift van deelneming uit het hart.'

– Van de werknemers van Wal-Mart Store #2281

Nancy, Bedrijfsleider Afd. Elektronica; Ann S.; Jack; Cecilia; Valerie; Cheryl bij het Speelgoed; Sally; Cathy S.; Joanice O'Brien; Jean P.; Nancy; Rachael; Rick; Lisa Brady; Gale; Betty; Hillary; Jessica; Arriana; Tina; Jim in het Fotolab, onder anderen.

Wal-Mart Store #2281

West Mifflin, PA

•

Mijn naam is Lukman Hidayat, ik ben een Indonesische moslim. Ik vind het echt heel treurig te horen dat de heer Pearl dood is. Mijn medeleven gaat uit naar zijn familie en moge God De Almachtige Zijn zegen geven zodat ze deze hartverscheurende, nare gebeurtenis kan doorstaan.
Vriendelijke groeten,
Lukman Hidayat

•

Geachte Heer:
De bijgevoegde [cheque] is voor mevrouw Pearl.
Ik ben een voormalig verslaggever, en woon, gepensioneerd, op Cape Cod; ik wil graag geloven dat verslaggevers overal ter wereld zich verplicht voelen om bij te springen.
Als u hoort dat mevrouw Pearl financiële beperkingen heeft, zou ik graag op een lijst willen staan van mensen die geïnformeerd worden; en dan zal ik nog wat dieper graven.
Met vriendelijke groet,
Thomas Turley

•

Beste Mariane,
Ik weet dat het waarschijnlijk op dit trieste moment een schrale troost voor je is, maar weet alsjeblieft dat mijn gedachten en de gedachten van zo'n duizend boeddha's bij je zijn. Niemand weet hoe groot het verlies is dat jij op dit moment voelt, maar we schenken je onze tranen...
Nam Myoho Renge Kyo
Brenda Thompson
Houston, TX

•

Ik en mijn klasgenoten vinden het heel erg dat uw man/vader dood is. Daarom hebben we geld ingezameld [met een loterij] in de Millennium Mall. We hebben ongeveer tweeduizend dollar ingezameld. We hopen dat u het geld op prijs stelt. Uw man was een echte Amerikaanse held.
Gregg Stevinski,
in een van de zesentwintig brieven geschreven door de studenten van mevr. Rudolf's vijfde klas literatuurles van de East Hampton Middle School, East Hampton, NY

•

Geachte mensen,

Mijn zoon, Philip, is in Afghanistan voor *The Christian Science Monitor*
en *U.S.News.* Wij zijn diepbedroefd.

Liefs, een papa en mama,

de heer en mevr. John R. Smucker

Alexandria, VA

•

Geachte Heer,

Mijn naam is CHRISTIAN EMEKA UCHE. Ik ben Nigeriaan. Ik ben een
van de mensen die op de CNN-website lazen over de ontvoering van
Daniel Pearl.

Ik schrijf u om u te vertellen dat u niet de enige bent die aangedaan is
door zijn dood. Ik ben meer dan geraakt wanneer ik lees dat hij vermoord is.

Ik wil u graag condoleren en ik bid dat God u zal helpen in deze tijd van
verdriet.

Ook voor zijn vrouw, ik weet dat u deze stress zult doorstaan, het enige
wat ik kan zeggen is: probeer het te verdragen en sta God toe om u te leiden en te beschermen.

Ik wil graag dat u allen het verdriet kunt verdragen.

God zegene u.

Van

Christian Emeka Uche

Lagos, Nigeria

•

Dit is om uiting te geven aan mijn verdriet en welgemeende condoleances aan Daniel Pearls familie en vrienden. We hebben speciaal te doen
met zijn vrouw en ongeboren kind, die meer dan wie ook getekend zullen zijn door zijn dood.

Uit het werk van de heer Pearl spreekt een man die probeerde de problemen van deze wereld aan zijn lezers uit te leggen. Hij probeerde meer begrip te verkrijgen voor de onderwerpen waarover hij schreef, en slaagde
daar naar mijn mening heel goed in. Zijn artikelen waren altijd een plezier om te lezen en je kon zien dat hij op cultureel en intellectueel gebied
goed onderlegd was.

Een manier om zijn erfenis in ere te houden zou dan ook zijn om door te gaan op zijn weg en informatieve, diepgaande artikelen te brengen, met inzicht, humor en een humanistisch perspectief.

Geen geringe taak.

Het beste,

Henning Gravklev

Oslo, Noorwegen

•

Aan lieve Mariane,

Hier in Israël, waar we nu het Poerimfeest vieren, is het moeilijk tevredenheid in onze harten te vinden nu we in de schaduw van terreur leven. We kunnen alleen maar bidden voor betere tijden en een betere wereld.

Intussen moet je weten hoe wij allemaal hier, die over Daniel in de kranten hebben gelezen, het gevoel hebben dat we hem een beetje kennen. We hopen dat het goed gaat met je zwangerschap en dat je een goede en gemakkelijke bevalling krijgt. We zullen als het zover is allemaal aan je denken.

Mogen onze kinderen opgroeien in een werkelijkheid die heel erg verschilt van de huidige.

Met liefs en respect,

Katie en Aryeh Green

Yonatan (14 jaar)

Michal (12 jaar)

Moriyah (9 jaar)

Bet Shemesh, Israël

•

Beste mevrouw Pearl,

Als u er wat aan hebt: mijn mama is ook zwanger en ik weet hoe het voelt om iemand te verliezen, ik heb twee mensen verloren die ik niet eens heb gekend, maar u kende uw man dus u kunt althans uw kind over uw man vertellen. Maar ik kan mijn kinderen niet vertellen over de mensen die ik heb verloren.

Met vriendelijke groet,

Katie Sorrels

Indiana

Mariane Pearl & familie:

Ik ben een negenentwintigjarige vrouw uit Belfast, Noord-Ierland en ik ging naar school op het hoogtepunt van de problemen. Mijn moeder is joods/Kroatisch. Door mensen als Daniel krijgt de wereld de waarheid te horen...

Uw familie zal altijd in mijn gedachten zijn.

Met de beste wensen,

Natalija Harbinson

Surbiton, Surrey

Engeland

•

Namens de International Association of Fire Fighters, General President Harold Schaitberger en onze hele organisatie, stuur ik onze welgemeende condoleances aan mevrouw Pearl en de staf van de *Journal* naar aanleiding van de tragische dood van *The Wall Street Journal*-reporter Daniel Pearl.

Of het nu gaat om het verlies van 343 FDNY-brandweermannen bij de aanslag op het World Trade Center of één *The Wall Street Journal*-reporter die is vermoord in Pakistan als gevolg van een terroristische aanslag, het waren allemaal mannen die zo goed mogelijk hun werk deden en probeerden de wereld beter te maken.

Onze gedachten gaan uit naar jullie allen bij de *Journal* en in het bijzonder naar mevrouw Pearl en haar ongeboren kind.

Moge hij rusten in vrede.

George Burke

Washington, DC

•

Gegroet! Mijn welgemeende verontschuldigingen en oprecht meeleven met uw verlies en pijn. Ik ben sjiiet, uit Karachi, en groeide op bij mijn vader in de gevangenis tussen 1977 en 1988 omdat hij in de vrijheidsbeweging zat, ik kan uw verlies niet doorgronden maar ik ben erdoor geraakt, wat het ook mag betekenen. Het bloed van uw man is naar de gelijkenis van al diegenen die door de geschiedenis heen hebben geprobeerd onderdrukking aan de kaak te stellen en te bestrijden en ertegen in verzet te komen, wat belichaamd wordt door de martelaren van Kerbala, en het zal niet tevergeefs zijn.

Ik ben architect van beroep en ik beloof u plechtig een gedenkteken voor uw man te ontwerpen (als het niet al gedaan is), naar de gelijkenis van het architecturale erfgoed van de streek, als een inheems eerbewijs aan zijn opoffering [...] Moge goedheid met u zijn en moge de herinnering aan de martelaren en slachtoffers u kracht geven en trots maken. *Khuda Nigehban!*
Tehmoor Nawaz

•

Beste Mariane,
Wat onmenselijke daden betreft, daar kunnen wij over meepraten. Drie jaar geleden adopteerden we een kind uit Brazilië. Luciano is een kind dat op straat leefde in een grote stad in Brazilië. Hij was het slachtoffer geworden van [een] politieman die in zijn vrije tijd was ingehuurd door middenstanders om straatkinderen te vermoorden, die ze als een plaag beschouwden. Zonder de pers en Amnesty International zouden deze afschuwelijke daden nog steeds zijn doorgegaan. Maar dankzij moedige journalisten als Daniel heeft Luciano het overleefd en gaat het goed met hem. We gebruiken de term 'held' niet vaak, maar die is zeker van toepassing op Daniel. Hij bracht zichzelf welbewust in gevaar om tirannieke daden aan het licht te brengen.
Hoewel we jou of Daniel nooit hebben ontmoet, moet je weten dat jouw moed voor altijd in onze harten gegrift zal staan...
Liefs, Kathy, John en Luciano Vaden
Greeneville, TN

•

Beste Mariane,
... ik weet niet of je het wilde, maar ik heb kaddisj gezegd voor Danny.
Heel veel liefs,
Anne-Marie Dogonowski
Smorum, Denemarken

•

WOU DAT DIT VOLDOENDE WAS OM ERVOOR TE ZORGEN DAT DE WERELD NIET KRANKZINNIG WORDT
– briefje dat om een biljet van vijf dollar zat gevouwen,
 verstuurd vanuit Brooklyn, NY

•

Velen van hen die contact opnemen met dit adres, hebben Danny Pearl waarschijnlijk niet gekend. Ik ben daarop geen uitzondering.

Echter, net als met de mensen die omkwamen in september [...] uit het grafschrift voor Danny dat vandaag in de krant stond, kwam een heel klein glimpje te voorschijn van een mens achter een gezicht dat ik nooit meer zal kunnen ontmoeten – een innemende, eigenwijze, unieke, schrandere, weetgierige geest. Het zijn deze elementen waardoor ik word aangezet tot boeiende gesprekken met nieuwe kennissen. En het plotselinge verloren gaan van zulke eigenschappen vind ik verschrikkelijk.

Als het erop aankomt is dat misschien het enige wat we nog hebben: een menselijke band met een andere persoon. Iemand die ons ontroert, die onze gewoontes aanvecht en ons bemoedigend toespreekt wanneer de wereld om ons heen instort. Ik vermoed dat Danny voor zijn collega's, vrienden en familie zo iemand was.

Juli Goins
Minneapolis, MN

•

Madame,

Ik heb zojuist gehoord dat afgelopen dinsdag in Parijs uw zoon is geboren. Het verheugde me en ik wil u graag mijn hartelijke felicitaties sturen en wens u en uw zoon een goede gezondheid toe.

Net als al mijn landgenoten had ik bewondering voor uw moed na de dood, onder zulke weerzinwekkende omstandigheden, van uw man. Ik hoop van harte dat de geboorte van uw kind u troost zal geven na deze verschrikkelijke beproeving.

Wees ervan verzekerd dat mijn ministerie tot uw beschikking zal staan voor alle problemen waarmee u geconfronteerd zou kunnen worden ten aanzien van de Pakistaanse of Amerikaanse autoriteiten.

Hoogachtend,
Dominique de Villepin
Ministerie van Buitenlandse Zaken
Frankrijk

•

Ik wil u zeggen hoe verdrietig ik ben dat deze jonge man door terroristen is vermoord. Mijn gebeden gaan uit naar zijn vrouw, familie, vrienden en collega's en de wsj.
Vanuit de ranch,
Bobby Leezer
Magnum Creek Ranch

•

Dodencel
Ring 3
Centrale Gevangenis
Rawalpindi
Onderwerp: CONDOLEANCE
Edelachtbare,
Hierbij wil ik uiting geven aan mijn verdriet over de droevige, voortijdige dood van de heer Daniel Pearl, wijlen Amerikaans staatsburger en journalist, slachtoffer van Religieus Terrorisme in Pakistan.
Moge zijn ziel rusten in de hemelen.
Meevoelend met de bedroefde familie
en de Regering van de USA,
Dr. Mohammed Younas Sheikh
(Zelf slachtoffer van Religieus Terrorisme door mullahs die zich beroepen op de beruchte Blasfemiewet 295/e PPC, een gevaar voor een reguliere rechtsgang.)

[Dr. Mohammed Younas Sheikh was professor in de homeopathie aan een universiteit in Islamabad. Hij is een van de ongeveer twaalf docenten die door studenten van blasfemie werden beschuldigd. Zijn misdrijf: tijdens een college in 2000 maakte hij een onschuldige opmerking over de oorsprong van de islam. Sheikh werd veroordeeld en wacht op executie, die onder de blasfemiewet onontkoombaar is.]

•

Chère Madame,
Ik ben volkomen geschokt door wat u overkomt en ik weet niet hoe ik de juiste woorden van troost kan vinden. De woorden waar ik naar grijp, lijken inadequaat [...] Het enige wat binnen mijn bereik ligt, is dat ik u uitnodig om een tijdje bij mij te komen logeren wanneer u overweegt naar Frankrijk te komen.

Ik ben een gepensioneerde arts en woon met mijn man in Zuid-Frankrijk vlak bij Montpellier op een grote boerenhoeve dicht bij het strand. We zouden het leuk vinden als u komt, we zouden u onthalen, een beetje in de watten leggen, lekkere gerechtjes voor u koken en u met onze genegenheid omgeven. (Ik heb drie kinderen en zes kleinkinderen.)
Hoewel ik u niet ken, neem ik de vrijheid u een kus te sturen –
STERKTE!
Edmée Finet
Frankrijk

·

Beste allemaal,
Mijn familie en ik willen jullie allemaal onze gedachten en veel liefs overbrengen bij het verlies van Daniel Pearl. Onze 20-jarige zoon Andrew zit op de U.S.S. Kitty Hawk, als vliegenier bij de Amerikaanse Marine. We bidden dagelijks voor onze militairen, dat God ze allemaal ongedeerd laat blijven. Onze familie (onder wie ons kind van 6 jaar) heeft sinds 23 januari voor Daniel gebeden.
Daniel zal door ons NOOIT worden vergeten. Wilt u aan Daniels vrouw en ouders doorvertellen hoe erg we deze zinloze moord vinden. We zijn ook verdrietig om UW verlies.
Dank u voor uw tijd. God zegene u
Groeten,
Sandy, Mike, Kristina, Kimberly Palumbo –
Round Rock, Texas
Andrew Yarnish – U.S.S. Kitty Hawk –
Atsugi, Japan

·

Beste heer en mevrouw Pearl,
[...] Ik ken Danny vanaf de derde klas middelbare school. Danny en ik werden goede vrienden in het Wildwood Music Camp, waar we samen gekke stukjes schreven voor bij het kampvuur, en we bleven bevriend op Stanford en daarna in Washington, DC, waar we zes of zeven jaar geleden tegenover elkaar in dezelfde straat werkten.
Ik weet niet of u zich mij kunt herinneren; we hebben elkaar bij een paar gelegenheden vluchtig ontmoet toen mijn moeder en vader bij uw huis stilhielden om Danny op te pikken op weg naar het muziekkamp. Danny

sprak altijd met zo'n oprechte liefde en genegenheid over u beiden –
zelfs als adolescent, wanneer de meesten van ons het een beetje moeilijk
hebben met onze ouders...

En mijn hart brak, speciaal voor u, toen ik hoorde dat Danny was vermoord. Ik ben nu zelf vader, en alles waarvan ik zou willen dat mijn kinderen het werden, zag ik in Danny – en dan heb ik het even niet over
successen in de carrière. Ik heb het over de gave om het leven echt te be-
leven: de gave om ononderdrukte vreugde te ervaren; de gave om nadenkend te zijn zonder egocentrisch te worden; de gave om de humor in het
leven te zien en daartoe bij te dragen zonder de gemakkelijke afstandelijkheid van de cynicus; en de gave om spontaan en ongedwongen te zijn
in relaties met anderen.

Dat zijn de eigenschappen van een zeldzaam fenomeen: een volledig
ontwikkeld menselijk wezen. Paradoxaal genoeg zijn het ook eigenschappen die we vaker zien bij kinderen dan bij volwassenen. En de
volwassenen die vasthouden aan die eigenschappen, zijn zonder
uitzondering allemaal opgevoed door ouders die van hen hielden zonder hen op de huid te zitten of te proberen plaatsvervangend via hen te
leven.

Toen ik Danny voor de laatste keer zag, op een afscheidsfeestje dat omstreeks 1996 in Washington voor hem werd gegeven, was ik verrast te
zien hoe hij het beste had weten te behouden van wat hij als tiener in het
muziekkamp al had. En ik moet toegeven dat ik een beetje jaloers was,
want het drong tot me door dat ik, zoals zoveel mensen, in de loop van
de tijd een soort onzichtbaar vlies om me heen had opgetrokken waar ik
doorheen moest breken – wat steeds moeilijker ging – om net zo volledig met anderen in contact te staan als vroeger, en zelfs om met mijn
eigen werkelijke aspiraties in contact te staan. Bij Danny was er niet zo'n
barrière tussen hem en anderen of tussen hem en zichzelf. Geen wonder
dat mensen zich zo tot hem aangetrokken voelden...

Omdat ik Danny ken, en op grond van wat ik hoor van anderen die het
voorrecht hadden hem te kennen, ben ik ervan overtuigd dat honderden
en nog eens honderden mensen, bewust of onbewust, een soortgelijke
les hebben getrokken uit Danny, en door hem werden geïnspireerd om
een beter, vollediger en grootmoediger leven te leiden. Ik ben ervan
overtuigd dat ik niet alleen Danny maar ook u moet bedanken voor het

feit dat hij mijn leven en dat van anderen op die manier heeft verrijkt.
In gedachten en gebeden blijf ik bij u.
Met vriendelijke groet,
Leon Dayan
Washington, DC

.

Beste Mariane,
Geweldig nieuws – Adam is er! Wij verheugen ons met jou, en zijn heel
blij dat het met jullie allebei goed gaat.
Ik denk met plezier terug aan ons bezoek in Parijs en hoop Adam ooit te
ontmoeten.
President Bush en ik geven jullie beiden onze genegenheid en hopen dat
deze dagen van een nieuw begin weer licht in je leven zullen brengen.
De allerhartelijkste wensen,
Laura Bush
Het Witte Huis

.

Beste Familie en Vrienden van Daniel Pearl,
[...] Toen ik vanochtend om half vijf wakker werd, dacht ik aan Danny
en u en er vielen tranen op mijn kussen terwijl ik bedacht wat ik tegen u
zou kunnen zeggen.
Ik hoop dat u uiteindelijk uw verdriet te boven komt – ik neem aan dat
mevrouw Pearl en de baby die op komst is een heleboel liefdevolle steun
krijgen. De baby zal ongetwijfeld een wereldwonder worden.
Mijn man en ik spelen oude en Ierse muziek op gitaar en mandoline en
we zullen 'Red-Haired Boy' spelen voor Danny.
De beste wensen en liefs,
Susan Coale
Highland Park, IL

.

Mijn man, James W. Barbella, stierf op 11 september in het World Trade
Center. Ik begrijp de verschrikkingen die Danny's vrouw doormaakt. Dit
maakt haar verdriet niet minder maar ik hoop dat ze weet dat er veel
mensen met haar meeleven.
Met vriendelijke groet,
Monica Barbella

•

Beste Mariane,

Gefeliciteerd met de geboorte van Adam. Ik weet dat je vreugde wordt getemperd door verdriet. Omdat mijn moeder drie maanden voor mijn geboorte weduwe werd, kan ik me enigszins indenken wat jij zult voelen en denken over de toekomst van je zoon.

Mijn moeder werkte hard om mij het gevoel te geven dat ik mijn vader kende, dat ik er trots op kon zijn dat ik zijn zoon was en dat mijn leven zijn nagedachtenis in ere kon houden. Haar liefde gaf mij de kracht en zekerheid om de leegte van zijn afwezigheid te kunnen verwerken. Ik weet dat jouw liefde dat ook zal doen.

Mijn gedachten en gebeden, en die van Hillary, zijn met je.

Met vriendelijke groet,

Bill Clinton

•

Beste mevrouw Pearl,

Hierbij ingesloten is een condoleancebrief van Zijne Hoogheid Shaikh Hamad bin Khalifa Al-Thani, Emir van de Staat Qatar, wegens de droevige en erbarmelijke moord op wijlen uw man.

Ik zou u bij deze treurige gelegenheid ook mijn persoonlijke deelneming willen betuigen. Hij was inderdaad een goede vriend en ik zal hem erg missen...

Een paar weken geleden ontving ik de notitieboekjes die hij me had beloofd te sturen. Hij was een man van zijn woord.

Met vriendelijke groeten,

Abdulrahman bin Saud Al-Thani

Secretaris-generaal, Staat Qatar

•

Beste mevrouw Pearl,

Ik was geschokt toen ik hoorde van de brute, primitieve moord op uw geliefde man. Terwijl ik deze barbaarse daad en alle soortgelijke terroristische daden hevig veroordeel, zou ik u mijn welgemeende condoleances en medeleven willen betuigen en bid ik tot God de Almachtige dat Hij zijn ziel rust geeft en u en uw getroffen familie standvastigheid en troost schenkt om dit zeer trieste en verdrietige verlies te boven te komen.

Hamad bin Khalifa Al-Thani

Emir van de Staat Qatar

•

Tien nuttige babytips, een paar van de vele die werden gegeven door de vijf-
de klas van Mevr. Brosius, Laurin Middle School, Vancouver, WA

Probeer ze niet te veel kleine ronde dingetjes te eten te geven. Ze stoppen
die in hun neus.

Laat de baby niet alleen in de auto achter. Misschien is hij weg wanneer
je terugkomt.

Sla ze nooit, want dan gaan zij misschien andere mensen slaan.

Laat ze geen erwten eten; die zullen ze in hun neus stoppen.

Als ze niet in slaap vallen, zet ze in een autozitje en ga een stukje rijden.

Laat je baby nooit een groot tijdsverschil overbruggen. Zoals van
Washington naar Texas.

Als je hem meeneemt naar Disneyland, laat hem dan nooit een ritje maken in het spookhuis, want dat kan te griezelig zijn.

Als je een trampoline neemt, laat hem er dan niet op, want hij kan eraf
vallen en zich bezeren.

Zorg ervoor dat je je geld hoog neerlegt, want ze kunnen het weleens
doorslikken.

Aangezien het een jongetje is, moet je, wanneer je zijn luiers verschoont,
schuin gaan staan, want ze hebben de neiging zomaar te gaan plassen als
ze geen luier om hebben. Dus kijk uit!

•

U kent me niet – ik ben zomaar een van de mensen die het verhaal van
de ontvoering van de heer Pearl de afgelopen maand op het nieuws hebben gevolgd. Tot mijn spijt hoorde ik vanochtend dat hij dood is en ik
wilde zijn familie en vrienden laten weten dat ik in gedachten bij hen
ben. Ik weet dat het een heel moeilijke tijd is.

Tatiana Schwartz

Bureauchef, MITS

Michigan

•

Beste Familie Pearl en Vrienden,

[...] Het is nu misschien een schrale troost [...] maar ik denk echt dat de
heer Pearl en alle journalisten een grotere zaak dienen. We zijn hun onze
dank en dankbaarheid verschuldigd omdat zij helpen de wereld vrij te

houden. Wanneer journalisten sterven in verband met hun werk, sterven ze voor ons. Ik bedank de heer Pearl en alle journalisten voor het risico dat zij nemen. Ik kan me niet voorstellen hoe anders de wereld zou zijn als zij niet zulke risico's namen.
Nathaniel Toll
Athens, GA

•

Geachte Mevrouw,
Ik heb uw man nooit gekend. Eigenlijk lees ik *TWSJ* niet zo vaak. Bovendien ben ik Turk – een moslim. Ik vind het echter heel erg dat deze gruwelijke misdaad is gepleegd, die alle religieuze gedachten te buiten gaat... Ik hoop dat God u en uw zoon de kracht geeft om deze moeilijke tijden te doorstaan. Ik, als wereldburger, zou ook graag willen dat de plegers van deze barbaarse daad kennismaken met het zwaard van de gerechtigheid.
Het enige goede dat ik op dit moment kan zeggen, is dat uw man nu een van die grote leermeesters is die de mensheid leren hoe belangrijk vrije meningsuiting en verdraagzaamheid tussen verschillende culturen is.
Ozgur Altinyay
Istanbul, Turkije

•

Beste mevrouw Pearl,
Mijn man Keith en ik hebben Danny op een zomermiddag in Washington ontmoet, toen *The Wall Street Journal The New York Times* inmaakte bij softbal. Na de wedstrijd gingen Danny en een paar van zijn collega's en mijn man en ik ergens wat drinken, en we hadden het genoegen Danny een klein beetje te leren kennen.
Er zijn genoeg mensen die je een keer ontmoet en dan vergeet. Daar behoorde Danny niet toe. Ik herinner me Danny omdat hij zo duidelijk een door-en-door goed mens was. Ik weet zeker dat u dat beter weet dan wie ook, en we treuren met u over het verlies van uw man, vriend en vader van uw kind.
Met onze beste wensen voor u en de uwen,
Robyn Meredith
Keith Bradsher

•

Ik was een van de tweeënvijftig Amerikanen die van 1979 tot 1981 gedurende 444 dagen gegijzeld werden in Iran. Ik wil u graag mijn diepste medeleven betuigen. Ik heb bewondering voor wat Daniel deed. Hoewel het geen troost is, weet ik zeker dat zijn kind zal opgroeien in de liefhebbende wetenschap dat zijn vader een vriendelijke, grootmoedige en werkelijk toegewijde persoon was.
Barry Rosen
New York City

·

In aanmerking genomen dat we deel uitmaken van een wereld waarin we in wisselwerking staan met onze eigen omgeving en deze beïnvloeden en herdefiniëren, voel ik machteloze schaamte dat een mens meedogenloos & onnodig vermoord kan worden. Mijn gebeden & oprechte smart zijn met de familie van de heer Daniel Pearl.
Bin Bakshi
Mumbai, India

·

Beste Mariane,
Ik ben een student uit India en diep verontrust door de moord op je man. Ik kan alleen maar dit zeggen: als er ergens een GOD is, ZAL hij degenen die hem vermoord hebben straffen [...] ik hoop dat Danny, waar hij ook is, in goede handen is. Ik WEET dat hij over jou en de baby zal waken. Dus voel je alsjeblieft nooit alleen. Als het iets betekent, zal ik bidden voor jou en je familie en iedereen die dit verlies heeft gevoeld. Ik kom uit een familie van legerofficieren. Ik ben opgevoed als een ruimdenkende jehova's getuige, met een ruimdenkende instelling en tolerantie en vergevingsgezindheid. Ik KAN NIET verdragen wat er met je man is gebeurd. Ik vind dat de plegers van deze walgelijke misdaad nooit vergiffenis mogen krijgen.
Wees alsjeblieft sterk en laat je niet door haat verbitteren. Ik ben bij je in je verdriet...
Met al mijn liefde en gebeden
Vasundhara Sirnate
New Delhi

·

Wij bij Batesville American Mfg. Co. willen onze deelneming betuigen aan de familie Pearl vanwege het tragische verlies van Daniel Pearl. Toen ik gisteravond naar CNN keek en ze vertelden dat de heer Pearl dood was, heb ik gehuild. Ik had gebeden dat hij terug zou keren naar zijn gezin. We kunnen voor de rest van ons leven vragen 'waarom' en we zullen nooit kunnen begrijpen hoe de ene mens de andere op zo'n tragische manier van het leven kan beroven.

God zegene de familie Pearl en mogen ze de tand des tijds weerstaan in het doorstaan van het verlies van zo'n fantastische man.

Helen Williamson

Batesville American Mfg. Co

Batesville, MS

·

Ik ben een Amerikaanse journalist die woont en werkt in Berlijn in Duitsland. Ik heb de heer Pearl niet gekend, maar ik ben verontwaardigd en verdrietig. Ik ben woedend en sprakeloos. Hoewel ik vaak teleurgesteld ben in mijn vak, waarbij ik soms word overmand door de gedachte de journalistiek vaarwel te zeggen, kan ik niet verdragen dat er zulk zinloos geweld wordt gepleegd om de woorden die wij schrijven uit te wissen of onze stemmen tot zwijgen te brengen. Ik hoop dat familie, vrienden en collega's weten dat we allemaal delen in het verdriet en vastbesloten zijn om door te gaan. Onze stemmen zullen worden gehoord, onze foto's zullen worden gezien, de waarheid zal worden verteld.

Pilar Wolfsteller

Reuters Television

Berlijn, Duitsland

·

De minister-president van het Groothertogdom Luxemburg zou graag zijn welgemeende deelneming willen betuigen aan de familie van Daniel Pearl. De afschuwelijke omstandigheden van zijn dood, hoe ondraaglijk die ook mogen zijn voor zijn familie en vrienden, zullen de hele mensheid eraan blijven herinneren dat vrijheid bovenal vrijheid van meningsuiting en gedachten is. Daniel Pearl was een licht in een oceaan van schaduwen. Moge zijn licht blijven schijnen, voor ons allemaal. Aan zijn vrouw willen we graag ons diepste medeleven betuigen bij het verlies van een echtgenoot en toekomstig vader. Onze gedachten gaan ook uit naar Daniel Pearls ongeboren kind. Moge het voorbeeld van zijn of haar vader levenslang een leidende ster zijn.

Jean-Claude Juncker

Minister-president van het Groothertogdom Luxemburg

•

Met grote droefenis hoorde ik van de dood van Danny Pearl. Hier in Ierland hebben de mensen het verhaal in de kranten en op de tv gevolgd en tegen alle verwachtingen in op een goede afloop gehoopt. Zijn ziel en zijn familie zullen in mijn gedachten en gebeden zijn.

Terry O'Connell

•

Het was een heel triest moment voor ons allemaal hier toen we hoorden dat de heer Daniel was vermoord. We zijn diepbedroefd over zijn dood, onze gedachten zijn bij zijn vrouw, ongeboren kind, familie, vrienden en collega's.

De moord op hem is een zondige daad en we veroordelen degenen die deze misdaad hebben gepleegd, en deze laffe daden zullen door hun eigen godsdienst streng worden bestraft. Er is geen enkele rechtvaardiging te bedenken voor hun criminele daden.

Moge God u allen de wil en de kracht geven zijn verlies te verwerken, en bedenk maar dat hij is heengegaan als een *held* en dat hij bij God is.

Moge God u allen zegenen, amen.

Met vriendelijke groeten:

Abdurehman Jewaid Banihamed

en al mijn familie en vrienden

Ana Banihamed, Ismael Abdurehman,

Adam Abdurehman, Joseph Abdureman,

Salim Rawashdeh, Zaid Jebreel,

Basim Mustafa, Mohammed Salih,

Abdu Al-Salam, Mansour Jewaid,

Mohammed Ali Sulieman, Sameh Jewaid,

Yousef Jewaid, Wasfi Jewaid, Falah Jewaid

•

Aan *The Wall Street Journal*:

Mijn welgemeende deelneming met de voortijdige dood van uw reporter, Daniel Pearl. Zijn brute ontvoering en de barbaarse moord op hem hebben me erg aangegrepen. Net als de heer Pearl is ook mijn zwager, Robert Stethem, door terroristen vermoord. De zinloosheid van Robbies dood en de kwellende gedachten aan wat er misschien is gebeurd, laten me nog steeds niet los.

Mogen de vrienden, collega's en geliefden van de heer Pearl troost vinden in het besef dat hij is gestorven terwijl hij deed wat hij fijn vond – journalist zijn.

Moge God jullie zegenen en troosten in deze tijd van nood, en moge de heer Pearl tot in de eeuwigheid rusten in vrede.

Ray Sierralta

•

Ik, als Pakistaans staatsburger, wil graag mijn smart en droefheid uiten bij de dood van Daniel Pearl. De mensen in mijn land zijn geschokt en met afschuw vervuld over de brute moord op een onschuldige ziel en we willen graag onze deelneming betuigen aan zijn familie, vrienden en landgenoten. Onze gedachten zijn bij jullie in de oorlog tegen het terrorisme. Moge Allah ons allen helpen deze vijand te verslaan, die zich vermomt als verdediger des geloofs.

Zaki Haq
Karachi, Pakistan

•

Beste mevrouw Pearl,
Ik wil u graag mijn oprechte deelneming betuigen bij de tragische dood van uw man.

Hij was het zoveelste slachtoffer van de mensen en organisaties die het plegen van geweld, kidnapping en het verspreiden van terreur tot hun beroep hebben gemaakt. Het internationale terrorisme kent geen grenzen of nationaliteit. Het komt voor in Pakistan en Afghanistan, in het Midden-Oosten en in de Balkan, evenals in andere delen van de wereld. Helaas hebben wij in Rusland ook te maken gekregen met onmenselijke daden van terroristen, die besloten een deel van ons land – Tsjetsjenië – tot hun basis te maken. Duizenden mensen, Russische staatsburgers en buitenlanders, werden het slachtoffer van hun plunderingen, brute terreurdaden en gijzelingen. Daarom begrijpen en delen we in uw verdriet alsof het ons eigen verdriet is.

Om deze wereldwijde aanvechting van de veiligheid en het welzijn van de mensen te bestrijden, hebben Rusland, de Verenigde Staten en andere landen de handen ineengeslagen. We zullen alles doen om dit kwaad uit te roeien, de bedreiging van het terrorisme uit de weg te ruimen en allen die dood en verderf zaaien op te sporen en onschadelijk te maken.

Wilt u ook mijn medeleven betuigen aan Daniel Pearls ouders, aan al zijn familieleden en vrienden en aan zijn collega's bij *The Wall Street Journal.*

Met vriendelijke groet,

Vladimir Poetin

President van de Russische Federatie

•

Ik weet dat u duizenden e-mails zult krijgen naar aanleiding van de dood van Daniel Pearl, maar ik voel me verplicht u te zeggen dat ik in ieder geval het verhaal van zijn ontvoering heel uitvoerig heb gevolgd. Ik heb gebeden dat hij behouden terug mocht komen en heb naar het nieuws gekeken zoals een moeder naar een pasgeboren kind kijkt dat stil ligt. Net als zijn familie had ik nog steeds hoop dat hij terug zou keren naar zijn geliefde vrouw.

Ik ben erg verdrietig voor zijn familie om de zinloosheid van dit alles en om het besef dat er zoveel op deze wereld onverklaarbaar is, waar we gewoon geen macht over hebben. De dood van de heer Pearl is een nationale tragedie. Ik woon in het meest fantastische land ter wereld, niet vanwege zijn militaire kracht, maar vanwege zijn medeleven en verdraagzaamheid. Het is heel treurig om te zien hoe een van onze eigen mensen het leven verliest vanwege een of andere onduidelijk gedefinieerde zaak.

Na alles wat er is gezegd en gedaan realiseren we ons maar weer eens dat het leven werkelijk heel fragiel is. Ik zal nu bidden voor genezing van mevrouw Pearl. Zij zal herinneringen willen delen met haar pasgeboren kind, en ik hoop dat haar verdriet met de geboorte van haar kind draaglijker wordt. Als ik wist waar ik bloemen naartoe kon sturen, zou ik zo'n groot boeket sturen dat het niet in haar huis paste. Ik hoop dat ze weet dat velen van ons nog steeds samen met haar verdriet hebben. Het zal haar pijn niet verlichten maar misschien helpt het haar als ze weet dat miljoenen mensen in gedachten bij haar zijn.

Patricia DiSiena

Houston, Texas

Mevrouw Pearl,

[...] In India hebben we een gezegde dat luidt: 'Een mens komt hier op aarde zonder enige bezittingen en zo is het ook wanneer hij vertrekt, en de ziel is het belangrijkste, en zoals wij andere kleren aantrekken, zo trekt de ziel een ander lichaam aan.' Dus hij zal zijn vertrokken naar het huis der gelukzaligen en ook God kan niet zonder de mensen van wie hij houdt en daarom roept hij hen vroeg tot zich.

Hij moet een geweldig mens zijn geweest, dat de hele wereld zich achter hem heeft geschaard nu hij dood is.

Sterkte en het zal allemaal goedkomen.

Met groeten,

Ravi Dixit

•

Ik wil u graag mijn deelneming betuigen bij de moord op Daniel Pearl. Deze ongelofelijke daad van wreedheid sterkt ons in onze overtuiging dat terrorisme keihard moet worden aangepakt. Het moet voor zijn familie hartverscheurend zijn.

Groeten,

Alan Taylor

Ayrshire, Schotland, U.K.

•

Hallo,

Mijn naam is Jennifer en ik word journalist [...] Heel lang wist ik niet wat ik wilde worden. Ik wilde een carrière die de moeite waard zou zijn, zowel voor mezelf als voor de wereldgemeenschap. Toen het verhaal van Daniel bekend werd, besefte ik wat een passie en moed journalisten zoals hij hebben. Ik kreeg een groot en absoluut respect voor mensen als Daniel. Journalisten zijn voor mij de eerste schakel in de keten van revolutie en verandering. Ik heb een foto van Daniel in mijn portefeuille om me eraan te herinneren waarom ik er uiteindelijk voor heb gekozen journalist te worden. Ik hoop dat Daniels zoon Adam als hij groter wordt weet dat zijn vader niet tevergeefs is gestorven, want ik weet dat ik niet de enige ben wier leven werd geraakt door Daniel. Ik wens Mariane en haar pasgeboren zoon het beste.

Dank u,

Jennifer Taylor

Minneapolis, MN

•

Ik ben hevig geroerd door het lot van de heer Pearl en ik begrijp deze afschuwelijke misdaad tegen hem en zijn familie werkelijk niet. Als journalist en als mens keur ik zo'n barbaarse daad ten strengste af. Nooit
weer! Mijn gedachten gaan uit naar de familie en vrienden en collega's
van de heer Pearl.
Met vriendelijke groet,
Werner Pochinger
Oostenrijk

•

Ik verontschuldig me namens mijn landgenoten voor zo'n laffe, schan-
delijke daad, naar verluidt in ons land door onze landgenoten gepleegd
jegens uw man.
Misschien hebben vele mensen u getroost met verschillende frasen en
woorden. Aangezien ik advocaat en maatschappelijk werker ben, besef ik
goed in wat voor toestand u verkeert [...]
Ik weet dat u misschien onzeker bent over uw toekomst. Ik wil uw gevoelens beantwoorden. Maar ik kan geen vervanging bieden voor uw
overleden man. Als u echter denkt dat het goed is om in Pakistan te wonen, ben ik bereid om u bij te staan en uw verdriet te delen, inclusief de
hooggeachte huwelijksrelatie als u dat wenst.
Groeten,
Muhammad Ahmed
(advocaat)
Karachi

•

Beste mevrouw Pearl,
We schrijven u en uw waardige familie om onze diepste deelneming te
betuigen bij het treurige overlijden van Daniel Pearl. Staat u mij alstublieft toe deze droevige momenten met u te delen, aangezien we Daniel
als een nobel man en een fantastische reporter hebben leren kennen.
We zijn diep bedroefd te horen dat Daniel Pearl het leven heeft verloren,
een man voor wie we respect hebben. Mijn verdriet en pijn worden nog
verhevigd wanneer ik terugdenk aan de vrolijke, hartelijke vriendschap
die we de laatste paar jaar hadden. Ik heb altijd met plezier zijn artikelen
en geschriften gelezen [...]

Daniel heeft zijn leven opgeofferd om zich niet te onderwerpen aan pressie en daarmee zal het een dogma worden voor de gemeenschap van professionele journalisten over de hele wereld om het licht van de waarheid altijd te laten schijnen en soeverein te heersen.

We betuigen nogmaals onze welgemeende condoleances aan u, de familie, vrienden en verwanten van de overledene, namens diegenen die hem erg zullen missen.

Met vriendelijke groet,

Sultan Bin Zayed Al-Nahyan

Vice-premier

Verenigde Arabische Emiraten

•

Ik zat gisteren met mijn jongste kind naar het nieuws te kijken waarin werd bevestigd dat Daniel dood was. Mijn zoon, die 9 is, is erg aangegrepen door de tragedie en heeft allemaal vragen over wie Daniel, behalve journalist, eigenlijk was. We zijn allemaal verdrietig over dit verlies en vragen ons af hoe iemand zo kwaadaardig kan zijn om te doen wat ze met Daniel hebben gedaan, een man die duidelijk een medelevende persoon was. Wanneer ik naar mijn zoon kijk, vraag ik me af hoe toekomstige generaties zullen kijken naar de gebeurtenissen waarmee ze sinds 11 september te maken hebben en hoe die de wereld zullen bepalen. Ik bid dat ze er niet door verhard worden, maar naar de goedheid van mensen als geheel zullen kijken. Ik heb geen simpele antwoorden op zijn [vragen] waarom Daniel is gestorven. Ik heb geen simpele antwoorden op de vraag waarom het kwaad bestaat. Ik bid voor jullie familie dat jullie rust mogen vinden.

Debra Leverton

•

Beste Mariane Pearl,

Als echtgenoot en als vader moest ik bijna huilen toen ik hoorde van de dood van je echtgenoot Daniel. Ik kan het nog steeds niet geloven.

Als gewoon fatsoenlijk mens hoefde ik je man niet te kennen om woedend te zijn over de zinloze, brute moord op hem. Ik zie niet in hoe wat voor zaak dan ook, politiek of wat dan ook, zulke onmenselijke brute daden zou kunnen rechtvaardigen. Dit is geen daad tegen Amerika al-

leen, het is een daad tegen gewone mensen overal die van vrede en vrij-
heid houden [...]
Moge de Almachtige God je troost en rust schenken in deze zeer moeilij-
ke tijd en moge je het kind dat je nu draagt in perfecte gezondheid ter
wereld brengen. Moge God je door deze moeilijke dagen heen helpen.
Amen.
James Monday
Banjul
Gambia

·

Aan de familie, vrienden en collega's van Daniel Pearl bied ik mijn welgemeende condoleances aan.
Nooit eerder heb ik zo scherp deze woorden van John Donne gevoeld:
'De dood van ieder mens verzwakt me, want ik ben deel van de mensheid; het gaat er dus nooit om voor wie de klok luidt; die luidt voor jou.'
Vanwege de dood van de heer Pearl luidt de klok voor de hele wereld. Ik
heb de heer Pearl niet gekend, maar ik ervaar zijn dood als een groot verlies. Ik hoop en geloof echter dat zijn geest van medeleven, vriendelijkheid en creativiteit tot sommigen zal doordringen en in anderen versterkt zal worden als gevolg van de vreselijke daden die tegen hem zijn
gepleegd. Weet dat u in uw verdriet niet alleen staat.
Met vriendelijke groet,
Kim Mitchell

·

Mijn welgemeende condoleances met de dood van Daniel Pearl. Hij was
alles waar ik als student politicologie zelf naar streef. Ik hoop dat het
mensdom ooit tot verzoening wordt gebracht en het onrecht in onze
beide landen stopt.
Firas Maksad
Beiroet, Libanon

·

Beste Mariane,
Ik ben een Spaanse journaliste en mijn vriend is oorlogscorrespondent
geweest in Afghanistan. De dood van een journalist is altijd een tragedie.
De omstandigheden waaronder jouw man in Pakistan is vermoord, terwijl hij moeilijk en moedig werk deed, maakt deze misdaad bijzonder

onverdraaglijk, een misdaad die alle journalisten hier in Spanje zwaar heeft getroffen. Ik bied je mijn condoleances aan en een stevige omhelzing.

De beste wensen,

Cecilia Ballesteros

•

Beste mevrouw Pearl,

Wij allemaal hier bij *The New York Times* waren heel verdrietig om het tragische nieuws over uw man. Hij en ik hebben elkaar nooit ontmoet, maar ik kon die afschuwelijke zaak niet voorbij laten gaan zonder u te schrijven om u en de familie Pearl te vertellen hoe we allemaal treuren om Danny en uw verlies.

Jullie allen zijn in onze gedachten en gebeden.

Hartelijke groet,

Arthur O. Sulzberger, Jr.

New York, NY

•

Meneer,

Ik geef namens mijn stafleden uiting aan onze welgemeende schrik en verdriet bij de voortijdige tragische dood van de heer Daniel Pearl, en we condoleren *The Wall Street Journal* en de getroffen familie met de overledene.

Moge zijn ziel rusten in vrede.

Met groeten,

Ramezanali Yousefi

Regionaal directeur

Islamic Republic News Agency

•

Lieve Adam,

Ik heb net de foto van je mooie moeder gezien, die glimlacht terwijl ze jou, in slaap, veilig in haar armen houdt. Die foto van moeder en pasgeboren kind is de aardbol rondgegaan en heeft menigeen, onder wie mij, tot tranen toe geroerd. We hebben naar je geboorte uitgekeken alsof we tot je familie behoorden.

Ik ben verslaggeefster bij een krant in Washington. Het spijt me dat ik je vader nooit heb ontmoet, maar de wereld kent hem als een dappere, heldhaftige man. Hij was een goede journalist in de beste traditie, een idealist die het licht van de waarheid op de duistere plekken liet schijnen. Hij wilde de wereld veranderen. Dat heeft hij ook gedaan. Hij liet ons jou na, de zoon die zijn naam zal dragen.

Dat hij journalist was, is de reden dat je papa niet persoonlijk bij jou en je moeder is, maar dat is niet de bepalende factor in wat hij als vader is of was. Ik geloof dat de geest van je vader nu bij je is en op vele manieren, die je zult beseffen wanneer je groter wordt.

Bedenk altijd dat talloze journalisten, je 'ooms en tantes', er je hele leven voor je zullen zijn, als je ons nodig hebt, om je te leiden en te steunen. En wanneer je denkt aan het kwaad dat de oorzaak was van je vaders dood, denk dan ook aan de brieven en gelukswensen van over de hele wereld ter gelegenheid van jouw geboorte. Die zijn een teken van verlangen om te doen wat juist is en in ere te houden wat goed is. Bijna allemaal hebben we dat verlangen.

Adam Pearl, je zult zijn als een kind in een sprookje, met een toverwoord – de naam van je vader – dat deuren voor je zal openen en gedurende je hele leven goodwill zal kweken.

Met vriendelijke groet,
Marsha Mercer
Media General
Washington, DC

•

Lieve Adam,
Welkom op deze wereld! Ik ben heel blij dat je gezond bent. Je mama is ook heel blij. Ze houdt heel veel van je.

Ik vind het jammer dat je je papa niet hebt gekend. Iedereen die hem heeft gekend, zegt dat hij echt een goed mens was. Zijn geest houdt van je.

Ik hoop dat de wereld waarin je komt, vredig zal zijn. Ik zal mijn best doen om dat droombeeld te realiseren.

Het allerbeste, Adam. God zegene je.

Met vriendelijke groet,
George Bush
Het Witte Huis
PS Geef je mama een kus.

Beste Mariane,

Je moet weten dat wij allemaal hier in Littleton, Colorado, en overal in de buurt zijn geïnspireerd door het voorbeeld dat jij geeft, zelfs midden in je vreselijke verdriet. Vandaag heb ik in mijn *daimoku* oprecht gebeden voor Danny, en ik voelde een enorme golf van dankbaarheid in mijn hart opwellen voor zijn moed, voor de immense omvang van zijn missie en voor het voorrecht deze aardbol met hem te hebben gedeeld. Nee, ik heb hem niet persoonlijk gekend, maar voelde me, en voel me nog steeds, verbonden met zijn leven, zoals dat ook voor vele anderen geldt. Ik geloof echt dat wat jij zei waar is; het is dringend noodzakelijk dat wij allemaal, als individuen en als landen, nagaan wat onze eigen verantwoordelijkheid is voor het feit dat we een wereld hebben gecreëerd en gesteund die uiteenvalt in angst, onrecht en onenigheid. Het wordt tijd dat we ons in vrede verenigen, als broeders en zusters, en de kunstmatige grenzen van landen overschrijden. Dank je, Danny, dat je ons in die richting hebt gestuurd! [...]

Mariane, weet dat jouw verdriet deels ook ons verdriet is; we willen het graag met jou delen en we hopen dat daardoor jouw eigen smart wat minder zal worden. Ongetwijfeld zijn jij en Danny in geestelijk opzicht een, en zullen jullie zonder mankeren herenigd worden om samen te werken voor *kosen rufu* in het ene leven na het andere.

Wat zal jullie zoon trots zijn als hij wat ouder wordt, zowel op zijn vader als op jou! Met zoveel *daimoku* vanuit je eigen stem en hart en zoveel gebeden vanuit de hele wereld, bedoeld om je te steunen, kan het niet anders dan dat jullie kind dit in zijn leven zal opnemen.

Woorden lijken tekort te schieten om over te brengen wat ik voel als jij je zo dapper gedraagt als een nobele Bodhisattva van de aarde. Heel veel dank!! We zullen allemaal blijven bidden voor jou en voor Danny en voor de waarheid en rechtvaardigheid waarvoor Danny zo schitterend heeft geleefd.

Met veel liefde en respect,

Pam Nelson

Littleton, CO

Beste Mariane,

Ik ben een 47-jarige vrouw – psychologe, getrouwd en moeder van twee kinderen – en voelde me genoodzaakt je te schrijven nadat ik vanochtend op het nieuws heb gehoord van de dood van je man. Ik heb gehuild en intens voor je gebeden. Ik heb gebeden dat G-d je de kracht geeft met dit verlies te leven, dat G-d je troost schenkt in je verdriet, en ik heb gebeden voor het welzijn van je ongeboren kind.

Mijn ouders hebben de holocaust overleefd en toen ik hoorde dat je man is uitgekozen en ten slotte vermoord omdat hij een jood was, brak mijn hart. Het is zo zinloos.

Ik heb nog nooit iemand die ik niet eerder had ontmoet een kaart gestuurd, maar ik moest je vertellen dat ik met oprecht medeleven aan je denk en voor je zal blijven bidden.

Sheri Noga
Royal Park, MI

•

Beste Mariane,

Jij en je man hebben grote indruk gemaakt op onze hele familie. Onze zoon, David, is fotograaf en werkt overal ter wereld. Jouw Daniel doet me heel erg denken aan onze David.

Jouw gratie en heldere verstand in deze donkere tijd zijn overal ter wereld voor velen een stralend licht van hoop geweest. Als moeder heb ik je in gedachten wel honderd 'brieven' geschreven. Ik wil je graag ons innigste medeleven betuigen met je verlies, en onze vreugdevolle dankbaarheid voor het geschenk dat je ons allen hebt gegeven.

Met respect,
Suzanne McLain
Fredonia, NY

Ik ben Suzanne McLain voor eeuwig dankbaar, omdat de kaart die ze mij stuurde de woorden bevatte van een gedicht van Diane Ackerman, genaamd 'Schoolgebed' – woorden die ik met mijn hele leven heb geprobeerd en nog steeds probeer te belichamen:

> 'Ik zweer dat ik mijn ziel
> niet zal bezoedelen met haat,
> maar nederig zal proberen
> een hoeder van de natuur,
> een genezer van kwalen,
> een boodschapper van wonderen,
> en een vredestichter te zijn.'